Neuanfang auf Italienisch

Evelyn Kühne

e Deutsche Nationalbibliothek verzeichnet diese Publikation in der Deutschen Nationalbibliografie; detaillierte bibliografische Daten sind im Internet über http://dnb.dnb.de abrufbar.

© 2017 Name des Autors/Rechteinhabers **Evelyn Kühne**
Herstellung und Verlag: BoD – Books on Demand, Norderstedt

ISBN: **978-3-837068528**

1.Kapitel

»Frau Müller bitte!« Blechern ertönte die Stimme durch den
Lautsprecher. Es schien, als würde sie von einem anderen
Planeten und nicht aus dem Sprechzimmer nebenan kommen.
Die aufgeforderte Dame erhob sich und schlich in Zeitlupe
zur Tür. Mehrere Augenpaare folgten ihr und es schien, als
wollten die Anderen sie mit ihren Blicken zu mehr Eile an-
treiben.

Lene saß genervt im Wartezimmer ihres Neurologen. Komisch – immer, wenn sie hier war, hatte sie das Gefühl, die
Uhr tickte langsamer, die Zeit wollte einfach nicht vergehen.
In Gedanken zählte sie die Personen durch, die noch vor ihr
drankamen. Da war der dickliche Herr am Fenster, dessen
Kopf direkt auf dem Oberkörper saß und der die ganze Zeit
deprimiert zu Boden starrte. Seine Tränensäcke waren so rie-
sig, dass sie fast bis auf seine Wangen zu hängen schienen.
Dann die beiden Frauen neben der Tür. Eine von ihnen
murmelte unablässig irgendwelche unverständlichen Dinge
vor sich her, sie trug eine ziemlich seltsam Frisur – als hätte
sie in eine Steckdose gegriffen. Alle Haare standen wild vom
Kopf ab – wirr und genauso war auch ihr Blick. Die andere
Patientin sah eigentlich ebenso normal aus, wie Lene selbst.
Wobei sie unsicher war, ob sie selbst normal aussah oder die
Besuche hier schon auf sie abgefärbt hatten.

Drei Leute waren also noch vor ihr dran, ein Ende absehbar.
Sie ließ ihre Blicke schweifen. Das gesamte Wartezimmer trug
mit seiner tristen Ausgestaltung nicht im Geringsten dazu bei,
dass man sich wohlfühlte. Na ja, vermutlich wollte das eh
keiner. Die Wände waren in einem undefinierbaren Farbton

gestrichen, der am ehesten in Richtung schlammgrau ging. Überall waren weiße Flecke, an denen die Farbe schon abgeplatzt war. Ihr gegenüber hing die langsam tickende Uhr, mit einer Aufschrift für irgendein Arzneimittel in ihrer Mitte. Die Möbel waren alt, abgenutzt und die Stühle derart unbequem, dass man einfach keine angenehme Sitzhaltung darauf fand. Jede Veränderung der Sitzposition wurde den anderen Wartenden mit einem lauten Knarren mitgeteilt. Der Blick aus dem Fenster ging auf einen Strauch unmittelbar davor. Er wucherte wild vor sich hin. Eigentlich war sie unsicher, ob es überhaupt ein Ziergewächs oder nur irgendwelches Unkraut war, welches sich ungehindert ausbreiten konnte. Draußen hatte es in der Zwischenzeit zu schneien begonnen, Schneeflocken schwebten langsam zu Boden. Eine landete an der Scheibe, rutschte langsam nach unten und wurde dabei immer kleiner. Dieser Tag war düster, dunkel – einfach zum im Bett bleiben.

Der dickliche Herr schlug seine Beine übereinander und das dadurch hervorgerufene Stuhlknarren holte Lene aus ihren Gedanken. Hierher, in diese Praxis, kamen Menschen, die mit sich oder ihrem Umfeld nicht zurechtkamen. Und nun gehörte sie auch zu dieser Gruppe. Wie hasste sie diese Besuche. Wenn ihr früher jemand gesagt hätte, dass sie eines Tages zu einem Nervenarzt gehen würde, so hätte sie denjenigen für verrückt erklärt. Sie – die sich immer alleine aus jedem Schlamassel holte und die Sorgen einfach weglachte.

Doch vor nunmehr zwei Jahren war ihre kleine heile Welt zusammengebrochen. Dieser Zusammenbruch kam ganz plötzlich und hatte sogar einen Namen, er hieß Kanita. Kanita war sozusagen ein Reisemitbringsel ihres Mannes Thomas, aus Thailand. Er war als Mitarbeiter für einen Motorenhersteller tätig und bereiste in seiner Funktion den halben Globus. Man konnte es auch so sagen: Über die Hälfte des Jahres gondelte ihr Mann irgendwo in der Weltgeschichte rum. Thomas war 45, also drei Jahre älter als sie, groß, schlank, mit einem leichten Bauchansatz, die meisten Menschen überragte er. Dennoch war er nichtssagend, das dachte sie immer wieder. Dunkle Haare, kurz geschnitten, wässrige Augen, Gesichtszüge, die sich niemandem einprägten, nur wenige Falten, nicht mal Lachfalten. Für einen Phantombildzeichner war er sicher der absolute Horror, ohne irgendeine Eigenheit an sich. Er war ein äußerst ehrgeiziger Mensch und hielt sich selbst für absolut unersetzbar. Wenn ein neues Projekt anstand, hob er seinen Arm ganz weit nach oben. Früher in der Schule hätten die anderen Mitschüler »Streber« gerufen. Seine Kollegen indes lehnten sich entspannt zurück und blieben zu Hause bei Frau und Kindern. Es war auch nicht so, dass Lene mit dieser Situation todunglücklich war. Im Gegenteil, im Laufe der Jahre hatte sie für sich selbst Strategien gefunden, mit dem Alleinsein umzugehen. Sie arbeitete stundenweise in einem großen Bekleidungsgeschäft und kümmerte sich ansonsten um Haus und Garten. Thomas, ihr Mann, liebte es aufgeräumt und so hielt sie ihren Haushalt penibel ordentlich, so sehr, dass man in allen Räumen am offenen Herzen operieren konnte. Der Garten war immer picobello in Schuss, Unkraut hatte keine Chance und der Rasen hätte jeden Wimbledonspieler neidisch gemacht. Die Rosen blühten, die Büsche waren akkurat geschnitten – ihre kleine heile Welt war perfekt.

Mehrere seiner Reisen führten Thomas nun in letzter Zeit nach Thailand und eines Tages kam er nicht allein zurück. Als Lene von der Arbeit kam, sah sie Thomas' Auto in der Einfahrt stehen – *schön*, dachte sie noch, *er ist also schon zurück*. Gedanklich ging sie ihren Hausstand durch und überlegte panisch, ob sie heute früh vor der Arbeit auch alles aufgeräumt hatte. Ihr Mann hasste nichts so sehr, als dass irgendwo etwas herumlag. Ewig würde er ihr dann wieder Vorträge halten. Es hätten ja plötzlich und unerwartet Gäste vor der Tür stehen können. Obwohl schon seit längerer Zeit keinerlei Besuch mehr zu ihnen kam. Seine komische Art, immer im Mittelpunkt stehen zu wollen, hatte alle in die Flucht geschlagen. Die Menschen, die sie selbst mochten, trafen sich mit ihr lieber allein auf neutralem Gelände.

Beim Betreten ihres Wohnzimmers fiel ihr Blick zuerst auf eine junge Frau – eine sehr junge Frau, die auf der Couch saß. Sie war etwa Anfang zwanzig, trug ein buntes Kleid und ziemlich hohe Schuhe. Ihre langen Haare waren schwarz und im Nacken zu einem kunstvoll lockeren Knoten aufgesteckt. Ihre mandelförmigen Augen waren noch schwärzer und schielten verstohlen in ihre Richtung. Sie hatte klassische Gesichtszüge mit sorgfältig modellierten Augenbrauen und einem sinnlichen Mund – Kusslippen, die irgendwie ein wenig unecht wirkten. Mit ihrem asiatischen Aussehen wirkte sie auf der hellen Ledercouch irgendwie deplatziert. Man erwartete, dass sie jeden Moment aufspringen und ihnen mit einer devoten Verbeugung Tee in Porzellanschalen servieren würde. Bei ihrem Näherkommen senkte sie sittsam den Blick und fixierte ihre knallrot lackierten Fußnägel.

Lenes zweiter Blick fiel auf ihren Mann, der sichtlich nervös aufsprang und mit ausgebreiteten Armen geradezu euphorisch auf sie zukam. »Lene, na, wie war dein Arbeitstag?«

Diese Frage war ein weiteres Indiz dafür, dass hier irgendetwas ganz und gar nicht stimmte. Denn im Allgemeinen hatte sich Thomas in all den Jahren noch nie für ihr Berufsleben interessiert. Er hielt es für vollkommen überflüssig, dass sie überhaupt arbeiten ging, immerhin verdiente er ja genug. Jedes Jahr rechnete er ihr aufs Neue vor, dass ihre Tätigkeit ihnen so gar keinen steuerlichen Vorteil brachte. Trotzdem war ihre Arbeit der einzige Punkt, an dem sie nicht nachgegeben hatte. Eisern hielt sie daran fest – egal, was er sagte.

Lene antwortete nicht auf seine Frage, sondern sah nur unsicher an ihm vorbei zu der kleinen Asiatin auf ihrer Couch. Hinter dem Rücken ihres Mannes hob diese ihren Blick vom Boden und schaute ihr unergründlich ins Gesicht. Zunächst konnte Lene den Ausdruck in ihren Augen nicht deuten, dann erkannte sie, dass es Triumph war. Jawohl, dieses kleine Luder sah sie triumphierend an.

Lene schaute ihren Mann entgeistert an und deutete nur stumm mit einem Kopfnicken in die Richtung seiner Begleitung. Thomas, der stets überaus sprachgewandt war, rang sichtlich um Worte und Schweiß trat auf seine Stirn. »Ach so, das meinst du«, sagte er, als ob sie irgendeine Topfpflanze ansah. »Also, das ist Kanita, ich hatte dir, glaube ich, von ihr erzählt.«

Lene nickte, er hatte ihr tatsächlich von Kanita erzählt – er hatte eigentlich nach seiner letzten Reise eine Zeitlang ununterbrochen nur von ihr gesprochen, Kanita hier und Kanita da. Sie arbeitete wohl in dem Hotel, in welchem er abgestiegen war. Auch, dass er mit ihr Essen gegangen war, hatte er berichtet und dass sie sehr gebildet war. Lene wusste, dass solche Einladungen durchaus üblich waren. Jeder Gast erhielt vom Gastgeber sozusagen eine Tischdame für die Zeit seines Aufenthaltes. Was er darüber hinaus mit ihr tat, hatte sie eigentlich nie wissen wollen. Warum auch – er war weit weg und sie hier. Warum sich schlaflose Nächte bereiten? Irgendwann ging das vorüber und er reiste wieder in andere Gegenden.

Thomas lachte nervös. »Ja, lange Rede, kurzer Sinn. Der Familie von Kanita geht es schlecht, sogar sehr schlecht, ihre

Mutter ist krank …und ihr Vater auch. Du glaubst ja gar nicht, was eine medizinische Behandlung in Thailand kostet. Und da, wo sie arbeitet, verdient sie ja kaum etwas. Die Tourismusbranche zahlt so wenig …« Kummervoll schaute er sie an.

Lene kannte die Höhe der Behandlungspreise oder Löhne nicht und es war ihr ehrlich gesagt auch völlig schnurz. Bis jetzt erschloss sich ihr noch in keinster Weise, was diese Frau nun eigentlich bei ihnen zu Hause suchte und was Thomas und sie mit deren kranken Eltern zu schaffen hatten.

»Jedenfalls habe ich während der letzten Tage viel mit Kanita über dieses Thema gesprochen und wie es hier bei uns in Deutschland so aussieht. Hier verdient man ja viel mehr und hat als Frau auch ganz andere Chancen. Deswegen habe ich Kanita mitgebracht. Sie könnte doch zum Beispiel hier bei uns arbeiten, dir im Haushalt oder im Garten helfen und auf diese Art ein wenig ihre Familie unterstützen. Wir haben doch das freie Gästezimmer. Nun, das könnten wir beide doch ganz hübsch für sie herrichten, dachte ich.« Etwas atemlos, aber sichtlich erleichtert beendete ihr Mann seine Ausführungen und schaute sie erwartungsvoll an.

Nun musste Lene sich doch setzten. Der freche Blick dieser Frau und der treudoofe Gesichtsausdruck ihres Gatten waren zu viel für sie. Irgendwie begriff sie nicht so ganz, was ihr Mann jetzt von ihr wollte. »Ähm, mir helfen, im Haushalt oder im Garten? Wir haben ein 150-Quadratmeter-Haus und ein Grundstück mit 900 Quadratmetern, keine riesige Villa, wo ich irgendwelche Dienstboten benötige. Ich gehe nur halbtags arbeiten und bewältige meine Aufgaben noch ganz gut allein, oder etwa nicht?«

Ihr Mann rang sichtlich nach Worten, vermutlich hatte er erwartet, dass sie ganz in der Art des naiven Weibchens zu allem Ja und Amen sagen würde, so wie sie es in den ganzen letzten Jahren getan hatte. »Lene, mein Gott, da hast du eben mehr Zeit für dich … oder wir für uns. Stell dir einfach mal vor, Kanita würde sich hier um alles kümmern. Nun, das hätte doch einen Haufen Vorteile für dich …« Nun lag schon eine gewisse Ungeduld in seinen Worten, angesichts der Begriffsstutzigkeit seiner Frau.

Er erläuterte ihr noch mehr Vorzüge, die sich mit dem Einzug der jungen Asiatin für sie ergeben würden, doch Lene hörte schon nicht mehr zu. In ihrem Kopf rasten die Gedanken wie Pingpongbälle hin und her und zwar so schnell, dass sie sie nicht mehr erfassen konnte. Sie schwirrten von oben nach unten und von hinten nach vorn. Doch so langsam dämmerte es ihr. Wenn sie das eben Gesagte richtig verstand, hatte ihr Mann seine Geliebte aus Thailand mitgebracht – denn sie wusste nicht, als was sie die Frau sonst bezeichnen sollte. Nun erwartete er von ihr, dass sie zu dritt glücklich unter diesem Dach leben würden. Und als wäre das nicht schon genug, erwartete er auch noch, dass sie diesem kleinen Luder ein gemütliches Zimmer einrichten würde. Wobei Luder, na ja, diese Frau war ganz sicher nicht dumm, ihr hatte sich eine Gelegenheit in Form ihres eitlen und von sich überzeugten Mannes geboten und sie hatte mit beiden Händen fest zugegriffen. Warum auch nicht, wenn man so eine Chance auf dem Silbertablett serviert bekam.

Plötzlich schien es ihr, als wäre sie mit eiskaltem Wasser übergossen worden, so wie die ganzen Promis in letzter Zeit, bei dieser komischen Challenge. Schlagartig war sie wach und voll da. Lene überlegte fieberhaft, was sie nun tun wollte. Da tauchte der rettende Gedanke plötzlich wie eine Leuchtreklame vor ihr auf: *Es ist vorbei, jetzt ist endgültig Schluss. Was habe ich alles mit mir machen lassen, doch nun geht es nicht mehr, ich werde gehen.*

Lenes Blicke schweiften durch den Raum. Woran in diesem Haus hing ihr Herz, welche Dinge musste sie gleich einpacken und welche konnten später geholt werden? Denn zusammen mit dem Schock über das eben Gehörte stellte sich sofort ein Gefühl der Erleichterung ein. Eigentlich war der Schock gar nicht so groß, im Gegenteil. Vielleicht war dies die Chance ihres Lebens, noch einmal von vorn anzufangen, wie es einige der Heldinnen in ihren Lieblingsromanen getan hatten. Sagte man nicht, in jedem Ende stecke ein neuer Anfang? Sicher konnte sie ein paar Nächte bei ihrer besten Freundin Moni schlafen, auf jeden Fall würde sie hier keine Minute länger bleiben.

Sie fixierte die großen Terrassentüren, stierte sie geradezu an und ließ Thomas reden und reden. Was er sagte – keine Ahnung, es war ihr egal. Die Möbel – die Ledercouch hatte sie von Anfang an gehasst, im Sommer blieb man mit seinen Beinen kleben und im Winter war es überaus kalt am Hintern. Die weißglänzende Küche – sehr schick, aber schwierig zu transportieren, er wollte sie damals haben und sie putzte sich nach jedem Kochen halb tot. Die Fotos – die konnte er behalten, meist war sowieso nur er drauf, da sie ja immer fotografieren musste. In den Urlaub waren sie dorthin gefahren, wo er hinwollte und hatten das getan, wofür er sich interessierte. Der Schmuck – die wenigen Stücke, die er ihr ganz am Anfang geschenkt hatte, konnte er seiner neuen Hausangestellten um den Hals hängen. Sicher war er auch nichts wert und hatte ihr eigentlich noch nie gefallen. Bis zuletzt hatte er nie verstanden, was ihr eigentlich gefiel. Also blieben nur ihre persönlichen Sachen, wie Kleidung und natürlich ihre Bücher. Die musste irgendjemand anderes holen, denn an ihren Büchern hing ihr ganzes Herz. Wie hatte er sich immer über sie lustig gemacht. »Du mit deiner Leserei, andere Frauen spielen

Tennis oder Golf.« Doch wenn sie ein Buch zur Hand nahm, konnte sie in eine andere Welt flüchten, ganz wie es ihr beliebte. In dieser anderen Welt waren die Frauen selbstbewusst und nahmen ihr Leben in die Hand. Genau das würde sie jetzt machen.

Einige Minuten später erhob sie sich mechanisch und ging wortlos an ihm vorbei nach oben. Thomas schaute sie verdutzt an. Vielleicht kannte er sie so nicht, vielleicht dachte er auch sie wäre übergeschnappt und folgte ihr daher misstrauisch auf dem Fuß. Hatte sie doch immer nachgegeben und sich stets nach seinen Wünschen gerichtet. Es war also vorbei, nach zwanzig Jahren war es vorbei, vermutlich hatte sie das Ende schon lange verdrängt, doch nun war es da. Im Ankleidezimmer holte sie Taschen herbei, öffnete ihren Kleiderschrank, räumte ihn wahllos aus und warf die Sachen einfach irgendwie in den Koffer. Die ganze Zeit begleitete sie die Stimme ihres Mannes, er redete unablässig auf sie ein und sprang neben ihr auf und ab.

Ihr Blick fiel auf ihr Spiegelbild, sie war 42, wurde aber von den meisten jünger geschätzt. Dunkle Haare umrahmten ein rundliches Gesicht, deswegen trug sie sie etwas länger, konnte man doch damit angeblich runde Wangen kaschieren. Während der Hausarbeit steckte sie die dunklen Strähnen meist mit einer Spange nach oben. Ihre Figur war birnenförmig, schmale Schultern, ein normaler Busen und breite Hüften – fraulich, würde man wohl sagen. Sie war nicht klein und nicht groß – durchschnittlich eben, so wie die meisten. Am besten gefielen ihr ihre schlanken Beine, sie trug gerne knielange Röcke und setzte die schlanken Fesseln in Szene. Und natürlich ihre Augen! Sie strahlten in einem unergründlichen Grünton. Katzenaugen sagte ihre Freundin Moni immer zu ihr. Dann waren da noch die kleinen Grübchen und die zarten

Lachfalten, die sich wie ein Spinnennetz neben ihren Augen spannten. Sie lachte gern, dann zeigte sie ihre weißen Zähne mit der kleinen Lücke genau in der Mitte der oberen Zahnreihe. Alles in allem empfand sich Lene als eine äußerst normale Frau. Die interessierten Blicke anderer Männer nahm sie schon lange nicht mehr wahr. Doch heute fühlte sie sich noch älter. Im Spiegel tauchten plötzlich tiefe Falten auf, an Stellen, wo noch nie welche gewesen waren.

Lene schleppte einen Koffer nach dem anderen zu ihrem Auto und stopfte sie so gut es ging hinein. Das war bei ihrem Kleinwagen nicht so einfach und die zuletzt gepackte Reisetasche wollte einfach, so sehr sie auch drückte und schob, nicht mehr hineingehen. Achselzuckend ließ sie sie mitten im Garten fallen. Thomas verfolgte jeden ihrer Schritte misstrauisch, noch immer redete er ununterbrochen auf sie ein. Dann griff sie nach ihrer Jacke und ließ ihren Mann mitten in der Einfahrt einfach stehen. Sie warf noch einen letzten Blick in den Rückspiegel, seinen Gesichtsausdruck würde sie wohl ihren Lebtag nicht mehr vergessen.

An der nächsten Straßenecke begegnete ihr zufällig der Wagen ihrer Schwiegereltern. Verblüfft sahen sie sie an und hoben die Hand zum Gruß, doch Lene fuhr ohne irgendeine Reaktion weiter. Sie hatte ihnen zwanzig Jahre lang nie etwas recht machen können, nun konnten sie sich über eine neue Schwiegertochter freuen. Obwohl, das Gesicht ihrer überpeniblen Schwiegermutter angesichts der Neuigkeiten hätte sie trotzdem gerne gesehen.

Moni, Lenes beste Freundin, ihr Fels in der Brandung, nahm sie mit offenen Armen auf. Beide kannten sich schon seit der gemeinsamen Schulzeit. Moni war seit vielen Jahren überzeugter Single und hatte immer wieder versucht, Lene aus ihrer Ehe herauszuholen.

»Waaas, eine Asiatin, ich fasse es nicht«, erwiderte Moni auf Lenes Schilderung. »Die ist sicher nicht so doof wie du die ganzen Jahre. Die wird ihm schon zeigen, wo der Frosch die Locken hat. Trotzdem bin ich echt stolz auf dich, ich glaube du hast einen guten Abgang hingelegt. Und hey, wie oft hab ich dir gesagt, verlass ihn, da kann nur was Besseres kommen.«

Lene war immer noch zwischen Begeisterung, über das eben Geschaffte, sowie einem gewissen Angstgefühl vor der Zukunft hin und hergerissen und schaute äußerst skeptisch drein. Dennoch tat Monis Zuspruch gut. »Ja ich weiß, du hast es mir immer wieder gesagt, aber glaub mir, so einfach ist das nicht. Vor allem, was mach ich denn jetzt, wo soll ich denn hin? Meine Eltern fallen schon mal raus, denen muss ich das schonend beibringen, die trifft vermutlich der Schlag.«

Eine Lösung war schnell gefunden. Erst mal durfte Lene so lange bei Moni wohnen, bis sie eine eigene Wohnung hatte. Das Zusammenleben gestaltete sich allerdings schwieriger als gedacht. Zu sehr schlug der jahrelang antrainierte Ordnungsfimmel bei Lene durch. Ständig räumte sie hinter Moni her, diese fand nichts mehr und war dementsprechend angenervt. Las Lene entspannt ein Buch, haute ihre Freundin irgendeine CD in die Stereoanlage und tanzte bei ohrenbetäubendem Lärm durch die ganze Wohnung. Wenn die beiden sich vornahmen, etwas zusammen zu kochen, glich die Küche hinterher einem Schlachtfeld, da Moni für jeden Arbeitsgang neue Utensilien benutzte. Ihre Freundschaft wurde in diesen Tagen auf eine harte Probe gestellt. Lene wurde immer bewusster, dass dies nur eine Notlösung war, die in ihrer beider Interesse möglichst schnell ein Ende finden sollte. Die Wohnungssuche war gar nicht so einfach, denn kleine und bezahlbare Wohnungen waren knapp. Fast täglich studierte sie die Anzeigen im Internet oder in der Zeitung, doch immer kam sie zu spät oder es waren zu viele Bewerber. Schließlich kam ihr einer dieser berühmten Zufälle zu Hilfe. Morgens beim Bäcker hörte sie ein Gespräch mit an. Eine Frau wollte umziehen und suchte eine Nachmieterin, die auch einige ihrer Möbel mit übernehmen könne. Lene fasste sich ein Herz und sprach die Frau an. Gleich am Abend konnte sie die Wohnung besichtigen, sie war einfach perfekt für sie. Klein, gemütlich und die Möbel entsprachen genau ihrem Stil. Schon zwei Wochen später konnte sie einziehen. Ihre Wohnung richtete sie genauso ein, wie sie es schon immer gewollt hatte. Ihre Bücherregale fanden einen tollen Platz (die gute Moni musste dran glauben und die Bücher in ihrem alten Zuhause einpacken). Sie kaufte sich noch einen gemütlichen Lesesessel und ihre Bibliothek, wie sie scherzhaft sagte, war komplett.

Als Nächstes fragte sie ihren Chef, ob sie Vollzeit arbeiten könne und er stimmte dem sofort zu, einfach weil sie eine sehr gute Verkäuferin war. Dadurch stand sie finanziell auf eigenen Beinen und hatte den ganzen Tag etwas zu tun. Jeden Morgen fuhr sie mit ihrem neugekauften Fahrrad zur Arbeit. Da sie nun viel näher an der Innenstadt wohnte als vorher, brauchte sie das Auto nicht mehr und ihrer Figur schadete es auch nicht. Sie genoss jeden Tag ihre neue Unabhängigkeit und war über sich selbst erstaunt, denn sie kam über die Trennung sehr gut hinweg. Sie fühlte nur noch pure Erleichterung in sich und fragte sich des Öfteren, warum sie diesen Weg nicht eher gegangen war. Anfangs musste sie zwar noch ab und zu an Thomas denken, doch sein Bild verblasste mehr und mehr.

Dann eines Tages trudelte ein dicker Brief bei ihr ein, mit dem Absender eines Anwalts. Thomas wollte die endgültige Trennung und sie hatte kein Problem damit. Auf den Rat ihrer

Freundin hin suchte sie sich trotzdem einen Rechtsbeistand. Dieser rechnete ihr erst einmal vor, welche Zahlungen sie pro Monat von ihrem Nochmann erwarten konnte. Die schiere Summe dessen, was ihr zustand, verschlug ihr dann doch die Sprache. Dass ihr Mann so viel verdiente, war ihr nicht bekannt gewesen. Kleinlich und geizig, wie er war, legte er jedoch immer neue Berechnungen und Klagen vor, um die Unterhaltssumme möglichst klein zu halten. Am Ende verzichtete sie auf das meiste, auf die Aktien und auf Gelder, die ihr Mann irgendwo gebunkert hatte. Sie ließ sich nur die Hälfte des Hauswertes von ihm auszahlen. Ihr Anwalt tobte zwar und versuchte sie vom Gegenteil zu überzeugen, doch Lene war fest entschlossen und wollte nur noch einen Schlussstrich unter dieses Kapitel ihres Lebensziehen.

Der Tag der Scheidung war ein verregneter Freitag. Lene parkte ihr Auto auf dem großen Parkplatz vor dem Gericht und lief zum Gebäude. Sie hatte sich extra für diesen Anlass ein äußerst farbenfrohes Kleid gekauft, es stand ihr unglaublich gut, musste sie selbst zugeben. Dabei kam sie auch an einer schwarzen Limousine vorbei, in der eine Frau saß. Erst auf den zweiten Blick erkannte sie Kanita, die vor dem Gericht wartete. Gedankenversunken tippte diese auf ihrem Handy herum und nahm die Umgebung gar nicht wahr. Das Auto war neu und diese protzige Karosse passte irgendwie perfekt zu den beiden. Thomas fing Lene im Vorraum ab, schaute sie verblüfft von oben bis unten an und versuchte, ihr irgendwas zu erklären. Sie ließ ihn stehen und ging ihrem Anwalt entgegen. Zu lange hatte sie sich seine Reden angehört. Er trug einen albernen Haarschnitt und Kleidungsstücke, die überhaupt nicht zu ihm passten. Lene musste sich ein Grinsen verkneifen, so sehr versuchte er, auf jugendlich zu machen. Wenn sie ehrlich war, sah er nun noch älter aus als vorher.

Der ganze Akt dauerte eine halbe Stunde und dann war sie frei. Der Richter hatte ihr genau die Summe zugesprochen, die sie haben wollte und ihren Exmann mehrfach wegen seines ununterbrochenen Dazwischenredens in die Schranken gewiesen.

Am Abend lud Lene Moni in eine schummrige Bar ein, beide köpften eine Flasche Sekt nach der anderen und ließen es sich so richtig gut gehen. Immer wieder musste Lene Thomas' Auftritt vor Gericht schildern.

»Und wie trug er die Haare?«, fragte ihre Freundin noch einmal nach.

Lene konnte vor lauter Lachen kaum noch richtig reden. »Na, irgendwie so nach hinten gegelt, er sah aus wie ein Mitglied einer älteren Boygroup. Und dann hatte er ausgewaschene Flickenjeans an. Kannst du dir das vorstellen? Flickenjeans! Früher ging er mit seinem Anzug sogar zu Gartenpartys.«

»Na ja«, sagte Moni trocken. »Wenn man sich so 'ne junge Schickse nimmt, kann man ja nicht aussehen wie deren Vater.«

Beide prusteten ihren Sekt fast über den Tisch.

»Nun muss er sicher auch spontan sein, also zumindest ein ganzes Stück spontaner als früher. Hach ja, ich wäre gern mal Mäuschen, besonders wenn Schwiegermutter kommt. Die war ja schon immer für asiatische Küche zu haben.« Beide lachten so schallend, dass die Leute an den anderen Tischen zu ihnen herüberschauten.

Lene hatte einmal zu einem Geburtstag Frühlingsrollen als Vorspeise zubereitet. Ihrer Schwiegermutter war fast die Gabel aus der Hand gefallen, denn sie aß nur das, was sie immer schon gegessen hatte und nichts anderes. Es musste eine Suppe geben – wie bei ihr immer und sie musste auch genau wie bei ihr schmecken, was Lene eh nie gelang. Monatelang machte sie ihr deswegen Vorhaltungen und erzählte allen von ihrer unfähigen Schwiegertochter. Lene lächelte bei dem Gedanken an dieses Erlebnis, dieser Lebensabschnitt lag nun endgültig hinter ihr.

Später am Abend tanzten Moni und Lene zu den Liedern ihrer Jugend. Lange hatte Lene schon nicht mehr so die Sau rausgelassen. Als die Rhythmen in ihrem Bauch wummerten, fühlte sie sich glücklich und befreit. Sie trug ihr neues Kleid, warf die Arme nach oben, ihre dunklen Haare flogen und sie ließ die gesamten angestauten Emotionen der letzten Jahre einfach los. Die äußerst interessierten Blicke der anwesenden Herren schien Lene nicht zu bemerken, aber Moni sah sie sehr wohl und grinste still in sich hinein.

2. Kapitel

Alles lief gut, bis zu dem Tag, an dem sie Kanita durch Zufall im Supermarkt traf. Lene wollte nur noch ein paar Kleinigkeiten für das Wochenende besorgen, ihre Eltern hatten sich zum Essen angekündigt. Immer wieder auf ihren Merkzettel schauend, irrte sie durch die Gänge. Es war ihr ein Rätsel, warum Geschäfte jeglicher Art immer wieder so umräumten, dass niemand mehr das Geringste fand. Da, wo vor kurzem noch der Käse in der Auslage gelegen hatte, präsentierte sich heute ein buntes Potpourri von Dosengerichten. Es war wie bei einer Schnitzeljagd. Eigentlich ging sie sonst woanders einkaufen, hatte sich aber entschieden hierher zu gehen, weil alles, was sie wollte, unter einem Dach zu bekommen war.

Plötzlich sah sie sie – Kanita, rund und hochschwanger watschelte sie schwerfällig mit ihrem dicken Bauch am Kühlregal entlang. Lene versteckte sich hinter einem Stapel Gewürzgurken und beobachtete die kugelrunde Asiatin. Kein Zweifel, sie war es wirklich. Von Zeit zu Zeit fasste die sich mit schmerzverzerrtem Gesicht ans Kreuz, während sie sich nach irgendwelchen Joghurtbechern bückte.Lene konnte es nicht glauben, die ganzen Jahre hatte sie sich ein Kind gewünscht, immer war Thomas dagegen gewesen. »Ich will einfach kein Kind, ich mag keine Kinder, das musst du einfach akzeptieren. Kinder machen Stress und Unordnung – wir beiden allein, das ist doch viel schöner.« Anfangs hatte sie noch versucht ihn umzustimmen, um ihm deutlich zu machen, wie sehr sie sich ein Kind wünschte. Sie brachte alle möglichen Argumente vor, flehte, bettelte, schlug ihm vor, dass er aus der ganzen Arbeit herausgehalten werden würde. Doch er blieb bei seiner Meinung und irgendwann, viele Jahre später, fügte sie sich. Ab einem gewissen Zeitpunkt war man dann einfach zu alt für solche Sachen. Vielleicht hätte es auch gar nicht geklappt, mit solchen Gedanken tröstete sie sich. Und nun bekam die Andere ein Kind, sie bekam das, was sie sich die ganzen Jahre so sehr gewünscht hatte.

Lene wusste später nicht mehr, wie sie vom Supermarkt nach Hause gekommen war. Sie wusste nur, dass ihr Einkaufskorb leer war und sie sagte ihren Eltern ab. Mit dieser Begegnung geriet ihr neues Leben aus den Fugen, ihre Gedanken kreisten nur noch um ein Thema. Überall, wo sie ging und stand, gab es Schwangere oder Mütter mit Kinderwagen. Wo waren die vorher gewesen oder waren sie ihr nur nicht aufgefallen? Nachts konnte sie nicht mehr schlafen, die Gedanken fuhren Karussell und sie fand einfach keine Ruhe. Morgens war sie todmüde und kam kaum aus dem Bett. Sie stand stundenlang unter der kalten Dusche und wurde trotzdem nicht munterer. Bei den kleinsten Problemen brach sie in Tränen aus. Ihr Chef getraute sich kaum noch, etwas zu sagen und ihre Kollegen behandelten sie wie ein rohes Ei oder gingen ihr lieber gleich aus dem Weg. Dann kamen wie aus dem Nichts Gedanken an den Tod, alle Sorgen wären mit einmal vorbei. Jetzt einfach gegen einen Pfeiler fahren und schwupps, wären keine Schwangeren mehr auf ihrem Bildschirm. Sich von diesem Hochhaus fallen lassen. Wenn sie unten aufschlug, würde sie sicher schon nichts mehr spüren. An diesem Punkt schrillten ihre Alarmglocken und zwar so laut, dass sie nicht mehr zu überhören waren. Lene zog selbst an der Reißleine und ging zum Arzt.

Ihre größte Angst war, langsam aber sicher überzuschnappen. Der Arzt führte ein langes, ausführliches Gespräch mit ihr und ließ sich alle Symptome gefühlt zwanzig Mal schildern. Dann nickte er voller Verständnis und zückte seinen Rezeptblock. Ihr schien es so, als würde er für alles Verständnis aufbringen. Selbst wenn ein mehrfacher Massenmörder vor ihm saß, würde er sicher noch voller Zustimmung nicken. Er verschrieb ihr blaue Pillen, damit sie besser schlafen konnte und roteum den Tag kraftvoll und ausgeruht in Angriff nehmen zu können. Es war ein komisches Gefühl, sie lebte in ihrer kleinen Welt und fühlte sich ein bisschen, als würde sie auf Wolken oder in einem permanenten Nebel leben. Sie ging ihrer Arbeit nach und Schwangere sowie Frauen mit Kinderwagen waren auf einmal ganz weit weg.

Leider hatten diese Tabletten eine äußerst unangenehme Nebenwirkung. Gut, Lene war noch nie in ihrem Leben rank und schlank gewesen. Thomas hatte diese Rundungen auch immer an ihr gemocht, zumindest anfangs. Dann später, legte er ihr irgendwelche Broschüren von Fitnessclubs oder zwielichtigen Abnahmemitteln auf den Frühstückstisch. Manches probierte sie auch aus, nahm eine Weile ab und nach einer Weile wieder zu. Er meinte immer, dass nur ihr schwacher Wille an allem schuld sei und seufzte sehnsuchtsvoll angesichts dürrer Frauen, die im Fernsehen zu sehen waren.

Aber nun zeigte die Waage mehr und mehr an. Sie reduzierte ihr Essen, versuchte verzweifelt nach Feierabend Sport zu treiben, fuhr auf dem Nachhauseweg riesige Umwege. Doch es half alles nichts, der Zeiger der Waage ging unaufhörlich nach oben. Irgendwann kapitulierte Lene. Das Thema Männer war eh abgehakt, also was sollte es. Sie war eben, wie sie war und das ließ sich jetzt nicht mehr ändern. Sie aß so wie früher, gönnte sich ihre geliebte Schokolade und auch mal ein Stück Kuchen. Komischerweise stagnierten ihre Kilos genau an diesem Punkt. Sie nahm zwar nichts ab, zum Glück aber auch nichts mehr zu. Als hätte ihr Körper ihr Einsehen gebraucht und nun sollte es gut sein. Ihre Garderobe stellte sie um, auf eher sackartig fallende, voluminöse Oberteile und bequeme

Hosen mit Gummibund. Alles in dezenten Naturtönen, dass man nicht mehr so auffiel. Da konnte man zur Not auch mal ein Stück Kuchen mehr essen. Die wenigen körperbetonten, bunten Kleidungsstücke, die sie noch besaß, verbannte sie zusammen mit den hochhackigen Schuhen ganz an das Ende ihres Kleiderschrankes, zusammen mit ihren Träumen und Wünschen.

Nach einem halben Jahr schickte ihr Neurologe sie noch zusätzlich zum Psychologen. Er meinte, ausführliche Gespräche über ihre Situation würden ihr sicher guttun und sie ein ganzes Stück voranbringen. Das größte Problem war es aber, überhaupt einen Psychologen zu finden. Alle Praxen wiesen sie ab mit der Begründung, vollkommen überfüllt zu sein. Seltsam, nie hatte sie gedacht, dass so viele Menschen zu einem Seelenklempner rannten.

Nach langer Suche fand sie dann doch einen und ging ohne jegliche Erwartungen zu ihrem ersten Termin. Dass bei ihm relativ schnell Termine zu bekommen waren, hätte ihr allerdings zu denken geben müssen. Der Psychologe hieß Stefan Sack und leider war nicht nur sein Name zum Lachen. Stefan Sack betrieb seine Praxis in einem etwas heruntergekommenen Haus. Alles wirkte leicht eigenartig und auch die Menschen, denen sie im Treppenhaus begegnete, trugen nicht dazu bei, sich wohler zu fühlen. Herr Sack war einer der seltsamsten Menschen, die sie jemals kennengelernt hatte. Er hatte schütteres Haar, was er in langen Strähnen mit reichlich Haarspray von einer Seite seines Kopfes bis auf die andere legte und dann fixierte. Vermutlich wollte er damit den Eindruck vollen Haares vermitteln, es sah aber eher aus, als ob er einen Helm auf dem Kopf trug. Sein Alter war einfach undefinierbar, er konnte vierzig, aber auch schon sechzig sein. Sollte man ihn mit einem Wort beschreiben, wäre der Begriff *schwammig* sicher am besten gewählt gewesen. Sein Körper wirkte aufgedunsen und jede Bewegung animierte ihn zu einem mühevollen Stöhnen. Er benutzte stets ein äußerst aufdringliches Parfüm. An manchen Tagen atmete Lene während der gesamten Sitzung ausschließlich durch den Mund. Irgendwie erinnerte er sie immer an Obelix, allerdings in einer ziemlich unangenehmen Variante. Er trug stets dunkle Anzüge mit farbenfrohen, kitschigen Krawatten und lebte allein, wie er ihr schon nach kürzester Zeit erzählte.

Als er ihr zum ersten Mal die Hand zur Begrüßung gab, zuckte sie vor seinen schweißnassen Händen zurück. Von da an vermied sie es irgendwie, ihn per Handschlag zu begrüßen. Am schlimmsten aber war, dass es eigentlich die ganze Zeit mehr um ihn als um sie ging. Egal, was sie ansprach, Sack konnte aus seinem eigenen Leben dazu etwas beitragen. Wenn man es genau nahm, hätte vermutlich eher er auf irgendeine Couch gehört und sie ihm Geld für Therapiestunden berechnen können. Am Anfang sprachen sie in Einzelsitzungen miteinander. Er hörte sich anfangs ihre Probleme verständnisvoll nickend an, kam dann aber lieber wieder auf seine eigene Person zu sprechen. Nach kurzer Zeit schlug er ihr eine seiner zweimal monatlich stattfindenden Gesprächsrunden vor. Lene und drei wildfremde Menschen sollten sich gegenseitig Mut zusprechen und über ihre Erfahrungen berichten.

Sie saßen in einem kleinen muffigen Zimmer im Kreis und jeder war einmal an der Reihe, über sich zu reden. Lene war froh, dass zwei der Teilnehmer ein unglaubliches Mitteilungsbedürfnis hatten, so brauchte sie selbst über sich kaum etwas erzählen. Die dritte Frau im Bunde war ähnlich schweigsam wie sie und sie verstanden sich sofort auch ohne Worte. Manchmal gingen sie nach den Treffen noch einen Kaffee trinken und im Laufe der Zeit wurde sie zu einer guten

Freundin, mit der sie über alles reden konnte. Sie hatte eine ähnliche Geschichte wie Lene hinter sich, allerdings mit dem gravierenden Unterschied, dass sie schon 65 Jahre alt war, als ihr Mann sich wegen einer Jüngeren von ihr trennte.

Im Endeffekt brachten ihr diese Sitzungen rein gar nichts, denn sie konnte sich in die Gedankenwelt der anderen nicht hineinversetzen und sie wohl auch nicht in ihre. Trotzdem ging sie brav zweimal im Monat hin, warum wusste sie eigentlich selbst nicht. Vielleicht war es Gewohnheit, vielleicht machte sie es auch, um festzustellen, dass auch andere ihre kleinen Sorgen hatten.

Und nun saß sie wieder in der Praxis ihres Neurologen und wollte sich ihr vierteljährliches Pillen-Rezept abholen. Eine furchtbar dürre Dame, Typ Barbie, in einem hellen Etuikleid betrat soeben nervös das Wartezimmer und setzte sich auf den freien Platz neben Lene. Sie trug hellblonde auftoupierte Haare und war dick geschminkt. Ihr Parfümgeruch war so stark, dass sie vermutlich eine ganze Flasche über sich verteilt hatte. Um ihren Hals waren mehrere Goldketten geschlungen. In einem Schwimmbad wäre sie ganz sicher unter Wasser gezogen worden. Sie sah aus wie eine amerikanische First Lady, es fehlte nur noch ein diskret an der Tür wartender Bodyguard. Nach wenigen Sekunden zuckte die Frau zusammen, durchwühlte hektisch ihre riesige Tasche und zog erleichtert ihren Schlüssel hervor. Zwei Minuten später begann das gleiche Spiel von vorn, nur schien sie diesmal ihre Geldbörse zu suchen.

Lene wusste kaum noch, wo sie hinblicken sollte und wurde von dem ständigen Gewühle selbst schon ganz nervös. So widmete sie ihre Aufmerksamkeit lieber den diversen Broschüren mit guten Tipps oder Therapiemöglichkeiten, die auf einem kleinen Tischchen in der Raummitte lagen. Wahllos griff sie sich eines der Heftchen und durchblätterte es oberflächlich. Das Bild einer Frau, etwa in ihrem Alter, sprang ihr schließlich ins Gesicht. Sie stand auf einer Terrasse und im Hintergrund sah man einen azurblauen See, der von hohen Bergen umgeben war. Das strahlende Lächeln der Frau faszinierte sie und die Bildunterschrift verriet ihr, dass es am Gardasee aufgenommen war. Die Überschrift des Artikels lautete: *Es ist nie zu spät für einen Neustart.* Interessiert begann Lene den Artikel zu lesen. Demnach litt die Frau auf dem Bild früher unter schweren Depressionen. Dann war sie nach Italien ausgewandert und erfüllte sich einen Lebenstraum. Sie eröffnete am Gardasee eine kleine Frühstückspension. Dieser Bruch mit ihrem alten Leben und der rigorose Neuanfang hatten die Depressionen vertrieben. Einfach noch einmal neu durchstarten, etwas Neues anfangen. Das klang toll und Lene fragte sich, ob sie dies wohl auch könnte. Gedankenverloren ließ sie die Broschüre sinken und starrte auf die gegenüberliegende Wand. Neu durchstarten, alles hinter sich lassen …

Die energische Stimme des Doktors und die irritierten Blicke der anderen mitwartenden Patienten rissen sie aus ihren Grübeleien. Mechanisch steckte sie das Heft in ihre Tasche und ging ins Sprechzimmer.

»Na meine Liebe, wir sind wohl heute nicht so recht bei der Sache, ich habe sie bestimmt schon dreimal aufgerufen.«

Erstaunt schaute Lene ihren Arzt an. Sie hatte ihren Namen gar nicht gehört, so war sie in diesen Artikel vertieft gewesen.

Gleich, als sie wieder zu Hause war, setzte sie sich an ihren Laptop und gab die in dem Artikel angegebene Adresse der Frühstückspension am Gardasee ein. Auf der Homepage der Pension Olivenhain sah man Aufnahmen vom Haus und der traumhaften Umgebung sowie eine kleine Vorstellung der Gastgeberin Ines Gerber. Irgendetwas faszinierte sie an dieser

Frau und ihrer Geschichte. Ohne groß zu überlegen, klickte Lene auf das Feld der freien Unterkünfte. Sie sah, dass es insgesamt nur vier Zimmer gab und dass drei davon frei waren.

Nachdenklich klappte sie ihren Laptop zu und ließ sich ein Bad ein. Der Gedanke war einfach verlockend. Wann war sie das letzte Mal im Urlaub gewesen? Es war zu der Zeit, als sie noch mit Thomas zusammen gewesen war. Immer waren sie nur dorthin gereist, wohin er wollte. Er liebte es, den ganzen Tag an irgendeinem karibischen Strand in der Sonne zu liegen. Sie hasste diese Badeurlaube, da sie meist schon nach kurzer Zeit einen fürchterlichen Sonnenbrand hatte. Abends konnte sie sich dann kaum noch rühren und lag mit einem kühlenden Spray auf dem ganzen Körper abwechselnd frierend und schwitzend auf ihrem Bett, während ihr Mann die Nacht zum Tag machte. Thomas hatte für ihre Probleme keinerlei Verständnis und ihr Wunsch, man könnte sich doch auch einmal etwas von der Umgebung anschauen, wurde mit einem milden Lächeln abgetan. Aus seiner Sicht wollte jede Frau in die Karibik reisen, andere Orte dieser Welt, hatte er gar nicht auf seinem Schirm.

Seit der Trennung hatte sie ihre Urlaubstage mehr oder weniger abgebummelt, ohne sich groß Gedanken über irgendwelche Reiseziele zu machen. Sie hatte sich gar nicht vorstellen können, allein irgendwohin zu fahren, das hatte sie noch nie gemacht.

Italien – noch nie war sie dort gewesen. Freunde hatten ihr schöne Dinge berichtet, über Rom, Venedig oder Neapel. Lene nahm noch einmal die Broschüre zur Hand, die Bilder sahen einfach wunderschön aus. Warum sollte sie nicht einfach mal etwas Spontanes machen, etwas das sie noch nie getan hatte. Als sie endlich im schaumigen Badewasser lag, stand ihr Entschluss felsenfest. Gleich morgen früh würde sie mit ihrem Chef sprechen. Sie hatte fast noch den gesamten Urlaub vom letzten Jahr, zusammen mit dem für das jetzige kam eine ganz schöne Anzahl an Tagen heraus, Wenn sie wollte, könnte sie fast sieben Wochen Urlaub machen. Sicher kostete das eine ganze Stange Geld, doch da war immer noch der Betrag vom Hausverkauf. Bis jetzt hatte sie diesen einfach auf ihrem Konto liegen lassen und nicht angerührt. Lene schloss ihre Augen, sie konnte es sich schon so richtig vorstellen. Sie würde einfach das tun, was sie wollte. Sie könnte den ganzen Tag irgendwo sitzen und lesen, in irgendwelchen alten Burgen rumkrauchen, sich die Landschaft ansehen, durch alte verwinkelte Städtchen bummeln, ganz egal. Und sie würde sich das italienische Essen schmecken lassen.

Ihr Chef war am nächsten Morgen im wahrsten Sinne des Wortes sprachlos oder sollte man eher fassungslos sagen? Er sah sie mit einem milden Lächeln an und dachte vermutlich, jetzt wäre sie total übergeschnappt. »Wieso das denn, vor allem jetzt? Könnten Sie nicht noch ein wenig warten?«

Doch diesmal blieb Lene hart, immer hatte sie sich beschwatzen lassen und war zurückgetreten. »Ich möchte meinen Urlaub nehmen und zwar komplett. Ich habe voriges Jahr auf fast alle Tage verzichtet. Jetzt bin ich mal dran, außerdem ist Anfang April, da ist hier eh nichts los.«

Das war ein Argument, was auf jeden Fall zu ziehen schien. Dennoch blätterte ihr Chef sorgenvoll in seinem Terminkalender und stöhnte leicht dabei. »Na ja gut, einverstanden. Es wäre zwar trotzdem schöner gewesen, wenn es nicht so plötzlich gekommen wäre, aber ich will mal nicht so sein. Und wann wollen Sie ihren Urlaub antreten?«

Lene holte tief Luft und sagte einfach nur: »Jetzt, jetzt sofort, ich würde am liebsten gleich nach Hause gehen, damit ich morgen fahren kann.«

Diese Mitteilung rief bei ihrem Boss eine Schnappatmung hervor und seine ansonsten blasse Gesichtsfarbe wechselte zu einem noch dunkleren Rot. Schließlich begann er aber anscheinend einzusehen, dass sie diesmal unter keinen Umständen nachgeben würde. Hektisch begann er, im Dienstplan zu blättern, nickte gnädig und sie schien aus dem Gespräch entlassen zu sein.

Lene lief beschwingt zu ihrem Spind und holte ihre Tasche heraus. Die hochhackigen Schuhe, die sie auf Arbeit immer tragen musste, flogen im hohen Bogen in den Schrank und sie holte ihre flachen Treter hervor. Ihre Freundin Moni kam in die Garderobe und war begeistert, als Lene ihr von ihrem Vorhaben berichtete.»Super, das Gesicht von dem Alten hätte ich ja mal sehen wollen. Aber du machst es ganz richtig. Wird Zeit, dass du mal rauskommst. Ich bin nur erstaunt, wie spontan du auf einmal bist.«

»Findest du mich zu spontan? Ich hab einen Artikel gelesen und binnen weniger Stunden den Entschluss gefasst.« Da waren sie wieder, die Ängste und Zweifel hockten wie dicke Vögel auf ihren Schultern.

Moni verdrehte ihre Augen. »So ein Quatsch, du fährst und basta. Bestimmt wird es ein toller Urlaub, ich hab da so ein Gefühl.«

»Nun musst du sicher einige Überstunden schieben. Das tut mir leid für dich!«

»Ach, nun mach dir darüber mal keinen Kopf, da sind auch noch andere da. Und wenn du in Italien einen Mann nach dem anderen aufreißt, denk auch mal an deine arme arbeitende Freundin hier in Deutschland. Vielleicht fällt für mich auch einer ab«, grinste Moni sie an.

Lene verdrehte ihre Augen, »Glaub mir, wenn ich eines ganz sicher nicht mache, dann ist das einen Mann suchen. Das ist vorbei – mein Bedarf ist bis ans Ende meiner Tage gedeckt.«

Auf dem Nachhauseweg radelte Lene noch zu einer Buchhandlung und kaufte sich zwei dicke Reiseführer über ihr Urlaubsziel. Außerdem fuhr sie in einen Elektronikmarkt und wollte ein Navigationsgerät kaufen. Anders traute sie sich den weiten Weg bis nach Italien nicht so recht zu. Bis jetzt hatte sie so etwas nie besessen, wofür auch. Die kurzen Strecken, die sie fuhr, waren ihr bekannt, da brauchte sie nicht einmal eine Karte. Hilflos irrte sie durch die Gänge des Elektonikmarktes. Ein junger Verkäufer rettete sie schließlich, legte sich gleich mächtig ins Zeug und bot ihr aufwendige Geräte an, bei denen sie kaum begriff, wie sie sie einschalten sollte. Etwas hilflos schaute sie auf die immer größer werdende Auswahl an Vorschlägen. Da nahte Rettung in Person eines etwas älteren Verkäufers, der schnell erkannt hatte, dass sie etwas Idiotensicheres brauchte, mit dem man einfach nichts falsch machen konnte. Er griff in das Regal hinter sich und holte ein schlichtes Gerät hervor, das nur einen Bruchteil der anderen kostete. Mit knappen Worten erklärte er die Bedienung, Lene war so erleichtert, dass sie ihm am liebsten um den Hals gefallen wäre. Auf dem Weg zur Kasse fragte er: »Und, wo soll`s denn hingehen?«

Lene lachte ihm zu. »An den Gardasee, zum ersten Mal. Ich war noch nie dort, deswegen das Teil da. Eigentlich war ich noch nie mit meinem Auto im Ausland.«

»Oh, das wird ihnen bestimmt gefallen, schöne Gegend und gute Küche. Und der Weg ist wirklich nicht schwer, machen

Sie sich keine Gedanken. Die Italiener sind sehr nett und gast-
freundlich.«

Derart gewappnet machte sich Lene auf den Heimweg.
Neugierig blätterte sie zu Hause die Reiseführer durch und
ihre Aufregung wuchs noch mehr.

Gegen Abend wählte sie aufgeregt die Nummer der kleinen
Pension in Malcesine. Nach längerem Klingeln meldete sich
eine Frau: »Gerber, Pension Olivenhain.«

»Hallo Frau Gerber, mein Name ist Helene Stoll. Ich bin in
einer Zeitschrift auf Ihre Pension gestoßen und wollte fragen,
ob Sie ein Zimmer für mich frei hätten?«

»Oh, das freut mich. Das kommt als Erstes darauf an, wann
Sie kommen und wie lange Sie bleiben wollen«, antwortete die
Frau am anderen Ende.

»Am liebsten«, Lene holte tief Luft, »am allerliebsten morgen, wenn das geht. Und bleiben, ich weiß noch nicht so
recht …«, stotterte sie und hielt auf eine Antwort wartend den
Atem an.

»Und mit wievielen Personen kommen Sie?«, hakte Ines
Gerber nach.

»Na ja, ich komme allein, also nur ich.«

Die Pensionswirtin lachte: »Ach na dann, für eine Person
habe ich auf jeden Fall noch etwas frei. Und wie lange Sie
bleiben, das entscheiden wir ganz einfach vor Ort.«

Lene fiel ein Stein vom Herzen, denn sie hätte nirgendwo
anders hinfahren wollen. »Super, ich fahre morgen ganz zeitig
los und denke, ich bin dann so gegen Abend bei Ihnen, wenn
das okay ist?«

Ines Gerber lachte erneut. »Machen Sie sich bloß keinen
Stress! Wann immer Sie kommen, ich bin da. Und Frau Stoll,
ich freue mich auf Sie und gute Fahrt!«

Am liebsten hätte Lene einen Luftsprung gemacht. Sie fühlte plötzlich einen unglaublichen Elan in sich und begann sofort mit dem Kofferpacken. Was nahm man eigentlich mit? Sorgenvoll schaute sie in ihren Kleiderschrank. Hm, Italien, war es dort nun immer warm? Keine Ahnung. Ein Blick in den Reiseführer sorgte für Klarheit und so packte sie von jedem was ein und meinte so hoffentlich für alle Wetterverhältnisse gewappnet zu sein. Ganz hinten in ihrem Schrank stieß sie nach den sackartigen Gebilden auf ihre figurbetonte farbenfrohe Garderobe. Kurz entschlossen suchte sie auch ein paar dieser Teile heraus. Im Bad hielt sie die Tasche mit ihren Schminksachen in der Hand und wollte sie schon wieder in den Schrank stellen, dann besann sie sich und packte sie mit ein. Man wusste ja nie, was einen so erwartete. Ganz zum Schluss legte sie noch ihren knallroten Badeanzug obenauf. Diesen hatte sie sich kurz nach der Trennung von Thomas geleistet und noch nie getragen. Wenn nicht in Italien, dann würde sie ihn vermutlich nie anziehen.

Nachdem ihr Reisegepäck fertig war, führte sie ein Telefonat mit ihren Eltern und erläuterte ihre Pläne für die nächsten Wochen. Ihre Mutter machte sich wie immer riesige Sorgen. »Ach Mädchen, musst du denn ausgerechnet nach Italien? Was man da immer so hört! Fahr doch an die Ostsee, Vati und ich sind immer an die Ostsee gefahren. Und dir hat`s dort immer gut gefallen.«

Im Stillen verdrehte Lene die Augen. »Ich weiß Mutti, ich war meine ganze Kindheit mit euch dort. Nun möchte ich mal was ganz anderes machen, einfach etwas so tun, wie ich es will.«

»Aber warum denn, was willst du denn dort? Und so allein …«

Am anderen Ende knisterte es. Anscheinend nahm ihr Vater den Hörer an sich. Er hatte ihre Worte über den Lautsprecher mitgehört. »Gute Reise, meine Kleine, melde dich mal, wenn du da bist und hab ganz viel Spaß. Ich bin sicher, du weißt was du tust.« Und schwupps, legte er auf. Vater hatte sie einfach schon immer besser verstanden und seine Worte machten Mut. Ihre Mutter war dagegen immer sehr ängstlich und vorsichtig. Trotzdem war sie ihren Eltern unglaublich dankbar, soviel hatten sie ihr in letzter Zeit geholfen. Die Trennung von Thomas war auch für sie ein großer Schock gewesen, denn sie hatten von irgendwelchen Eheproblemen nie etwas mitbekommen. Sie glaubten ihre Tochter in gesicherten Verhältnissen und mussten sich an die neue Situation erst einmal gewöhnen.

Später lag Lene in ihrem Bett und konnte nicht schlafen. Ihr abendliches Schlafmittel hatte sie heute lieber weggelassen, damit sie morgen früh richtig fit war. Immer wieder ging sie den Inhalt ihres Gepäcks durch, ob sie auch ja alles Wichtige eingepackt hatte. Und wenn schon, beruhigte sie sich selbst, sie fuhr ja nicht nach Timbuktu. Wenn etwas fehlte, wurde es eben gekauft. Doch die Gedanken kreisten nun einmal und langsam stiegen Zweifel in ihr auf. War es wirklich richtig, einfach so diese Reise zu unternehmen? Was erwartete sie sich davon, was sollte es ihr bringen? Sie wusste es einfach nicht. Ein Neuanfang in Italien. Wie sollte das denn gehen? Und schließlich konnte nicht jeder dort unten sein Glück finden. Und überhaupt, eigentlich ging es ihr doch hier nicht schlecht. Sie hatte ein Zuhause, eine Arbeit, ihre bunten Pillen und …

Doch da war eine Sehnsucht, sie war 45 Jahre alt. Sollte sie wirklich bis ans Ende ihrer Tage alleine bleiben? Sie sagte zwar immer, sie wollte keinen Mann und kam gut allein zurecht. Aber in Wirklichkeit sehnte sie sich nach jemandem und sie sehnte sich nach Sex, ja, jetzt war es raus. Sie wollte einfach mal wieder richtig guten Sex haben, so wie die Heldinnen in ihren Romanen. Ob sie dafür nun unbedingt bis Italien musste, war unklar, aber sie würde fahren und gut.

Gegen diese Probleme hätten ihre Schlafpillen vermutlich auch nicht geholfen. Gefühlt alle zehn Minuten starrte sie auf ihren Wecker, doch Schlaf war einfach nicht in Sicht.

Gegen zwölf Uhr stand sie schließlich auf, zog sich an und beendete die Quälerei. Warum sollte sie nicht schon jetzt losfahren. Was hatte Ines Gerber gesagt? Sie konnte kommen, wann sie wollte. Sie warf noch einen Rundblick in ihre Wohnung. Den Inhalt des Kühlschrankes wollte Moni morgen holen und sich in der Zwischenzeit auch um ihre Blumen kümmern. Lene schloss die Tür ab und stieg in ihr Auto. Das Gepäck lag schon sicher verstaut im Kofferraum.

3. Kapitel

Lene griff in den Pappkarton neben sich und schaltete das Navi ein. Was hatte der Verkäufer gesagt? Die Bedienung ist ganz einfach, nur nicht verrückt machen lassen. Wenn etwas nicht geht, einfach noch einmal von vorn beginnen. Zu ihrem Erstaunen klappte es gleich beim ersten Mal, anscheinend war sie technisch doch nicht vollkommen unbegabt. Sie gab die Adresse ein und die Fahrt konnte beginnen.

Um diese Zeit waren die Straßen der Stadt menschenleer. Kein Wunder! Wer fuhr auch um ein Uhr nachts draußen herum? Nur ein einsames Taxi zog seine Runden und war vermutlich auf der Suche nach irgendwelchen Nachtschwärmern. Lene war keine sichere Autofahrerin, oder sollte man eher sagen, sie war keine sichere Fahrerin *mehr*. Denn früher hatte sie einen äußerst schnittigen, rasanten Fahrstil draufgehabt. Ihr Exmann hatte ihr nach einiger Zeit unablässig dazwischen gequatscht. Sie führe zu schnell, zu dicht auf, ließ zu große Lücken, wäre dann wieder zu langsam. Irgendwann reichte es ihr, sie ließ nur noch ihn fahren und hatte ihre Ruhe. Ab da tuckerte sie mit ihrem kleinen Auto zur Arbeit und zum Einkaufen – allein und eher überschaubare Strecken.

In absoluter Rekordzeit erreichte sie die Autobahn und wählte die Auffahrt Richtung Süden. Der erste Teil der Strecke bis nach München war ihr nicht unbekannt. Ihr Exmann hatte sie anfangs ein paar Mal zu Geschäftsterminen mitgenommen. Später fuhr er lieber allein ohne ihre Begleitung oder nahm eine attraktive Kollegin mit. Nach der bayrischen Hauptstadt begann für sie unbekanntes Gelände. Doch noch immer war die Autobahn relativ leer. Links und rechts standen die Rastplätze voller Lkws, deren Fahrer hier ihre Nachtruhe abhielten.

So langsam machte sich die Müdigkeit auch bei Lene bemerkbar – am Anfang drehte sie ihr Radio noch ein wenig lauter und sang aus voller Kehle bei irgendeinem Schlagerkanal mit. Dann öffnete sie zusätzlich ihr Fenster und ließ sich die kühle Nachtluft um die Nase wehen. Da befürchtete sie aber bereits nach kurzer Zeit einen steifen Hals zu bekommen, also wieder zu mit dem Fenster. Bei einem Blick auf die Uhr beschloss sie, an der nächsten Raststätte abzufahren. Schon nach kurzer Zeit tauchte ein Hinweisschild auf und Lene wollte sich einen Parkplatz in der Nähe der Tankstelle suchen. Bei einer Tankstelle waren Leute und da war man sicher, so lautete ihre Theorie. Bis auf ihr Auto sah sie allerdings kaum einen anderen Pkw, dafür Lkws, die alles zugestellt hatten. Mühevoll quetschte sie sich hinter einen der riesigen Laster. Der Tankstellenshop war wie ausgestorben, nur ein jüngeres Pärchen saß in der Ecke, knutschte heftig und ein Truckerfahrer fütterte einen Spielautomaten mit Geldstücken. Das nervtoetende Gebimmel erfüllte den ganzen Raum. Lene bestellte sich bei einer sichtlich gelangweilten Angestellten einen extra großen Kaffee zum Mitnehmen und ging wieder nach draußen. Mit dem Becher in der Hand stellte sie sich vor den Eingang, ließ ihre Blicke schweifen und wollte gerade tief Luft holen.

Da sah sie wie zufällig zu ihrem Auto und bemerkte eine dunkle Gestalt, die sich anscheinend an der Fahrertür zu schaffen machte. Im hohen Bogen warf sie ihren Kaffeebecher fort, war schlagartig hellwach und sprintete los. Dabei schrie sie laut, »Heh« und »Hilfe, mir will jemand mein Auto klauen.«

Doch wer sollte das hier schon hören? Die Trucker würden in ihren Kabinen liegen, schlafen und waren sicher ganz andere Sachen gewöhnt und die Leute in der Tankstelle hatten sie vermutlich gar nicht gehört. Der vermeintliche Einbrecher immerhin vernahm es, drehte sich um, lief zu einem wartenden Motorrad und schwang sich hinten drauf. Mit einem lauten Aufheulen des Motors raste die Maschine davon.

Schwer atmend gelangte Lene zu ihrem Auto und wollte sich gerade ihr Türschloss besehen.

»Alles in Ordnung?«, fragte eine ruhige Stimme hinter ihr. Heftig zuckte sie zusammen, drehte sich um und schaute auf einen älteren grauhaarigen Mann. Irgendwie erinnerte er sie spontan an den Inhaber des kleinen italienischen Restaurants, in dem sie anfangs mit Thomas immer gewesen war, Don Pedro oder so ähnlich, nannten ihn immer alle.

Besorgt sah er sie an. »Ist alles okay bei Ihnen? Ich habe Sie dort drüben von meinem Auto aus losrennen sehen und dachte, ich kann vielleicht helfen.« Er deutete irgendwohin in die Dunkelheit.

Lene holte tief Luft. »Ich glaube, der wollte mein Auto klauen, der da mit dem Motorrad.«

Der Mann nickte und lächelte leicht. »Das glaube ich eher nicht, wissen Sie, Ihr Modell ist nicht so gefragt«, meinte er mit einem Seitenblick auf ihren roten Kleinwagen. »Aber ich denke, er wollte das da haben.« Sein Blick fiel auf ihr Navigationsgerät. »Ist zwar ein einfaches Modell, scheint aber noch ziemlich neu zu sein, das kann man für ein paar Euro immer gut verkaufen. Das dürfen Sie auf keinen Fall im Auto lassen, immer mitnehmen oder zumindest im Handschuhfach verstauen.«

»Oje!« Lene musste lachen. »Ich habe dieses Teil da gestern erst gekauft und bin froh, dass ich es überhaupt anbekommen habe. Und nun wieder abbauen und von vorne starten, puuh.«

Bei ihren Worten musste der Mann grinsen. »Wissen Sie was? Nach dem Schreck lade ich Sie auf einen Kaffee ein. Wie ich gesehen habe, haben Sie ihren ja gerade im vollen Lauf verloren. Und dann erzähle ich Ihnen was über dieses Gerät und Sie werden sehen, schon morgen bedienen Sie es im Schlaf. Na, nun kommen Sie schon, wir setzen uns auch so, dass Sie Ihr Auto gut im Blick haben, also?« Fragend schaute er sie an.

Lene rang kurz mit sich und dachte: *Was wenn der Typ auch so ein, na ja, was weiß ich – Verbrecher ist? Aber eigentlich sieht er ja ganz nett aus. Warum nicht?!* Bevor Lene mit ihrer neuen Bekanntschaft losging, schloss sie ihr Auto auf und entfernte die Ursache des Übels von der Windschutzscheibe.

Die Tankstellenangestellte schaute verblüfft zwischen ihr und dem Mann hin und her, sagte aber nichts. Vermutlich fragte sie sich, warum sie sich innerhalb von fünf Minuten erneut einen Kaffee holte und diesmal vor allem auch noch in Begleitung eines Mannes. Mittlerweile herrschte Stille, der Spielautomat lag ruhig und verwaist in der Ecke.

Beide setzten sich an einen der Fenstertische. Er streckte ihr seine Hand entgegen und sagte: »Ich bin übrigens Gustafo.«

»Lene«, sagte sie lächelnd, schielte aber aus dem Augenwinkel immer wieder zu ihrem Auto. Langsam wurde sie schon wie ihre Mutter und witterte überall Gefahr.

»Und Lene, sind Sie auf dem Weg in den Urlaub, wenn ich fragen darf?«, plauderte er leicht drauflos.

Komisch, da saß sie hier mitten in der Nacht mit einem stockfremden Mann zusammen und sollte ihm ihre Pläne erläutern. Wiederrum, warum sollte sie dies nicht tun? Nach diesem Treffen hier, würden sie sich vermutlich nie wiedersehen.

»Ja, ich fahre in den Urlaub, ich nehme mir eine längere Auszeit und möchte einige Zeit am Gardasee verbringen.«

»Oh.« Er verdrehte genießerisch seine Augen. »Der Lago di Garda, waren Sie schon einmal dort?«

Lene schüttelte den Kopf, »Ich war noch nie in Italien.«

»Ein wunderschönes Fleckchen Erde! Ich glaube, dort wird es Ihnen sehr gut gefallen. Ich fand ihn immer wunderschön.«

»Und Sie?«, fragte Lene im Gegenzug nach. »Fahren sie auch in den Urlaub? Oder nach Hause? Ihrem Namen nach, scheinen Sie ja Italiener zu sein.«

»Kein Italiener, also kein Normaler. Ich bin Venezianer, das ist ein kleiner, aber sehr entscheidender Unterschied.« Er schmunzelte. »Ich stamme aus Venedig, lebe aber schon seit vielen Jahren in Deutschland. Ich betreibe ein Restaurant. Wir Venezianer sind ein stolzes Volk und wollen mit dem Rest von Italien nicht so viel zu tun haben, wissen Sie.«

Begeistert sah sie ihn an. »Oh, Venedig, das würde ich auch gerne einmal sehen. Die Stadt soll traumhaft schön sein.«

»Ja, die Serenissima ist das Schönste, was es auf der Welt gibt. Wir sagen immer, schauen Sie sich die Stadt an, bevor sie wirklich noch eines Tages in Schlamm und Morast versunken ist. Doch ich denke, sie wird in tausend Jahren noch stehen.« Bei diesen Worten leuchteten seine Augen voller Stolz.

Dann wurde er wieder ernst. »Diesmal ist mein Besuch kein erfreulicher, meine Mutter ist gestern verstorben. Ganz plötzlich – obwohl sie schon alt war, wissen Sie. Aber trotzdem, kommt es dann immer unerwartet.«

Lene wusste nicht, was sie sagen sollte, doch Gustafo sprach nach einer kleinen Pause schon weiter. »Ich war lange nicht mehr dort, drei Jahre habe ich sie nicht mehr besucht. Es war einfach immer so viel zu tun … Aber eigentlich stimmt das gar nicht, man muss es nur machen, sich ins Auto setzen und losfahren. Doch andere Dinge sind immer wichtiger und man sagt sich, bestimmt fahre ich im nächsten Monat. Im Herbst fahre ich, da sind die Straßen nicht mehr so voll. Und irgendwann ist wieder ein Jahr rum und nichts ist passiert.«

Lene wusste nicht warum, aber ihr Gefühl riet ihr, einfach die Hand auf seine zu legen. Etwas zu sagen, war gar nicht notwendig.

»Das Schlimmste für mich ist, dass ich mich nie wieder mit ihr unterhalten kann. Ich hätte ihr noch so viel sagen wollen, doch das ist nun nicht mehr möglich. Wissen Sie Lene, so vieles schieben wir vor uns her und sagen immer später, später und irgendwann ist es zu spät, ganz einfach.« Intensiv sah er sie an. »Ach, nun hab ich Sie mit meinen traurigen Geschichten gelangweilt, das tut mir leid.«

Lene sah versonnen aus dem Fenster. »Oh nein, ganz und gar nicht, es tut *mir* sehr leid. Aber ich kann so gut verstehen, wie Sie sich fühlen. Ich hab viel zu lange nur das getan, was andere wollten. Meine eigenen Wünsche hab ich immer hintenan gestellt, sie waren aus meiner Sicht zu unwichtig oder ich habe gesagt später, später. Und jetzt, mache ich was Verrücktes. Ich fahre ganz allein in den Urlaub und ich werde ihn genauso gestalten, wie ich es will.«

»Bravo«, sagte Gustafo »Darauf stoßen wir mit unserem Kaffee an. Und dann verabschieden wir uns, mein Weg ist noch ein bisschen weiter als Ihrer. Und an Ihrem Auto erkläre ich Ihnen noch ganz kurz ihr Navi.«

Gustafo erklärte ihr das Gerät so simpel, dass Lene sich selbst als Technik-Legasthenikerin bestens gewappnet fühlte.

Zum Schluss, umarmte sie ihn herzlich und beide wünschten sich eine gute Fahrt. Schon zwei Minuten später war sein Auto in der Dunkelheit verschwunden.

Sie ließ ihren Motor an und fuhr weiter. Nach einigen Kilometern passierte sie die Grenze zu Österreich – schwupp, ehe man es sich versah, war man in einem anderen Land. Langsam ging die Sonne auf und die Autobahn füllte sich mehr und mehr. Die Truckerfahrer starteten ihre Motoren und machten sich auf den Weg. Trotzdem kam Lene gut voran. Sie passierte die Europabrücke und schlug dann den Weg Richtung Brenner ein.

Brenner – dieser Name hatte für sie etwas Magisches. Klang das nicht schon nach Süden? Langsam wand sich die Straße die Berge empor. Jetzt, hier, an dieser Stelle, als sie die ganzen Ortsnamen las, die sie sonst nur aus dem Fernsehen kannte, kam bei ihr zum ersten Mal richtiges Urlaubsfeeling auf.

Nach einer Weile fuhr sie noch einmal von der Autobahn ab, um zu tanken. Sie dachte an Gustafos Worte, entfernte ordnungsgemäß das Navi von ihrer Scheibe und stopfte es ins Handschuhfach. In der Tankstelle bezahlte sie ihre Rechnung, ging auf die Toilette und kaufte sich anschließend noch einen Kaffee. Dabei fiel ihr Blick auf diverse Tafeln Schokolade in der Auslage. *Was soll's?*, dachte sie. *Ein wenig Nervennahrung kann nie schaden.* Auf der Handfläche balancierte sie den Pappbecher nach draußen und versuchte, an ihr Auto gelehnt, ihren Kaffee zu schlürfen. Warum wurde der unterwegs eigentlich immer so kochend heiß aufgebrüht, dass man ihn, ohne Schaden zu nehmen, erst nach einer halben Stunde trinken konnte? In den Becher pustend, musterte sie die anderen Reisenden. Die meisten sahen ähnlich hohläugig aus wie sie. Wer um diese Zeit hier unterwegs war, fuhr wahrscheinlich genau wie sie die halbe Nacht. Da der Kaffee einfach nicht kühler wurde, aß sie erst mal ihre Tafel Schokolade und wartete ein wenig.

Vor ihr lag in der Ferne ein Bergmassiv. Die Spitzen waren noch mit Schnee bedeckt und die Morgensonne tauchte alles in rötliches Licht. Der Anblick war einfach fantastisch, noch nie hatte sie richtig hohe Berge gesehen. *Einmal da oben stehen und ins Tal schauen, das wäre was*, dachte Lene. Aber mit ihrer

Kondition würde sie vermutlich nicht weit kommen. Lene setzte sich in ihr Auto und genoss den Anblick des Bergpanoramas, doch schon wenige Minuten später war sie tief und fest eingeschlafen. Eine kreischende Stimme genau neben ihrem Auto weckte sie. Da stand ein kleines Mädchen mit einer leeren Eiswaffel, der Inhalt lag auf dem Boden. Sie jammerte so herzzerreißend, dass ihr Vater sich noch einmal aufmachte und Nachschub holte. Nun war Lene aber immerhin wach.

Sie seufzte, warf ihren Motor an und setzte ihre Fahrt Richtung Süden fort. Der kurze Schlaf hatte sie fit gemacht für die restlichen Kilometer. Da tauchte auch schon die Grenze zu Italien auf. Links und rechts der Autobahn türmten sich die hohen Berge Südtirols. Kleine Dörfer, Kirchen und Burgen schmiegten sich an die steilen Hänge. Sie konnte sich gar nicht sattsehen, die Umgebung war einfach nur traumhaft. Genauso, wie sie es sich immer vorgestellt hatte. Der Verkehr nahm mittlerweile enorm zu und viele Lastwagen waren unterwegs. Die meisten Italiener hatten einen ausgesprochen sportlichen Fahrstil. Hinter so manchem Laster schlich sie gefühlte Ewigkeiten her, da sie sich einfach nicht traute zu überholen. Und dann las sie es, das Schild mit der Aufschrift *Lago di Garda*. Ihre Abfahrt war gekommen und sie war sichtlich erleichtert, die Brennerautobahn endlich verlassen zu können. Bei einer freundlichen Italienerin bezahlte sie die zu entrichtende Mautgebühr und fuhr in die ausgewiesene Richtung.

Die Straße führte nun durch kleinere Ortschaften. Wenn sie ehrlich war, wirkte hier alles ganz anders, als sie es sich so gedacht hatte. Sie kam sich vor, als ob jeden Moment das Ortseingangsschild von Castrop-Rauxel auftauchen würde, aber ganz und gar nicht wie in Italien. Hier sah es überhaupt nicht nach Dolce Vita aus, doch die Schilder zeigten beharrlich weiter geradeaus.

Durch das Hinterland gelangte Lene schließlich in eine etwas größere Ortschaft mit einem abenteuerlichen Kreisverkehr. Anscheinend mochte man Kreisverkehre in Italien, denn auf dem kurzen Stück von der Autobahn bis hierher hatte sie bestimmt fünf Stück passiert. Doch dieser Letzte hatte es in sich – Lene kurvte eine Runde nach der anderen. Es gab fünf Ausfahrten und alle lagen dicht nebeneinander. Die Beschriftung wirkte auf Lene äußerst verwirrend, konnte sie doch den vertrauten Namen Lago di Garda zunächst nirgends entdecken. Ihr Navi war momentan auch so gar keine Hilfe mit seinem »Jetzt abbiegen«. Langsam spürte sie, wie in ihr die Hitze ausbrach und in die Wangen kroch. Die anderen Verkehrsteilnehmer blieben gelassen, anscheinend war man an Probleme dieser Art gewöhnt. In einem Café direkt an der Straße saßen ein paar ältere Herren, tranken ihren Morgenkaffee und beobachteten interessiert, wie Lene ihre Runden drehte. Sicherlich war dies ein gutes Plätzchen, an dem es immer viel zu sehen gab. Fachmännisch kommentierten sie ihre Fahrversuche.

»Verdammt, nun stell dich doch nicht so an«, murmelte Lene vor sich hin. Dann entschied sie sich einfach spontan für eine der Abfahrten ins Tal hinunter und hoffte, auf dem richtigen Weg zu sein.

Es ging eine leichte Steigung hinab und dann hinter einer scharfen Kurve, lag es plötzlich vor ihr, das Ziel ihrer Fahrt – der Gardasee. Ohne dass sie ihn kannte, wusste sie, dass er es war, er musste es einfach sein. Von tief unten strahlte sein intensives Blau bis zu ihr nach oben, wie auf einem richtig kitschigen Postkartenmotiv. In mehreren scharfen Kehren wand sich die Straße steil hinunter ins Tal und Lene tuckerte hinter zwei Lkws langsam abwärts. Am Rand tauchte ein kleiner Aussichtsparkplatz auf. Sie fuhr spontan nach rechts und stieg aus ihrem Auto. Ein unbeschreiblicher Duft nach Süden, stieg in ihre Nase. Es roch fruchtig, nach Wärme, fremdartig – einfach herrlich, genau wie sie es sich vorgestellt hatte. Das Panorama war einzigartig, rings umher hohe Berge und unten der tiefblau schimmernde See. Auf seiner Oberfläche sah sie winzig kleine weiße Segel und ein größeres Boot, das einen Hafen ansteuerte, der vermutlich irgendwo unter ihr lag. Am Ufer wuchsen die typischen Zypressen rank und schlank in den Himmel. Es war einfach perfekt, als hätte der liebe Gott statt einem gleich mehrere Pinselstriche für dieses Fleckchen Erde verwendet. Schon jetzt wusste sie, dass die Entscheidung, hierher zu kommen, goldrichtig gewesen war. Hinter ihr dröhnten die Motoren der Autos und Dieselgestank lag in der Luft, doch das nahm sie momentan gar nicht wahr.

Die Straße führte weiter steil hinunter bis nach Torbole und von dort wählte sie, natürlich in einem Kreisverkehr, die Abzweigung nach Malcesine. Immer am Gardasee entlang fuhr sie auf der Gardesana, der Hauptstraße, die rund um den gesamten See führte, Richtung Süden. Es ging durch mehrere Autotunnel, Galerien oder direkt durch den Berg hindurch. Links von ihr schoben sich schroffe Felswände an manchen Stellen bis ans Seeufer. Rechts boten sich immer wieder neue Ausblicke auf den See. Sie fuhr durch kleinere Ortschaften mit steinigen Strandabschnitten, an denen erste Frühaufsteher spazieren gingen oder ganz sportliche Joggingrunden drehten. Überall gab es kleine Hotels und Pensionen, welche auf Besucher warteten. Am Straßenrand wuchsen üppige Oleanderbüsche, die um diese Jahreszeit aber noch nicht blühten. Und immer wieder waren da die typischen Zypressen oder stämmige Zedern. In der Ferne kam schließlich die mächtige Skaligerburg – das Wahrzeichen von Malcesine in Sicht. Die hatte sie sich aus dem Reiseführer gemerkt. Kurz darauf stand es am Straßenrand – das Ortseingangsschild. Nun konnte es nicht mehr weit sein. Sie hatte es also geschafft, ganz allein war sie bis hierher gekommen. Das Gefühl war einfach unbeschreiblich. Und es war nicht mal schlimm gewesen. Okay, man hätte fast ihr Auto aufgebrochen, aber sie war unbeschadet angelangt. Ihrer Kehle entrang sich ein »Na bitte.« Wenn Thomas das wüsste, sicher würde er auch hier irgendwas Negatives finden, um ihr die Sache madig zu machen.

Da entdeckte sie auch schon einen Wegweiser am Straßenrand, der sie über eine schmale Straße links den Hang empor führte. Doch schon nach wenigen Metern tauchte ein weiteres Schild auf, welches wieder nach links zeigte. Skeptisch beäugte Lene den noch steileren und zusätzlich schmaleren Weg. Sie sah sich nach allen Seiten um, doch anscheinend war dies die einzige und richtige Einfahrt zur Pension Olivenhain, der Wegweiser zeigte jedenfalls eindeutig hier hinauf.

Lene holte tief Luft und legte den ersten Gang ein. Dann bog sie scharf nach links ab und quälte sich mit heulendem Motor langsam Meter für Meter den Berg empor. Vermutlich wusste man jetzt schon, dass ihre Ankunft unmittelbar bevorstand, denn sie war wirklich nicht zu überhören. Links und rechts lagen kleine Olivenhaine und Gärten, ab und zu mal von einem Haus unterbrochen. Der Weg wurde irgendwie immer steiler und enger und Lene betete innerlich, dass ihr niemand entgegenkam.

»Bitte lieber Gott, keinen Gegenverkehr«, murmelte sie inbrünstig vor sich her. Sie hoffte, wirklich richtig zu sein, denn wie sie hier hätte wenden sollen, war ihr ein Rätsel. Nach einer leichten Rechtskurve geschah es. Anscheinend hatte der liebe Gott ihr Gebet nicht gehört oder etwas anderes zu tun gehabt. Oben tauchte eine dreirädrige Karre auf und kam direkt auf sie zu. Lene betrachtete den Weg vor sich. Unmöglich kam man hier aneinander vorbei und darum hielt sie lieber erst einmal an. Das Vehikel tuckerte langsam aber unaufhörlich, den Weg hinab und stoppte etwa zehn Meter vor ihr. Lene konnte am Lenkrad einen Mann erkennen. Dieser wedelte wild mit seinen Armen und zeigte auf irgendeinen Punkt schräg hinter hier. Logisch, sie sollte Platz machen, damit er vorankam. Krampfhaft blickte sie sich nach hinten um und entdeckte eine Grundstückseinfahrt, in der aber schon zwei Autos standen. Vermutlich meinte er, sie solle sich vor diese Autos quetschen, damit er vorbei konnte. Das ging ja prima los. Waren nicht angeblich alle Italiener so furchtbare Kavaliere? Da hätte er doch auch rückwärtsfahren können. Doch, der Kerl dachte gar nicht daran.

Wieder fing er mit Wedeln an, anscheinend hatte er es auch noch eilig. »Jaja, mein Gott, ich kann ja nicht zaubern.«

Lene legte vorsichtig den Rückwärtsgang ein, löste die Handbremse und ließ sich langsam, mit einem Fuß auf der Bremse, rückwärts rollen. Dann geschah es – wie wusste sie selbst nicht genau. Ihr Fuß rutschte vom Pedal, ihr Auto machte einen Satz und knallte gegen eines der Fahrzeuge, die in der Einfahrt standen. Es gab einen Hieb und dann stand sie, immerhin so, dass der Typ an ihr vorbeifahren konnte und vermutlich auch würde.

Sie merkte, wie ihr die Tränen in die Augen stiegen. Na klasse, jetzt war sie die ganze Strecke bis hierher gefahren und hundert Meter vor dem Ziel baute sie einen Unfall. Warum schickte dieser Volltrottel sie ausgerechnet in so eine blöde Parkbucht.

Wutentbrannt stieg sie aus und knallte schwungvoll ihre Türe zu. Mittlerweile war der Karren neben ihr angelangt und hielt an.

Der Fahrer betrachtete erst sie, dann ihr Auto, einschließlich des deutschen Nummernschildes und stieg schließlich aus.

»Buon giorno, ist Ihnen was passiert?«

»Nein, mir nicht, aber meinem und diesem Auto da oder sind Sie blind?«, fauchte Lene wütend zurück und zeigte auf die Beule.

Der Italiener musterte ihren Wagen, hockte sich hin, betrachtete die zerbrochene Lampe und die Delle in ihrer Stoßstange. An dem anderen Auto, einem kleinen dunkelblauen Fiat, war die Tür eingedrückt. Zwar wies es schon einige andere Dellen auf, aber diese Beule war mit Abstand die größte.

Mit einem »Tztztz« schüttelte er den Kopf und schien sich auf seine Art über diese Situation köstlich zu amüsieren.

»Oh Gott, was mach ich denn nun?« Unsicher musterte Lene das Haus, welches sich gleich hinter der Einfahrt befand. Es war ein zweistöckiges Gebäude mit mehreren Balkonen, die Richtung See zeigten. Im Garten gab es mehrere Nebengebäude, doch alles war menschenleer. In der gesamten oberen Etage waren die Rollläden herabgelassen, irgendwie machte das Haus einen ziemlich verlassenen Eindruck.

»Na, auf jeden Fall müssen Sie den Schaden dem Besitzer melden. Nicht dass noch jemand von den Nachbarn die Carabinieri ruft.« Hastig blickte sie sich um, doch niemand war zu sehen.

»Ja. Sie haben natürlich recht.« *Klugscheißer*, dachte sie, schnappte sich ihre Tasche aus dem Auto und überlegte, ob sie auch hier ihr Navi lieber mitnehmen sollte, aber das schien dann doch etwas übertrieben zu sein. Lene ging durch das große Tor über eine gepflasterte Einfahrt zum Haus hinauf. Der Garten und die Beete wirkten gepflegt. Vielleicht war es hier so üblich, dass man tagsüber alle Fenster verrammelte. Sie drückte auf die Klingel, doch niemand reagierte.

Der Mann war ihr zum Eingang gefolgt, vermutlich wollte er sichergehen, dass sie den Schaden auch wirklich meldete. Entspannt lehnte er am Treppengeländer und beobachtete sie mit verschränkten Armen. Wütend drehte Lene sich um und blitzte ihn an. »Was wollen Sie denn noch? Vorhin hatten Sie es doch so furchtbar eilig. Sie brauchen keine Angst zu haben, dass ich verdufte. Wenn niemand da ist, hinterlasse ich einen Zettel mit meinen Daten«, zischte sie in seine Richtung. Er hatte etwas an sich, was sie total verunsicherte, dieser Blick direkt in ihre Augen – da war etwas, das sie nicht deuten konnte. Er amüsierte sich köstlich, aber unterschwellig lag noch etwas anderes darin.

Der Italiener nickte verstehend und wartete weiter geduldig, ob jemand die Tür öffnete. Dann sah er an der Fassade empor und meinte: »Anscheinend ist niemand zu Hause, na so ein Pech.«

»Danke, das hab ich auch schon gemerkt, ich bin ja nicht blöd.« Der Typ ging ihr gehörig auf die Nerven und tat gerade so, als ob sie eine Schwerverbrecherin war.

Nach einer ganzen Weile des Wartens begann Lene in ihrer Tasche nach Stift und Zettel zu suchen. Wie immer fand sie in ihrem Chaos natürlich nichts und wollte gerade alles auf dem Podest auskippen. Da bemerkte sie, wie der Kerl plötzlich in seine Tasche griff, mit einem Schlüssel klimperte und die Türe aufschloss. Verblüfft schaute Lene zu ihm nach oben. »Wieso haben Sie denn einen Schlüssel?«

»Nun, ich weiß ja nicht, wie es bei Ihnen in Deutschland so üblich ist, aber in der Regel haben wir Italiener für das Haus, in dem wir leben, schon einen Schlüssel. Wie sollten wir auch sonst hineinkommen?« Grinsend schob er die Tür auf.

»Wie? Wollen Sie etwa sagen, dass Sie hier wohnen und trotzdem haben sie mich die ganze Zeit klingeln lassen? Am

Ende ist das Auto auch noch Ihres.« Am liebsten hätte sie ihm eine geschossen. So etwas Unverschämtes war ihr noch nie untergekommen.

»Ich befürchte leider, dass es genauso ist. Der blaue Fiat ist meiner, deswegen hatte ich Sie ja auch gebeten, sich kurzzeitig davorzustellen. Ich konnte ja nicht ahnen, dass Sie einen, wie sagt man – Kavaliersstart hinlegen.« Er zwinkerte ihr zu.

Auch das noch, dachte Lene genervt. Doch sie war in sein Auto gefahren, also konnte ein wenig Freundlichkeit nicht schaden. Wer konnte schon mit Gewissheit sagen, was ihr sonst noch passierte? Sie kannte sich nicht aus mit ihrer Autoversicherung und dem ganzen Drumherum. *Okay Lene, zeig ein wenig Entgegenkommen, so schwer es dir auch fällt.*

Der Hauseigentümer trat in den Flur und sah sie auffordernd an. »Na, nun kommen Sie schon rein. Keine Angst, ich reiße Ihnen nicht den Kopf ab.« Mit blitzenden blauen Augen sah er sie an. Er war etwa in ihrem Alter, ein ganzes Stück größer als sie und hatte dunkle lockige Haare, die an den Schläfen schon grau wurden. Seine Haut wies eine äußerst gesunde Farbe auf, wie bei einem Menschen, der sich viel an der frischen Luft aufhält. Er trug eine zerrissene Jeans und ein altes verblichenes T-Shirt. Vermutlich kam er gerade von der Arbeit. Überhaupt wirkte er ausgesprochen sportlich. Rund um seine Augen sah sie viele kleine Lachfältchen, Humor schien er also zu haben. Alles in allem machte er einen recht sympathischen Eindruck, musste sie fast widerwillig zugeben. Und attraktiv war er auch noch, sogar ziemlich. Verdammt, der Typ sah einfach klasse aus. Moni zumindest wäre begeistert gewesen. Vielleicht ließe sich mit ihm reden. Irgendwie schien er sich immer noch zu amüsieren, denn seine Augen blitzten sie vor unterdrücktem Lachen an.

»Kann es sein, dass Ihnen die ganze Angelegenheit ziemlichen Spaß bereitet, oder täusche ich mich da?«

»Ganz ehrlich, ich finde es schon ein wenig unterhaltsam. Dass Ihr Auto auch einen Schaden hat, natürlich nicht«, erwiderte er grinsend.

Lene steckte der Schreck noch immer in den Gliedern, doch zögernd folgte sie ihm nach drinnen. Er ging zu einem Raum auf der rechten Seite und sie erkannte eine ziemlich rustikale Küche. Aus den Fenstern hatte man einen tollen Ausblick auf den See. Rundherum standen alte Bauernschränke und vor einem der Fenster ein dunkler Holztisch mit einer Bank und mehreren Stühlen. »Nun setzen Sie sich doch. Ach übrigens, ich bin Stefano. Möchten Sie vielleicht einen Kaffee? Ich könnte auf den Schreck jetzt wirklich einen gebrauchen.«

Etwas besänftigter sah sie ihn an. »Ich bin Lene, also eigentlich Helene, aber so sagt niemand zu mir.« Zumindest jetzt nicht mehr, ihr Exmann hatte sie manchmal so genannt.

»Nun schauen Sie doch nicht so unglücklich, das ist doch alles gar nicht so schlimm. Ihnen ist nichts passiert, das ist die Hauptsache.«

Komisch, dachte Lene. Das hatte ihr Vater auch immer gesagt, wenn sie ins Familienauto eine Beule gefahren hatte.

»Wo wollten Sie denn eigentlich hin, Lene?« Während er mit ihr sprach, werkelte er mit einer kleinen silbernen Kanne am Herd herum und stellte zwei Tassen auf den Tisch. Sie schaute sich vorsichtig im Raum um. Alles machte einen sehr ordentlichen, aufgeräumten Eindruck, anscheinend war seine Frau gerade nicht da.

»Ich möchte zur Pension Olivenhain.«, antwortete sie schließlich.

»Ah zu Ines, na da sind Sie ja fast da. Vielleicht noch zweihundert Meter, dann kommt die Einfahrt zu ihrer Pension.«

Fragend schaute er sie an. »Brauchen Sie Milch in den Kaffee, so wie die Deutschen es mögen, oder …?«

Nun musste Lene lächeln. »Ah, ein deutsches Klischee. Nein, keine Angst, ich trinke meinen Kaffee schwarz mit Zucker.«

Kurze Zeit später war das Getränk fertig. Stefano goss die dunkle Flüssigkeit in kleine Tassen und setzte sich ihr gegenüber auf einen der Stühle. Der Kaffee schmeckte stark und unglaublich aromatisch.

»Hm, gut«, lobte sie das heiße Getränk. »Was machen wir denn nun wegen unseres Schadens? Ich werde am besten gleich meine Autoversicherung informieren und dann brauche ich noch Ihre Angaben und so. Also eigentlich weiß ich gar nicht, was ich alles brauche – das ist ehrlich gesagt mein erster Unfall.«

Stefano schob die Tasse ein Stück von sich weg und winkte ab. »Ach, nun lassen Sie doch den kleinen Blechschaden. Mein Auto hat schon so viele Beulen, da kommt es auf eine mehr nun wirklich nicht an.«

Lene sah ihn erstaunt an. »Aber Sie können doch nicht … Das geht doch nicht. Ich hab ja eine Versicherung, die dafür aufkommt …« Abwehrend hob er die Hände und winkte ab. Das hatte sie nun wirklich nicht erwartet.

»Klar geht das, machen Sie sich keine Gedanken. Wenn Sie mögen, kümmere ich mich auch um ein neues Rücklicht für Ihr Auto. Mein Bruder hat eine kleine Kfz-Werkstatt drüben in Limone. Er macht Ihnen bestimmt einen Sonderpreis. Schließlich trage ich an der ganzen Misere ja eine gewisse Mitschuld.«

Lenes Verblüffung wurde immer größer. Da verursachte sie einen Schaden und nun war ausgerechnet ihr Unfallgegner ein äußerst hilfsbereiter netter Mann. Ein Deutscher hätte vermutlich gleich die Polizei geholt und mit seinem Anwalt gedroht.

»Das kann ich nun wirklich nicht annehmen«, versuchte sich Lene gegen diesen äußerst charmanten Typen zumindest halbherzig zu wehren.

Stefano lächelte sie an und sagte gedehnt: »Na ja, okay, eine Bedingung hätte ich schon noch.« *Aha, jetzt kommt das dicke Ende*, dachte sie. »Als kleine Entschädigung für mich und als kleine Wiedergutmachung, weil ich Sie in so schwierige Parkverhältnisse geschickt habe, würde ich Sie gern am Samstag zum Abendessen einladen. Das wäre meine einzige Bedingung. Ich hole Sie oben in der Pension ab, sagen wir Punkt achtzehn Uhr. Ich hoffe, Sie sind dann noch da und es ist nicht nur ein Kurzurlaub. Und natürlich auch nur, wenn Ihr Mann nichts dagegen hat.«

Sein Tonfall ließ keine Widerrede zu und ihre Verblüffung wurde immer größer.

Ungläubig sah sie ihn an, irgendwie war sie nicht sicher, ob er sich einen Scherz mit ihr erlaubte, doch in seinem Blick war nichts dergleichen erkennbar. Vor allem fragte sie sich, was wohl seine Frau dazu sagen würde, wenn er sich mit Anderen verabredete. Zwar hatte er sie auch gerade nach ihrem Partner gefragt, Lene entschied aber auf diesen Punkt erst einmal nicht einzugehen. In ihrem Kopf wog sie ihre Optionen ab. Schließlich nickte sie. Es gab schließlich wesentlich schlimmere Dinge, die einem nach einem Unfall so passieren konnten. Und somit hatte sie innerhalb kürzester Zeit ihre erste Verabredung zum Abendessen in Italien mit einem ausgesprochen gutaussehenden Italiener. Wenn das Moni wüsste, sie würde es nicht glauben und sofort nach Italien reisen.

Stefano brachte sie nach draußen und half ihr dabei, das Auto aus seiner Einfahrt zu manövrieren, dann winkte sie ihm zum Abschied kurz zu und fuhr den Weg weiter nach oben. Nach ein paar Metern schaute sie noch einmal in den Rückspiegel, er stand immer noch mitten auf dem Weg und schaute ihr hinterher.

Seltsam, am Anfang hätte sie ihn ohrfeigen können. Mittlerweile war er ihr ausgesprochen sympathisch und sie freute sich schon sehr auf den Abend mit ihm. Sogar so sehr, dass ihr Herz ein klein wenig schneller schlug.

4. Kapitel

Wie Stefano ihr ja schon angekündigt hatte, tauchte nur wenige Meter bergauf ein weiteres Hinweisschild zu ihrem Ziel auf. So bog sie nach rechts zwischen zwei alten Säulen in die Zufahrt zum Grundstück ein. Es ging auf einem kiesbedeckten, mit Zypressen gesäumten Weg ein paar Meter nach unten bis zu einem Vorplatz, um den alte knorrige Olivenbäume standen, die der Pension wohl ihren Namen gegeben hatten. Das Haus selbst schien schon älter zu sein und war aus groben Steinen erbaut. Vor kurzem hatte jemand das Dach neu gedeckt und modernere Fenster eingesetzt. An der Fassade rankte sich wilder Wein empor, der aufgrund der Jahreszeit stark zurückgeschnitten war. Im Herbst überwucherte er bestimmt alles, so dass die Fenster nur noch wie kleine Luken aus dem Laub schauten. Links und rechts hinter dem Haus sah Lene eine große Wiese, die von mehreren mächtigen Oleanderbüschen begrenzt wurde. Rundherum herrschte himmlische Ruhe und ein noch intensiverer Duft als vorhin am Aussichtspunkt,lag in der Luft. Sie parkte ihr Auto neben einem italienischen Kleinwagen unter einem der Bäume und sah sich neugierig um.

Da öffnete sich die alte hölzerne Haustür und eine Frau kam herausgeeilt. Sie trug eine weinrote Schürze, die über und über mit Mehl bestäubt war genauso wie ihre Unterarme. Das konnte nur ihre Gastgeberin sein. Schon auf den ersten Blick war ihr Ines Gerber unglaublich sympathisch. Sie sah genauso aus wie auf dem Bild in der Broschüre.

»Hallo. Du musst Helene sein. Herzlich willkommen oder buon giorno, wie der Italiener sagt.« Beide Frauen umarmten sich so herzlich, als würden sie sich schon viele Jahre kennen.

»Oje!« Skeptisch schaute Ines das Oberteil von Lene an. »Jetzt habe ich dich total mit Mehl bestäubt.« Lachend klopfte sie auf ihrem Rücken herum, dass es nur so stiebte.

»Ach, lass mal, das macht doch nix. Aber bitte nicht Helene, nur ganz kurz Lene. Sonst denke ich immer, ich habe etwas ausgefressen.«

»Ah okay, also dann, Lene, herzlich willkommen. Oh, ich hoffe es stört dich nicht, dass ich gleich du sage, aber wir sind hier so was wie eine große Familie.«

Lene schüttelte den Kopf. »Ach überhaupt nicht, im Gegenteil, du ist mir immer lieber.«

»Fein«, sagte Ines. »Hattest du eine gute Fahrt? Du bist schon ziemlich zeitig da. Ich hatte dich eigentlich erst etwas später erwartet.« Neugierig wurde sie von oben bis unten gemustert.

»Ich konnte nicht schlafen vor lauter Aufregung, da bin ich mitten in der Nacht losgefahren. Tja, eigentlich war meine Fahrt ausgesprochen gut – bis zweihundert Meter vor deinem Haus, da bin ich deinem Nachbarn beim Ausweichen in sein Auto gekracht.«

»Stefano, meinst du Stefano?«, sorgenvoll ging Ines um den Wagen und betrachtete den Schaden. »Ach herrje, aber dir ist nichts passiert, hoffe ich? Ja, ich weiß, der Weg ist leider etwas schmal, aber es gibt keinen anderen hier zu mir nach oben.«

Lene schüttelte den Kopf. »Nein nein, mir geht's gut. Stefano war sehr freundlich. Bei uns in Deutschland wäre jetzt schon die Polizei da. Er sah das total entspannt. Sogar um meine kaputte Lampe will er sich kümmern. Und zum Dank soll ich dann auch noch mit ihm Abendessen gehen.«

Ines lachte herzhaft und klatschte in die Hände, »Oho, ich muss schon sagen, dein Tempo ist nicht schlecht. Noch keine Stunde da und bereits die erste Einladung zum Essen. Das kann ja ein Urlaub werden.« Als sie Lenes bedröppelte Miene sah, warf Ines schnell ein: »Das war ein Scherz. Stefano ist ein netter, hilfsbereiter Mann. Er hat mir auch schon ein paar Mal aus der Patsche geholfen. Mach dir mal keine Gedanken, wenn du in seinen blauen Fiat gerauscht bist, der hat schon so viele Dellen. Aber nun genug geschwatzt, Lene, ich werde dir jetzt erst einmal dein Zimmer zeigen. Lass das Gepäck hier, das holen wir nachher schnell.«

Durch einen dunklen Flur mit groben Steinfliesen, ging es über eine knarrende hölzerne Treppe nach oben in die zweite Etage. Ines wedelte mit einem Schlüssel und sagte: »Tada, dein Zuhause für die nächste Zeit. Ich hoffe, du findest es gut?«

Das Zimmer gefiel Lene nicht nur gut, sondern sogar sehr gut. Auf der linken Seite kam als Erstes ein kleines Badezimmer mit Dusche, gegenüber hatte man einen Schrank eingebaut. Ein paar Schritte weiter ging es in den eigentlichen Wohnraum. Linker Hand war eine winzige Küchenzeile mit einem kleinen Esstisch. Vor einem der Fenster stand eine gemütliche Sitzgruppe und an der anderen Wand das breite Bett. Die Wände waren in warmen Terrakottafarben gestrichen und passende Vorhänge hingen vor den Fenstern. Alles war einfach gehalten, doch Lene fühlte sich sofort pudelwohl. Durch eine Tür kam man auf den Balkon, auf dem ein kleiner Tisch mit zwei bequemen Stühlen stand. Bei dem Ausblick stockte ihr der Atem. Tief unten lag der See, wirkte aber trotzdem zum Greifen nah. Man hatte einen fantastischen Blick bis hinauf in den Norden, auf die gegenüberliegenden Orte der anderen Seeseite und links von ihr, auf die alte trutzige Skaligerburg. Über allem thronten die Berge, die im Sonnenschein lagen. Direkt vor ihrem Fenster lag der alte Olivenbaumhain mit seinen knorrigen Bäumen.

»Wow!« Mehr konnte sie nicht sagen. Schon jetzt wusste Lene, dass draußen auf dem Balkon ihr absoluter Lieblingsplatz werden würde. Sie schloss die Augen und holte tief Luft. Hier ließ es sich aushalten, genauso hatte sie es sich vorgestellt.

Ines schmunzelte. »Ich merke schon, es scheint dir zu gefallen. Der Anblick ist immer wieder schön, selbst für mich. Hier auf diesem Balkon haben wir übrigens die Fotos gemacht, die du in der Zeitschrift gesehen hast. So, und nun holen wir dein Gepäck rauf, denn ich denke mal, du wirst bleiben, oder willst du dir eine andere Unterkunft suchen?«

Das war eine vollkommen unnötige Frage und kurze Zeit später standen Koffer und Taschen im Raum verteilt.

Ines verabschiedete sich, sie wollte noch Brot backen, lud Lene aber in einer Stunde zu einem kleinen Essen ein. Als ihre Gastgeberin fort war, schleuderte sie schwungvoll ihre Schuhe in die Ecke, stieg über ihr Gepäck und setzte sich als Erstes auf den kleinen Balkon. Thomas wäre ausgerastet. Bei ihm musste immer Ordnung herrschen, alles ausgepackt werden, natürlich von ihr, während er stets nur unpassende Ratschläge gab. Schon jetzt, nach dieser kurzen Zeit, merkte sie, dass dieser Ort wirklich etwas Magisches hatte. Ihre Sorgen und Probleme waren plötzlich viel kleiner. Endlich konnte sie einen Urlaub mal so gestalten, wie nur sie es wollte. Ohne Streit oder immer nachgeben zu müssen. Und diese Luft – alles roch nach Sonne und Süden, nach einer einfach entspannten Lebensart. Außer dem Zwitschern der Vögel war kein Geräusch zu hören.

Fast widerstrebend verließ Lene etwas später ihren Platz und machte sich im kleinen Badezimmer ein wenig frisch. Dann packte sie aus. Es gab genügend Schränke und nach kurzer Zeit war der Inhalt ihres Gepäcks verstaut. Ein Blick auf die

Uhr sagte Lene, dass die Stunde fast herum war und so stieg sie die knarrende Treppe ins Erdgeschoß hinab.

»Hier, hier bin ich«, rief Ines laut aus der Küche. Diese war genauso urig wie bei Stefano. Ihre Gastgeberin rührte in einem großen Topf herum und ein unbeschreiblicher Duft zog durchs ganze Haus. Da waren Gewürze, Gemüse und einfach dieser besondere Geruch, der einen Urlaub vom Alltag unterschied. »Na, alles ausgepackt? Wenn du magst, könntest du schon mal den Tisch decken. Bitte für drei, mein Bruder kommt auch noch. Besteck und Teller sind dort drüben.« Sie wies auf einen alten Schrank.

»Ach, dein Bruder wohnt auch mit hier?«, fragte Lene neugierig nach. »Ich dachte, du bist allein.«

»Ja, eigentlich bin ich Einzelkämpferin, nur wenn etwas zu bauen oder reparieren ist, kommt er zum Helfen her. Oder wenn er mal ganz dringend Erholung braucht. Er wohnt in der Nähe von Stuttgart. Du glaubst ja gar nicht, was an so einem alten Haus alles zu tun ist und nun will ich auch noch umbauen. Wenn man hinten fertig ist, kann man vorne wieder anfangen. Und italienische Handwerker sind – na ja, wie soll ich sagen – wir sind eben unsere deutsche Qualitätsarbeit gewöhnt.« Ines schüttete den Topfinhalt in ein riesiges Sieb und danach in eine große Schüssel. Dann griff sie zu einer bauchigen Flasche und verteilte großzügig Olivenöl über der Pasta.

Lene legte in der Zwischenzeit Teller und Besteck auf eine karierte Tischdecke, die auf einem rustikalen Holztisch lag. Die Wände waren in einem freundlichen Gelbton gestrichen, alte Möbel hatte man mit neuen Stücken kombiniert. Alles machte einen unglaublich gemütlichen Eindruck.

»So, ich hoffe du magst Knoblauch, wir alle lieben ihn und gesund ist er ja auch, am Essen ist jedenfalls eine Menge dran.

Und bis zu deiner Verabredung ist der Geruch sicher verflogen«, fügte Ines grinsend hinzu. Schwungvoll stellte sie die große Schüssel mitten auf den Tisch und der vorhin schon verführerische Duft wurde noch stärker. Lene merkte, wie ihr das Wasser im Mund zusammenlief.

»Hm, das riecht so unglaublich lecker, ich hab richtigen Hunger, muss ich zugeben. Auf der Fahrt gab`s nur Kaffee und Schnitten.«

Ines hatte leckere Pasta mit Kräutern, Pilzen und getrockneten Tomaten gemacht. Daneben stand eine kleinere Schüssel mit frisch geriebenem Parmesan. Sie holte eine Flasche Wein aus einem der Wandschränke und schaute Lene fragend an.

»Magst du, als kleinen Willkommenstrunk sozusagen und auf den Schreck?«

Lene nickte und Ines goss den Wein in einfache Gläser.

Sie hatten kaum mit dem Essen begonnen, als draußen ein Auto über den Kies knirschte. Ines drehte sich um und warf einen kurzen Blick aus dem Fenster. »Das müsste Bastian sein. Er war im Baustoffhandel, noch ein paar Dinge für den Umbau besorgen.«

In diesem Moment ging die Tür auf und ein großer blonder Mann mit verwuschelten Haaren, legeren Jeans und einem farbbekleckerten T-Shirt betrat die Küche. Überrascht schaute er auf Lene. »Oh, dein neuer Gast ist schon da. Hallo Schwesterchen.« Er drückte ihr einen leichten Kuss auf die Wange.

»Hallo« Liebevoll schaute Ines ihren Bruder an. »Bastian, das ist Helene, die aber von allen nur Lene genannt werden möchte. Und das, Lene, ist mein großer Bruder Sebastian, von allen nur Bastian genannt.«

»Hallo, willkommen hier in Italien. Ich hoffe, die Fahrt war gut und nicht zu stressig?« Er streckte ihr seine warme Hand entgegen, die voller Schwielen war. Körperliche Arbeit schien kein Fremdwort für ihn zu sein.

Noch ehe Lene etwas sagen konnte, plauderte Ines los. »Tja, eigentlich war ihre Fahrt ganz gut, doch dann ist sie kurz vorm Ziel mit Stefanos blauem Fiat zusammengestoßen. Du weißt ja, die Steigung, der schmale Weg, Gegenverkehr ...« Sie seufzte leise und verdrehte die Augen.

»Aber dir ist doch hoffentlich nichts passiert?« Bastian sah Lene besorgt an, während er sich einen Berg Pasta auf seinen Teller schaufelte.

Lene hatte gerade den Mund voll und schluckte hastig. »Nein, nur mein Rücklicht ist zerbrochen und die Stoßstange hat eine Beule.«

»Wenn du willst, schaue ich es mir dann mal an. Da kann man bestimmt was machen. Ich kenne einen Haufen Leute hier«, bot er ihr hilfsbereit an.

»Das ist sehr nett, aber Stefano möchte mir helfen, er hat wohl ein schlechtes Gewissen. Sein Bruder repariert drüben auf der anderen Seeseite Autos.« Es war einfach unglaublich, sie war erst so kurze Zeit hier und erlebte nur nette Menschen.

Bastian nickte verstehend und begann zu essen. Die Pasta war perfekt, es war ein einfaches Gericht, aber äußerst lecker. Der Wein schmeckte fruchtig, nach Sonne und Süden und schon nach kurzer Zeit merkte Lene, wie er ihr in den Kopf stieg. Sie war Alkohol einfach nicht mehr gewöhnt und hatte ihn außerdem noch nie so richtig gut vertragen.

Über den Tisch hinweg beobachtete sie die beiden Geschwister, die in ein Gespräch über Baumaterialien vertieft waren. Beide sahen sich sehr ähnlich und waren doch grundverschieden. Bastian war ziemlich groß. Als er zur Küchentüre hereingekommen war, hatte er sich fast bücken müssen. Er war schlank und hatte eine ausgesprochen durchtrainierte Figur, wie jemand, der auf keinen Fall den ganzen Tag hinter einem Schreibtisch hockte. Ines dagegen war ein ganzes Stück kleiner, hatte aber dieselben blonde Haare, die sie zu einem lockeren Pferdeschwanz gebunden hatte. Sie war nicht schlank, aber auch nicht dick. Man konnte sagen, sie hatte die Rundungen an den richtigen Stellen. An der Art, wie die beiden miteinander umgingen, spürte man eine tiefe Verbundenheit. Beide hatten die gleichen blaugrauen Augen, fast sogar die gleichen Gesichtszüge, klar geschnitten, mit leichten Sommersprossen und einem sinnlichen Mund. Lachfalten zogen sich wie ein feines Spinnennetz bis zu ihren Schläfen. Nur in Bastians Augen war etwas, was Lene nicht benennen konnte. Sie wirkten irgendwie traurig, fast melancholisch. Ines dagegen strahlte voller Frohsinn und Elan.

Eine Frage von Bastian holte sie aus ihren Gedanken. Errötend sah sie ihn an, »Entschuldigung, ich war gerade ganz woanders.«

»Ach, ich wollte nur wissen, was du denn hier so geplant hast? Es gibt ja furchtbar viel anzuschauen«, wiederholte er seine Frage.

Lene zuckte mit den Schultern und sah etwas unentschlossen aus dem Fenster. »Ich glaube, ich lege mich erst mal hin und hole etwas Schlaf nach. Und dann lasse ich jeden Tag, ohne viel zu planen, einfach auf mich zukommen. Ich habe mir zwei Reiseführer gekauft und schaue mir alles an, was ich mag.«

»Ein guter Plan, darauf stoßen wir an«, rief Ines aus und ihre drei Gläser stießen zusammen.

»Und wenn du einen Tipp brauchst, einfach nur fragen. Wir kennen uns nun mittlerweile hier aus, wie in unserer Westentasche«, versicherte Bastian lachend.

Dann merkte Lene, wie sie immer müder wurde. Es zog ihr förmlich die Augen zu und das ganz ohne ihre vertrauten Tabletten. Und so lag sie eine halbe Stunde später in ihrem Bett. Ines hatte sie energisch nach oben verfrachtet, schließlich hatte sie Urlaub. Die Matratze hatte genau die richtige Härte und das Kissen war kuschlig weich, so wie sie es mochte. Schon nach kurzer Zeit war sie tief und fest eingeschlafen. Sie träumte vom Autofahren, von endlos langen Straßen, die sich die Berge emporwanden und in Täler hinabführten. Und dann schoben sich auch noch zwei Gesichter in ihre Träume, das des blonden Bastian und des dunkelhaarigen Stefano. Irgendwann wurde sie von einem Geräusch wach und sah sich verblüfft um. Einen Moment musste sie sich orientieren, dann fiel ihr wieder ein, wo sie war. Sie hatte es geschafft und war ganz allein hierhergekommen, an den Gardasee. Wenn das nicht schon einmal ein gutes Zeichen war. Und sie hatte fast fünf Stunden durchgeschlafen, draußen wurde es schon langsam dunkel. Lene drehte sich noch einmal auf die andere Seite und wickelte die Decke eng um ihren Körper. Das Bett war einfach herrlich, die Bettwäsche duftete und sie wäre am liebsten einfach so liegengeblieben.

Später trat sie auf ihren Balkon, reckte sich vorsichtig und betrachtete den See, der schon wieder ganz anders als bei ihrer Ankunft aussah. Eigentlich veränderten sich seine Farben ständig. Die Berge lagen nun im Dunkel und auf der anderen Seite begannen die ersten Lichter zu strahlen. Zwischen den Galeriepfeilern sah sie Autoscheinwerfer durchhuschen. Ein letztes Boot tuckerte Richtung Malcesine und zog eine weiße Schaumspur hinter sich her. Sie konnte sich an dieser Landschaft einfach nicht sattsehen und dachte an den Ausblick von ihrem winzigen Balkon daheim. Der ging in einem Innenhof, wo immer etwas los war. Dort war das pralle Leben, Kinder plärrten, Paare stritten sich und der junge Mann in der Wohnung unter ihr spielte auf seiner Gitarre, was ihm trotz Unterricht und ständigen Übens immer noch nicht besser gelang.

Auf dem Balkon schräg unter ihr sah sie ein älteres Ehepaar sitzen – die anderen Gäste in der Pension. Beide schienen ein kleines Nickerchen zu halten, zumindest war bei ihnen der Kopf auf die Brust gesunken. Um den Kopf der Frau war ein buntes Tuch geschlungen, wie es Krebskranke manchmal trugen. Vor ihnen auf dem Tisch standen zwei Tassen und eine Teekanne. Das ganze Bild sah so friedlich aus, dass Lene kaum wegschauen konnte. Wie lange mochten diese beiden zusammen sein? So harmonisch hatte sie mit Thomas nicht mal kurz nach der Hochzeit ausgesehen. Plötzlich regte sich der Mann und sie schaute hastig in eine andere Richtung.

Da ging unten die Haustür auf und Ines kam mit einem leeren Korb heraus. Sie schaute eher zufällig zu ihr, winkte und wollte gerade etwas rufen. Da hob Lene schnell ihren Finger, legte ihn auf die Lippen und zeigte mit der anderen Hand auf die schlummernden Leute. Ines nickte verstehend, zeigte auf Lene und das Küchenfenster. Anscheinend sollte sie herunterkommen.

»Na«, empfing sie ihre Gastgeberin unten. »Du siehst ausgeruht aus, richtig entspannt, hast ja auch eine ganze Weile geschlafen und wie eine Tote.«

Lene nickte. »Anscheinend hatte ich es nötig. Ich wüsste gar nicht, wann ich das letzte Mal so tief im Reich der Träume war. Das macht bestimmt die Luft, das gute Essen und der ungewohnte Wein.«

»Ganz bestimmt. Ich wollte dich eigentlich nur fragen, ob du Lust hast, mit mir zusammen Abendbrot zu essen. Es gibt nichts Besonderes, ich hab heute frisches Brot gebacken, etwas Schinken, Käse und ein paar Oliven da. Bastian ist heute in den Süden zu Freunden gefahren und zu zweit macht essen doch mehr Spaß.«

»Ich kann doch nicht ständig bei dir mitessen …«, meinte Lene, doch dieses vorgebrachte Argument wurde von Ines beiseite gebügelt.

»Eh ich hier allein rumhocke … So können wir ein wenig schwatzen, immerhin sind wir ja Frauen und haben immer was zu erzählen. Und außerdem ist das die vielgerühmte italienische Gastfreundschaft.«

Das sah Lene genauso, sie hätte als Alternative nur noch ein paar Schnitten gehabt, die von der Fahrt übrig geblieben waren und mittlerweile vermutlich ziemlich runzlig aussahen. Und so saßen sie wenig später auf der nach hinten liegenden, idyllischen Terrasse. Rundherum standen unzählige große und kleine Blumentöpfe und mehrere Laternen mit dicken Kerzen darin. Hinter dem Haus stieg der Olivenhain sanft den Berg hinauf. Dieser wurde weiter oben immer steiler, bis er in die ersten Ausläufer des Monte Baldo-Massivs überging. Hier konnte man den Tag perfekt ausklingen lassen. Wie schon vorhin war das Essen einfach nur köstlich, besonders das frische Brot. Um sie herum herrschte Stille, ab und zu zwitscherte ein Vogel oder man hörte in der Ferne ein Auto brummen.

Nach einer Weile hielt Lene sich ihren Bauch. »Puh, na wenn das hier so weitergeht, komme ich mit fünf Kilo mehr auf den Rippen nach Hause und passe in gar nichts mehr rein.«

Skeptisch schaute Ines über den Tisch. »Na hör mal, du hast doch eine Superfigur! Hier bei uns haben die Frauen ein wenig mehr auf den Rippen. Schau mich mal an. Die meisten Italiener lieben das und die meisten Deutschen — wenn sie ehrlich sind — vermutlich auch. Aber ich weiß schon, wir Frauen sind nie so richtig zufrieden. Trotzdem, man hat nur einmal im Jahr Urlaub, also greif zu.«

Beide räumten nach einer Weile den Tisch ab und Ines holte eine weitere Flasche Wein und zwei warme Decken gegen die aufziehende abendliche Kühle. Sie kuschelten sich auf die gemütlichen Stühle und stießen mit ihren Gläsern an.

Lene legte die Hände in den Nacken, schloss die Augen und atmete tief durch. »Es ist einfach herrlich hier, ein wirklich traumhafter Ort. Ich kann sehr gut verstehen, dass es dich hergezogen hat. Diese himmlische Ruhe, der Duft nach Süden ...«

»Ja, hier liegt etwas Magisches in der Luft. Auch mich hat das alles von Anfang an in seinen Bann gezogen. Ich sah die Gegend, die Landschaft und es war um mich geschehen.« Ines lächelte vor sich hin. »Aber auch hier gibt es Alltag und Ärger. Nicht alles ist so perfekt, wie es auf den ersten Blick scheint. Das merkt man, wenn der Hauch eines Urlaubs verflogen ist, der am Anfang über allem liegt. Trotzdem würde ich für nichts in der Welt nach Deutschland zurückgehen, aber man muss, um leben zu können, auch im Paradies arbeiten, das ist halt so. Man muss das wissen und sollte sich keinen Illusionen hingeben. Deswegen richte ich jetzt zusammen mit Bastian auch den Anbau her« Sie zeigte mit der Hand auf ein nur schemenhaft erkennbares dunkles Gebäude hinter den Bäumen. »Ich möchte noch ein paar Ferienwohnungen ausbauen. Wenn man allein ist, ..., na ja es ist nicht immer leicht. Aber wem sage ich das.«

Lene überlegte eine Weile und fasste sich dann ein Herz. »Darf ich fragen, was dich damals hierher verschlagen hat? In der Broschüre stand ja nur ein bisschen was – dass du dir mit dieser Pension hier einen Traum erfüllt hast und so.«

Ines hob die Augenbrauen und kräuselte die Stirn. »Okay, aber stell dich schon mal auf eine lange Geschichte ein«, sagte sie grinsend, wurde dann aber ernst. »Begonnen hat alles vor vielen Jahren, vor fünfzehn genaugenommen. In einem Straßencafé traf ich eine ehemalige Klassenkameradin wieder. Wir waren in der Schule geradezu unzertrennlich gewesen. Dann hat uns das Schicksal, oder was auch immer, auseinandergerissen. Ich lernte Schneiderin und sie irgendwas mit Büro. Jahrelang hatten wir uns nicht gesehen und als wir uns dann wiedertrafen, war es so, als hätten wir uns gestern erst voneinander verabschiedet. Damals arbeitete ich als Verkäuferin in einer kleinen Boutique und sie war in einer großen Firma beruflich erfolgreich, aber sehr unglücklich. Ich war auch unzufrieden, hatte eine sehr schwierige Chefin, jeden Tag war irgendwelches Theater. Tja, wir trafen uns ein paar Mal und sprachen eines Tages über unsere Träume. Und da wurde eine Idee geboren. Wir beschlossen, zusammen ein Geschäft aufzumachen. Ich sollte Mode für Kundinnen entwerfen und nähen. Sie sollte sich um die Buchhaltung, Marketing, Verkauf und so weiter kümmern. Denn das Nähen und Entwerfen von Sachen war auch nach meiner Ausbildung immer mein Hobby geblieben. Sie hatte ein paar meiner Stücke gesehen und war absolut begeistert. ‹Da kann man was draus machen› – das waren ihre Worte.

Also setzten wir uns zusammen und begannen. Wir erstellten Pläne, beantragten einen Kredit bei der Bank und zu unserem eigenen Erstaunen wurde er sofort bewilligt. Anscheinend hatte sogar den Bankern unsere Idee gefallen. Schnell war ein passendes Geschäft gefunden, alles ergab sich von allein, so dass man denkt, jippie, genau das hat das Leben für dich vorgesehen. Dann eröffneten wir, fanden am Anfang nur schwer Kunden. Das hatten wir auch so eingeplant, aller Anfang ist eben schwer, gerade in der Modebranche. Und wieder kam uns ein Zufall zu Hilfe. Genau vor unserem Geschäft stürzte im Winter eine Frau. Wir holten sie zu uns herein, damit sie, bis der Krankenwagen eintraf, nicht so in der Kälte lag. Sie kam ein paar Tage später vorbei, um sich für unsere Hilfe zu bedanken. Interessiert schaute sie sich meine Entwürfe und Modelle an und war begeistert. Sie führte ein Hotel und bat mich spontan, für ihre Angestellten einheitliche Kleidung zu entwerfen. Schon die Entwürfe begeisterten sie. Das endgültige Resultat überzeugte sie derart, dass sie einen Großauftrag bei uns auslöste. Ab diesem Moment ging es sozusagen steil aufwärts. Sie machte ohne Ende Reklame für uns und die Frauen rannten uns die Bude ein. Allen Freundinnen und Gästen berichtete sie von unserem Geschäft.

Es machte Spaß, war aber auch super stressig. Nach einigen Monaten stellten wir eine Näherin ein, welche mich etwas entlasten sollte. Anders hätten wir die ganzen Aufträge gar nicht mehr bewältigt. Wir machten immer mehr Abendmode, sehr aufwendig, aber absolute Unikate. Sogar zu mehreren Modenschauen waren wir eingeladen.

Eines Tages holte ich die Kontoauszüge. Eigentlich machte das immer meine Freundin, da sie sich ja um den ganzen Papierkram kümmerte. Als ich unseren Kontostand sah, glaubte ich meinen Augen nicht zu trauen. Ich war schockiert. Wir waren in den tiefroten Zahlen, es ging gar nicht mehr tiefer. Doof wie ich war, ging ich zu unserem Kundenberater bei der Bank und machte ihn auf den vermeintlichen Fehler aufmerksam, Gott wie naiv ich gewesen war. Irritiert hatte er mich angeschaut. Mehrere Briefe waren schon an uns gegangen. Die Bank war kurz davor, uns einen Gerichtsvollzieher zu schicken. Kreditraten waren nicht bedient worden und so weiter. Gleich im Geschäft stellte ich meine Freundin zur

Rede, wo denn das ganze Geld wäre. Wir hatten doch in letzter Zeit Umsatz ohne Ende gemacht und uns selbst kaum etwas ausgezahlt, da wir weiter investieren wollten. Wir hatten doch gearbeitet, teilweise 18 Stunden täglich. Sie hat mich nur ausgelacht, was ich für eine blöde Kuh sei. Bisher hätte ich mich doch für den Kram auch nicht interessiert und alles auf ihren Schultern abgeladen. Ich würde den lieben langen Tag nur nähen, zeichnen und alles andere hing an ihr. Um die Kosten für was weiß ich was hätte ich mich nie gekümmert – Versicherungen, Stoffe, blabla …

Na ja, lange Rede, kurzer Sinn: Sie hatte schon vor längerer Zeit begonnen, Geld für sich selbst abzuzweigen, erst wenig, dann immer mehr. Das habe ich dann einige Zeit später selbst rausgefunden. Lieferantenrechnungen waren nicht bezahlt worden, sogar die Miete hatte sie gekürzt, wir waren pleite. Was sie mit dem Geld gemacht hat?« Ines zuckte mit ihren Schultern. »Ich kann nur mutmaßen. Kurz danach eröffnete sie ein Buchhaltungsbüro. Wie ich inzwischen gehört habe, ist sie damit aber auch baden gegangen.

Auf den meisten Schulden blieb ich aufgrund meiner eigenen Dummheit sitzen. Sie hatte die Verträge für unser gemeinsames Unternehmen so gestaltet, dass ich in der alleinigen Haftung war. Auch dabei hatte ich mir nichts gedacht. Ich habe fünf Jahre geackert, manchmal mit drei Arbeitsstellen gleichzeitig, um von dem Schuldenberg runterzukommen, irgendwas, Hauptsache Geld verdienen. Das Schlimmste aber war, ich konnte nichts mehr entwerfen. Meine Kreativität, meine Ideen – wusch, alles weg. Ich saß vor einem leeren Blatt Papier und zwei Stunden später saß ich noch genauso davor.

Nach dieser Zeit, war ich so fertig, dass ich mich umbringen wollte. Ich sah einfach keine Perspektive mehr, ich wollte sterben und gut. Bastian hat mich gerettet und zum Arzt geschleift. Ich bekam verschiedene Therapien und Tabletten, war sogar ein halbes Jahr stationär untergebracht.

Eines Tages hatte ich dann einen Traum, ich träumte von diesem Haus, sah den See und wusste sogar ganz genau, wo es stehen sollte. Der Traum war so plastisch, dass ich wusste, es musste dieses Haus einfach geben. So fuhr ich wie du hierher und suchte, bis ich es endlich gefunden hatte. Eine totale Ruine – dafür war der Preis unschlagbar. Ich stand in der oberen Etage, schaute aus dem Fenster und um mich war es geschehen. Alle hielten mich für verrückt, nur Bastian stand fest an meiner Seite. Er half mir finanziell, einen Kredit hätte ich nicht mehr bekommen. Außerdem hatte ich zwischenzeitlich eine kleinere Erbschaft gemacht und jeden Pfennig hier hineingesteckt. Seitdem ich mit dem Umbau begonnen habe, hab ich keine Tablette mehr angerührt. Am Anfang war es hart, aber mittlerweile geht es mir so gut wie noch nie in meinem Leben. Ich hab alle Brücken zu meinem alten Leben abgebrochen, außer die zu meinem Bruder.«

Beide nahmen einen tiefen Schluck von ihrem Wein und Lene merkte, wie Ines sie aufmerksam musterte. »Tja, das war meine Geschichte. Und du, wovor läufst du davon?«

»Davonlaufen, na ja. Ich hab den Artikel über dich gelesen, in einer Arztpraxis, beim Neurologen. Plötzlich verspürte ich Lust, mal was Spontanes, Verrücktes zu machen, etwas, was ich noch nie in meinem Leben getan habe. Weißt du, ich sah dein Bild und hatte das Gefühl, als würden wir uns schon viele Jahre kennen.«

Und dann begann Lene zu erzählen. Sie sprach über ihre Ehe, über das Sich-Einreden, man wäre glücklich, sie sprach über Kanita und deren Schwangerschaft. Am Schluss erzählte sie über ihren Absturz, die Tabletten, die sie vermeintlich gerettet hatten. Die wattierte Welt, in der sie seitdem lebte.

»Oje, oje, ich glaube, da haben sich zwei gesucht und gefunden. Ja, das mit dieser Broschüre war auch so ein Ding. Einer meiner ersten Gäste hier war ein Journalist aus Deutschland und meinte, dass meine Geschichte viele Menschen interessieren würde, hm, keine Ahnung. Ich hab`s gemacht, war eine gute Werbung, dazu noch kostenlos und hat mir zumindest schon mal dich gebracht.« Ines wollte ihnen noch einmal nachschenken, doch aus der Flasche kam kein Tropfen mehr. Unsicher erhob sie sich und kam leicht schwankend mit einer neuen Weinflasche aus der Küche zurück.

Glucksend goss sie die Gläser noch einmal voll. »Hui, ich bin echt nix mehr gewöhnt. Auf uns Lene, und darauf, dass man im Leben immer neu anfangen kann.«

Lene war mittlerweile ebenfalls ziemlich angeschickert, aber sie genoss dieses Gefühl. »Auf die Frauen über vierzig. Und was machen die Männer, die rassigen Italiener?«, hakte sie bei Ines nach. »Gibt es jemanden in deinem Leben?«

Diese winkte ab. »Männer, ach hör bloß auf, der Mann, der es mit mir aushält, muss erst noch geboren werden. Ich hab da einfach kein Glück, verstehst du? Zum Glück hab ich meinen Bruder, sonst wäre ich vollkommen unbemannt. Ich sage mir immer, selbst ist die Frau. Du hast mir ja schon einiges voraus. Noch keinen Tag hier und schon das erste Rendez-vous.«

Lene kicherte. »Das würde meine beste Freundin auch sagen. In Deutschland habe ich seit meiner Trennung keine Verabredung mehr gehabt, die Männer können mir gestohlen bleiben. Im Großen und Ganzen finde ich, kommt man als Frau sehr gut allein zurecht, viel besser als mit diesen ständigen Problemen. Man hat keine Sorgen, muss sich nicht rasieren und unbequeme Schlüpfer tragen und so.« Ines lachte, dass ihr die Tränen kamen. »Aber trotzdem freue ich mich auf die Verabredung mit Stefano. Sag mal, hat der eigentlich eine Frau, ich meine, weil er sich einfach so mit mir verabredet?«, versuchte sie möglichst beiläufig zu fragen.

Ines durchschaute sie trotzdem und zwinkerte. »Aha, erwischt, so ganz egal ist er dir gar nicht«, sagte sie grinsend. »Nein, eine Frau hat er nicht, er ist geschieden, soweit ich weiß. Stefano spricht nicht sehr gern über sein Privatleben, ist aber ein netter Kerl. Immer hilfsbereit, lustig, na ja und er schaut schon ziemlich gut aus, finde ich.«

Da konnte Lene nun wirklich nicht wiedersprechen, im Gegenteil. »Hm, er ist schon recht … ansehnlich.«

»Ansehnlich, ach komm hör auf, du klingst wie deine eigene Schwiegermutter. Der Mann ist heiß, pass bloß auf.«

»Und Bastian, was macht er denn so, wenn er nicht gerade bei dir Dinge repariert? Ich finde, er hat so etwas … Trauriges an sich.« Fast ärgerte sie sich über ihre direkten Worte, doch Ines schienen sie nicht zu stören.

Überrascht schaute sie Lene an und wurde wieder ernst. »Das merkt man ihm an? Bastian hat ein Restaurant, in der Nähe von Stuttgart. Er ist Koch, während einer Weiterbildung lernte er eine junge Frau kennen – Rosa, seine große Liebe. Sie war Italienerin, genauer gesagt, aus Venedig. Ihre Eltern hatten dort ebenfalls ein Restaurant. Sie waren beide sehr krank und Rosa war ihre einzige Tochter. Ihr größter Wunsch war, das Restaurant sollte in der Familie bleiben. Bastian und Rosa entschlossen sich, den Familienbetrieb nach ihrer Hochzeit zu übernehmen, wie es halt hier so üblich ist. Sie waren sehr erfolgreich, brachten neuen Wind in alte Gemäuer. Kreative neue Gerichte und so – die Leute rannten ihnen die Bude ein.« Sie schwieg einen Moment und holte tief Luft. »Rosa starb vor zwei Jahren an Krebs. Er wurde zu spät erkannt, man konnte nichts mehr für sie tun. Sie hat es wohl immer hintangestellt, zum Arzt zu gehen. Bastian war vor Kummer fast wahnsinnig, so habe ich ihn in all den Jahren noch nie erlebt.« Kein Wunder, dass der Mann traurig schaute. Ines fuhr fort: »Er hat das Restaurant verkauft, konnte es einfach nicht mehr ertragen, dort zu sein, wo seine Frau gestorben war. In Deutschland übernahm er ein anderes Lokal, so ein kleines Landhotel im Nirgendwo. Doch ich weiß, immer noch gilt seine große Liebe Italien. Ich sehe es, wenn er hier ist. Aber seit ihrem Tod ist er nicht mehr derselbe. Manchmal spüre ich den alten lustigen Bastian durchkommen, aber meist ist er ernst und in sich gekehrt.«

Aufmerksam sah Ines Lene an. »Dass du das gleich gespürt hast, immerhin, habt ihr euch ja erst einmal kurz gesehen. Du bist eine sehr feinfühlige Frau, das habe ich gleich so empfunden.« Sie nahm einen großen Schluck. »Boah, aber nun Schluss, sonst kommen die Depressionen zurück. Ich erzähle dir noch ein bisschen was über die Gegend.«

Zu ziemlich später Stunde leerten beide ihre Gläser und dann machte sich Lene mit unsicheren Beinen in Richtung ihres Zimmers auf. So wie sie war, ließ sie sich auf ihr Bett plumpsen und genoss das Gefühl, dass sich in ihrem Kopf alles drehte. Ihr war so herrlich zumute wie schon lange nicht mehr.

Am nächsten Morgen erwartete Lene eigentlich einen riesigen Brummschädel nach dem vielen Wein vom Vorabend. Doch es ging ihr erstaunlicherweise sehr gut. Sie hatte wieder hervorragend geschlafen, war ausgeruht und total entspannt.

Während sie sich noch einmal in ihre Kissen kuschelte, dachte sie an ihr Gespräch mit Ines. Seltsam, sie waren Fremde und sich doch nah. Schon lange hatte sie keinen so harmonischen Abend mehr verlebt. Besonders die Geschichte von

Bastian ließ sie nicht los. In ihrem Inneren tauchte sein Gesicht auf und gleich darauf das von Stefano. *Lene,* schalt sie sich selbst, *du wolltest mal Abstand von allem und nicht neue Probleme auftun. Keine Männergeschichten, nur Urlaub machen.*

Nach dem Frühstück beschloss sie, einen ersten Bummel durch Malcesine zu machen. Ines zeigte ihr eine Abkürzung. Durch ein kleines verstecktes Gartentürchen ging es hinaus. Der schmale, ziemlich steile Weg führte an der Rückseite der Grundstücke nach unten. Nach wenigen Metern tauchte eine Bruchsteinmauer auf, vorsichtig spähte sie hinüber. Sie hatte sich nicht getäuscht und schaute geradewegs in den Garten von Stefano. Durch Bäume und Sträucher hindurch erkannte sie in der Ferne das Haus. Wieder waren die meisten Rollläden nach unten gelassen und kein Mensch zu sehen. Seitlich lag ein Gartenhäuschen, welches von wuchernden Gewächsen komplett zugerankt war, und davor ein Swimmingpool mit mehreren Liegen am Rand. Aha, also ganz so einsam schien der Italiener nicht zu sein. Lene stieg den steilen Pfad weiter nach unten immer Richtung Altstadt und schon wenige Minuten später stand sie fast mitten darin. Flink überquerte sie zwischen zwei heranbrausenden Autos die Gardesana auf einem Fußgängerüberweg, der keinen Autofahrer zu beeindrucken schien. Aufs Geradewohl bummelte sie durch die alten malerischen Gassen. Über das typische runde Kopfsteinpflaster ging es auf- und abwärts. Lene ließ sich einfach treiben, ohne Zwang, ohne konkretes Ziel und ohne einen nervigen Begleiter. Einige der Geschäfte hatten aufgrund der Vorsaison noch geschlossen. Trotzdem gab es viel zu entdecken. Da waren Weinhandlungen, die üblichen Touristengeschäfte, aber auch überquellende Antiquitätenläden. Sogar einen kleinen Supermarkt entdeckte sie und beschloss, auf dem Rückweg ein wenig einzukaufen. Sie konnte ja nicht jeden Abend auf Ines' Gastfreundschaft zurückgreifen.

Vor einer etwas versteckt liegenden Boutique blieb sie stehen, auf einem Ständer im Freien hingen mehrere Sommerkleider in wunderschönen Farben. Etwas unschlüssig betrachtete sie eines nach dem anderen, als sie hinter sich eine Stimme hörte.

»Wenn, dann würde ich das Grüne nehmen. Das müsste dir eigentlich am allerbesten stehen.«

Erschrocken drehte Lene sich um und sah Bastian, der direkt hinter ihr stand. Er trug heute einen gut geschnittenen Anzug und sah ganz anders aus als gestern in seinem lässigen Jeanslook. In seinen Händen hatte er eine lederne Aktenmappe.

»Ich hoffe, ich hab dich nicht erschreckt. Hallo, Lene«, begrüßte er sie.

»Nein nein, schon gut. Ich wollte eigentlich nur mal so gucken und die Stadt ein wenig erkunden.«

»Ja, genieße das tolle Wetter und die noch relativ leeren Gassen. Leider muss ich weiter.« Er blickte auf seine Uhr. »Ich hab gleich einen geschäftlichen Termin, tut mir leid. Wie immer bin ich schon ziemlich spät dran, vielleicht sehen wir uns nochmal.« Er winkte ihr kurz zu und entschwand hastig um die nächste Ecke.

Etwas unschlüssig sah sie das grüne Kleid an. Wenn sie ehrlich war, hätte sie sich für diesen Farbton eigentlich als Letztes entschieden, denn er war ziemlich auffallend. Sie trug meist gedeckte Farben und fühlte sich mit ihren paar Kilos mehr darin am wohlsten. Außerdem grün – diese Farbe stand ihr gar nicht, immerhin verkaufte sie doch Oberbekleidung und musste es wissen.

Lene betrachtete ratlos das Schaufenster, spähte ins Innere des Ladens und begann in ihrer Tasche nach dem Reiseführer zu wühlen. Ganz hinten war ein kleiner Anhang mit italienischen Redewendungen, eigentlich – doch sie fand in ihrer Tasche wieder einmal nichts.

Da kam auch schon die Verkäuferin. Unsicher sah Lene sie an. »Ähm scusi, Signora …«

»Wie kann ich Ihnen denn helfen?«, unterbrach die Frau ihre Sprachversuche in fast akzentfreiem Deutsch.

»Oh, sie sprechen deutsch, Gott sei Dank. Ich interessiere mich für eines der Kleider.«

»Ja, ich habe ihren Bekannten schon gehört. Er empfahl Ihnen das Grüne, eine sehr gute Wahl. Es wird Ihnen hervorragend stehen, Sie werden sehen.« Natürlich war ihr das kurze Gespräch nicht entgangen. »Kommen Sie doch bitte herein.«

Im Geschäft hingen Kleider in den schönsten Farben, allerdings auch in geradezu winzigen Größen, wie Lene fand. »Haben Sie denn auch etwas in meiner … also in meiner Größe?«

Entrüstet sah die Dame sie an, stemmte die Hände in die Hüften. »Natürlich, was denken Sie denn? Sie haben doch eine sehr frauliche Figur. Die Modelle da draußen hängen für die dürren Touristinnen, die anderen haben wir hier drin. Lassen Sie mich kurz überlegen.« Sie entschwand nach hinten und kam kurz darauf mit dem grünen Kleid zurück. Ehe sie sich`s versah, stand Lene in der Kabine und die geschäftstüchtige Dame zog mit einem Ruck den Reißverschluss am Rücken zu.

Vor dem Spiegel im Inneren des Geschäftes, drehte sie sich hin und her und betrachtete sich kritisch. Leicht und luftig fiel der weit schwingende Rock, das Oberteil war etwas enger geschnitten, fast wie ein Mieder und betonte ihre weiblichen Rundungen. Und die Farbe, sie musste ehrlich zugeben, die

Farbe war wirklich perfekt. Wenn Licht auf den Stoff traf, schillerte er in allen Tönen.

»Na, was habe ich gesagt? Es ist wie für Sie gemacht, Signora. Der Herr hatte wirklich ein gutes Auge. Und nun noch diese Kette und alle werden sich nach Ihnen umdrehen.« Die Verkäuferin legte ihr eine Glasperlenkette um den Hals, die mit dem Grün des Kleides perfekt harmonierte. Lene besah sich im Spiegel und sie musste sagen, was sie dort erblickte, gefiel ihr wirklich gut. Und so verließ sie kurze Zeit später mit einer großen Papiertüte das kleine Geschäft.

Durch die verwinkelten Gassen gelangte sie nach unten zum Hafenbecken. Es war ringsumher von Häusern eingerahmt und öffnete sich nur zu einer Seite dem See. Seitlich lagen mehrere Fischerboote vertäut, doch sie sahen eher wie eine Attrappe für die Urlauber aus. Gerade legte vorn am Kai ein Boot mit Touristen an, welches anscheinend von der anderen Seeseite herübergekommen war. Unmengen von Urlaubern strömten in die Innenstadt, die meisten mit Fotoapparaten bewaffnet und den unvermeidbaren Strohhüten auf ihrem Kopf. Deutsche Touristen zeigten ungeniert ihre blassen Waden in der Hoffnung, ein paar Pigmente erhaschen zu können, und plauderten lautstark drauflos.

Unentschlossen ließ sie ihre Blicke über die verschiedenen Cafés gleiten. Man konnte dort hingehen oder da – überall standen Tische, die nur auf Besucher warteten. Da sah sie Bastian, der ihr mit dem Telefon am Ohr, entgegengeschlendert kam. Ernst sprach er in den Hörer, fast so, als hätte er gerade eine schlechte Nachricht bekommen. Doch als er sie entdeckte, huschte ein Lächeln über sein Gesicht. Er beendete das Gespräch und kam auf sie zu.

»Na?«, fragte er und deutete auf die Tüte in ihrer Hand. »Welches Kleid ist es denn nun geworden?«

Lene lachte und zog ein kleines Stück grünen Stoff hervor. »Ich hab auf deinen Rat gehört.«

Bastian grinste sie verschmitzt an. »Wusste ich`s doch.« Etwas unschlüssig sah er sich um. »Hast du vielleicht Lust auf einen Cappuccino? Ich lade dich ein, ich hab noch ein bisschen Zeit.«

»Gerne, ich wollte mir gerade einen gönnen« Lene lachte ihn an.

»Dann gehen wir dahin, dort gibt es die leckersten Cappuccinos und das beste Eis in Malcesine.« Bastian deutete auf eines der umliegenden Cafés.

Beide suchten sich ein sonniges Plätzchen. Von hier hatte man einen tollen Blick auf die ein- und auslaufenden Boote, die vorüberflanierenden Touristen und natürlich den See.

»Und wie ist dein Gespräch gelauf… Oh Entschuldigung, ich will nicht neugierig sein«, versicherte Lene.

Er winkte ab. »Ach, schon gut, die Bürokratie ist überall furchtbar, aber besonders in Italien. Ich muss dann gleich noch einmal zum Gespräch, weil wieder irgendwelche Dokumente fehlten. Aber lass uns über etwas anderes reden, sonst verderbe ich dir noch den Tag.«

Mit Bastian konnte man sich genauso gut unterhalten wie mit seiner Schwester. Er war ein Mann, der Frauenherzen höherschlagen ließ. Ihr entgingen die Blicke nicht, die die Kellnerin oder die Dame am Nachbartisch ihm zuwarfen. Er wiederum schien sie gar nicht zu bemerken, war ganz bei Lene und zählte sehenswerte Plätze rund um den gesamten See auf. Seine Erzählungen waren so bildreich, dass sie alles genau vor sich sah. Man spürte die Begeisterung, die er für dieses Fleckchen Erde hier empfand. Lene merkte, wie sie ihn betrachtete und ihre Gedanken abschweiften, fort von diesen sehenswerten Orten am See, hin zu dem Mann gegenüber. *Wie es wohl wäre, wenn …*

Bastians Worte holten Lene schließlich wieder aus ihren Gedanken. »Es ist nicht überall so voll wie hier, aber auch das gehört zum See dazu. Im Hinterland wird es ruhiger, man muss nur wissen, wo man hinfahren muss.« Er machte eine kleine Pause. »Vielleicht … vielleicht hast du ja Lust und ich kann dir mal ein paar besonders schöne Ecken zeigen? Also, nur wenn du willst.« Etwas unsicher schaute er ihr ins Gesicht.

»Das wäre super, gerne, du bist bestimmt ein toller Reiseführer.« Ehrlich begeistert sah Lene ihn an.

Bedauernd schaute er auf seine Uhr, Lene spürte wie gern er noch geblieben wäre. »Hach Mist, tut mir leid, leider ruft mein Termin. Wir sehen uns bestimmt später.« Er klemmte das Geld für den Cappuccino unter seinen Teller und eilte davon.

Sie sah ihm nach und dachte, dass Bastian wirklich ein sympathischer Typ war. Ein Typ der einer Frau auch gefährlich werden konnte. Da war so etwas in seinen Augen – wenn er sie auf eine ganz bestimmte Art anschaute, hatte sie das Gefühl, als ob sie nicht mehr bis zehn zählen konnte. Das schien nicht nur ihr so zu gehen, denn die Kellnerin war ebenfalls sichtlich interessiert an ihm gewesen. Komisch, seit sie hier war, musste sie nur noch an Männer denken. Das war auf jeden Fall eine erfreuliche Abwechslung zu den Schwangeren oder Müttern mit Kinderwagen, die sie noch vor kurzem gesehen hatte. Zu Hause verschwendete sie keinen einzigen Gedanken an das andere Geschlecht. *Das lag vermutlich alles an der südlichen Sonne*, dachte sie.

Sie trank in Ruhe ihren Cappuccino aus und drehte noch eine kleine Runde durch die malerische Altstadt. An einer Gaststätte holte sie sich ein Stück Pizza, verspeiste es auf einer Bank und hielt ihr Gesicht in den Sonnenschein. Hach es war herrlich, niemand kritisierte das Essen, welches sie zu sich nahm und schob sie zu irgendwelchen wenig sattmachenden Salaten. Menschen strömten an ihr vorbei, doch sie hatte Zeit, so viel sie wollte. Dann begab sie sich auf die Suche nach dem kleinen Lebensmittelladen von vorhin. Vorher stolperte sie jedoch noch über ein verstecktes Buchgeschäft. Es gab hier nichts Anspruchsvolles, eher das, was Touristen so im Urlaub lesen. Die Auswahl war trotzdem breit gefächert und gut, sie fand zwei spannende Krimis von Autoren, die sie in positiver Erinnerung hatte. Buchläden zogen sie einfach magisch an und sie konnte an ihnen nicht vorbeigehen.

Die Suche nach dem Supermarkt gestaltete sich dann schwieriger, als sie gedacht hatte. Die meisten der kleinen Gassen rund um die Burg sahen sich ziemlich ähnlich. Viele Geschäfte waren zu sehen, doch kein Supermarkt in Sicht. Ratlos sah Lene sich um und hatte das Gefühl, ständig im Kreis zu laufen. Gut, ihre Orientierung war nie die Beste gewesen, aber jetzt. Fast wollte sie schon aufgeben, als sie den Markt dann doch an einer Straßenecke entdeckte.

Sie betrat den Laden, schnappte sich einen Korb und wanderte die Reihen entlang. Sie fragte sich, was sie kochen sollte. Spontan entschied sie sich wieder für Pasta, warum auch nicht, schließlich war sie in Italien. Eine Flasche Olivenöl, überreife, saftige Tomaten, ein schönes Stück Parmesan und natürlich Nudeln wanderten in ihren Korb. Dann entdeckte sie noch eine äußerst lecker aussehende Wurst, die den Name Salsiccia trug und packte diese mit dazu, denn sie war ja keine Vegetarierin. Ganz zum Schluss, kam das Regal mit den Weinflaschen. Etwas überfordert vom Angebot stand sie davor und ließ ihre Blicke schweifen. Wenn sie ehrlich war, hatte sie von Wein nun so gar keine Ahnung. Thomas hatte sich mit seinem Wissen immer gebrüstet, erzählte aber auch nur aufgeschnappte Dinge von Bekannten weiter. Da gab es Weißweine, Rotweine, Roséweine – eine rundliche ältere Frau merkte ihre Unentschlossenheit und zeigte auf eine bestimmte Sorte. »Nehmen sie diesen da, der schmeckt ihnen bestimmt. Trinken wir auch immer.«

Warum nicht, dachte Lene und schwer bepackt machte sie sich wenig später auf den Rückweg zur Pension. Schon nach kurzer Zeit war sie ganz schön außer Atem. Der Anstieg war steil und ungewohnt für sie als ziemlich unsportliche Person. Sie merkte, wie ihr der Schweiß langsam zwischen den Schulterblättern herabrann. Abwärts war es auf jeden Fall wesentlich leichter gegangen. Zum Glück kam ihr niemand entgegen. Angesichts ihres hochroten Kopfes hätte derjenige vermutlich einen Notarzt gerufen.

Eine halbe Stunde später, war ihr Ziel erreicht, mit letzter Kraft nahm sie die Treppe in den zweiten Stock, ließ sich erschöpft und schwer atmend auf den Balkonstuhl sinken. Den Rest des Tages verbrachte sie lesend auf ihrem kleinen Balkon, schließlich hatte sie Urlaub. Ihre nackten Füße legte sie auf die Brüstung und vergaß alles um sich herum. Immer wieder wanderte ihr Blick zum See, ständig gab es dort etwas Neues zu entdecken. Da fuhren Schiffe, Segler und Kitesurfer zogen ihre Bahnen. Und dann die Farbe der Berge, immer wieder veränderte sie sich. Wolken zogen vorüber und warfen einen Schatten auf die gegenüberliegenden Hänge.

Am Abend bereitete sie sich in ihrer kleinen, aber zweckmäßig ausgestatteten Küche ein äußerst leckeres Essen zu. Sie kochte die Pasta, briet die Salsiccia an und gab zum Schluss die Tomaten dazu. Mit einer kleinen Reibe hobelte sie noch ein wenig Parmesan über ihre Spaghetti und vermengte zum Schluss alles in einer großen Schüssel. Eigentlich hätte sie von der gekochten Menge eine Kompanie Gäste bewirten können.

Noch immer kochte sie für zwei Personen. Sie balancierte alles nach draußen, klemmte sich ihr Buch unter den Arm, legte die Beine auf den Tisch und ließ es sich schmecken.

Unten im Haus war alles ruhig. Weder das ältere Ehepaar noch Ines oder Bastian waren zu sehen. Lene ging zeitig zu Bett, da das neue Buch sie ungemein fesselte.

Am nächsten Tag beim Frühstück lernte sie endlich das ältere Ehepaar aus dem Zimmer schräg unter ihr kennen. »Kommen Sie, junge Frau, setzen sie sich zu uns zwei Alten, wenn sie mögen. Da müssen sie nicht so allein an einem Tisch sitzen.« Der alte Herr klopfte auf den freien Stuhl neben ihm und sie nahm die Einladung gerne an. Wie sie berichteten, kamen sie seit zwanzig Jahren um diese Jahreszeit an den Gardasee. »Da ist es noch nicht so voll, wissen Sie«, erklärte der alte Herr. »Im Sommer zur Hochsaison kann man vor Urlaubern kaum laufen. Und die Wärme macht einem zu schaffen. Aber jetzt ist es einfach herrlich, die Natur erwacht und alles grünt und blüht. Hier ist es einfach traumhaft, natürlich mittlerweile ganz anders als früher, damals war alles noch einfacher und es gab auch nicht so viele Hotels und Pensionen. Da sind wir mit unserem ersten klapprigen Auto bis hierher gefahren, am Brenner hatten wir die gefühlt zehnte Panne und waren bestimmt drei Tage unterwegs, aber es war herrlich. Das Pensionszimmer war winzig und Klo und Waschbecken haben wir uns mit zehn anderen Pärchen geteilt.« Wehmut lag auf seinen Zügen. »Jetzt spazieren wir meist an den Uferpromenaden entlang und machen nur noch kleine Ausflüge.«

Der Frau sah man an, dass sie gesundheitliche Probleme hatte. Ihr Gesicht war grau und wirkte aufgedunsen. Trotzdem sah der Mann sie so liebevoll an, als wäre sie die Allerschönste für ihn. Die beiden waren seit sechzig Jahren ein Paar und immer noch so innig wie am ersten Tag, erzählten sie.

Später saß Lene auf ihrem obligatorischen Platz und blätterte in einem der Reiseführer. Alle hatten wirklich recht, es gab so viel zu entdecken und die schieren Möglichkeiten überforderten sie. Also ging sie nach den abgebildeten Fotos und entschied sich, das Städtchen Garda zu besuchen. Das Ehepaar hatte ihr die Stadt als sehr sehenswert empfohlen. Dies ging natürlich nur per Auto und so stieg Lene in ihres und wollte sich gerade auf den Weg machen. Sofort kam Ines aus dem Haus geeilt, wobei sie eher herausgeschossen kam und sich ihr förmlich vor den Wagen warf. Lene trat heftig auf die Bremse und sah vermutlich ziemlich verwirrt aus.

»Hallo, du kannst doch mit deinem kaputten Licht nicht in der Gegend rumfahren, wenn dich die Carabinieri erwischen, bist du dran.« Sie pustete sich eine Strähne aus dem Gesicht und sah Lene streng an. Mit ihren empört in die Hüften gestemmten Fäusten sah sie wie eine italienische Furie aus.

Wenn sie ehrlich war, hatte Lene an den Schaden gar nicht mehr gedacht. Na ja, da musste sie den Tag eben wieder hier verbringen.

»Nun guck doch nicht so deprimiert, ich gebe dir einfach mein Auto und du kannst fahren, wohin du willst. Nur wenn es fast leer ist, bitte wieder volltanken.« Und schon eilte Ines ins Haus und kam mit ihrem Schlüssel zurück.

Lene sah wenig begeistert aus. Mit einem fremden Auto fahren, in einem fremden Land und dann auch noch diese steile Straße nach unten. »Ach lass mal, ich bleibe den Tag hier und lese ein bisschen oder so.«

Ines schaute noch ein wenig strenger. »Hallo, du bist allein bis nach Italien gekommen, da wirst du die kurze Strecke bis Garda wohl auch schaffen. Und um diese Zeit, kommt dir auf der Zufahrt niemand entgegen. Nu los, rein mit dir. Glaub mir, du wirst damit super zurechtkommen. Ich liebe mein Auto und du wirst es auch lieben.« Energisch verfrachtete sie Lene in ihren kleinen Fiat, klopfte nochmal aufs Dach und ging ins Haus.

Mit Herzklopfen ließ sie den Motor an, rollte testend die Zufahrt hinauf und hinunter und bog schließlich vorsichtig auf den schmalen Weg ein. Diesmal hatte sie Glück und, wie Ines schon gesagt hatte, kam niemand ihr entgegen. An Stefanos Haus fuhr sie etwas langsamer und schaute nach links, doch alles sah ruhig aus. Der verbeulte Fiat stand unverändert an seinem Platz, die Fensterläden waren geschlossen und das Grundstück wirkte wie ausgestorben. Wahrscheinlich war er den ganzen Tag unterwegs.

Auf der Gardesana angekommen zögerte sie. Eine endlose Fahrzeugkolonne rollte an ihr vorbei, sie musste links abbiegen, brauchte also eine genügend große Lücke. Langsam bekam sie das Gefühl, dass sie heute Abend immer noch an derselben Stelle stehen würde. Also holte sie tief Luft, blinkte links und huschte ganz im italienischen Stil in eine winzige Lücke. Lenes Wangen glühten hochrot, aber sie war auf der Gardesana und niemand hatte gehupt. Diese führte immer am Ufer des Sees entlang. Nach ein paar Minuten entspannte sie sich zusehends. Ines Auto fuhr sich einfach fantastisch. Es war so eine richtige Knutschkugel, klein, wendig, ideal für Frauen und für ihre Fahrkünste. Sie drehte das Radio laut – italienische Melodien wehten um ihre Ohren. Die Sonne schien und ließ den See tiefblau erstrahlen, es war einfach ein herrlicher Tag. Sie öffnete beide Fenster weit und der Fahrtwind zerrte an ihren Haaren. Lene passierte mehrere kleinere Ortschaften, die sich zwischen Berg und See quetschten. Je weiter sie in den Süden kam, umso mediterraner wurde die

Landschaft. Die hohen Berge wichen nach hinten zurück und der schmale Landstreifen verbreitete sich mehr und mehr. Auch der See wurde breiter und das gegenüberliegende Ufer entfernte sich, bis es nur noch schemenhaft erkennbar war. Nach und nach tauchten am Seeufer alte mondäne Villen mit hohen Zäunen auf. Deren Bewohner wollten lieber unter sich bleiben, denn man sah diskret Überwachungskameras blinken. Nur ab und zu lugte ein Dach über die alten Mauern und die allgegenwärtigen Zypressen natürlich auch.

Anscheinend hatten auch andere Urlauber die gleichen Pläne gehabt, denn zusammen mit unzähligen deutschen und anderen Nummernschildern rollte sie gen Garda. Der Verkehr wurde immer dichter, bis schließlich ein paar Kilometer vor ihrem Ziel alles nur noch im Schritttempo dahinschlich. Die ersten Einheimischen bogen auf schmalen Schleichwegen nach links ab und suchten ihr Heil in der Flucht. Doch Lene dachte an ihre problematische Hinfahrt und blieb lieber auf der breiteren Hauptstraße.

Nach endlosem Stop-and-go tauchte schließlich das Ortseingangsschild ihres heutigen Zieles auf. In Garda entschied sie sich spontan, den ersten Parkplatz zu nehmen, der am Straßenrand auftauchte. Mühsam quetschte sie das Auto zwischen zwei riesenhafte Nobelkarossen und fragte sich, ob die aus Prinzip zwei Parkplätze für sich beanspruchen mussten, vielleicht gehörte das zur jeweiligen Marke. Dann machte Lene sich auf die Suche nach dem Parkautomaten. Die Preise waren wahrhaft fürstlich und fast ihr gesamtes Kleingeld wanderte in den Zahlschlitz. Anders als in Malcesine gab es hier in Garda eine breite Uferpromenade, die sich entlang der sanft geschwungenen Bucht schlängelte. Unter schattenspendenden Bäumen lagen unzählige Eisdielen und Restaurants wie Perlen an einer Schnur und vor fast allen warteten Kellner, wie Tiger auf die Beute, in dem Fall die Touristen, um sie zu den eigenen Tischen zu lotsen. Hoffnungsvolle Blickte trafen sie und enttäuschte wanderten hinter ihr her. Straßenmusiker oder Maler versuchten mehr oder weniger talentiert auf sich aufmerksam zu machen. Es war ganz anders als in Malcesine und gefiel ihr trotzdem ausgesprochen gut.

Lene wanderte zwischen den ganzen Pärchen oder Touristengruppen herum und hörte ihre Mutter im Geist reden. »Ach Mädchen und du rennst dort nun ganz allein rum. Wärst du nur an die Ostsee gefahren ...« Doch sie fühlte sich überhaupt nicht einsam, im Gegenteil. Und schließlich ging sie ja schon morgen Abend zu ihrer ersten Verabredung. Bei dem Gedanken daran begann ihr Herz sofort wieder ein wenig schneller zu schlagen.

Die Altstadt lag zu ihrer Linken, sie war klein und italienisch urig. Es gab die üblichen Touristengeschäfte, kleine Bars und Boutiquen. Tische standen in den schmalen Gassen, an denen man Pasta, Pizza und andere leckere Dinge zu sich nehmen konnte. Hier spielte sich das pralle Leben ab, zumindest das, was man sich als Italientourist eben als solches vorstellte. Für Lenes Geschmack war es schon manchmal fast zu viel Leben, denn die Gassen füllten sich mehr und mehr mit Menschen. Das Gedränge wurde immer schlimmer und schließlich klemmte sie sich ihre Handtasche sicherheitshalber unter den Arm. *Na bravo, nun verhalte ich mich tatsächlich wie meine Mutter*, dachte Lene.

Und dann waren da noch die Eisdielen, es gab sie gefühlt aller zehn Meter – die pure Auswahl an Eis war überwältigend. Eine Sorte sah appetitlicher aus als die andere. Schon gestern in Malcesine hatte sie staunend vor den Bergen der kalten Köstlichkeit gestanden. Eigentlich hatte Lene ihre Figur während des Urlaubs nicht völlig aus den Augen verlieren wollen, aber dieser leckeren Speise konnte sie einfach nicht widerstehen. Und so erstand sie eine Waffel mit zwei turmartig aufgesetzten Eiskugeln, erntete ein überaus charmantes Grinsen des Eisverkäufers und sich ließ sich einfach weiter treiben. Irgendwie beschlich sie langsam das Gefühl, das Italien männertechnisch genau ihr Land war. So viele bewundernde Blicke trafen sie zu Hause nicht.

Zu ihrer linken tauchte eine kleine Gasse auf, etwas verwinkelt und leicht zu übersehen. Die meisten Besucher rannten einfach an ihr vorbei. Um dem Trubel etwas zu entgehen, bog sie einfach ab und schlenderte zwischen den alten Häusern entlang. Hier war es schattig, stellenweise fast düster. Touristen waren nicht zu sehen, nur ein paar Einheimische eilten mit Einkaufskörben über das holprige Pflaster. Über ihr klebten kleine Balkone an den altertümlichen Fassaden, die mit Pflanzen zugestellt waren. Die obligatorischen Wäscheleinen waren von Haus zu Haus gespannt. Hier schien es keine Geschäfte zu geben, bis schließlich doch ein schmales Schaufenster auftauchte. Es war ein Antiquitätengeschäft und eigentlich wollte Lene schon weitergehen, da fiel ihr Blick auf eine Kette und ein paar Ohrringe in der Mitte der Auslage. Die Kette war aus Silber gearbeitet mit einem ovalen Medaillon als Anhänger, auf das der Künstler eine Rose graviert hatte, die wiederum einen zarten roten Stein in der Mitte der Knospe trug. Die Ohrringe waren ebenfalls als kleine Rosen gearbeitet mit einem winzigen roten Splitter. Den Schmuck hatte man auf dunkelblauen Samt gebettet und er sah unglaublich schön aus. Sicher waren es keine Edelsteine, aber die Art gefiel ihr sehr. Er schien alt zu sein, denn heute wurde etwas derartiges gar nicht mehr hergestellt. So sehr sie auch schaute, ein Preisschild war nirgends zu entdecken. Einen Moment rang sie mit sich, ob sie hineingehen sollte und dachte sich wiederum: *Wieso denn eigentlich nicht? Fragen kostet ja nichts.*

So öffnete sie kurz entschlossen die Tür und betrat das dunkle Geschäft. Über ihr bimmelte melodisch eine Glocke und kündete von einem eventuellen Käufer. Der Laden war relativ klein, ziemlich dunkel und überall mit alten Sachen zugestellt. Es gab Möbel, alte dicke Bücher und viel Porzellan in allen erdenklichen Farbtönen und Formen. Der Gang zum Ladentisch war so schmal, das man teilweise seitwärts gehen musste, um nicht an irgendeinem Gegenstand hängen zu bleiben. Lene bewegte sich vorsichtig voran. Ein sehr angenehmer Geruch hing in der Luft, nach alten Dingen, nach Holz und noch etwas anderem. Schon nach kurzer Zeit fand sie die Ursache. Auf einer dunkelglänzenden Kommode stand eine Schale mit zwei brennenden Räucherstäbchen. Im Geschäft war zunächst niemand zu sehen, bis sich der Perlenvorhang hinter dem Verkaufstresen teilte und eine Frau nach vorn geeilt kam.

»Buon giorno. Kann ich Ihnen helfen?«, begrüßte sie Lene in gebrochenem Deutsch. Wie immer erstaunte es sie, dass man schon auf den ersten Blick erkannte, dass sie eine Deutsche war. Woran, war ihr schleierhaft, hätte sie doch genauso gut aus England sein können.

Die Frau trug ein dunkelrotes Kleid und hatte mit einem gleichfarbigen Tuch ihre üppigen roten Haare nach hinten gebunden. Jeder Modeberater hätte gesagt, dass man zu roten Haaren, nicht auch noch rote Sachen tragen sollte, aber ihr stand es ausgesprochen gut. Lene erinnerte diese Frau an eine Sängerin aus Jugendtagen, Milva. Auch sie hatte eine feuerrote Mähne gehabt. Irgendwie hatte sie in diesem Geschäft jemand ganz anderen erwartet, einen älteren Herren, der gemütlich von hinten vorgeschlurft kam, aber nicht eine Frau, die vermutlich sogar jünger als sie selbst war.

»Buon giorno. Ich interessiere mich für die Kette und die Ohrringe im Schaufenster, die mit der silbernen Rose.«

»Ah, das Rosenmedaillon, eine gute Wahl«, meinte die Frau mit einem kleinen Lächeln. »Einen Moment, ich hole sie Ihnen.« Sie kramte nach einem Schlüsselbund, öffnete damit eine Glastür, die das Schaufenster vom Geschäft abtrennte und beugte sich ganz nach vorn in die Auslage.

Einen Augenblick später lag der Schmuck auf dem Ladentisch. Jetzt, wo sie ihn vor sich liegen sah, wirkte er noch edler. Nun erkannte sie auch, dass direkt unter der Blüte noch drei kleine Muscheln in die Oberfläche eingraviert waren. »Möchten Sie ihn vielleicht einmal umlegen? Schmuck muss man an seinem Körper betrachten. Mein Vater sagte immer, man denkt, dass man sich seinen Schmuck aussucht, doch das stimmt nicht, in Wirklichkeit sucht sich der Schmuck seinen neuen Besitzer selbst aus. Er zieht ihn sozusagen magisch an. Was der Einen steht, passt zur Anderen gar nicht. Doch bei Ihnen habe ich ein sehr gutes Gefühl.«

Flink nahm die Verkäuferin die Kette aus der Verpackung, legte sie um ihren Hals und schloss sie mit kühlen Fingern. Dann schob sie Lene sanft zu einem alten wuchtigen Spiegel, der in einer Ecke hing und schon einige blinde Stellen aufwies. Sie schaltete eine Glaslampe an, die auf einem Tischchen stand, um für etwas Helligkeit zu sorgen. Die Kette war ein Traum. Sie schmiegte sich wie für sie gemacht an ihren Hals. Die Länge war genau richtig und der Anhänger ruhte an der perfekten Stelle. Der rote Stein schimmerte im Lichteinfall, als wäre er aus Blut.

»Na, was sagen Sie? Also, ich finde er steht Ihnen ausgezeichnet. Möchten Sie vielleicht noch die passenden Ohrringe anlegen? Sie dürfen sie gern probieren.« Die Verkäuferin lächelte sie an. »Eine Kundin hat ihn mir vorige Woche gebracht. Sie hat den Schmuck wohl von ihrer Großmutter bekommen, sie selbst trägt so etwas Altertümliches nicht. Ihre Nonna bekam ihn von ihrem Mann zur Verlobung, die Ohrringe zusammen mit dem Medaillon vor vielen, vielen Jahren. Er ist voriges Jahr verstorben, nach über sechzig glücklichen Ehejahren. Wer schafft das heutzutage schon, ich leider nicht.« Sie seufzte und verdrehte sehnsuchtsvoll die Augen.

Lene musste lachen. »Sechzig Jahre, das schaffe ich auch nicht mehr, zumindest nicht in diesem Leben.«

»Na, da wissen Sie ja, was ich meine. Der Enkelin fiel es sehr schwer, sich davon zu trennen, aber sie wollte ihn in guten Händen wissen. Nun hat sie beides schweren Herzens verkauft. Auf dass es den Hals und die Ohren einer schönen Signora schmückt – das war ihr Wunsch«, sagte die Verkäuferin schlicht.

Auf dunkelblauem Samt schimmerten die zwei kleinen silbernen Rosen, die perfekte Ergänzung zur Kette. Jahrelang hatten die Schmuckstücke zusammengehört, nun sollte man sie auf keinen Fall trennen, dachte Lene. Sie legte die Ohrringe an und nun war das Ensemble vollkommen. Sie betrachtete sich im Spiegel, sah die roten Steine schimmern und fühlte sich irgendwie verändert. Der Schmuck harmonierte mit ihrem dunklen Haar und unterstrich ihre ganze Erscheinung. Sie hätte es nicht in Worte fassen können, aber er bereitete ihr ein gutes Gefühl. Und war es nicht ein positives Zeichen, dass eine andere Frau ihn vor vielen Jahren als eine Liebesgabe von ihrem Mann bekommen hatte und dann eine so lange Zeit mit ihm glücklich zusammen gewesen war?

»Was – was sollen denn die beiden Stücke kosten?«, fragte sie fast vorsichtig nach. Innerlich war sie gewappnet, denn sie konnte sich vorstellen, dass der Schmuck sicher sehr teuer war. Noch dazu hier in diesem Ort, wo sich alles um die Touristen und Urlauber drehte. *Bitte, lass es nicht zu teuer sein*, betete Lene gedanklich, denn im Stillen hatte sie sich in das Ensemble schon verliebt.

Der Preis, den die Verkäuferin nannte, war hoch, aber nicht so, dass es einem den Atem nahm. Lene war hin- und hergerissen, drehte sich vor dem Spiegel. Einerseits war es alter Schmuck, andererseits, stimmte dies wirklich? War er wirklich so alt? Man hörte so viel über die italienische Geschäftstüchtigkeit. Aber irgendwie hatte sie das Gefühl, dass die Verkäuferin ihr die Wahrheit sagte. Wann hatte sie sich zum letzten Mal etwas richtig Schönes gegönnt? Sie konnte es nicht mehr sagen. Obwohl Geld in ihrer Beziehung vorhanden war, hatte sie ihre kleinen Wünsche immer hintangestellt. Und sollte man sich nicht aus jedem Urlaub eine schöne Erinnerung mitbringen? Sie drehte sich vor dem Spiegel noch einmal hin und her, sah die Steine funkeln und da stand ihr Entschluss fest. Warum sollte sie ein wenig von dem Geld, was sie bei der Scheidung erhalten hatte, nicht in etwas so Zauberhaftes investieren?

»Wissen Sie was, ich nehme den Schmuck«, sagte sie spontan aus einem Bauchgefühl heraus. »Er gefällt mir einfach zu gut und ich kenne mich. Wenn ich ihn nicht nehme, habe ich nur schlaflose Nächte und wenn ich mich dann doch entscheide, ist er vielleicht schon verkauft.« Lachend nickte die Verkäuferin ihr zu. Kurz darauf fragt sich Lene, ob sie eigentlich hätte verhandeln sollen. Thomas hatte das immer gemacht und zwar so sehr, dass es ihr immer schon peinlich war. Sie war sich dabei immer vorgekommen wie auf einem türkischen Basar.

Die Verkäuferin nahm ihr den Schmuck ab und legte beide Stücke in die mit dunkelblauem Samt ausgeschlagenen Schachteln. Die Deckel waren mit Einlegearbeiten aus verschiedenen Hölzern verziert, die ebenfalls das zarte Rosenmotiv zeigten. »Es sind sogar noch die Originalverpackungen, in dem der Schmuck vor vielen Jahren gekauft wurde. Schon die allein sind zauberhaft. Sie haben einfach eine gute Wahl getroffen zu der man Sie nur beglückwünschen kann.«

Neben ihr auf dem Ladentisch stand eine flache Schale, die die Verkäuferin wie nebenbei näher zu Lene schob. Sie war voller Karten, die mit ihrer Rückseite nach oben locker verteilt darin lagen. »Das sind Tarotkarten. Ziehen Sie einfach mal eine, natürlich nur, wenn Sie mögen. Keine Angst«, sagte sie, als sie Lenes fragenden Blick sah. »Es ist nur ein Spiel.«

»Wissen Sie, ich glaube eigentlich nicht an solche Dinge.« Unsicher schaute sie die Verkäuferin an. Sie kannte einige Frauen, die schon mal bei einer Wahrsagerin gewesen waren. Für sie war das nichts, was sollte so ein buntes Bild über ihr Leben sagen? Über ihre Zukunft hatte sie sich bis vor kurzem keinerlei Gedanken gemacht, da sie einfach so überschaubar aussah. Und überhaupt, vermutlich wurden einem nur Dinge gesagt, die auf neunundneunzig Prozent der Bevölkerung zutrafen.

Die andere Frau zuckte mit den Schultern. »Ach, Sie müssen nicht. Manchen Menschen, besonders denen, die in letzter Zeit viel mitgemacht haben, biete ich gerne den Rat der Karten an. Und ich glaube, gerade Ihnen würde dieser Rat viel bringen. Ich habe es gleich gesehen, als Sie mein Geschäft betreten haben. Schon meine Mutter hatte diese Gabe und gab sie an mich weiter, man kann einfach nicht anders.« Während sie sprach, ließ sie die hölzernen Schachteln mit dem Schmuck in eine kleine Papiertüte gleiten.

Lene kam sich mittlerweile albern vor. Hatte sie diesmal nicht alles anders machen wollen? Was sollte schon großartig passieren? Also gab sie einem inneren Impuls nach und zog eine der Karten. Auf ihr war ein Liebespaar abgebildet. Fragend hielt sie sie der Anderen hin.

»Ah, Sie haben die Liebenden gezogen. Liebe wird in der nächsten Zeit die größte Rolle in Ihrem Leben spielen, viel mehr als Geld oder Job. Es geht darum, die wahre, einzige und über allem stehende Liebe zu finden. Vielleicht auch zwischendurch einen kleinen Flirt, aber am Ende soll es um den einen Mann fürs Leben gehen. Ich ziehe Ihnen noch zwei Karten dazu, damit wir wissen, ob und wie Sie die Liebe ihres Lebens finden.«

Sie drehte die Schale ein wenig, ließ sie kreisen und zog zwei weitere Karten geschmeidig aus der Bewegung heraus. Diese legte sie zu der anderen mitten auf den Ladentisch.

Die erste Karte zeigte ein Herz, welches von Schwertern durchbohrt wurde. Auf der letzten war eine strahlende Sonne abgebildet, ein dicker pausbäckiger Engel blies im Vordergrund mit einer Posaune.

Sie nickte und sah Lene in die Augen. »Sie haben es nicht leicht gehabt in letzter Zeit und die Zeit der Prüfungen ist auch noch nicht vorbei. Das zeigt diese zweite Karte. Auf Sie kommen schwierige Entscheidungen zu. Entscheidungen, die Ihre Seele berühren werden und die Sie mit Ihrem Herzen treffen müssen.« Okay, vermutlich gab es viele Menschen, die es in letzter Zeit ziemlich schwer gehabt hatten, trotzdem war Lene auf einmal fest überzeugt, dass diese Worte genau für sie bestimmt waren. »Sie werden zwischen zwei Männern wählen müssen, eine schwere Entscheidung, doch sie wird leicht, wenn Sie nur auf Ihr Herz hören. Denn Sie werden die richtige Wahl treffen, auch wenn Sie Ihnen im ersten Moment vielleicht falsch vorkommen sollte. Das sagt diese letzte Karte, Sie haben das Glück gezogen und das haben Sie wahrhaft verdient.

Hören Sie auf Ihre Intuition, sie wird Sie führen. Und Sie hat Sie heute zu mir, in diesen kleinen Laden, in diese kleine Gasse gebracht, an der fast alle Touristen achtlos vorbeilaufen. Sie sollten sowieso viel mehr auf Ihr Inneres hören, oft haben Sie ein Gefühl, eine Ahnung, die Sie dann aber wieder verdrängen. Sie schalten Ihren Kopf ein, das bringt Sie in eine falsche Richtung.« Die Verkäuferin legte die Hand auf ihren Bauch. »Hier sind die Antworten. Doch, ehe ich Sie noch mehr verwirre, genug geweissagt! Hier ist Ihr Schmuck, ich wünsche Ihnen viel Freude damit.« Lächelnd überreichte sie Lene die zwei kleinen Holzschatullen und wenige Minuten später war der Kauf perfekt.

Als Lene draußen vor der Tür stand, kam ihr das eben Gehörte fast unwirklich vor. Ein Blick auf ihre Uhr zeigte, dass sie fast eine Stunde in dem kleinen Geschäft gewesen war. Mittlerweile knurrte ihr Magen laut und deutlich und so suchte sie sich am See ein kleines Café. Gedankenverloren studierte sie die riesige Speisekarte und bestellte sich schließlich einen Cappuccino und eine Pizza.

Was hatte die Frau noch mal gesagt? *Zwei Männer, hm, wer könnte das wohl sein?*, fragte Lene sich still. Eigentlich fielen ihr auf Anhieb gleich zwei ein, aber diesen Gedanken wischte sie lieber ganz schnell beiseite. Sinnend betrachtete Lene das Plätschern der Wellen auf dem See. Die große Liebe zu finden, wer wünschte sich das nicht? Ein Partner mit dem man einfach nur glücklich sein konnte, ohne Wenn und Aber. Gab es das überhaupt? Na ja in ihren Romanen schon, aber sie lebte in der Realität. Mit einem hatte die Dame in Rot jedenfalls recht gehabt, ihr Bauchgefühl war wirklich untrüglich.

Wie oft hatte es sie schon gewarnt und sie hatte alle Bedenken in den Wind geschlagen. Die Quittung kam entweder nach kurzer oder wie bei ihrem Exmann nach längerer Zeit.

Mittlerweile waren die Terrassen der Restaurants gut gefüllt, die Kellner schleppten große Teller mit Pizzen oder Pasta herbei und Urlauber aus aller Herren Länder ließen es sich schmecken. Es war später Nachmittag und langsam war es Zeit, den Rückweg anzutreten.

Die Rückfahrt war noch beschwerlicher, denn sie stand fast sofort wieder im Stau. Das ließ ihr aber genug Gelegenheit, sich die Gegend in Ruhe anzuschauen.

In der Pension angekommen, holte sie die beiden Schachteln aus der Tüte und betrachtete im hellen Sonnenschein noch einmal den Schmuck. Er sah immer noch bezaubernd aus und sie war sicher, einen guten Kauf getätigt zu haben. Am liebsten hätte sie Ines ihre Neuerwerbung gezeigt, doch sie war mit Bastian bei einer Geburtstagsfeier von Freunden, wie sie ihr am Morgen erzählt hatte. Also gehörte das Haus, mal abgesehen von den alten Leutchen, ganz ihr allein. Lene setzte sich auf den Balkon, las und ließ sich nebenbei von der Abendsonne bescheinen. Später wärmte sie die Reste der Nudelmahlzeit vom Vortag auf. Dann rief der Krimi auch schon wieder nach ihr und sie schmökerte weiter. Doch immer wieder schweiften ihre Gedanken zum nächsten Tag und zu ihrer Verabredung mit Stefano.

5. Kapitel

Dann war er da, der Samstag und Lene fühlte sich wie ein Teenager, der heute die erste Verabredung in seinem Leben hatte. Es schien ihr wirklich so, denn das letzte Treffen mit einem Mann – ihrem Mann – war so unendlich lange her. Irgendwie war sie total aus der Übung, was den Bereich Flirten anbelangte. Gleich nach dem Frühstück wandte sie sich der wichtigsten Angelegenheit des Tages zu, nämlich der Kleiderfrage für den heutigen Abend. Der Schrank war schnell inspiziert, da sie ja nur wenige Stücke mit nach Italien genommen hatte. Doch egal was sie auf den Bügeln auch vorfand, es ging ihr wie allen Frauen dieser Erde, sie hatte schlicht und ergreifend nichts zum Anziehen, zumindest überhaupt nichts Passendes. Einen Moment war sie geneigt, das grüne Kleid anzuziehen, was sie sich vor zwei Tagen gekauft hatte. Doch ihre Gedanken gingen sofort zu Bastian. Es war nicht richtig, es zu einer Verabredung mit Stefano anzuziehen. Immerhin hatte er ihr die Farbe empfohlen. Mittlerweile war es schon Mittag und sie mit ihrem Kleiderproblem noch kein Stück weiter.

»Jetzt reiß dich zusammen, es ist nur eine ganz normale Verabredung«, sagte sie zu sich selbst und entschied sich spontan für eine weiße Jeans, zu der sie ihre rote Bluse anzog. Irgendwie war ihr Italien figurmäßig bis jetzt nicht gut bekommen, denn die Hose saß ziemlich eng, besonders am Po. Seufzend schaute Lene in den Spiegel, wühlte in ihrer Unterwäsche und holte eine Figur formende Miederhose hervor. Diese war nicht sexy, eher ein Liebestöter, doch danach saß alles perfekt – genauso wie es sollte. Sogar atmen konnte sie noch. Ein prüfender Blick in den Spiegel sorgte zwar nicht für unendliche Begeisterung, aber zumindest für eine gewisse Zufriedenheit.

Zum Glück hatte sie die kleine Schminktasche zum Schluss doch noch eingepackt und so legte sie ein wenig Wimperntusche auf und betonte ihre Lippen. Ein paar Spritzer von ihrem Lieblingsparfüm, den neu gekauften Schmuck angelegt und Lene war bereit. Allerdings zeigte die Uhr nun gerademal 14 Uhr und so setzte sie sich vorsichtig auf ihren Balkon und versuchte etwas zu lesen. Vor lauter Aufregung verrutschten die Buchstaben und sie kapierte gar nicht, was sie da eigentlich so las. Die Zeit verging quälend langsam und gefühlt alle fünf Minuten schaute sie auf ihre Uhr. Ein Teenager konnte wirklich nicht schlimmer sein, immerhin ging sie nur zu einem einfachen Abendessen und nicht in einen intimen Club. Irgendwann zog die Dämmerung dann aber doch über den See bis zu ihrem kleinen Balkon.

Anscheinend war ihr Anblick gar nicht so schlecht, denn als sie die Treppe nach unten kam, sagte Ines: »Wow, du strahlst wie, wie – eine Göttin. Hui, du gefällst mir richtig gut und sehe ich da ein gewissen Strahlen in deinen Augen?«

Ein Kompliment was eindeutig äußerst gut tat und ihr ein klein wenig die Aufregung nahm. »Findest du wirklich?« Da waren sie wieder – die Zweifel, die dick und fett auf ihrer Schulter hockten.

Forschend sah Ines sie an und grinste. »Ja, ich sehe es, eindeutig. Und was ist denn das, was da an deinem Hals so verführerisch glitzert?« Das Klingeln des Telefons riss sie aus ihrem Gespräch. Ines eilte flink in die Küche und rief ihr noch hinterher. »Na dann, ich wünsch dir oder euch viel Spaß und Lene, mach ja keine Dummheiten. Ich will hinterher Details hören.«

Gerade als Lene die Haustür öffnen wollte, ging diese auf und sie prallte noch im Flur mit Bastian zusammen. Er trug wieder seine Arbeitssachen und auf dem Haar einen leichten Staubschleier. Überrascht schaute er sie von oben bis unten an. »Wow, du siehst …, du siehst einfach toll aus.« Bewundernd musterte er sie und lächelte zaghaft.

Einen Moment standen sie ganz nah beieinander und ihre Körper berührten sich fast. Lene hielt den Atem an, sie wusste nicht recht, was sie sagen sollte. Eigentlich war es ihr fast unangenehm, dass er sie gerade jetzt sah, wo sie mit einem Anderen essen ging. Doch gerade, als sie ihm antworten wollte, knirschte draußen ein Auto über den Kies.

»Oh, das wird Stefano sein, wir haben heute unsere Verabredung – das Essen weißt du, wegen dem Unfall?« Nervös lächelnd schob sie sich hastig, noch ehe er etwas sagen konnte, an ihm vorbei durch die Tür.

Stefano wartete schon am Wagen und holte sie nicht mit seinem verbeulten Fiat, sondern in einem knallroten Cabrio ab. Er kam ihr mit strahlenden Augen entgegen und küsste sie leicht auf beide Wangen. »Hm, du siehst wunderschön aus.«

Lene spürte, wie ihr augenblicklich das Rot in die Wangen schoss. Komplimente zu erhalten, war sie nicht mehr gewöhnt. Aber es tat sehr gut und ihr Herz klopfte noch ein wenig schneller. Ihr Begleiter sah unglaublich sexy aus. Er trug eine dunkle Jeans und ein helles Hemd mit einem legeren Sakko darüber. Seine Haare waren von der kurzen Fahrt, leicht verwuschelt, was ihm einen verwegenen Touch verlieh.

Er nahm sie leicht am Arm und führte sie zur Beifahrertür. Gerade als sie einsteigen wollte, fiel sein Blick auf ihre Kette. »Wow, ein tolles Schmuckstück.« Stefano runzelte die Stirn. Er berührte mit einem Finger zart die Blume und strich fast unabsichtlich über ihr Brustbein. »Es kommt mir irgendwie bekannt vor, dieses Symbol der Rose mit den Muscheln, wo hast du es her?«

»Ich hab es gestern in Garda gekauft, in einem winzig kleinen Laden für Antiquitäten. Es stach mir gleich ins Auge.«

»Ein guter Kauf würde ich mal sagen. So, da wollen wir mal.« Kritisch beäugte Lene die flachen Sitze des Autos. Alles wirkte ziemlich unbequem und vor allem ziemlich tief. Wie sie später aus diesem Gefährt wieder herauskommen sollte, ohne sich nach draußen zu rollen, war ihr ein Rätsel.

Auf dem Beifahrersitz lag ein gelbes Tuch. »Für den Fahrtwind, falls du möchtest. Ich habe es heute früh noch für dich gekauft.« Entweder war er einfach ein aufmerksamer Mann oder er hatte Routine und nahm öfter Frauen in seinem Wagen mit. Die Sitze waren ergonomisch geformt und passten sich ihrer Rückenpartie wie eine zweite Haut an. Anders als erwartet, saß man sehr bequem in diesem etwas unbequem ausschauenden Fahrzeug.

Er fuhr den schmalen Weg hinab, drückte mit einem lächelnden Seitenblick eine Taste und italienische Musik klang aus den Lautsprechern. »Wenn schon, denn schon, da machen wir richtig einen auf Italien«, sagte er verschmitzt.

Als sie unten auf der Gardesana angelangt waren, beschleunigte er und der Motor begann zu vibrieren. Lene schlang sich das Tuch locker um den Kopf und holte ihre Sonnenbrille aus der Tasche. Nun fühlte sie sich wie Grace Kelly, in einem Film aus den fünfziger Jahren. Auch die italienische Umgebung passte perfekt dazu.

Zunächst ging es wieder Richtung Torbole. Als sie mit dröhnendem Motor durch eine der Galerien brausten, sagte Stefano: »Hier haben sie einige der Szenen für den letzten James Bond-Film gedreht, eine Verfolgungsjagd, hast du den Film gesehen?«

Das musste Lene verneinen, da sie eigentlich auf so eine Art Unterhaltungsfilm nicht so stand.

»Schade, da war was los hier, kann ich dir sagen. Die Straße war gesperrt und Stau auf allen Nebenstrecken, aber die Bilder sind toll geworden. Ich liebe schnelle Autos. Schon allein deswegen, habe ich ihn mir schon unzählige Male angeschaut.«

Angekommen in Torbole nahmen sie nicht die Straße Richtung Autobahn, sondern fuhren links am See entlang nach Riva. Stefano war ein sehr sportlicher, aber auch sicherer Fahrer. Sie war noch nie Cabrio gefahren und genoss den Fahrtwind und die letzten Sonnenstrahlen auf ihrer Haut. Wenn man den Kopf in den Nacken legte, war über einem nichts außer der Himmel. Es war ein tolles Gefühl von Freiheit und Leichtigkeit. Und sie genoss seine Gesellschaft. Es war schön, mal wieder neben einem attraktiven Mann zu sitzen und seine bewundernden Seitenblicke zu spüren.

Das Geräusch des Motors in den vielen Tunneln war unglaublich. Von den Wänden wurde der Schall zurückgeworfen und verursachte ein Kribbeln auf der Haut. Manche der Tunnel waren sehr modern und mit neuester Technik ausgestattet. Andere wirkten schon ziemlich alt und waren nur mit wenigen funzligen Lampen beleuchtet. Dann ging es am anderen Seeufer wieder abwärts Richtung Süden. Lene spähte auf die andere Seeseite, da war die Skaligerburg und irgendwo dort drüben musste in der langsam aufziehenden Dämmerung ihre Pension liegen.

»Und wie findest du es im Cabrio? Soll ich langsamer fahren? Stört dich der Fahrtwind? Soll ich das Verdeck hochklappen?« Einige Male stellte ihr Stefano diese Fragen und Lene schüttelte immer nur mit dem Kopf. Er schien ehrlich besorgt zu sein und wollte, dass es ihr einfach nur gut ging.

»Ich finde es herrlich, bitte das Verdeck nicht zuklappen, es ist so schön. Das müssen wir tagsüber unbedingt noch mal machen, wenn die Sonne scheint.« Lachend schaute sie ihn an und Stefano strahlte zurück.

»Wirklich? Jederzeit, mit dir bin ich zu jeder Schandtat bereit.« Der Blick, der sie aus seinen Augen traf, ging so tief, dass Lene hastig wegschaute. Zum Glück musste er sich auf die Straße konzentrieren, sonst wäre sie vielleicht noch knallrot wie das Cabrio geworden.

Sie erreichten nach einer Weile Limone, er zeigte auf eine Straße, die zum See führte. »Dort unten ist die Werkstatt meines Bruders. Ich hab ihn schon gefragt, wir können nächste Woche mit deinem Auto vorbeikommen.« Erst jetzt fiel ihr auf, dass er seit er sie abgeholt hatte, wie selbstverständlich von förmlichen Sie zum vertraulichen Du gewechselt war. Warum auch nicht? Lene hatte nichts dagegen.

Kurz nach Limone zweigte scharf rechts eine Straße ab. Lene las die Aufschrift *Hochland von Tremosine*. In unzähligen Kurven wand die Strecke sich steil und schmal den Berg empor. Immer wieder gab es tolle Ausblicke, auf den tief unten liegenden See. Sie fuhren an schroffen Felswänden vorbei, passierten immer wieder wilde Olivenhaine oder kleine Weinberge. Von Zeit zu Zeit klebten Häuser an der Felswand oder waren fast in sie hineingebaut. Die Luft wurde langsam kühler, was sicher auch an der heraufziehenden Dunkelheit lag.

Bald wurde die Steigung geringer und schließlich nach einer letzten scharfen Kehre hatten sie die Höhe erreicht. Oben bot sich Lene der Anblick auf eine leicht hügelige Landschaft. Das mediterrane Flair des Sees war verschwunden. Dunkle Wälder mit riesigen alten Bäumen wechselten sich mit grünen Wiesen ab, die in den letzten Strahlen der untergehenden Sonne lagen. Es sah fast so aus, als ob jeden Moment Heidi mit ihrem

Großvater, dem Alm-Öhi, und einer Herde Zicken ankommen würde. Wieder ging es durch verschiedene verschlafen wirkende Orte mit alten Häusern und noch älteren Kirchen, bis Stefano schließlich auf dem bereits gut gefüllten Parkplatz eines Restaurants hielt, das etwas auswärts lag. Es war ein langgezogener Flachbau, welcher sich harmonisch in die Landschaft einfügte. Galant kam er um das Auto herum und öffnete ihr die Tür. Er schloss noch das Verdeck des Wagens, legte den Arm leicht um ihre Schulter und führte sie in die Gaststätte hinein. Es war eine zuvorkommende Geste, aber sie signalisierte den anderen Gästen auch, dass diese Frau zu ihm gehörte.

»Ich hoffe, es gefällt dir hier oben, aber man isst in diesem Restaurant sehr gut, zumindest für meine Begriffe.«

Am Eingang erwartete sie bereits ein Kellner und begleitete sie zu ihrem reservierten Tisch, direkt an einem der riesigen Fenster. Als Lene Platz nahm, stieß sie einen Ausruf der Begeisterung hervor. »Gott, das ist ja traumhaft.« Der Ausblick war gigantisch. Gleich hinter dem Restaurant fiel eine Felswand steil nach unten ab. Es gab noch eine angebaute Terrasse, auf der man auch sitzen konnte, doch dafür war es um diese Jahreszeit noch zu kühl. Von ihrem Tisch hatte man einen weiten Blick über den gesamten See. Es wirkte so, als würde man am Abgrund schweben. In der Ferne erkannte sie Malcesine, gegenüber lag Garda. Das waren die Orte, die sie bisher kennengelernt hatte. Langsam gingen am anderen Seeufer die Lichter an und der See versank in der Dunkelheit.

Der Kellner brachte die Speisekarten und entzündete zwei weiße Kerzen in der Mitte des Tisches. Leise Musik ertönte aus versteckten Lautsprechern. Die anderen Tische waren bis auf wenige Ausnahmen besetzt, es schien ein wirklich beliebtes Restaurant zu sein, denn die meisten der Besucher waren

Italiener. Urlauber fand man hier oben kaum. Und anscheinend fuhren viele Pärchen hierher. Überall an den Nachbarstischen warfen sich die Leute verliebte Blicke zu. Ziemlich ratlos blätterte Lene durch das große Speisenangebot. Es gab Fisch, Fleisch, Pasta, Antipasti und das alles seitenweise. Stefano beobachtete sie lächelnd. »Wenn du magst, bestelle ich uns etwas?«

Dankbar nickte sie. »Ich wüsste gar nicht was ich nehmen soll, es klingt alles so lecker. Irgendwie kann ich mich bei euch gar nicht entscheiden«, seufzte Lene.

Stefano gab auf Italienisch die Bestellung auf und schon nach kurzer Zeit brachte der Kellner frisches Brot und einen leckeren Aufstrich, sowie eine kleine Schale mit Oliven. Dann kam noch eine kleine Karaffe Wein und eine große Flasche Wasser. Die obligatorischen Crissini standen schon auf dem Tisch. Mit einem Blick auf den Wein sagte Stefano: »Ich muss dich ja noch heil und gesund zu Hause abliefern, deswegen nur ein Glas für mich. Aber du kannst mehr trinken, wenn du magst.«

Der Wein schmeckte sehr gut, fruchtig und frisch, aber sie spürte, wie er ihr nach kurzer Zeit bereits in den Kopf stieg.

Zur Vorspeise gab es ein Risotto mit Steinpilzen in kleinen Körbchen aus Parmesan angerichtet. Der Koch hatte ein wenig groben Pfeffer darüber gestreut und es war einfach fantastisch. Als Hauptgericht hatte Stefano einen gebratenen Fisch mit Gemüse gewählt. Während des Essens wechselten sie nur wenige Worte und genossen lieber die perfekt zubereiteten Speisen.

Dann kam der Kellner mit der Nachspeise, einem äußerst verführerisch aussehenden Tiramisu in geradezu opulenter Portionsgröße. Sorgenvoll schaute Lene an sich hinunter,

»Hach, warum ist eigentlich alles bei euch so furchtbar lecker und landet gefühlt direkt auf den Hüften?«

»Weil eine richtige Frau Rundungen haben sollte, sonst wäre sie ja keine Frau«, antwortete Stefano lächelnd.

»Das sehen aber nicht alle Männer so. Die meisten wollen doch schlanke Frauen, zumindest drehen sie sich immer nach denen um.«

»Ich nicht. Ich finde dich einfach nur wunderschön und sehr anziehend. Und nun, lassen wir uns das Tiramisu schmecken, es ist eines der leckersten des ganzen Sees und man sollte es sich auf keinen Fall entgehen lassen«, entgegnete er schlicht. Seine Augen musterten sie intensiv und irgendwie schien es Lene, als würde Stefano sie bereits in Gedanken ausziehen und als Nachtisch vernaschen wollen. Sie fühlte, wie die Hitze in ihre Wangen stieg und blickte lieber hastig auf ihren Nachtischteller. *Oh Gott*, dachte sie. Mit diesen Blicken konnte sie gar nicht umgehen. Sie fragte sich ständig, was man als taffe Frau am besten machte – schaute man ebenso zurück, schlug man devot die Augen nieder? Sie hatte keine blasse Ahnung.

Dann später, beim obligatorischen starken Espresso kamen sie langsam ins Plaudern und sie merkte, wie die innere Anspannung aus ihrem Körper wich. Dies lag vielleicht auch am Wein, denn irgendwie hatte sie schon wieder einen kleinen Schwips. Stefano langte über den Tisch und nahm ihren Kettenanhänger noch einmal in seine Hand. »Es ist wirklich ein schönes Stück, was du da trägst, sicher ein altes Familienerbstück?«

Lene lachte. »Die Verkäuferin erzählte mir, er wäre lange im Besitz einer älteren Dame gewesen und ihre Enkelin mochte ihn nicht, deswegen hat sie ihn verkauft. Ich sah den Schmuck in der Auslage und es war um mich geschehen. Zwischenzeitlich hatte ich schon Zweifel, ob er überhaupt echt ist.« Erstaunt sah er sie an und fast gedankenverloren lag sein Blick auf dem Schmuckstück.

»Seltsam, der Anhänger kommt mir immer noch bekannt vor, obwohl ich sicher bin, diese Kette noch nie zuvor gesehen zu haben. Wie auch immer, sie steht dir fantastisch. Da hast du sicher einen guten Kauf gemacht.«

»Und was machst du eigentlich beruflich, wenn du nicht gerade fremde Frauen in Verkehrsunfälle verwickelst?«, fragte Lene locker nach, um ihn aus seinen Überlegungen zu reißen.

Stefano lachte. »Das ist meine Spezialität, ich liege den ganzen Tag auf der Lauer und warte auf neue Opfer. Nein, im Ernst, ich habe mehrere Olivenhaine oberhalb von Malcesine, die ich bewirtschafte. Außerdem besitzt meine Familie diverse Ferienobjekte, also Häuser und Wohnungen zum Vermieten. Ich bin sozusagen das Mädchen für alles, kümmere mich um die Mieter, die Gärten und repariere, wenn etwas kaputt ist. Wenn jemand Probleme hat, ruft er mich und ich versuche, demjenigen zu helfen. Ich pflege die Homepage und kümmere mich um die eingehenden Buchungen. Damit habe ich gut zu tun, besonders in der Saison, jetzt ist es ja noch wesentlich ruhiger. In den Sommermonaten kommen die Menschen aus dem Süden zu uns und entfliehen den heißen Temperaturen da unten. Hier ist es zwar auch warm, aber mit Süditalien nicht vergleichbar. Wir haben viele Stammgäste, die immer wieder kommen, jedes Jahr. Vielleicht weil wir einen guten Ruf besitzen. Meine Eltern haben die Vermietung damals aufgebaut und ich führe sie weiter. Mein Bruder Roberto hat ja die Werkstatt und nicht so viel mit den anderen Sachen am Hut.« Er schwieg kurz. »Und du? Was machst du so in Deutschland? Und was hat dich zu dieser Zeit hierhergeführt, vor allem so ganz allein?«

Lene berichtete ein wenig von ihrer Arbeit als Verkäuferin in einem großen Bekleidungsgeschäft, von ihrer Trennung und wie sie sonst so lebte. Aber anders als bei Ines ging sie nicht zu sehr ins Detail. Er hörte ihr aufmerksam zu und sah sie mit einem verwirrend intensiven Blick an.

»Dass dein Exmann so einen Schatz freigegeben hat, er muss echt blind sein. Und gibt es wieder jemanden in deinem Leben, also ich meine, hast du nach deiner Trennung wieder einen Mann gefunden?« Angespannt beugte er sich über den Tisch in ihre Richtung.

»Nein, ich habe von Männern ehrlich gesagt die Nase voll. Und du, wie sieht es denn bei dir beziehungsmäßig aus?«, fragte Lene sichtlich um Leichtigkeit bemüht nach. In Wahrheit interessierte sie seine Antwort mehr, als sie sich eingestehen wollte.

Er winkte ab und schaute aus dem Fenster. »Schade, also, dass du die Nase voll hast. Denn es gibt noch viele andere und nicht alle sind wie dein Ex. Tja, bei mir, da gibt es nun wirklich nicht viel zu berichten. Ich bin seit mehreren Jahren geschieden. Die Trennung war nicht so einfach und seitdem meide ich das weibliche Geschlecht mehr oder weniger. Mit kleinen Ausnahmen wie dir natürlich.« Er grinste sie an.

Ausnahmen. Sollte sie die einzige sein oder machte er pausenlos Ausnahmen? *Schwer zu sagen*, dachte Lene. Sie konnte sich gut vorstellen, dass viele Frauen auf ihn flogen, er war charmant, gutaussehend und finanziell ging es ihm sicher auch nicht schlecht. Also für viele ein ideales Beuteschema.

»Außerdem habe ich mit meiner Arbeit viel zu tun. Das ist für die meisten Frauen nichts. Im Sommer arbeite ich oft bis in die Nacht, da bleibt für die Liebe nicht so viel Zeit.«

Beide blickten sich eine Weile später verblüfft im Lokal um. Die Kerzen in den silbernen Ständern waren fast heruntergebrannt. Inzwischen waren sie die letzten Gäste, das Personal stand schon an der Bar und schaute ungeduldig zu ihnen hinüber.

»Oje«, meinte Lene. »Nicht dass wir denen noch ihren Feierabend versauen.« Sichtlich erleichterte Blicke trafen sie, als er nach dem Kellner winkte.

Stefano bezahlte die Rechnung und gab ein fürstliches Trinkgeld als kleine Wiedergutmachung für die Überstunden. Draußen hob Lene den Blick nach oben und schaute in den sternenklaren Himmel. Mittlerweile war es ziemlich frisch geworden und sie schauderte trotz ihrer Strickjacke ein wenig. Sofort zog Stefano sein Jackett aus und legte es um ihre Schultern.

»Und du? Nicht dass du dir noch einen Schnupfen holst«, bemerkte Lene besorgt.

Er lachte »Ich bin ein Naturbursche, mich haut so schnell nichts um.«

Lenes Blick fiel zu einer beleuchteten Kirche, welche ein Stück entfernt oberhalb am Hang lag. »Eine Kirche, wow, die liegt ja traumhaft, die habe ich vorhin gar nicht gesehen, erst jetzt, wo sie angestrahlt wird.«

»Wollen wir hingehen? Sozusagen noch ein paar Schritte zur besseren Verdauung machen? Von dort hat man einen fantastischen Blick über den ganzen See. Und heute ist es relativ klar, sonst zieht gegen Abend oft Dunst aus den Bergen ins Tal.« Fragend sah er sie an.

»Ja, warum nicht? Lass uns noch ein paar Schritte laufen.«

Sie folgten der Straße, die sie gekommen waren Richtung Ortsmitte. Jetzt um diese Zeit war kein Auto mehr unterwegs. Zum Glück hatte Stefano sie eingehakt, denn durch die plötzliche kühle Luft verstärkte sich ihr Schwips mehr und mehr. Lene schwankte ganz leicht. Irgendwie hatte sie das Gefühl, dass jeden Moment ein Kichern aus ihr hervorbrechen würde, was in diesem eher romantischen Moment ziemlich unpassend gewesen wäre.

Nach wenigen Minuten war dann die alte Kirche erreicht. Sie war aus grob behauenen Steinen errichtet und schmiegte sich förmlich in die Landschaft. Mehrere Lampen strahlten sie an und tauchten die Umgebung in rötliches Licht. Auf dem Platz vor ihr, stand in einem steinernen Kübel ein Olivenbaum, den man zu einem Bonsai gezogen hatte. Er musste schon uralt sein, wie man an seinem knorrigen Stamm erkennen konnte. Links sah Lene eine kleine Mauer und danach kam der Steilhang zum See hinunter. Sie stützte sich mit den Händen auf die Mauerkrone und schaute hinab. Oben sah man noch undeutlich ein paar Olivenbäume, der Rest verlor sich in absoluter Dunkelheit. Von unten schimmerte von Zeit zu Zeit der Scheinwerfer eines auf der Gardesana fahrenden Autos hinauf.

Hinter sich spürte sie Stefano, der ganz nah an sie herangetreten war. Auch ohne dass er sie berührte, war da die Wärme, die sein Körper ausstrahlte. Jetzt war der Moment gekommen – oh Gott, es war so lange her. Er umfasste ganz leicht ihre Hüften und sie konnte die Hitze seiner Hände durch den dünnen Stoff ihres T-Shirts spüren. Langsam begannen ihre Beine zu zittern und ihr Herz klopfte schneller und schneller.

In ihr stieg der jähe Gedanke empor, ob man es wohl verlernen würde, zu küssen. Als sie Teenager war, hatte sie mit ihrer besten Freundin Zungenküsse geübt, um beim ersten Mal nicht so dumm dazustehen.

Stefano drehte sie behutsam zu sich herum und hob mit einer Hand leicht ihr Gesicht zu sich. Sein Daumen strich über ihre Wange und sie roch intensiv den Duft seines Rasierwassers. Mittlerweile vollführte ihr Herz ein wildes Stakkato und ihr Atem wurde schneller. Er näherte sich mit seinen Lippen ganz langsam den ihren und berührte sie nur hauchzart. Dann zog er sich kurz zurück, als würde er auf eine Erlaubnis zum Küssen warten. Als sie nicht zurückwich, küsste er sie wieder, anfangs leicht, doch dann immer fordernder und leidenschaftlicher. Unter dem steten Druck seiner Lippen öffnete sie ihren Mund. Seine Zunge erforschte das Innere ihrer Lippen und umkreiste zärtlich die ihre. Anfangs ließ Lene den Kuss nur geschehen, doch schon nach kurzer Zeit spürte sie, wie sein Begehren sie mit sich fortriss und erwiderte den Kuss leidenschaftlich. Ihre Hände legten sich wie von allein um seinen Hals und zogen ihn näher zu sich heran. Stefano stöhnte leise, seine Lippen verließen ihren Mund und wanderten aufreizend langsam zu ihrem Ohrläppchen. Dort verweilten sie, knabberten daran und murmelten unverständliche italienische Worte. Lene dachte, dass es egal war, was er sagte. Es klang einfach nur gut. Er verließ ihr Ohr und glitt mit seinen Lippen weiter zu ihrem Hals. Es fühlte sich an, als ob er eine brennende Spur auf ihrer Haut hinterließ. Lene merkte, wie ihr schwindlig wurde, so als würde ihr jemand den Boden unter den Füßen wegziehen. Doch genauso plötzlich, wie er mit dem Küssen begonnen hatte, beendete er es wieder.

Einmal noch, küsste er sie geradezu federleicht auf den Mund, dann auf ihre Hände und schob sie sanft nach hinten. »So, nun bringe ich dich aber wirklich zu Ines, nicht dass die noch eine Vermisstenanzeige aufgibt. Es ist schon ziemlich spät«, sagte er mit heiserer, sichtlich erregter Stimme.

Zum Glück befand sich die Brüstung hinter ihr, sonst wäre sie umgefallen, so weich waren ihre Knie. Er nahm ihre Hand, hielt sie fest und schlenderte gemächlich zurück zum Auto. Lenes Herz schlug immer noch rasend schnell und wollte sich einfach nicht beruhigen. Während der gesamten Rückfahrt sprach keiner von ihnen ein Wort. Sie hätte gar nichts sagen können und fühlte sich wie ein kindischer Teenager, der soeben den ersten richtigen Kuss seines Lebens bekommen hatte. Es war, als ob jeder für sich das eben Geschehene erst einmal verarbeiten musste. Nach einer Weile machte er leise das Radio an. Lene war dankbar, dadurch war die Stille nicht ganz so greifbar. Die Zeit verging wie im Flug und schon war die Pension in Sicht. Der Rückweg war ihr viel kürzer als die Hinfahrt vorgekommen. Stefano öffnete die Autotür, sah sie an und flüsterte liebevoll: »Danke für den wunderschönen Abend, schlaf gut.« Dann hauchte er einen leichten Kuss auf ihre Wange, stieg ein und fuhr leise davon.

Lene stand mitten auf dem dunklen Hof und sah ihm hinterher. Der ganze Abend war einfach nur traumhaft gewesen, mit ihm beim Essen zu sitzen, seinen Worten zu lauschen. Überhaupt mal wieder mit einem Mann zusammen zu sein, der sie zu begehren schien. Um sie herum herrschte Stille, nur die Grillen zirpten ihr Lied unter den Olivenbäumen. Das Motorengeräusch von Stefanos Wagen war verstummt, anscheinend war auch er zu Hause angelangt.

Später im Bett klopfte ihr Herz noch immer wie wild. Sie berührte ihren Mund und versuchte sich an das Gefühl seiner Lippen auf den ihren zu erinnern. Sie dachte an seine warmen Hände, seinen weichen Mund und die romantische Stimmung vor der kleinen Kapelle. Und trotzdem schob sich vor die Bilder in ihrem Inneren das Gesicht eines Anderen. *Wie wäre es wohl, Bastian zu küssen?* Lene wurde diesen Gedanken einfach nicht los.

6. Kapitel

Die Glocken einer nahen Kirche, die die Menschen zum sonntäglichen Gottesdienst riefen, holte sie aus ihren Träumen. Lene warf einen Blick auf ihr Handy und stellte fest, dass es schon weit nach zehn war. Trotzdem ließ sie die Gedanken zum gestrigen Abend zurückwandern. Wenn sie daran dachte, wie Stefano und sie sich vor der kleinen Kirche geküsst hatten, begann es in ihrem Bauch zu kribbeln. Die Erinnerung an seine Lippen auf ihrer Haut und den Duft seines Rasierwassers war noch so präsent, als wäre es gerade eben geschehen.

Einige Momente später erhob sie sich dann doch, sprang unter die Dusche und zog nach einem kurzen Temperaturcheck ein leichtes Sommerkleid an. Unten in der Küche war niemand zu sehen und im kleinen Esszimmer stand auf dem Tisch nur noch ein einsames Gedeck. Logisch, das ältere Ehepaar war sicher schon lange unterwegs. Wurst und Käse hatte Ines auf Kühlplatten gelegt und in einer kleinen Schale lagen warm eingepackt zwei gekochte Eier.

Lene schenkte sich einen Kaffee aus der Thermoskanne ein, als sie plötzlich draußen auf dem Hof Stimmen hörte. Zuerst verstand sie nichts, doch dann näherten sich die Gesprächspartner anscheinend dem Haus.

Ines schien sich mit Bastian zu unterhalten. Denn Lene hörte nur noch, wie sie sagte: »Sie war essen mit ihm, was ist denn da dabei? Warum solltest du deswegen keinen Ausflug mit ihr machen können? Mach dir nicht immer so viele Gedanken, Bruderherz. Wenn sie nicht mit dir fahren will, wird sie es schon sagen.« Dann wurden die Stimmen wieder leiser. Was Bastian seiner Schwester antwortete, verstand sie schon nicht mehr.

Kurz darauf betrat Ines den kleinen Speiseraum und schaute Lene neugierig an. »Na, so wie du ausschaust, hattest du einen entspannten, schönen Abend. Ich hab dich gar nicht kommen hören.«

»Es war auch schon ziemlich spät und ich hab versucht zu schleichen, damit ich keinen wecke.«

»Und, was habt ihr gemacht? Hach, entschuldige meine Neugier, aber so sind Frauen eben.« Ines schenkte sich ebenfalls einen Kaffee ein und setzte sich gegenüber auf einen Stuhl.

»Ach, nix weiter«, sagte Lene leichthin. »Wir waren essen, irgendwo oben auf der anderen Seite, ein Restaurant, was direkt an einer Felswand liegt mit einem tollen Blick über den ganzen See. Na ja, wir haben geplaudert, uns einfach gut unterhalten und dann hat mich Stefano wieder nach Hause gebracht, damit du keine Vermisstenmeldung aufgeben musst, falls ich zu spät komme. Mehr ist nicht zu berichten.« Komisch, aber sie konnte sich nicht durchringen, Ines von ihrem Kuss zu berichten. Vielleicht lag es an dem Gespräch, was sie vorhin mitbelauscht hatte. Und im Grunde genommen, ging es ja auch niemanden etwas an. Was war schon weiter passiert?

»Also war es ein schöner Abend. Und, was hast du heute Schönes geplant?«, fragte Ines leichthin. »Draußen ist es schon richtig warm. Man könnte sich zum Beispiel an einen geschützten Platz unten am See schon gut in die Sonne packen.«

»Stopp, bloß nicht.« Lene hob ihre Hand. »Sonnen ist nix für mich, ich musste jahrelang in die Karibik und bekam nach kürzester Zeit einen Sonnenbrand, auf dem man hätte ein Spiegelei braten können. Die Zeiten sind zum Glück vorbei.« Etwas unentschlossen zuckte Lene mit ihren Schultern. »Ich denke, ich werde mir trotzdem unten am See irgendwo ein ruhiges Plätzchen suchen und ein bisschen lesen oder so, mal sehen. Vielleicht bummle ich auch durch den Ort und hole mir eine Riesenportion Eis.«

»Ach, dir wird schon was einfallen. Ich bin jedenfalls hinten im Gartenhaus und helfe Bastian ein wenig beim Bauen, also wenn du was brauchst oder quatschen willst, du weißt, wo du mich findest.«

Eine Stunde später schlenderte Lene langsam den schmalen Pfad nach Malcesine hinunter. Von einem strahlendblauen Himmel schien die Sonne so warm, dass man wirklich dachte, es wäre schon Hochsommer. Über ihre Schulter hatte sie eine bunte Tasche mit etwas zu trinken und einem Buch geworfen.

Mittlerweile kannte sie sich in der Altstadt und ihren kleinen verwinkelten Gassen ganz gut aus. Sie stürzte sich ins Menschengetümmel, versuchte aber schon nach kurzer Zeit, die Haupteinflugschneisen der Touristen zu meiden und wich lieber auf die kleineren schattigen Nebengassen aus. In einer versteckt liegenden Eisdiele kaufte sie sich eine große Portion Eis, hielt einen kurzen Schwatz mit der Verkäuferin und ließ es sich dann auf einer Bank schmecken. Kurz bevor sie am Hafen war, kam sie wieder an dem kleinen Buchladen vorbei, in dem sie ihre zwei Bücher gekauft hatte. Den Krimi hatte sie schon ausgelesen und mit dem anderen Buch war sie fast zur Hälfte fertig. Es war so schön, einmal richtig Zeit zum Lesen zu haben. So beschloss sie, ein wenig zu stöbern und fand auch wieder mehrere Bücher, die ihr interessant erschienen. Der Besitzer schien sie vom letzten Mal noch zu kennen, denn er lächelte ihr freundlich zu. Außer ihr verirrte sich fast niemand herein, die Touristen strömten achtlos am Laden vorbei. Nur ab und zu kam ein Einheimischer herein, kaufte Tabak oder eine Zeitschrift. Als sie an der Kasse gerade bezahlen wollte, fiel ihr Blick auf eine der italienischen Tageszeitungen, die in einem Ständer vorn neben der Tür standen. Ihr Blick schweifte weiter und ging plötzlich wieder zu einer dicken Schlagzeile zurück.

Das war doch – nein, das konnte nicht sein. Lene trat näher und zog eine Zeitung heraus. Oben mittig prangte eine rote Überschrift und darunter war das Bild einer Frau. Obwohl es schon älter und auch etwas unscharf war, war sie sich sicher. Sie kannte diese Frau. Das war ohne jeden Zweifel die Verkäuferin aus dem Antiquitätengeschäft. Sie blickte auf die deutschen Zeitungen, doch dort waren auf der Titelseite andere Dinge abgebildet.

»Entschuldigen Sie«, wandte sie sich schließlich an den Zeitungsverkäufer. »Sagen Sie, was ist mit dieser Frau, warum ist ihr Bild in der Zeitung?«

Der Mann schüttelte den Kopf. »Haben Sie es noch nicht gehört?«, fragte er ungläubig. »Sie ist ermordet worden. Es kam in allen Nachrichten. Sie hat wohl ein Antiquitätengeschäft unten in Garda. Es ist am Donnerstag passiert, Nachbarn haben sie gegen Abend gefunden. Man hatte sie erschossen, alles war durchwühlt und kein Stein lag mehr auf dem anderen. Mamma Mia, in was für Zeiten leben wir bloß? Und alles wegen ein paar Euro, furchtbar. Es wird immer schlimmer, erst hatten wir die Mafia, dann irgendwelche osteuropäischen Banden und jetzt was weiß ich was. Und was tut der Staat? Nix, herrje, man muss sich selbst helfen und aufpassen.« Er rang die Hände und schaute theatralisch nach oben an die Decke.

Lene fühlte sich wie vor den Kopf geschlagen und legte die Zeitung kurzerhand mit zu den Büchern. »Danke, ich nehme das alles.«

»Sie wirken so mitgenommen, entschuldigen Sie Signora, haben Sie die Frau gekannt?« Lene schüttelte nur den Kopf und verließ fluchtartig den Laden.

Draußen, im hellen Sonnenschein, besah sie sich noch einmal die Schlagzeile. Kein Zweifel. Das war die Frau, die sie an Milva erinnert hatte. Vielleicht war sie sogar ihre letzte Kundin gewesen. So viele Menschen schienen sich ja wirklich nicht in die schmale Gasse zu verirren. Lene war schlagartig die Lust auf zwangloses Bummeln vergangen. Kurz entschlossen drehte sie um und stieg wieder den steilen Weg zur Pension hinauf. Diesmal lief sie wesentlich schneller als beim ersten Mal. Ob sie das eben Erfahrene antrieb oder sich ihre Kondition langsam besserte, wagte sie nicht zu beurteilen.

Im angenehm kühlen Haus war alles ruhig. Ihr fiel ein, dass Ines gesagt hatte, sie wäre mit Bastian hinten im Gartenhaus. Unruhig tigerte sie durch die leeren Räume, die Stille machte einen fertig. Spontan schnappte sie sich die Zeitung und lief unter den Olivenbäumen bis zu dem kleineren Haus, welches sie von ihrem Balkon immer schemenhaft durch die Bäume erkennen konnte. Sie musste jetzt mit jemandem reden. Einfach allein in ihrem Zimmer zu sitzen wäre unmöglich gewesen.

Hier, in diesem Teil des Gartens war sie vorher noch nie gewesen. Das Gartenhaus lag idyllisch im hinteren Bereich des Grundstücks. Danach kamen nur noch alte verwilderte Olivenhaine und weiter oben die schroffen Felswände unterhalb des Monte Baldo. Erbaut war das Haus aus ähnlichen Steinen wie das Haupthaus, nur eben viel kleiner. Links und rechts wurde es von wilden Oleanderbüschen eingerahmt, die ihm einen geradezu verwunschenen Touch verliehen. Es gab zwei Stockwerke und jede Menge Arbeit. Lenes Respekt vor Ines wuchs in Unermessliche. Eine solche Bruchbude auszubauen

erforderte unendlich viel Mut. Überall gähnten leere Fenster-
höhlen, die Haustür war nur provisorisch aus mehreren Brettern zusammengenagelt. Neben dem Eingang lag ein riesiger
Bruchsteinhaufen. Anscheinend hatten die Geschwister mehrere Wände herausgerissen. Ein dickes Bohlenbrett war über
die Treppenstufen gelegt worden und eine staubige Spur führte zu einem mit Bauschutt gefüllten Container. Einzig das
Dach strahlte genau wie das Haupthaus schon mit neuen,
leuchtend roten Ziegeln.

Zunächst war niemand zu sehen und auch von drinnen kein
Geräusch zu hören. Lene balancierte über die dicke Bohle
vorsichtig ins kühle Haus und rief zaghaft »Hallo«, doch anscheinend waren weder Bastian noch Ines da. Im hinteren
Bereich lehnte eine lange Leiter an einem viereckigen Loch in
der Decke. Sie musterte kritisch die Decke, doch eine akute
Einsturzgefahr schien nicht mehr zu herrschen. Und so
schlängelte sie sich an Stapeln von Zementsäcken vorbei, trat
direkt unter die Öffnung und rief noch einmal lauter.

Von oben tauchte Bastians staubbedeckter Kopf auf. Überrascht sah er zu ihr herunter. »He, was machst du denn hier?
Warte, ich komm runter oder willst du raufkommen?«

Zögernd schaute Lene auf die wacklige Leiter und entschied
sich dann mutig für den Aufstieg. »Ich – ich komm rauf, Moment.« Bei jedem Tritt auf eine neue Sprosse, vibrierte die
hölzerne Leiter und sie machte sich schon ernsthafte Gedanken, ob sie für ihr Gewicht ausgelegt war. Doch als sie fast
oben angekommen war, nahm Bastian ihre Hand und half ihr
auf den letzten Sprossen. Sie betrat die zukünftige obere Etage
und somit sicheren Boden.

Oben sah es ähnlich chaotisch wie unten aus, aber immerhin
hatte man hier schon begonnen, erste Zwischenwände zu
errichten und bekam eine Vorstellung, wie es später einmal

aussehen würde. In einer Ecke stand ein Stapel Fenster und Innentüren. Lene konnte auch mehrere Pakete Fliesen erkennen. An fast allen Wänden hingen diverse Kabel aus der Wand, also arbeitete Bastian wohl momentan an der Elektrik.

Bastian folgte ihren Blicken. »Jaja, es ist noch jede Menge Arbeit. Aber wenn sich mein Schwesterlein mal was in den Kopf gesetzt hat, gibt es kein Halten mehr. Das war vorn in der Pension schon so. Wie die aussah, als Ines sie gekauft hat, du liebes bisschen. Wenn alles fertig ist, wird es bestimmt super.« Plötzlich verstummte er und sah sie prüfend an, »Geht's dir nicht gut, Lene. Du siehst so blass aus.«

In dem Moment merkte sie, wie ihr die Beine zitterten. Ein Wunder, dass sie überhaupt die Leiter hochgekommen war. Sie ließ sich auf einen Stapel Fliesen sinken, kramte aus ihrer Tasche die Zeitung hervor und hielt sie ihm stumm hin.

Bastian überflog die Schlagzeile und nickte. »Hm, davon hab ich auch schon gehört, furchtbar nicht?« Man sah ihm an, dass er nicht verstand, was eigentlich los war.

Lene holte tief Luft. »Ich bin bei dieser Frau gewesen, erst am Donnerstag war ich in ihrem kleinen Laden und hab mir zwei Schmuckstücke gekauft.« Sie merkte langsam, wie ihr die Tränen kamen.

Bastian kniete sich neben sie hin und legte seine Hände auf ihre. Lene sprach, mühevoll die Tränen unterdrückend, weiter. »Weißt du, vielleicht war ich ihre letzte Kundin. Ich weiß gar nicht, was mit mir los ist, aber die Geschichte hat mich echt getroffen. Gerade wollte ich mir nur ein Buch kaufen und da sah ich das Bild. Sie war so nett und freundlich, wir haben geredet und sie hat zum Spaß sogar noch Karten für mich gelegt. Es ist mir einfach unbegreiflich ...« Sie verstummte und auch Bastian schwieg.

Dann erhob er sich, zog sie nach oben und nahm sie sanft in den Arm. In diesem Moment brachen bei Lene alle Dämme. Sie ließ die Tränen laufen und er wiegte sie sanft hin und her, bis sie sich langsam beruhigte.

»Pscht, na geht's wieder? Ist ja gut.« Während er beruhigend zu ihr sprach, fing Lene an zu schniefen. Sie tastete ihre Hosentaschen ab und blickte ihn resignierend an. Bastian zog ein großes kariertes Taschentuch aus seiner Arbeitshose und gab es ihr. Sie schnäuzte einmal kräftig die Nase.

»Was mache ich denn nun? Vielleicht muss ich mich bei der Polizei melden. Ich weiß ja gar nicht, was in dem Artikel steht. Oder soll ich einfach gar nichts machen?« Fragend sah sie ihn an.

Bastian las noch einmal gründlicher und in der Zwischenzeit schaute Lene sich suchend um. »Sag mal, wo ist denn eigentlich Ines? Sie wollte dir doch helfen, weil vorn in der Pension ist sie auch nicht.«

Er ließ die Zeitung sinken. »Sie ist vorhin mit den älteren Leutchen zum Arzt gefahren. Der Frau geht es schlechter und der Mann hat sie um Hilfe gebeten. Sie ist wohl ziemlich schwach gewesen und hatte irgendwelche Kreislaufprobleme.« *Auch das noch*, dachte Lene. Warum war es eigentlich so im Leben, dass immer, wenn man sich so richtig glücklich fühlte und dachte, nichts könne einem geschehen, plötzlich ein Nackenschlag nach dem anderen folgte. Sicher nur aus dem Grund, damit man immer wieder daran erinnert wurde, dass nichts im Leben sicher war und man sich über schöne Abschnitte umso mehr freuen sollte.

Bastian las den Artikel zu Ende. »Also, wenn du mich fragst, solltest du dich auf jeden Fall bei der Polizei melden. Sie suchen Leute, die eventuell etwas beobachtet haben. Nun, du hast vermutlich gar nichts beobachtet, warst aber trotzdem kurz vor ihrem Tod dort. Es kann nicht schaden, eine Aussage zu machen. Vermutlich würden sie dir sowieso auf die Spur kommen, denn du wirst ja dort nicht in bar bezahlt haben.« Nein, wer hatte schon so viel Geld dabei? Lene hatte den Schmuck mit ihrer Kreditkarte bezahlt. »Wenn du magst, begleite ich dich auch hin, wegen der Sprache und so. Das mache ich wirklich gern.«

Sicherlich hatte er recht. Lieber den ersten Schritt machen, ehe die Polizei sie hier aufsuchte. »Gut, einverstanden. Du hast sicher recht. Es wäre schön, wenn du mitkommen könntest. Ich weiß ja nicht, ob die mich verstehen.«

Er schaute sich auf der Baustelle um. »Wir könnten auch jetzt gleich fahren. Ich kann eh momentan nicht mehr weitermachen. Mir fehlen mal wieder Bauteile. Ich würde nur kurz unter die Dusche springen und dann können wir los.« Fragend sah er sie an.

»Aber heute ist doch Sonntag. Meinst du, dass jemand auf dem Revier ist?«

»Die Polizeistationen sind immer besetzt und von der entsprechenden Abteilung ist sicherlich auch jemand da. Und wenn nicht, hast du deinen guten Willen gezeigt.«

Bastian half ihr die Leiter hinunter. Während er sich in seinem Zimmer frisch machte, schrieb Lene einen Zettel für Ines, den sie auf den Küchentisch legte. Sie schrieb nur ganzknapp , dass sie mit Bastian eine Besorgung machen wollte. Alles andere hätte man in Kürze auch schlecht erklären können.

Kurze Zeit später fuhren sie in Bastians grauem Jeep Richtung Garda. Lene war furchtbar aufgeregt. Was die Polizei wohl alles von ihr wissen wollte? Sie spürte, dass ihre Hände feucht wurden und klemmte sie unter die Oberschenkel.

Bastian schien ihre Nervosität zu spüren. »He, mach dir keine Gedanken. Du machst deine Aussage und fertig. Ich bin bei dir. Alles wird gut, du wirst sehen. Die italienische Polizei ist besser als ihr Ruf.« Beruhigend lächelte er sie an. Sie warf ihm einen Seitenblick zu und als hätte sie gerade keine anderen Probleme, stellte sie fest, dass Bastian heute geradezu verwirrend gut aussah. Er roch nach einem herb männlichen Duschbad, seine Haare waren noch leicht feucht und kringelten sich. *Oh Gott, Lene, nun reiß dich gefälligst zusammen*, sagte sie zu sich selbst. Irgendwie wusste sie gar nicht, was eigentlich mit ihr los war. Zu Hause war sie froh gewesen, ja keinen Mann um sich zu haben und hier geriet sie ins Hecheln, sobald irgendeiner auftauchte.

Auf der Polizeistation, die in einem alten villenähnlichen Gebäude untergebracht war, herrschte trotz des Sonntags ein äußerst reges Kommen und Gehen. Der Empfangsraum war überfüllt von Touristen aller Nationalitäten, die alle irgendwelche Anzeigen aufgeben wollten. Bei den meisten schien es um Diebstahl zu gehen. Bastian wandte sich in perfektem Italienisch an einen uniformierten Beamten am Empfang, der sie nach oben in die erste Etage schickte. An der Tür stand der Name *Commissario Trafetti* und an diese klopfte Bastian. Ein dröhnendes »Pronto« erklang von drinnen.

Commissario Trafetti entpuppte sich als ein kleinerer rundlicher Mann, der eine unglaubliche Gelassenheit ausstrahlte. Irgendwie erinnerte er sie an eine Kugel mit Beinen. Sein Gesicht war braungebrannt und die Haare trug er in einem Igelschnitt. Er forderte beide auf Platz zu nehmen. Der Kollege vom Empfang hatte ihn vermutlich schon über ihr Anliegen informiert. Langsam spürte Lene, wie ihre Aufregung sank und sie etwas ruhiger wurde. Das Büro lag nach hinten Richtung Garten und obwohl beide Fenster weit geöffnet waren, hörte man den Verkehr der Gardesana nur als leises Rauschen.

»Trafetti«, stellte er sich kurz und knackig vor. »Und Sie, Signora, sind?«

»Mein Name ist Stoll, Helene Stoll.«

»Gut – Sie, nehme ich an, sind nur ein Begleiter?«, wandte er sich kurz an Bastian und dieser nickte.

»Ja, mein Name ist Sebastian Gerber. Frau Stoll bewohnt ein Zimmer in der Pension meiner Schwester.«

Diese Auskunft nahm er mit einem Nicken zur Kenntnis.

»Signora Stoll, Sie möchten also eine Aussage machen bezüglich des Todesfalls hier bei uns in Garda? Schildern Sie mir einfach erst mal ganz in Ruhe was Sie sagen möchten. Ein Protokoll können wir dann immer noch machen. Möchten Sie vielleicht etwas trinken?« Er lehnte sich entspannt in seinem Stuhl zurück und schaute sie auffordernd an.

Sie schüttelte verneinend den Kopf. »Na ja, so viel ist da eigentlich gar nicht zu erzählen«, begann Lene stockend. »Vorhin bin ich unten in Malcesine gewesen und habe das Bild der getöteten Frau auf einer Zeitschrift entdeckt. Ich konnte den Artikel nicht lesen, ich kann kein Italienisch. Der Zeitungsverkäufer sagte mir dann, sie wäre wohl erschossen worden.« Diese Bemerkung entlockte Trafetti ein kleines Schmunzeln. »Ja, in der Zeitung stand, dass sie Zeugen suchen, die an dem Tag in dem Antiquitätenladen waren oder so.

Ich bin am Donnerstag zum Bummeln in Garda gewesen und habe dann eher zufällig die kleine Gasse entdeckt, in der das Geschäft lag. Im Schaufenster war Schmuck ausgestellt, der mir sehr gefiel. Also bin ich ins Geschäft und habe ihn mir zeigen lassen. Wir haben geredet, sie hat ihn mir umgelegt, mich ein wenig beraten und schließlich habe ich mich entschieden, ihn zu nehmen.«

»Was war das für Schmuck?«, unterbrach Commissario Trafetti sie. »Können Sie ihn näher beschreiben? Und vor allem, um welche Zeit waren Sie dort?«

Lene nickte. »Es war eine Kette mit einem Rosenanhänger in Medaillonform und dazu ein Paar Ohrstecker, beides aus Silber. Ich hätte sie mitbringen können – da hab ich jetzt nicht dran gedacht. Von der Zeit her, müsste es so gegen eins gewesen sein. Ich bin nicht ganz sicher, aber so in etwa. Ich habe mit meiner Kreditkarte bezahlt. Da müsste die Zeit zu erkennen sein.«

Trafetti winkte gelassen ab. »Kein Problem, das checken wir. Und der Schmuck wird sicher nicht die entscheidende Rolle spielen. Und wenn doch, kommen wir einfach noch mal auf sie zurück. Ist Ihnen sonst noch irgendetwas aufgefallen? Waren noch andere Leute anwesend, drinnen oder draußen vor dem Laden?«

Sie schüttelte den Kopf. »Nein, da war niemand, weder drinnen noch draußen. Also, zumindest ist mir draußen niemand besonderes aufgefallen. Es ist ja dort schon ein ganzes Stück ruhiger als vorn bei den Geschäften. Ach, na es wird nicht wichtig sein, aber sie hat für mich noch Karten gelegt. Ich wollte erst nicht, aber dann dachte ich, ach was soll`s, es ist nur ein Spiel.«

Auch diese Worte quittierte Trafetti nur mit einem kurzen Nicken. »Hm, Karten gelegt. Nun ja, sonst haben Sie über nichts gesprochen? Hat sie beim Kartenlegen noch etwas gesagt? Vielleicht etwas Persönliches über sich selbst?«

Lene verneinte dies.

»Und wie wirkte Signora Prande sonst auf Sie? War sie nervös oder unruhig? Das ist für Sie sicher schwierig zu sagen, denn Sie kannten sie ja vorher nicht.«

Lene zuckte mit den Schultern. »Ich weiß nicht, aber auf mich wirkte sie sehr entspannt, freundlich, ganz normal irgendwie. Aber wir haben wie gesagt nicht sehr viele Worte gewechselt.«

»Okay.« Trafetti nickte. »Ein Beamter wird Ihre Aussage jetzt aufnehmen und ich denke, da hätten wir es. Wo kann ich Sie in den nächsten Tagen erreichen oder fahren Sie zurück nach Deutschland? Nur für den Fall, dass doch noch eine Frage auftreten sollte?«

Lene gab ihm die Adresse von der Pension. »Ich bin noch etwa drei Wochen da. Es ist ein etwas längerer Urlaub. Ähm, und man hat sie tatsächlich erschossen? Hat denn in der Nachbarschaft niemand etwas gehört? Es sind doch rundherum Häuser.«

Wieder schmunzelte Trafetti. »Wissen Sie Signora, man sollte nicht alles glauben, was in unseren Zeitungen steht. Soviel kann ich sagen, sie wurde nicht erschossen.« Er drückte auf eine Taste an seinem Telefon und sagte ein paar kurze Sätze.

»Gehen Sie bitte ins Nachbarzimmer, Sergente Baldoro nimmt ihre Aussage auf. Signora Stoll, ich danke Ihnen für ihr Kommen.« Mit einem kurzen Händedruck verabschiedete er sich von Lene und Bastian und geleitete sie nach nebenan.

Sergente Baldoro sprach genauso gut Deutsch, wie sein Vorgesetzter Trafetti. Er war vermutlich Anfang zwanzig, etwas schlaksig und wirkte überaus engagiert. Seine Zähne standen etwas vor und gaben ihm das Aussehen eines Wiesels. Und wie bei einem Wiesel flitzten seine Finger in atemberaubender Geschwindigkeit über die Tastatur. An ihm war eine Sekretärin verlorengegangen. Lene wiederholte all das, was sie gerade schon im Nachbarzimmer erzählt hatte. Zum Schluss druckte er die zwei beschriebenen Bögen aus, gab sie ihr zum

Durchlesen und unterschreiben. Der ganze Besuch bei der Polizei hatte nicht länger als eine Stunde gedauert.

Dann standen sie wieder draußen im hellen Sonnenschein. Vor dem Tor rauschte der Verkehr auf der Gardesana vorbei. Alles war so, als wäre nichts passiert. Das Leben ging einfach weiter.

Bastian öffnete ihr die Autotür und setzte sich kurz darauf schweigend neben sie.

»Na, siehst du. War doch gar nicht so schlimm, oder?«

»Nein, im Gegenteil, er war sehr nett und freundlich. Aber komisch, dass in der Zeitung stand, sie wäre erschossen worden. Wie wird sie dann wohl zu Tode gekommen sein?« Grübelnd sah Lene ihn an.

»Hm, da gibt es viele Möglichkeiten, aber das lässt sich herausbekommen, warte mal. Wie war ihr Name gewesen, Signora Prande, oder?« Bastian zog sein Handy aus der Tasche, schien eine bestimmte Nummer zu suchen und telefonierte dann auf Italienisch. Am anderen Ende schien jemand Vertrautes zu sein, denn beide Gesprächspartner lachten anfangs herzhaft. Dann verstand sie noch den Namen Signora Prande und Garda und dann gar nichts mehr. Bastian lauschte seinem Gesprächspartner und nickte von Zeit zu Zeit.

Als er nach einer Weile auflegte, verabschiedete er sich vorher noch einmal mit einem lauten Lachen. »Also, wie Trafetti schon sagte, sie wurde nicht erschossen. Sie sind gar nicht sicher, ob überhaupt eine Tötungsabsicht vorliegt oder ob es ein Unfall war. Sie hat sich wohl den Kopf an einer marmornen Tischplatte so schwer verletzt, dass sie daran verstorben ist. Die Mordkommission ermittelt, weil der Täter getürmt ist und vorher, den Laden ziemlich dilettantisch auf den Kopf gestellt hat. Ihr kleines Büro muss wohl wie nach einem Bombenangriff ausgesehen haben. Umso verwunderlicher ist es, dass keiner der Nachbarn etwas gesehen oder gehört hat. Na ja, wiederrum ist das hier bei uns eigentlich gar nicht verwunderlich. Mit bestimmten Leuten legt man sich lieber nicht an. Und oft ist es besser, wenn man nichts hört oder sieht.«

»Und wer hat dir das jetzt alles erzählt?«, fragte Lene verblüfft.

»Ach, ein Kollege von Trafetti«, sagte er gedehnt. »Weißt du, hier kennt immer jemand einen, der wiederrum jemand anderen kennt. Das ist hier so. Ein alter Bekannter, der mir noch einen Gefallen schuldet, wusste gut Bescheid. Und was soll`s? Wir können mit den Infos eh nichts weiter anfangen.«

Also war Signora Prande nicht erschossen worden, sondern vielleicht mehr oder weniger bei einem Unfall verstorben. Im Endeffekt war sie trotzdem tot, daran änderte sich nichts. Doch was hatten der oder die Täter in ihrem Laden gesucht? Dass etwas so wertvolles dabei war, dass man dafür jemanden umbringen würde, konnte sich Lene beim besten Willen nicht vorstellen. Sie verstand nichts von diesen Dingen, doch das Sortiment hatte relativ durchschnittlich auf sie gewirkt. Vielleicht war es um Geld gegangen, doch so enorme Einnahmen, schien die Frau mit ihrem Sortiment nicht zu machen.

Bastian sah sie von der Seite an. »Um dich mal aus deinen düsteren Grübeleien zu reißen – zumindest vermute ich, dass sie düster sind, denn auf deiner Stirn ist eine überaus tiefe Falte: Wollen wir vielleicht auf dem Weg nach Hause noch etwas trinken oder essen gehen? Ich muss nämlich gestehen, ich habe furchtbaren Hunger. Das Frühstück war sozusagen meine letzte Mahlzeit.«

Irritiert sah Lene ihn an. »Was hast du gesagt? Entschuldige, ich war gerade in Gedanken.«

Bastian klopfte mit der Hand auf seinen Bauch. »Ich habe Hunger. Hättest du was dagegen, wenn wir irgendwo eine Kleinigkeit essen gehen würden?«

»Eine gute Idee, wenn ich ehrlich bin, habe ich auch Hunger.«

7. Kapitel

Auf dem Weg zurück nach Malcesine tauchte am Straßenrand eine kleine Trattoria auf, die eine mit Blumen berankte Terrasse unten am See hatte. Bastian parkte direkt am Straßenrand hinter einigen anderen Autos, die hier schon standen. Die beiden hatten Glück. Gerade wurde ein Tisch frei, der etwas ruhiger in einer Ecke lag.

Es war eine einfache Wirtschaft, nicht so vornehm und edel, wie das Restaurant, in dem sie mit Stefano gewesen war. Doch Lene fühlte sich ausgesprochen wohl. Es gab kleine hölzerne Tische, die etwas wacklig waren und mit rot karierten Tischdecken darauf. Hinter der Brüstung, die mit üppigen Blumenkästen behangen war, plätscherten die Wellen des Sees ans Ufer. Soweit wie Lene es einschätzen konnte, waren die meisten Besucher Einheimische, was immer ein gutes Zeichen ist. Zumindest hatte ihr Vater immer, wenn sie im Urlaub waren, gesagt: »Stell dich an die Schlange, an der die meisten Einheimischen stehen, denn die wissen was gut ist.«

Die Speisekarte war relativ übersichtlich gehalten und beide entschieden sich für eine der angebotenen Pizzen. Dazu brachte der Kellner einen Krug mit Wein und etwas Wasser, sowie die üblichen Knabbereien, die es vor dem Hauptgang gab.

»Was überlegst du denn die ganze Zeit? Seit wir aus Trafettis Büro raus sind, hast du einen äußerst nachdenklichen Gesichtsausdruck.« Prüfend sah Bastian sie an.

»Ich weiß auch nicht, aber ich frage mich die ganze Zeit, was derjenige wohl in dem Geschäft gesucht haben mag. Es gab dort einige ältere Dinge, das ist richtig, aber nach meiner Meinung nichts wirklich Wertvolles.«

»Vielleicht steckt etwas ganz anderes dahinter. Etwas, von dem wir gar nichts wissen. Vielleicht hat Signora Prande Geschäfte gemacht, die nicht ganz so legal waren. Viele tun das, um sich ein paar Euro dazuzuverdienen. Wir werden es vermutlich nie erfahren.«

»Ich weiß ja, du hast recht. Es interessiert mich einfach nur. Weißt du, sie war so freundlich und nun …. Aber ich verspreche, ich wende mich jetzt anderen Dingen zu. Fort mit den trüben Gedanken!« Sie versuchte ein Lächeln und hob ihre Hand zum Schwur. »Und nun habe ich dich auch noch aus deinen heutigen Baumaßnahmen herausgerissen. Das kann ich gar nicht wiedergutmachen.«

»Oh, lass mal.« Er winkte ab. »Wie ich schon sagte, ich wäre sowieso nicht viel weiter gekommen. Ich muss am Montag erst mal neues Material kaufen.«

»Woher kannst du das eigentlich alles? Ines sagte, du bist gelernter Koch.«

»Hm, ich hab Koch gelernt.« Er machte eine Pause und holte tief Luft. Die nächsten Worte fielen ihm sichtlich schwer. »Die Eltern meiner verstorbenen Frau hatten in Venedig ein Restaurant. Es lief sehr gut und war auch bei den Einheimischen äußerst beliebt. Es war für uns junge Leute eine große Chance und so haben wir es übernommen. Aber der Zustand des Hauses war schlichtweg eine Katastrophe. Die ständige Feuchtigkeit, das Hochwasser. Wenn man vorn mit etwas fertig war, fing man hinten schon wieder an. Italienische Handwerker sind teuer und arbeiten nicht immer so, wie man sich das vorstellt und so habe ich mir im Laufe der Zeit viele Dinge angeeignet. Ich habe eigentlich mehr mit Reparaturarbeiten zu tun gehabt, als ich in der Küche gekocht habe«, sagte er leise.

»Da kann sich Ines ja glücklich schätzen, dich zu haben. Und dein jetziges Restaurant, das läuft wohl von allein? Weil du solange hier bist?«

»Nach dem Tod von Rosa, meiner Frau, wollte ich mit kochen eigentlich nichts mehr zu tun haben. Es ging mir damals nicht gut.« Schmerzvoll sah er sie an. »Ich habe das venezianische Restaurant gut verkaufen können und wollte einfach nur weg, möglichst weit weg von Italien. In einer Zeitschrift las ich die Anzeige und ohne groß drüber nachzudenken, habe ich zugeschlagen und den kleinen Landgasthof gekauft. Er ist nicht so groß, wir haben etwa einhundert Plätze und ich habe ein fantastisches Team. Den Chefkoch habe ich zu meinem Partner gemacht. Er schmeißt den Laden und ich kann mich auf ihn verlassen. Seltsam, erst wollte ich unbedingt fort von Italien und jetzt zieht es mich immer wieder hierher. Wer weiß, eines Tages komme ich vielleicht wieder zurück und eröffne hier noch mal ein Restaurant.«

In diesem Moment kam der Kellner mit riesigen Tellern und stellte zwei köstlich duftende Pizzen vor ihnen hin.

»Jesses Maria«, sagte Lene und schaute sich die ziemlich groß geratene Portion an. »Das werde ich wohl nicht alles schaffen.«

»Du musst einfach nur langsam essen, immer wieder Pausen machen. Wir haben ganz viel Zeit, wir sind nicht in Deutschland« Bastian grinste sie an. »Die Italiener schwatzen, essen und schwatzen wieder. Da passt einfach mehr rein. Ansonsten esse ich den Rest, ich habe Hunger für zwei.«

Es wurde ein schöner Abend. Beide redeten über alles Mögliche und die Zeit verging geradezu wie im Flug. Zu späterer Stunde wurden rings auf den Tischen Kerzen entzündet und Lampions begannen zu leuchten. Das sanfte Schwappen der Wellen und die eigentümlich entspannende Stimmung ließ die

Anspannung langsam verschwinden. Während Bastian erzählte, ertappte sich Lene dabei, wie sie ihn im Geist mit Stefano verglich. Beide waren gänzlich unterschiedlich und ließen trotzdem ihr Herz höherschlagen. Stefano wirkte leicht und unbekümmert auf sie. Er war ein Mann, mit dem man sehr viel Spaß haben konnte, spontan und ein bisschen verrückt. Bastian war ruhiger, gesetzter, man merkte ihm deutlich an, dass er in seinem Leben schon viel durchgemacht hatte. Er schien ihre Gesellschaft zu genießen und ihr ging es genauso. Vielleicht hatte die kleine Standpauke seiner Schwester doch etwas bei ihm bewirkt. Doch bei allem, was er tat, war zwischen ihnen immer noch eine Distanz, ganz anders als bei Stefano, der ihr sein Interesse ziemlich deutlich gezeigt hatte. Vermutlich sah Bastian sie nur als einen Gast seiner Schwester und war eben einfach ein hilfsbereiter, freundlicher Typ.

Erst am späten Abend brachen sie auf und fuhren langsam nach Malcesine zurück. Wenn alles im Dunkel lag, wirkte der See plötzlich geheimnisvoll. Schwarz schimmerte seine Oberfläche, die Konturen verschwammen. Die von weitem sichtbare Skaligerburg brach mit ihren vielen Scheinwerfern den Zauber.

»Und?« Bastian sah sie fragend an. »Wie gefällt es dir denn nun bei uns, mal abgesehen von Mord und Totschlag um dich herum?«

Lene sah versonnen aus dem Fenster. »Es gefällt mir ausgesprochen gut – zu gut fast. Ich kann mir gar nicht vorstellen, in drei Wochen wieder zurück in meinen gewohnten Alltagstrott fahren zu müssen. Aber einmal ist eben alles vorbei. Weißt du, ich bewundere deine Schwester. Dieser radikale Neuanfang, dazu würde mir vermutlich der Mut fehlen. Aber der Gedanke, noch einmal ganz von vorn anzufangen, ist überaus reizvoll.«

»Weißt du, es ist nie zu spät für einen Neuanfang. Erst dann, wenn wirklich deine letzte Stunde geschlagen hat. Vorher hast du allein es in den Händen.« Bildete Lene es sich ein oder zitterte seine Stimme bei diesen Worten? Von der Seite, war ihm nichts anzumerken, er sah konzentriert durch die Windschutzscheibe.

Als sie später an Stefanos Haus vorbeikamen, sah sie ihn mit einem Schlauch im Vorgarten stehen, doch noch bevor Lene eine Hand zum Gruß heben konnte, waren sie schon vorbei. Schlagartig hatte sie wieder ein schlechtes Gewissen, fast so, als hätte sie ihn betrogen. *So ein Quatsch*, schalt sie sich selbst, dafür gab es nun wirklich nicht den geringsten Grund. Ein guter Bekannter hatte ihr geholfen und schließlich war sie Stefano keine Rechenschaft schuldig. Vielleicht hatte er sie in der Dunkelheit auch gar nicht bemerkt. Bastian jedenfalls schien ihn nicht wahrgenommen zu haben und fuhr ohne einen Kommentar weiter.

Draußen vor der Pension saß Ines auf einer Bank und wartete in eine dicke Jacke eingehüllt auf sie. Ungeduldig kam sie ihnen entgegen. »Mensch, wo wart ihr beiden denn bloß? Ich hab mir schon Sorgen gemacht. An dein Handy bist du auch nicht gegangen.« Vorwurfsvoll sah sie ihren Bruder an. »Und aus deinem Zettel bin ich auch nicht schlauer geworden. Gegen Abend rief dann noch die Polizei hier an, ein gewisser ...« Sie schaute im Schein einer Laterne auf einen kleinen Zettel »Ein gewisser Commissario Trafetti, er möchte dich morgen nochmal sprechen, Lene, will sich aber noch einmal melden, damit du auch da bist. Und nun, was ist denn eigentlich los?« Ines' Redefluss fand kein Ende.

»Schwesterchen, nun beruhig dich erst mal. Ich hatte mein Handy lautlos gestellt. Uns beiden geht's gut. Wie geht's denn deinen Gästen, was sagt der Arzt?«, unterbrach Bastian seine Schwester und umarmte sie liebevoll.

»Sie haben sie über Nacht dort behalten, sie hat keine guten Kreislaufwerte. Er ist auch mit im Krankenhaus geblieben, er wollte sie nicht allein lassen. Aber als ich heimgefahren bin, ging es schon langsam besser. Und nun müsst ihr mir aber berichten, was eigentlich los ist.«

Alle drei setzten sich in die Küche und Lene begann mit kleinen Unterbrechungen von Bastian zu berichten. Ines' Blicke wanderten hin und her, gespannt hörte sie ihnen zu. Als es um die getötete Frau ging, schlug sie entsetzt die Hände vor ihr Gesicht.

»Mein liebes bisschen, ich hab es in den Nachrichten gehört, also dass die Frau umgebracht worden ist. Wie hat man dort nicht gesagt, nur dass sie einen kleinen Laden in Garda hatte. Mensch Lene, das ist ja alles schrecklich. Und nun?« Unsicher schaute sie in die Runde. Wie selbstverständlich stand Ines auf, stellte drei Gläser und eine Flasche Rotwein in die Mitte des Tisches.

»Nichts weiter«, antwortete Lene schulterzuckend. »Ich spreche morgen nochmal mit der Polizei. Ich weiß zwar nicht, was die von mir wollen. Alles was ich wusste, habe ich heute schon zu Protokoll gegeben.«

Bastian sah grübelnd aus dem Fenster. »Sag mal, diesen Schmuck, willst du ihn mal holen? Ich würde mir den gerne mal anschauen. Wer weiß, vielleicht finden wir etwas heraus.«

Kurze Zeit später legte Lene die zwei kleinen Holzschachteln auf den Tisch. »Stefano meinte gestern, dass ihm diese Rose irgendwie bekannt vorkommt. Er konnte sich aber nicht erinnern, wo er sie schon mal gesehen hatte.« Ihr fiel auf, dass Bastian bei der Erwähnung des Italieners zusammenzuckte, nur ganz leicht, fast hätte sie es gar nicht bemerkt.

Beide Geschwister beugten ihre Köpfe über die Schachteln. Bewundernd strich Ines über die kunstvollen Intarsien. Schließlich öffnete sie die Schatullen und betrachtete den Schmuck. »Ein sehr schönes Stück, ohne Zweifel, ich kann verstehen, dass er dir gefallen hat. Den hätte ich auch nicht verschmäht.«

Bastian sagte zunächst nichts, sondern musterte die Silberarbeiten. »Ich bin kein Fachmann, aber auf jeden Fall ist der Schmuck schon ziemlich alt und echt. Und bestimmt auch wertvoll. Wie wertvoll, keine Ahnung. Tja und die Darstellung? Eine Rose mit kleinen Muscheln eben. Doch ohne Zweifel ist er etwas ganz Besonderes.« Nachdenklich drehte er das Medaillon in seinen Händen »Ich frage mich …«, begann er. Forschend sahen ihn die Frauen an. »Na, ich frage mich, ob wohl in seinem Inneren etwas verborgen ist. Bei den meisten Stücken dieser Art gibt es einen Hohlraum, in dem früher Dinge aufbewahrt wurden, Erinnerungsstücke und so.«

Lene schüttelte den Kopf, daran hatte sie überhaupt noch nicht gedacht. Also begann Bastian, den Anhänger zu untersuchen. Er tastete ihn ab, strich über die Ornamente, doch der Schmuck gab sein Geheimnis nicht preis. Dann versuchte Ines ihr Glück. Sie drehte ihn behutsam in ihrer Hand und plötzlich, mit einem leisen Plopp, sprang der Deckel auf. Gespannt beugten sich drei Köpfe über den Tisch. Bastian hatte recht gehabt. Im Inneren war tatsächlich ein flacher Hohlraum der silbern glänzte. Doch er war leer, nichts war darin zu entdecken. Was immer man in ihm aufbewahrt hatte, war entfernt worden oder nie dagewesen. Enttäuschung machte sich breit.

»Oft sind Bilder darin oder eine Haarlocke der Liebsten, tja, hier anscheinend nicht. So etwas hat mir meine Großmutter früher immer erzählt, sie hatte so ein ähnliches Stück in ihrer Schmuckschatulle mit einer Haarsträhne von Großvater.«

Lene fielen allmählich die Augen zu. Ein Blick auf die Wanduhr zeigte ihr, dass es schon kurz vor elf war. Sie unterdrückte mühevoll ein Gähnen und reckte sich. »Leute, seid mir nicht böse, aber der Tag war unglaublich lang und anstrengend. Wir finden sowieso nichts mehr raus. Ich gehe jetzt in mein Bett, wenn ihr nichts dagegen habt.«

Beide wünschten ihr eine Gute Nacht und blieben noch in der Küche sitzen. Während sie die Treppe emporstieg, hörte sie sie leise miteinander sprechen, ohne etwas Genaues zu verstehen. Als sie in ihrem Bett lag, fiel ihr ein, dass sie die Schmuckstücke unten bei Ines in der Küche vergessen hatte. Sie würde sie schon gut für sie aufbewahren, war ihr letzter Gedanke.

In der Nacht träumte Lene von Signora Prande. Sie war wieder in deren Laden. Das gesamte Geschäft lag im Dunkeln – nur durch eines der Fenster fiel ein wenig Mondlicht herein. Überall lagen Tarotkarten herum und türmten sich bedrohlich links und rechts neben ihr auf. Sie wurden immer größer und begannen Lene nach und nach in eine Ecke zu drängen. Kurz bevor sie glaubte, erdrückt zu werden, wachte sie schweißgebadet auf, schlief aber nach wenigen Augenblicken wieder ein.

Am Morgen träumte sie gerade von einem Haus, an dessen Tür energisch geklopft wurde. Immer und immer lauter, Lene irrte durch die Räume und suchte die Tür, doch als sie diese dann endlich öffnete, stand niemand davor. Und doch klopfte es immer weiter, so lange, bis sie aus ihrem Traum gerissen wurde. »Lene, bist du schon wach? Der Commissario hat gerade angerufen und will sich in einer halben Stunde noch mal melden. Lene, hörst du mich?«, hörte sie Ines draußen rufen.

Sie stöhnte und sah auf die Uhr. Schon wieder hatte sie ziemlich lange geschlafen. »Ines, oh Gott, komm ruhig rein, ich glaub, ich hab verschlafen.« Nuschelnd setzte sie sich in ihrem Bett auf.

Ihre Pensionswirtin schob sich durch die Tür und setzte sich auf die Bettkante. Besorgt sah sie Lene an. »He, guten Morgen. Geht's dir gut? Du siehst immer noch ziemlich mitgenommen aus. Eigentlich bist du zum Entspannen hergekommen und nun das.«

»Die letzte Zeit war mein Leben langweilig und öde, tagaus, tagein, der gleiche Trott. Davon kann nun keine Rede mehr sein. Mach dir mal keine Gedanken. Ein wenig Aufregung kann niemandem schaden. Hält das nicht angeblich sogar jung? Aber ich merke, ich muss erst mal unter die Dusche springen, sonst kann ich mit dem Commissario nicht klar sprechen.«

Sie war kaum frisch geduscht unten angekommen, da hörte sie schon erneut das Läuten des Telefons. Ines winkte sie in die Küche und gab ihr den Hörer.

»Signora Stoll, buon giorno, entschuldigen sie die Störung. Wir hätten eine Bitte an Sie. Würden Sie sich im Geschäft noch einmal mit uns zusammen umsehen? Wir wüssten gern, ob sich seit Ihrem Besuch dort etwas verändert hat? Ich weiß, Sie haben Urlaub und es ist mir auch sehr unangenehm, aber ich würde Ihnen einen Wagen schicken. Sergente Baldoro, den Sie ja schon kennen, würde Sie, wenn es bei Ihnen passt, in sagen wir einer Stunde abholen. Wie wir bisher ermitteln konnten, waren Sie vermutlich wirklich die letzte uns bekannte Kundin. Ihre Hinweise wären sehr wichtig für uns.«

Fragend sah Ines sie an, schließlich nickte Lene. »Ja, in Ordnung, da weiß ich Bescheid. Ich halte mich zur Verfügung.« Sie legte auf und setzte sich an den Tisch.

»Und, was wollen sie von dir?«

»Ich soll mir den Laden noch einmal anschauen, ob irgendetwas verändert ist. Hm, ich tue mein Bestes, aber so genau, hab ich mich nun auch nicht umgeschaut. Aber egal, ich hab Hunger und muss jetzt erst mal frühstücken.«

Nach zwei Tassen starkem Kaffee und einem doppelten Brötchen sah sie die Welt wieder klarer. Sie war keine Sekunde zu früh fertig, denn eben fuhr der Sergente in einem neutralen Auto vor. Fast hatte sie schon befürchtet, er würde mit Blaulicht ankommen. Äußerst zuvorkommend leitete er sie auf den Beifahrersitz und war während der Fahrt sichtlich um ein wenig Unterhaltung bemüht. Er sprach über seine Familie und die Gegend, aber sie antwortete ihm nur äußerst einsilbig. Langsam versickerte die Unterhaltung, bis sie schließlich vollkommen zum Erliegen kam. Am Ende war Lene froh, als das Ortseingangsschild von Garda endlich auftauchte. Bei dem Gedanken, jetzt gleich den Laden betreten zu müssen, fühlte sie sich äußerst unwohl. Sie parkten am Ende der kleinen Gasse mitten vor einem Verbotsschild, aber als Polizei durfte man das vermutlich.

Commissario Trafetti erwartete sie schon vor dem kleinen Schaufenster und warf, als er sie näher kommen sah, eine halbgerauchte Zigarette in einen Gully. Oben auf den Balkonen hatten auffällig viele der Anwohner etwas zu tun, gossen Blumen, hängten Wäsche um und beobachteten neugierig die Szenerie. Es war ganz anders als vor einigen Tagen, als gar niemand zu sehen gewesen war.

»Willkommen, Signora Stoll. Danke, dass Sie gekommen sind. Das ist wirklich sehr freundlich von Ihnen.«

Lene gab dem Commissario ebenfalls die Hand, schränkte aber vorsorglich gleich zu Beginn ein. »Ich bin nicht sicher, ob ich Ihnen helfen kann. Wissen Sie, so gründlich habe ich mich eigentlich nicht umgesehen. Ich war ehrlich gesagt auf den Schmuck fixiert und sonst, ..., keine Ahnung.«

»Machen Sie sich bitte keine Gedanken. Wenn Ihnen nichts auffällt, ist es nicht schlimm. Aber wir müssen alle Möglichkeiten ausschöpfen, verstehen Sie? Ich werde mich hier neben die Tür stellen und Sie schauen sich ganz in Ruhe um. Der oder die Täter haben den Laden durchwühlt, besonders das Büro, aber das haben Sie vermutlich ja sowieso nicht gesehen. Kommen Sie bitte und schauen Sie sich in Ruhe um, wir haben alle Zeit der Welt.«

Sie betrat zögernd das Geschäft, da die Tür offen stand, ertönte diesmal keine Glocke. Als Erstes fiel ihr Blick auf die weißen Umrandungen, mit denen die Polizei die aufgefundene Leiche markiert hatte. Dort war sie also gestorben, vor einem niedrigen Tischchen mit einer weiß und schwarz gesprenkelten Marmorplatte. Sie warf einen genaueren Blick auf den Boden und glaubte einen dunklen Fleck wie von Blut zu sehen. Schnell schaute sie woanders hin.

Dann lief sie langsam umher und versuchte, sich die Situation von vor ein paar Tagen in ihr Gedächtnis zu holen. Alles schien auf den ersten Blick wie damals zu sein. Da war das Tischchen mit der gläsernen Lampe drauf, die sie angeschaltet hatte, damit Lene sich und den angelegten Schmuck besser betrachten konnte. Dahinter an der Wand hing der massive Spiegel. Dort war die Schale, in denen die wohlduftenden Räucherstäbchen gebrannt hatten. Sie lag jetzt voller Asche. Heute roch es anders, nach alten Möbeln, fast ein wenig modrig. Vielleicht hatte Signora Prande diese Gerüche übertünchen wollen. Schubladen standen offen, Bücher waren zu Boden gestürzt, Vasen hatte man zur Seite geschoben. Eine große hölzerne Figur, eine Art Buddha, war umgefallen. Trotzdem sah alles so aus, als würde Signora Prande jeden

Augenblick mit einem Lächeln durch den Perlenvorhang nach vorn in den Laden kommen. Aus ihrer Sicht waren keine direkten Lücken erkennbar, wo der Täter etwas mitgenommen haben könnte. »Also die Schubladen waren geschlossen, die Bücher standen im Regal, die Vasen auch und die Figur ist umgestürzt«. Mit den Fingern zeigte Lene auf die jeweiligen Gegenstände.

Dann fiel ihr Blick auf die Schale mit den Tarotkarten. Sie stand wie beim letzten Mal aufdem Verkaufstresen.. Fragend sah sie den Commissario an. Dieser nickte. »Schauen Sie ruhig, wir haben alles dokumentiert und erfasst.«

Und so nahm sie die obersten Karten in ihre Hand, es waren genau die drei, welche für Lene gezogen worden waren.

Doch direkt unter der Schale schaute die Ecke einer weiteren Karte hervor – einer Karte, die vorige Woche nicht dagewesen war, zumindest hatte Lene sie nicht gesehen. Und sie hätte sie sehen müssen, denn deutlich erinnerte sie sich, wie Signora Prande die Schale in ihre Richtung geschoben hatte. Sie zeigte eine Person die am Boden lag und von mehreren Schwertern durchbohrt wurde. Auch ohne dass sie die genaue Bedeutung der Karte kannte, wusste sie, dass es sicher keine allzu positive war. Darunter lag eine zweite Karte. Lene wies auf die Szenerie. »Die Karte lag nicht da, darunter scheint noch eine zweite zu sein.«

Trafetti hob die erste mit seinen behandschuhten Fingern an. Darunter, sah man einen Mann, der sich mit Schwertern im Arm anscheinend davonstahl. Trafetti zuckte die Schultern. »Hm, ich weiß nichts über Tarot. Die erste ist wohl relativ eindeutig. Die zweite, da werden wir wohl eine Expertin hinzuziehen müssen oder kennen Sie sich mit so etwas aus?« Verneinend schüttelte Lene ihren Kopf.

»Signora Casta aus der Registratur, die kennt sich mit so was aus«, warf Sergente Baldoro aus dem Hintergrund ein. Überrascht drehte sich Trafetti zu ihm um. Sofort stieg dem Assistenten die Hitze in die Wangen und seine Ohren begannen zu glühen. »Interessant, rufen Sie sie an, Sergente. Ich bin sicher, Sie haben die Nummer in Ihrem Handy «, forderte Trafetti ihn auf.

Mit hochrotem Kopf verließ Baldoro den Laden und telefonierte draußen mit seiner Kollegin.

»Sonst fällt Ihnen nichts auf, Signora Stoll?«, hakte der Commissario nach. Bildete sie es sich ein oder musterte er sie mit einem äußerst misstrauischen Blick? Irgendwie begann sie sich langsam etwas unwohl zu fühlen. Vielleicht lag es aber auch nur an diesem traurigen Ort.

Ratlos blickte Lene sich noch einmal um. »Tut mir leid, ich kann nichts anderes feststellen. Aus meiner Sicht ist alles genau wie zu meinem Besuch, außer den Kleinigkeiten, die ich Ihnen schon gesagt habe. Aber Sie sehen ja die vielen Dinge hier, unmöglich hundertprozentig zu sagen, ob etwas verändert ist.« Wenn sie ehrlich war, hatte sie erwartet, dass der Laden wesentlich chaotischer aussehen würde. Das konnte sie dem Commissario aber nicht sagen, denn von Bastians Anruf sollte er eher nichts erfahren.

Ein wenig später ertönte draußen das laute Klackern von Absätzen. Eine sehr korpulente blonde Dame, etwas älter als der Sergente, in einem äußerst figurbetonten, farbenfrohen Kleid betrat den Laden und nickte Lene kurz zu. Ihre Haare waren turmartig nach oben toupiert und sie wirkte ein wenig wie Brigitte Bardot in jüngeren Jahren. Baldoro, immer noch mit hochrotem Kopf, schob sich eifrig hinter ihr ins Geschäft. Das war anscheinend die gewisse Kollegin aus der Registratur, der der junge Beamte bewundernde Blicke zuwarf.

Trafetti wies mit dem Kopf auf die Karten. »Danke, dass Sie so schnell kommen konnten. Das wären sie, sagen Sie uns bitte etwas über die Bedeutung.« Sie warf nur einen kurzen Blick darauf und startete einen wahren italienischen Redefluss. »Signora Casta, wäre es eventuell möglich auf Deutsch, damit unser Gast auch etwas versteht?«, unterbrach Trafetti sie kurzerhand. Ein zweiter, nicht wesentlich freundlicherer Blick traf Lene, doch die Italienerin begann, auf Deutsch zu sprechen.

»Die erste Karte ist die Zehn der Schwerter, sie zeigt das Ende und zwar ein gewaltsames, plötzliches oder unerwartetes. Derjenige oder diejenige hat damit nicht gerechnet. Es geschah wie aus heiterem Himmel. Die zweite Karte, die sieben der Schwerter, steht für Hinterlist, Tücke oder Betrug. Jemand spielt ein falsches Spiel oder wird zu Tricksereien aufgefordert. Entweder hat sie betrogen und ihre verdiente Rache bekommen oder sie wurde von anderen betrogen, es könnte auch eine Warnung sein. So würde ich die Karten am ehesten zusammen sehen.«

Grübelnd schaute der Commissario die junge Beamtin an. »Alles etwas theatralisch finde ich. Und wahrhaft weiter bringt uns das auch nicht. Könnte auch eine absichtliche Irreführung sein. Nun gut, Signora Casta, wir danken für Ihr Kommen.« Mit einem kurzen Kopfnicken verabschiedete sich die Blondine und wurde von dem immer noch sichtlich begeisterten Sergente nach draußen begleitet. Lene sah durch das Schaufenster, dass er ihr einen leichten Kuss auf die Wange gab und gleich darauf klackerten die Absätze der Blondine wieder über das Pflaster.

Der Commissario lehnte sich nachdenklich an eine Kommode, verschränkte die Arme und betrachtete die beiden Karten. »Und Sie sind sicher, dass die beiden Karten bei Ihrem letzten Besuch nicht auf dem Ladentisch lagen?«

»Ganz sicher, sie hat die Schmuckstücke genau hier in die Schachteln gepackt, da hätte ich die Karten definitiv gesehen. Außerdem hat sie die Schale rotieren lassen, die Karten bremsen aber die Bewegung aus.«

»Wo holte sie die Schachteln her, also die Verpackungen für den Schmuck?«

Lene zeigte auf einen der Schieber des Ladentischs. »Die Ohrringe waren in der Verpackung, die Schachtel für die Kette holte sie dort raus.«

Trafetti straffte sich schließlich. »Ich danke Ihnen. Wir müssen sehen, was wir mit diesen etwas undurchsichtigen Informationen anfangen können. Vermutlich wird alles auf einen Raubüberfall hinauslaufen, obwohl der Täter die Kasse nicht mal angerührt hat. Tja, ich würde sagen, Sergente Baldoro bringt Sie wieder nach Malcesine. Sollte Ihnen noch etwas einfallen, Sie können sich jederzeit bei mir melden. Und nochmals vielen Dank, Signora Stoll, ich hoffe Sie haben ab jetzt, einen ungestörten Urlaub.«

Draußen kam der pflichtbewusste Baldoro herbeigeeilt und brachte sie zum Wagen. Gerade als sie einsteigen wollte, bemerkte sie einen Mann, der wenige Meter entfernt an einem schwarz glänzenden Auto lehnte. Er war mittelgroß, hatte fettig glänzende Haare, die ihm bis auf die Schultern fielen und trug einen dunklen Anzug. Eine Sonnenbrille verdeckte seine Gesichtszüge, sie erkannte nur ein markantes Kinn mit einem Dreitagebart, alles in allem ein ziemlich dunkler Typ also. Schon vorhin, als sie angekommen waren, hatte sie ihn gesehen. Als sie sich im Laden umschaute, war er langsam daran vorbeigeschlendert und hatte versucht, einen Blick nach drinnen zu erhaschen. Das versuchten aber auch andere.

Wenn irgendwo auf dieser Welt Polizei auftauchte, weckte es das Interesse der Menschen. Auf den ersten Blick wirkte er also wie ein neugieriger Passant. Sichtlich interessiert schaute er jetzt in ihre Richtung und sah sofort weg, als er bemerkte, dass sie ihn beobachtete.

Baldoro wartete geduldig am Wagen auf sie, wendete mit kühnem Schwung und fädelte sich zügig in den Verkehr Richtung Malcesine ein. Wenig später mussten sie an einer Ampel warten. Als Lene zufällig in den Beifahrerspiegel schaute, schien es ihr, als ob der Mann von eben hinter ihnen herfuhr. Als der Wagen näher kam, erkannte sie ihn ganz genau. Kein Zweifel, das war der Typ, der am Wagen gewartet hatte. Die Ampel sprang auf grün und ihr Auto ruckte an. Kurz darauf fädelten sich andere Fahrzeuge zwischen sie und ihrem Verfolger ein, bis sie ihn aus den Augen verlor. Sie spähte noch mehrfach zurück, konnte das Auto aber nicht mehr erkennen.

Als Baldoro etwas später den schmalen Weg zur Pension hinaufrollte, sah Lene Stefano im Garten seines Grundstücks arbeiten. Er schaute neugierig zu ihr herüber. »Halt, Sergente« Sie legte ihm die Hand auf seinen Arm. »Sie können mich hier gleich raus lassen. Ich möchte noch einen Bekannten besuchen.« Überrascht hielt er an und Lene verabschiedete sich von ihm.

Mit verschränkten Armen lehnte Stefano lässig an seiner Mauer und schaute ihr entgegen. Er trug eine alte zerrissene Jeans und ein dunkelblaues Basecap. Etwas unsicher lief sie auf ihn zu. Wie sollte sie ihn begrüßen? Kurz entschlossen entschied sie sich für ein kleines Küsschen links und rechts auf Stefanos Wangen. Das war unverfänglich und galt hier als ganz normale Begrüßung. Italiener begrüßten sich so ständig und immerzu.

»Hallo«, sage sie etwas atemlos zu ihm.

»Hallo, Lene«. Er strich ihr eine Strähne aus dem Gesicht.

»Na, sag mal, du bist ja nur noch unterwegs. Ich war gestern Nachmittag mal oben in der Pension, aber es war niemand da.« Bildete sie es sich ein oder war er ein Stück weit verärgert? Zumindest klang seine Stimme nicht so leicht wie in den vergangenen Tagen.

»Es ist eine lange Geschichte, es ist einiges passiert seit unserem letzten Treffen.«

»Das glaube ich dir gern.« Mit dem Kopf wies er auf den Sergente, der gerade wieder an ihnen vorbei nach unten fuhr. »Vor allem, wenn dich die Polizei durch die Gegend fährt. Ein Uniformierter am Lenkrad erregt nun mal Aufsehen. Sieht ja fast so aus, als hättest du etwas ausgefressen oder bist du schon wieder in irgendwelche Unfälle verwickelt?« Spöttisch lachte er auf.

Lene spürte, wie Verärgerung in ihr aufstieg. Immerhin war sie ihm in keinster Weise Rechenschaft schuldig. Im Gegenteil, sie konnte tun und lassen was und vor allem mit wem sie wollte. »Wollen wir nun reden oder störe ich dich bei irgendetwas? Ich kann auch wieder gehen, kein Problem.« Sie klang schnippischer, als sie es eigentlich gewollt hatte.

Sofort änderte sich Stefanos Gesichtsausdruck. Er zog sie leicht in seine Arme und legte seinen Mund auf ihren Scheitel. »He, entschuldige, ich hab dich eben vermisst, weißt du. Nicht böse sein, das war gerade nicht fair von mir. Der Abend war so schön, dass ich dich am liebsten sofort wiedergesehen hätte und dann warst du nie da. Natürlich hab ich Zeit für dich. So sind die Italiener, wenn wir eine Frau mögen, wollen wir sie ganz für uns allein. Wir teilen eben nicht gern – nicht mal mit der Polizei. Na, nun komm, wir setzen uns nach oben auf die Terrasse und du kannst mir alles erzählen, was du möchtest.« Er nahm ihre Hand und Lene folgte ihm zum Haus. Sie liefen einmal rundherum, bis zur Rückseite, auf der eine große Terrasse lag. Unmittelbar danach kam der Swimmingpool, den sie von der hinteren Mauer schon gesehen hatte. Auch von hier ging der Blick weit über das Tal und den See. Mehrere Liegen und Sessel waren locker verteilt und sie nahmen zusammen auf einem äußerst bequemen Sofa Platz, in das man sofort tief versank.

Stefanos Verblüffung wurde immer größer, je ausführlicher sie die Ereignisse der letzten Tage schilderte. Den Besuch in der kleinen Trattoria mit Bastian verschwieg Lene, denn es trug ja im Endeffekt auch nichts zum Thema bei. Am Ende erzählte sie noch vom heutigen Besuch am Tatort und dass sie der Polizei vermutlich nicht sehr viel hatte weiterhelfen können.

Stefano musterte sie zunächst schweigend und erwiderte dann: »Mensch, in was für eine Geschichte bist du da reingeraten? Wenn ich das gewusst hätte, ich wäre auch mit dir auf die Polizeistation gefahren. Und ich mache dir noch Vorwürfe. Und nun?« Er legte den Arm um ihren Körper und zog sie zu sich heran. Lene lehnte sich an ihn und genoss die Umarmung. Seine Zuwendung tat gut. Sie hatte sich die ganzen Jahre gewünscht, dass sie jemand einfach so in den Arm nahm.

»Was nun? Ich wüsste nicht, was ich noch tun sollte. Nun ist die Polizei am Zug. Oder ist dir noch etwas zum Schmuck eingefallen? Weil du doch meintest, das Symbol zu kennen.«

Stefano schüttelte verneinend den Kopf. »Aber wenn ich ehrlich bin, ich hab mehr an dich als den Schmuck gedacht. Ich könnte mich mal ein bisschen umhören. Meine Mutter kennt viele Leute, vielleicht fällt jemandem etwas ein. Ich bin schon noch sicher, dieses Zeichen mal irgendwo gesehen zu haben, nur wo …könnte praktisch überall gewesen sein.«

Schweigend sahen beide auf den See. »Eigentlich sollten wir heute mit deinem Auto zu Roberto kommen«, murmelte er leise. »Deswegen war ich gestern auch bei Ines. Aber ich glaube nach der ganzen Aufregung verschieben wir das auf morgen und machen uns lieber einen gemütlichen ruhigen Nachmittag. Was sagst du?«

Lene nickte nur, schmiegte sich an ihn und schloss entspannt ihre Augen. Urplötzlich war sie todmüde. Seltsam, seit sie hier war, schien es, als ob sie den Schlafmangel der ganzen letzten Jahre aufholen würde. Sie fühlte sich so wohl und geborgen, dass sie wenige Minuten später fest eingeschlafen war.

Stefano blieb unbeweglich sitzen, auch wenn ihm langsam aber sicher der Arm einschlief. Für nichts in der Welt hätte er diesen Posten verlassen. Lene legte im Schlaf ihren anderen Arm über ihn und schmiegte sich noch enger an seinen Körper. Vorsichtig roch er an ihrem Haar. Sie war eine so tolle Frau, unglaublich schön, begehrenswert, …

Das Klingeln eines Telefons ließ sie hochschrecken. Stefano fluchte und fischte nach dem Handy, das auf dem kleinen Tisch vor ihnen lag. Er ging ran und sagte nur ein paar kurze Worte. Schon nach wenigen Sekunden war das Telefonat beendet.

»Oh Gott.« Lene fuhr sich verschlafen über ihr Gesicht. »Wie lange hab ich geschlafen?«

Stefano lachte leise. »Sorry, eine Stunde etwa, ohne das verdammte Telefon vermutlich noch länger. Schade, ich hätte dir gern noch ein wenig beim Träumen zugesehen. Du hast so tief geschlafen, zumindest hast du nichts um dich herum mitbekommen.«

Langsam wurde sie vermutlich wirklich alt. Da saß sie hier mit einem attraktiven Mann, ganz allein in seinem romantischen Garten, mit einem traumhaften Blick auf den See. und was tat Lene? Sie schlief ein. Es war ihr schon ein Stück peinlich, doch ihn schien es gar nicht zu stören, im Gegenteil.

Er blickte liebevoll auf sie herab und legte plötzlich eine Hand auf seinen Bauch. Ein deutlich vernehmbares, knurrendes Geräusch ertönte. » Sag mal, hast du eventuell auch solchen Hunger oder Durst wie ich? Soll ich uns eine Kleinigkeit machen? Das geht ganz schnell?«

»Okay, aber nur wenn ich dir helfen kann.« Beide gingen nach drinnen in seine Küche. Er checkte den Inhalt seines Kühlschrankes und machte ihr verschiedene Speisenvorschläge. Lene war verblüfft. Der Mann war ein Allrounder. Sie hatte Spiegelei oder so etwas erwartete und Stefano zauberte äußerst aufwendige Ideen aus dem Hut. Sie einigten sich trotzdem kurzerhand auf ein Risotto. Sie schnitt Zwiebeln, bis ihr die Tränen über die Wangen liefen. Stefano goss großzügig Olivenöl in einen Topf, gab die Zwiebeln hinein, dazu Risottoreis und füllte nach und nach mit Gemüsebrühe auf. Anscheinend hatte er stets einen großen Topf davon auf seinem Herd stehen. Schon nach kurzer Zeit erfüllte ein köstlicher Duft den Raum. Er tat alles so souverän, dass sie sicher war, dieses Gericht hatte er schon häufiger gekocht. Zum Schluss gab er frisch gehobelten Parmesan, einen Zweig Rosmarin und einen äußerst großzügigen Klecks Butter hinein, rührte um und häufte jedem eine Portion auf den Teller.

»Voilà, nun wollen wir es uns mal schmecken lassen, gekocht nach dem rezept meiner Großmutter. Ich sterbe vor Hunger.«

Beide setzten sich nach draußen, doch Stefano sprang noch einmal auf und holte zwei Gläser Wein zum Hinunterspülen. »Nun ist es perfekt. Auf einen nun endlich erholsamen Urlaub für dich, ohne weitere Katastrophen.« Dem konnte Lene nur zustimmen. Es war mittlerweile später Nachmittag geworden, die Sonne schien noch immer von einem blauen Himmel. Zum Glück lag die Terrasse im Schatten des Hauses und die Wärme ließ sich hier gut aushalten. Das Essen war wirklich köstlich, das Risotto perfekt, eben schlotzig, wie man so schön sagte – genauso wie es sein musste. Stefano holte sich sogar noch einen Nachschlag, doch Lene musste passen.

Nach dem Essen setzte er sich wieder neben sie auf das kleine Sofa. Sie schaute auf die mittlerweile vertraute Landschaft, die dann aber doch jedes Mal wieder ganz anders aussah. Aus dem Augenwinkel sah sie, dass Stefano sie musterte, aber sie schaute lieber weiter geradeaus. Irgendwie konnte sie mit diesen Blicken nicht umgehen. Ihr Herz begann zu klopfen, immer und immer schneller. Dann beugte er sich über sie, sah ihr direkt in die Augen und zog sie ganz langsam in seinen Arm. Sie atmete seinen Duft ein, eine Mischung aus herbem Männerschweiß und einem sehr angenehmen Parfüm. Auf jeden Fall mochte sie seinen Geruch und fand ihn sehr erregend. Mit einer Hand strich er sanft über ihren Körper. Lene erschauerte und spürte, wie sie überall eine Gänsehaut bekam. So sehr sie sich wehrte, ihr Empfinden ließ sich nicht unterdrücken und schien die richtigen Signale in Stefanos Richtung auszusenden. In ihrem Bauch begann es zu kribbeln und das Herz schlug schneller. Wie automatisch drehte sie das Gesicht zu ihm und beide küssten sich, erst zärtlich und leicht, dann immer leidenschaftlicher. Er schmeckte ganz leicht nach dem Wein, den sie gerade getrunken hatten. Seine Zähne nagten vorsichtig an ihrer Unterlippe und die Zunge zeichnete die Umrisse ihres Mundes nach. Stefanos Hand glitt ganz langsam unter ihr T-Shirt und streichelte die nackte Haut. Er strich ohne jegliches Zögern über die Speckröllchen an ihren Hüften. Anfangs verkrampfte sie sich kurz, doch da er sie einfach weiter streichelte, entspannte sie sich wieder. Ohne dass sie es kontrollieren konnte, stöhnte sie auf vor Lust. *Oh mein Gott*, dachte sie. Konnte es sein, dass sich ihr Verstand gerade vollkommen abschaltete? Eine andere Erklärung für ihr Verhalten gab es wohl nicht. Immer noch küssten sie sich und ihre Zungen spielten miteinander. Seine Hand wanderte quälend langsam zu ihrer Brust, umkreiste ihren BH, bis sie es fast nicht mehr aushielt. *Nun mach schon endlich, bitte.* Sie konnte an nichts anderes mehr denken. Endlich berührte er sanft die empfindliche Stelle, welche sich bereits prall durch den BH drückte. Lene hatte das Gefühl, als ob ihr die Luft wegbleiben würde. Langsam, fast aufreizend, ließ er seinen Finger kreisen. Auch Stefano atmete mittlerweile schneller, löste sich von ihrem Mund und begann an ihrem Ohrläppchen zu knabbern. Sie spürte, wie es vor ihren Augen zu flimmern begann und in ihrem Schoß, die Lust immer stärker wurde. Gleich konnte sie für nichts mehr garantieren und er sicher auch nicht. Wie lange hatte sie dieses Gefühl nicht mehr gespürt? Es war eine Erregung, die ihren Verstand komplett ausschaltete. Hatte sie überhaupt schon einmal solches Verlangen gespürt? Damals ganz am Anfang ihrer Beziehung zu Thomas, war sie schüchtern und verklemmt gewesen. Sex war eine Pflicht, die einfach dazu gehört hatte. Später schliefen sie immer weniger miteinander, bis schließlich alles komplett zum Erliegen kam. Und das Schlimmste war, Lene hatte es nicht mal vermisst. Umso intensiver war diese Erfahrung, diese Erregung, die ihr fast den Verstand raubte.

Irgendwo in ihrem Inneren ging plötzlich ein Glöckchen an. Es erinnerte sie an die kleine Glocke, die ihre Mutter immer zu Weihnachten geläutet hatte, wenn der Weihnachtsmann die Geschenke gebracht hatte. Erst klingelte sie nur ganz leise, so dass man sie noch gut überhören konnte. Doch dann entwickelte sie sich zu einem Sturmläuten, ähnlich wie bei einem Feueralarm, nerv tötend, aber beharrlich und letztendlich erfolgreich. So sehr sie sich nach seinen Berührungen sehnte, sie hatte das Gefühl, dass das, was jetzt unweigerlich folgen würde, nicht richtig wäre, zumindest im Moment nicht. Nein, sie hatte sogar das Gefühl, das es falsch wäre. *Tu es nicht, lass es, reiß dich gefälligst zusammen.* Lene machte sich steif, löste ihren Mund langsam, aber energisch von seinem und schob ihn sanft von sich. »Sei mir nicht böse, ich bin so furchtbar müde und geschafft. Ich glaube, es ist besser, wenn ich jetzt gehe«, sagte sie mit heiserer Stimme. Sie konnte ihm nicht in die Augen schauen, weil sie das Gefühl hatte, dass ihre Blicke die eben gesagten Worte Lügen strafen würden.

Er setzte sich aufrecht hin und nickte unsicher. »Gut, ich verstehe …dann schlaf gut. Soll ich dich noch nach oben bringen?«, fragte er zögernd und mit schleppender Stimme. Doch sie sah ihm deutlich an, dass er vermutlich gar nichts verstand. Eigentlich verstand sie blöde Kuh sich selbst nicht. Jetzt tat es ihr fast leid. Diese verdammte Glocke in ihrem Inneren! Hätte sie nicht einfach still sein können? Da wollte endlich jemand mit ihr schlafen und sie mit ihm, noch dazu ein äußerst attraktiver Mann, nicht irgendein ekelhafter Vogel und was passierte? Sie verdarb wieder alles. Da waren sie wieder, die Selbstzweifel, sie hockten wie ein fettgefressener Vogel auf ihrer Schulter und zogen sie krumm. Und in diesem Augenblick begannen sie auch noch zu kichern. Klar, denn wieder einmal hatten sie gewonnen.

Lene schüttelte den Kopf. »Lass mal, die paar Meter schaffe ich alleine.« Noch immer sah er sie ziemlich durcheinander an, mit einem geradezu verwirrend intensiven Blick. Seine Augen waren tiefschwarz und vom Verlangen ganz verschleiert. »Bitte Stefano, sei mir nicht böse, aber ich glaube, es war doch alles ein bisschen zu viel für mich.« Sie gab ihm noch einen sanften Kuss und ging.

Mittlerweile verstärkte sich wieder das Gefühl, dass es richtig gewesen war, nicht mit ihm zu schlafen. Das Bedauern und die Selbstvorwürfe verschwanden. Sicher, er war enttäuscht, vielleicht auch sauer, sie wusste es nicht genau. Doch sie hatte sich nach der Trennung von ihrem Mann geschworen, sie würde nur noch das tun, von dem sie selbst überzeugt war, dass es das Richtige war. Nie wieder wollte sie das tun, was andere von ihr erwarteten. Und jetzt mit ihm zu schlafen, hätte sie zwar gereizt. Ihre Lust auf ihn, war stark gewesen, geradezu unbeschreiblich. Und trotzdem war ein hartnäckiger Gedanke da gewesen: falscher Zeitpunkt oder vielleicht auch falscher Mann. Das Leben war furchtbar kompliziert.

Sie ging langsam den Berg hinauf zur Pension. Noch einmal ein paar Schritte ganz für sich allein zu laufen tat ihr gut. Alles war still, der Hof und die Küche leer, niemand war zu sehen. Einsam stand ihr kleines Auto unter den Olivenbäumen, verschrammt und verbeult. Würde es Stefano jetzt noch bei seinem Bruder reparieren lassen oder hatte sie wieder einmal alles verdorben? Oben im Zimmer legte sie sich, so wie sie war, auf ihr Bett. Ihr Blick fiel auf den kleinen Tisch vor dem Fenster. *Seltsam*, dachte sie noch, sie hätte schwören können, dass der Bücherstapel heute Vormittag andersherum gelegen hatte. Der neu gekaufte Krimi lag obendrauf und war doch gestern noch untendrunter gewesen. Vielleicht hatte Ines einen Blick darauf geworfen. Ihren Schmuck hatte sie ja auch noch. Bei diesen Gedanken fielen ihr die Augen zu.

8. Kapitel

Die nächsten Tage verliefen relativ ereignislos. Meistens verbrachte Lene ihre Zeit mit Lesen auf dem Balkon, wanderte hinunter in den Ort oder ruhte sich aus. Stefano meldete sich nicht bei ihr und sie sah ihn auch nicht. Bastian blieb ähnlich verschwunden, doch sie wusste, dass er auf der Baustelle rackerte.

An einem Nachmittag hatte Stefano sie doch abgeholt und nun fuhren sie in Lenes leicht lädiertem Auto hinüber nach Limone. Als wäre nichts gewesen, war er am Vormittag vorbeigekommen, um sich mit ihr zu verabreden. Sie saß gerade beim Frühstück, da rollte er mit seinem Fiat auf den Hof und sprach kurz mit Ines, die mit dem Kopf zum Esszimmer wies. Als er hereinkam, spürte Lene keine Veränderung ihr gegenüber oder er ließ sich einfach nichts anmerken. Sie hatte ihn mit einem leichten Kuss auf beide Wangen begrüßt und er gab sich so wie immer. Sein Bruder hatte heute Nachmittag Zeit und so verabredeten sie sich für eine Fahrt in die Werkstatt.

Ines hatte sie gleich am ersten Morgen nach dem Besuch bei Stefano gesehen. Diese hatte sie sofort auf die Schmuckstücke angesprochen. »Ich habe die beiden Schachteln erst mal in meinen Safe im Büro gelegt. Soll ich sie dir holen? Du hattest sie am Abend vergessen mit hochzunehmen und dann wollte ich dich nicht mehr wecken.«

Lene schüttelte den Kopf. »Lass mal, dort sind sie momentan ganz gut aufgehoben, würde ich sagen. Es sei denn, es macht dir etwas aus oder stört dich. Wenn ich ihn tragen möchte, melde ich mich bei dir. Wobei mir momentan nicht der Sinn danach steht, ich muss zu sehr an diese tote Frau denken.« Dann fiel ihr noch der durcheinandergeratene Bücherstapel ein, aber sie kam sich albern vor, sie jetzt wegen

einer solchen Kleinigkeit anzusprechen. Es war ja nichts geschehen, nun lag halt ein anderes Buch obenauf.

Außerdem hatte Ines andere Sorgen. Die beiden alten Leute
hatten sich entschieden vorzeitig nach Hause zu fahren. Die
Frau war gestern Nachmittag aus dem Krankenhaus entlassen
worden und die Ärzte rieten dringend, sich bei einem heimi-
schen Arzt vorzustellen, dem die entsprechenden Befunde
vorlagen. Es stand nicht gut um sie und man empfahl ihr eine
baldige Heimreise. Noch reichten die Kräfte dafür aus. Also
waren in aller Eile die Koffer gepackt worden und man hatte
die Beiden verabschiedet. Es war ein trauriger Abschied, war
es doch unwahrscheinlich, dass man sich noch einmal wiedersehen würde.

»Sie hat nochmal ein paar schöne Tage hier gehabt«, war alles was Ines sagen konnte. Sie war bedrückt und niederge-
schlagen. Lene konnte sich denken, dass dazu noch finanzielle
Sorgen kamen, denn nun fielen die Mieteinnahmen für zwei
Wochen weg. Ines hätte dies niemals ausgesprochen, aber es
war eine Tatsache, dass momentan jeder Euro zählte.

Während der nachmittäglichen Autofahrt mit Stefano sprachen sie über dieses und jenes, doch Lene hatte das Gefühl,
dass da trotzdem eine winzig kleine Kluft zwischen ihnen war.
Ihre Unterhaltung drehte sich um alltägliche Themen, nur
nichts Privates oder Intimes und beide vermieden es, sich
anzusehen. Wie selbstverständlich hatte er sich ans Steuer
ihres verbeulten Wagens gesetzt und Lene war froh darüber. Der Verkehr war ziemlich heftig und ab Torbole ging es
teilweise nur im Schritttempo. »Feierabendverkehr«, meinte
Stefano voller Gelassenheit. Er schien daran gewöhnt zu sein.
Trotzdem saß sie etwas verkrampft auf dem Beifahrersitz,
denn sein Fahrstil war heute ausgesprochen sportlich. Durch
Riva del Garda nahmen sie Schleichwege, Lene hätte sich nie

im Leben zurechtgefunden. Die Gehwege waren voller Menschen, die Besorgungen machten oder einfach umherbummelten. Stefano nutzte jede Lücke, hupte und überholte, wann immer es ging. Ihr kleines Auto wurde richtig gequält, machte aber jedes Manöver geduldig mit. Zumindest noch, denn sie hoffte ihr kleiner Liebling würde nicht urplötzlich in den Streik treten und den Dienst quittieren. Nachdem sie den Ort hinter sich gelassen hatten, wurde es etwas besser. Wieder fuhren sie durch zahllose Tunnel und Galerien. Diese Strecke war ihr schon vertraut, waren sie doch zu ihrem gemeinsamen Abendessen auch hier entlang gefahren. Als sie durch einen der längeren Tunnel rollten, stockte der Verkehr plötzlich. Es kam keinerlei Gegenverkehr, was verschiedene Schlüsse zuließ.

»Hm«, meinte Stefano. »Hoffentlich sind es nur zwei Lkws, die nicht aneinander vorbeikommen. Das kann in den Kurven immer wieder passieren.«

»Und was machen die dann?«

»Die rangieren solange, bis es endlich klappt, immer vor und zurück, mit Spiegel einklappen und so. Steckengeblieben ist jedenfalls noch keiner«, sagte er grinsend. »Die andere Variante wäre, dass es gekracht hat. Das wäre schlecht, denn es kann dauern und einen anderen Weg gibt es ja nicht, also ohne einen riesigen Umweg fahren zu müssen. Da kann man nur wenden. Die Carabinieri kommen ja auch nicht durch und sind da eher gelassen. Somit stehen dann alle gemeinsam im Stau.«

Lene betrachtete die Tunnelwand zu ihrer Rechten. Sie standen in einem der älteren Tunnel. Grob behauene Steine zeugten von der vielen schweren Arbeit, die der Bau gemacht hatte. Es war düster, nur wenige funzlige Lampen brannten. Stefano schaltete den Motor ab und nach und nach taten die anderen Fahrzeuge es ihm gleich, bis schließlich Totenstille herrschte. Nur das Radio dudelte leise, aber mit schrillen Tönen, anscheinend war der Empfang hier drinnen gestört. Schließlich schaltete er es ganz ab. Nun dehnte sich die Stille aus – so sehr, dass Lene das Gefühl hatte, gleich schreien oder in irgendetwas beißen zu müssen. Sie spürte, dass Stefano sie musterte, standhaft versuchte sie seine Blicke zu ignorieren, bis es nicht mehr ging. Unsicher sah sie ihn an, in der Dämmerung konnte sie sein Gesicht nicht genau erkennen. Sie spürte, dass er tief Luft holte.

Fast zeitgleich begannen sie zu reden. »Wegen letztem Mal ...«. Damit war der Bann gebrochen, denn nun mussten sie beide lachen.

»Erst du, ladies first«, meinte Stefano grinsend.

»Okay«, sagte Lene und überlegte ihre nächsten Worte. »Also, wegen unserer letzten Begegnung. Es tut mir leid, ich wollte dich nicht vor den Kopf stoßen, aber ich hatte das Gefühl, es wäre nicht richtig ...«

In diesem Moment heulte hinter ihnen ein Motorrad auf, das plötzliche laute Geräusch war so überraschend gekommen, das beide zusammenzuckten. Irritiert sah Lene sich um, da tauchte der Fahrer auch schon neben ihrem Auto auf. Er hatte sich elegant an den wartenden Fahrzeugen vorbeigeschlängelt und blieb wie zufällig direkt neben ihnen stehen. Der Fahrer trug das Visier seines Helms geschlossen und schaute prüfend zu ihnen ins Fahrzeug. Es war eine große, schwere Maschine. Der Fahrer wirkte darauf fast verloren. Trotz seiner Lederkombi war er ein eher schmächtiger Typ. Da wurden plötzlich vor ihnen die Motoren angelassen, Scheinwerfer erhellten den Tunnel und der Verkehr ruckte an. Der Fahrer gab Gas und verschwand mit einem Satz an der wartenden Schlange vorbei Richtung Limone. Irgendwie war der Fahrer ihr von seiner bloßen Statur her bekannt vorgekommen, doch so sehr sie auch grübelte, es wollte ihr nicht einfallen.

»Was war das denn?« Stefano sah sie verblüfft an. »Ich dachte schon, der will uns ausrauben, aber mit geschlossenen Scheiben – na ja. Also, was wolltest du sagen?«

»Ja, wegen unseres letzten Treffens – es tut mir leid. Aber weißt du, ich habe mir geschworen, nie mehr Dinge zu tun, bei denen ich ein komisches Gefühl habe und da hatte ich eins. Ich kann es nicht richtig erklären, es war einfach so ...«, druckste sie herum. »Es war schön und wiederrum nicht, ich kann es nicht erklären und wollte nur, dass du das weißt.«

In der Dämmerung des Tunnels sah sie ihn nicken, nur von Zeit zu Zeit streifte eine Laterne sein Gesicht, der Ausdruck schien unergründlich, doch dann sagte er. »Es tut mir auch leid. Ich glaube, ich habe dich etwas überfordert. Weißt du, ich bin von dir begeistert, so richtig, ich mag dich sehr, obwohl wir uns erst so kurze Zeit kennen. Du bist einfach eine begehrenswerte Frau. Eigentlich kann ich alles auf mein italienisches Temperament schieben. Wir sind eben so, wollen jede Frau erobern und für uns gewinnen.« Dann machte er eine Pause. »Ich werde deine Wünsche respektieren. Ab sofort gibst du einfach das Tempo vor, einverstanden?« Seine Stimme war heiser, emotional und zum Schluss fast bittend. »Da kann ich nicht wieder über das Ziel hinausschießen. Ich werde nichts tun, was du nicht willst, ich schwöre. Wir vergessen den gestrigen Tag einfach und fangen noch einmal von vorn an.«

Erleichterung machte sich in ihr breit, so groß waren ihre Befürchtungen gewesen, alles kaputt gemacht zu haben. Im Geiste sah sie Monis Gesicht, die ihre Augen verdrehte und zur Decke schaute. Ihre Freundin hätte sie richtig gerüttelt und geschüttelt. Bei ihr war immer alles einfach und bei Lene immer alles kompliziert. Aber nun schienen die Missverständnisse ausgeräumt worden zu sein und sie war unglaublich erleichtert.

Limone war dann schnell erreicht. Hier von der Gardesana sah man nur wenig vom Ort und kurze Zeit später bog Stefano nach unten in einen schmalen Weg ein, der vermutlich zum See führte. Schon nach wenigen Metern tauchten ein Hinweisschild und gleich darauf die Zufahrt auf. Alles machte einen sehr gepflegten Eindruck. Gleich vorn zu ihrer Linken lag das Werkstattgebäude mit zwei großen Rolltoren und mehreren geparkten Fahrzeugen davor. Ganz vorn stand ein nagelneues Abschleppauto, an dem sich gerade ein Mann zu schaffen machte. Weiter unten war anscheinend das Wohnhaus. Im Erdgeschoß verwies ein Schild auf das Büro und in der ersten Etage schienen die Privaträume der Familie zu sein. Üppige Pflanzen schmückten den Eingang und einen angebauten Balkon. Gleich danach kam eine große Rasenfläche, die von einer dichten Hecke begrenzt wurde. Auch hier wuchsen die obligatorischen Olivenbäume.

Stefano parkte mit kühnem Schwung vor dem Abschleppwagen und fuhr den polierenden Mann in seinem Schlosseranzug beinahe in den Hintern. Lachend drehte dieser sich um und Lene schaute verblüfft zu Stefano und dann wieder zu seinem Bruder. »Ihr seid Zwillinge, das hast du mir ja gar nicht gesagt.«

Beide Brüder sahen sich wirklich unglaublich ähnlich und Stefano grinste verschmitzt. »Eineiige Zwillinge, früher gar nicht, heute schon etwas besser auseinanderzuhalten. Unsere Schulzeit war unglaublich schön, weil kein Lehrer wusste, wer nun wer war.«

Roberto wischte sich seine schmutzige Hand an der Hose ab, begrüßte Lene herzlich und musterte sie neugierig. »Buon giorno, schön dass wir uns mal kennenlernen. Das ist also unser heutiger Patient.«

Fachmännisch wandte er sich dem Auto zu und betrachtete den Schaden. Wenn man näher hinschaute, sah man schon einige Unterschiede zwischen den Brüdern. Beide waren braungebrannt von häufiger Arbeit an frischer Luft, ähnelten sich in Statur und Größe. Doch Roberto war etwas stämmiger und bekam bereits einen leichten Bauchansatz. Seine dunklen Haare waren von wesentlich mehr silbernen Strähnen durchzogen als die seines Bruders. Seine Stimme war dunkler, teilweise klang er wie ein Brummbär.

Da bog eine junge Frau mit einem Kinderwagen um die Ecke der Werkstatt und kam lächelnd auf sie zu. Sie war etwa Mitte dreißig, hatte tiefschwarze Haare und trug ein buntes Kleid, das aussah als hätte man es aus dutzenden Flicken zusammengesetzt. Stefano nahm sie liebevoll in den Arm. »Das ist Lene aus Deutschland und das ist meine allerliebste Schwägerin Carmen, mit ihrem kleinen Sonnenschein Maria.« Begeistert blickte er in den Wagen, doch Carmen zog ihn energisch zurück, stemmte die Hände in die Hüften und sah ihn gespielt finster an.

»Dass du dich auch mal wieder blicken lässt, schämen musst du dich. Die eigene Familie so lange nicht mehr zu besuchen. Und komm mir jetzt nicht mit der vielen Arbeit, die haben wir auch.« Die ersten Worte waren noch auf deutsch, doch dann ergoß sich ein italienischer Redeschwall über Stefano, dieser duckte sich gespielt ab und hob die Hände als Zeichen seiner Kapitulation. Wieder einmal gelangte Lene zu der Ansicht, dass es sich auf Italienisch so richtig herrlich schimpfen und lamentieren ließ.

»Du hast natürlich Recht, Frauen haben ja immer recht«, erwiderte Stefano resignierend.

»Na also, mehr wollte ich doch gar nicht hören.« Lachend nahm sie ihn in den Arm.

Danach umarmte sie Lene so selbstverständlich, als würde sie zur Familie gehören. »Ja, ab und zu, muss man seinen Standpunkt mal wieder klarmachen. Ansonsten bin ich aber ganz friedlich«, versicherte sie in Lenes Richtung. »So, nun lassen wir die Männer mal mit ihrem technischen Zeug alleine, setzen uns dort unter die Bäume und schwatzen ein wenig. Passt du kurz auf Maria auf? Ich hole uns einen Kaffee nach draußen.« Stefano setzte sich in der Zwischenzeit in Lenes Auto und fuhr es quer über den Hof in das offenstehende Rolltor der Werkstatt.

Kurzerhand bekam Lene den Kinderwagen in die Hand gedrückt und schob ihn in Richtung der kleinen schattigen Sitzecke ganz in der Ecke des Hofes. Unter wildem Wein standen ein großer Tisch mit mehreren Stühlen und eine alte Hollywoodschaukel. Dahinter lag die Wiese und unmittelbar im Anschluss an die Hecke plätscherte schon der See ans Ufer. Lene warf einen zaghaften Blick in den Kinderwagen. Das Baby hatte dunkle Haare, ballte energisch die Fäuste und schlief tief und fest. Ab und zu schmatzte es im Schlaf zufrieden vor sich hin. Es war ein ausgesprochen hübsches Kind und Lene verspürte einen Stich im Inneren. Kanitas Kind war schon lange auf der Welt und weder sie noch Thomas hatte sie jemals wieder gesehen. Wenn sie ehrlich war, hatte sie es vorgezogen, dort einkaufen zu gehen, wo sie sicher war, dass sie ihnen nicht zufällig über den Weg lief. Der Umweg, den sie dafür in Kauf genommen hatte, war ihr egal gewesen. Ihrem Exmann mit einem Kinderwagen zu begegnen hätte sie nur schlecht ertragen können. Auch sonst hatte sie nichts von Thomas gehört und das war gut so.

Carmen kam mit einem beladenen Tablett nach draußen und verteilte Tassen, Teller und einen Kuchen auf dem Tisch. »Selbstgebacken, nach einem Rezept meiner Mama.« Sie war eine lustige Person mit sehr viel italienischem Temperament und Lene sofort sympathisch. Ihre Rede begleitete sie mit einem steten Auf und Ab ihrer Hände. Wie bei einem Dirigenten folgten sie dem jeweiligen Tonfall. Wie sie erzählte, stammte sie ursprünglich aus Sizilien und hatte Roberto während eines Urlaubs kennengelernt. Der Liebe wegen, hatte sie ihre südliche Heimat verlassen und war zu ihm in den – wie sie sagte – kalten Norden gezogen. Sie sprach ununterbrochen, die Worte sprudelten nur so aus ihr heraus. Nebenbei ruckelte sie am Kinderwagen. »Bei Maria muss es immer irgendwie wackeln, sonst wird sie sofort wach, unser kleiner Sonnenschein.« Liebevoll sah sie in den Wagen.

»Man könnte den ganzen Tag mit ihr herum marschieren, aber schließlich hat man ja auch noch ein paar andere Dinge zu tun. Bis zur Geburt habe ich neben meinem Haushalt und dem Garten auch noch die Buchhaltung und den ganzen Schriftkram für die Werkstatt erledigt. Jetzt, für die erste Zeit, hat Roberto eine Aushilfe eingestellt, eine junge Frau aus der Nachbarschaft. Mamma Mia, ich glaube ich spreche schon wieder viel zu viel.«

Und diese Angestellte kam sozusagen wie aufs Stichwort, mit Papieren aus dem Büro. Beim Anblick von Stefano, der vor der Werkstatt wartete, erhellten sich ihre Züge sichtlich. Hüftenschwingend ging sie auf ihn zu und begrüßte ihn mit einem Küsschen auf beide Wangen. Lene war die Begeisterung auch auf seinem Gesicht nicht entgangen. Die junge Frau lachte schallend und ihre dunklen langen Haare flogen hin und her. Wie selbstverständlich legte sie ihren Arm auf seinen.

Kurz darauf waren sie in ein intensives Gespräch vertieft und von Zeit zu Zeit schallte ihre alberne Lache bis zu ihnen.

Sie schien Anfang zwanzig zu sein, zumindest aus der entfernten Perspektive von Lene. Eine große, schlanke Frau mit Modellfigur und geradezu mörderhaft hohen Absätzen, die forsch über das Pflaster des Hofes klapperten. Es war wie ein Signal und bedeutete: Hier komme ich, schaut alle her.

Carmen warf einen Seitenblick auf Lene und lachte leise. »Hach, so sind sie. Alle Männer hier sind Machos. Wenn eine schöne Frau auf sie zukommt, werden sie zum Gockel und fühlen sich geschmeichelt. Und Patricia ist schön, keine Frage. Das ist bei Roberto nicht anders gewesen. Mittlerweile habe ich ihn gezähmt. Ärgere dich nicht. Das ist hier so.« Sie hielt ihre Kaffeetasse in den Händen und beobachtete entspannt die Szenerie.

Lene war bemüht, ihren Ärger zu unterdrücken und sich nichts anmerken zu lassen, doch Carmen hatte sie mit viel weiblichem Gespür natürlich sofort durchschaut. »Na ja, es geht mich ja nichts an, was Stefano macht«, sagte sie betont nebenbei. In Wahrheit dachte sie anders. *So eine alberne Gans, benimmt sich wie eine …* Ihr fehlte das richtige Wort. *Und Stefano ist mit offensichtlicher Begeisterung voll mit dabei.* Eigentlich ging sie die ganze Sache ja wirklich nichts an. Erst gestern hatte sie doch für sich selbst festgestellt, dass Stefano ihr eigenes Tun nichts anging. Und umgekehrt sollte es genauso sein. Trotzdem störte sie diese Tussi ziemlich, aber am meisten das Gehabe von Stefano. Ziemlich unverhohlen schien er mit der Anderen zu flirten. Ab und zu schaute er prüfend in ihre Richtung. So lange bis Lene sich ein wenig anders platzierte und ihre volle Aufmerksamkeit Carmen zuwendete. Dies war leichter gesagt als getan, denn immer noch schallte ein geradezu gurrendes Lachen über das gesamte Areal. Wie Hahn und Henne, genauso kamen ihr die beiden vor.

Sie wandte sich lieber dem Kuchen zu, der einfach nur köstlich schmeckte. Aus lauter Frust, konnte man durchaus noch ein zweites Stück essen. »Hm, da ist ein Geschmack von ...« Langsam ließ sie den Bissen auf der Zunge zergehen. Da war etwas, es gab der Speise eine besondere Note, ließ den Kuchen saftig und frisch erscheinen.

Carmen lächelte. »Ein Geschmack von Zitronen. Limone ist bekannt dafür. Limonen, Zitronen, Orangen sind unser Wahrzeichen. Schnaps, Wein, Öl, Seife, Parfüm werden angeboten, also alles, was man aus diesen Früchten nur immer herstellen kann. Nun kommen sie aber woanders her, hier wird so viel verkauft von dem Touristenzeug, dass der ganze Ort eigentlich aus Plantagen bestehen müsste. Wir haben weiter oben ein Gewächshaus, in dem wir einige Pflanzen halten. Bei Gelegenheit kann ich es dir ja mal zeigen. Früher hat die gesamte Stadt davon gelebt, mittlerweile betreiben es die meisten nur noch als Hobby.«

Dann drehte sich ihr Gespräch um alltägliche Frauenthemen. Carmen fragte aber auch nach Lenes Leben in Deutschland und den weiteren Plänen für die nächsten Tage. Dabei ruhten ihrer beider Blicke wieder auf der Szenerie in der Mitte des Hofes. Stefano schien die Unterhaltung nun doch etwas zu viel zu werden und er versuchte mit Charme sich loszueisen, ohne unhöflich zu wirken. Anscheinend rettete ihn eine Frage seines Bruders aus den Tiefen der Werkstatt und erleichtert trat er den Rückzug an. Patricia stöckelte zurück in Richtung Büro und dabei streiften ihre Blicke wie zufällig Lene. Sie hatte dunkle Augen, die aus der Entfernung wie schwarze Kohle schimmerten. Bei ihrem Verschwinden atmete Lene förmlich auf, die Eifersucht war wie eine mächtige Welle in ihr emporgestiegen.

Sie spürte Carmens Blicke prüfend auf sich ruhen. Ihre sichtliche Erleichterung war der Anderen nicht entgangen. »Ist das eigentlich etwas Ernstes zwischen euch beiden? Entschuldige, ich bin immer so furchtbar neugierig. Aber ich würde mir so sehr eine Schwägerin wünschen und Stefano hat am Telefon von dir unendlich geschwärmt und gesagt, dass er mit dir vorbeikommt, damit wir dich auch endlich kennenlernen. So begeistert von einem Menschen, habe ich ihn schon lange nicht mehr erlebt. Er hätte sich ein wenig Glück wirklich verdient. Wird Zeit, dass er mal jemand Gescheites kennenlernt. Er ist ja auch ein netter Kerl und das Haus wirklich mehr als groß ...«

Verblüfft drehte sie sich zu der kleinen Italienerin um. »Geschwärmt, hm, nun ja, wir kennen uns ja nun wirklich noch nicht lange. Genau genommen erst ein paar Tage, von ernst und so weiter würde ich da noch gar nicht sprechen wollen. Wir waren einmal zusammen essen, das war`s. Er kennt mich ja gar nicht richtig und ich ihn auch nicht.« Fast trotzig brach es aus ihr heraus. Mittlerweile begann sie sich, ein wenig unwohl zu fühlen. Sollte Carmen sie auf Herz und Nieren prüfen oder was war das hier? Was immer Stefano seiner Familie erzählt hatte, es ging ihr alles viel zu schnell. Sogar über irgendwelche Umzugspläne schienen sie schon gesprochen zu haben. Ihr Unwohlsein schien auch Stefanos Schwägerin bemerkt zu haben.

»Verdammt!« Zerknirscht schaute Carmen sie an. »Ich hab wieder meinen Mund nicht halten können, tut mir leid, Lene. Das sind mein süditalienisches Temperament und meine weibliche Neugierde, ich gebe es zu. Es geht mich ja auch gar nichts an. Ich spreche immer schneller, als ich denke. Es ist doch ganz allein eure Sache.« Verzweifelt versuchte sie das Gespräch wieder auf ein anderes, unverfänglicheres Thema zu lenken.

Augenblicklich taten Lene ihre Worte schon wieder leid. Carmen hatte es ja nur gut gemeint und im Grunde nichts Verwerfliches gesagt.

In diesem Moment kam Stefano zu ihnen geschlendert. »Na ihr beiden. Hm, selbstgebackener Kuchen. Lass mich raten! Nach Mamas Spezialrezept?« Lachend häufte er sich drei Stück auf seinen Teller und ließ diese binnen kurzer Zeit in seinem Inneren verschwinden. Die Unterhaltung verlief immer noch etwas schleppend und er schien dies zu bemerken. Prüfend sah er die beiden Frauen an und bemerkte sicher Carmens zerknirschte Miene. »Wenn du nichts dagegen hast, würde ich euer Frauengespräch unterbrechen und Lene zu einem kleinen Bummel durch Limone entführen? Roberto braucht mit dem Auto noch ein bisschen.« Bittend schaute er seine Schwägerin an.

Diese war vermutlich froh, das Gespräch hier beenden zu können. »Geht nur, ich muss mich sowieso gleich um Maria kümmern. Es wird Zeit für die nächste Mahlzeit.«

Er ergriff Lenes Hand und zog sie hinter sich her Richtung See. Kaum dass sie außer Reichweite seiner Verwandten waren, blieben sie hinter einer dichten Hecke stehen.

»Und, habt ihr euch prächtig unterhalten? Ich hatte das Gefühl, ihr versteht euch so richtig gut. Mit Carmen kann man auskommen, sie ist eine Primafrau. Vielleicht redet sie manchmal ein bisschen zu viel, aber sie ist …«, versuchte Stefano ihr zuvorzukommen, redete ohne Punkt und Komma und überschlug sich dabei geradezu.

»So viel wie du gerade meinst du wohl?«, fragte Lene mit leicht säuerlichem Unterton . »Ich weiß ja nicht, was du deiner

Familie alles so über mich erzählt hast, aber ich hatte schon das Gefühl, dass gewisse Erwartungen an meine Person in der Luft liegen. Oder täusche ich mich da?«

»Was meinst du denn?« Seine Miene wirkte ahnungslos, doch in seinen Augen sah sie, dass er genau wusste, was sie meinte.

»Nun, vielleicht kannst du mir erklären, wie es kommt, dass Carmen sich schon Hoffnungen macht, dass ich ihre potentielle neue Schwägerin werde? Und dass das Haus ja nun wirklich für uns beide gut reichen müsste. Ich finde, das geht doch etwas zu schnell. Wie kommt sie in Gottes Namen darauf? Ich … ich wusste eigentlich gar nicht, was ich sagen sollte.«

Mittlerweile wirkte er wie ein ertappter kleiner Schuljunge. »Sie hat da wohl etwas überreagiert, oder mich vielleicht auch missverstanden«, nuschelte er leichthin.

»Missverstanden? Ich bin sicher, du hast ihnen von mir erzählt und zwar so, dass sie denken mussten, wir beiden wären schon fast ein Paar. Wenn ich mich nicht täusche, gehören da immer noch zwei dazu.« Auf einmal spürte sie, dass die Pferde mit ihr durchgingen. Wieder einmal setzten Menschen Dinge voraus und stellten sie vor vollendete Tatsachen. Dabei hatte sie sich geschworen, das würde sie nie mehr mit sich machen lassen. »Ich jedenfalls sehe mich nicht mit dir in einer Beziehung. Wir kennen uns ja noch gar nicht richtig. Wegen zweimal rumknutschen bildest du dir ein bisschen viel ein, finde ich. Du kannst ja die kleine Sekretärin von Roberto auf deinen Schoß setzen. Ich bin sicher, die würde sich über deine Aufmerksamkeit freuen.« Sprach es, drehte sich auf dem Absatz um und lief allein den steilen Weg nach unten. Schon nach wenigen Metern drosselte sie ihr Tempo aus Angst, auf dem Kies auszurutschen.

Erst dachte sie, er würde hinter ihr herkommen, doch als sie nach einer Biegung zurück schaute, war der Weg hinter ihr leer.

Pah, diese stolzen Italiener, dachte sie im einen Moment und im nächsten fragte sie sich, ob sie überreagiert hatte. Sie hatte keine Ahnung, doch sie ärgerte sich maßlos über ihn und irgendwie auch über sich selbst. Vor allem bei der Sache mit der Sekretärin hatte sie sich wie eine eifersüchtige Furie benommen, doch jetzt waren die Worte gesagt und raus.

Nach einer weiteren Kehre lag der bläulich schimmernde See vor ihr. Lene atmete ein paar Mal tief durch und hielt ihr Gesicht in den sanften Wind. Direkt vor ihr verlief ein breiter Weg, ähnlich wie eine Uferpromenade, auf dem vereinzelte Leute gemütlich flanierten. Am anderen Ufer erkannte sie Malcesine, vor allem ganz deutlich die Skaligerburg, die sich stolz in den Himmel reckte.

In ihr brodelte es nur noch ein klitzekleines bisschen. Wahrscheinlich färbte die italienische Leidenschaft langsam auf sie ab, anders konnte sie sich ihren Ausbruch nicht erklären. Hoffentlich würde die arme Carmen jetzt nicht das ganze Donnerwetter abbekommen. Sie hatte sie so freundlich aufgenommen. Hinter ihr blieb alles still, niemand war in Sicht und sie überlegte, was sie nun tun sollte. Am einfachsten wäre es sicher gewesen, nach oben zu gehen und so zu tun, als wäre nichts gewesen. Das war aber eine Art klein beizugeben, eine Niederlage, also nicht so gut. Eine weitere Variante war, ohne ihn den Heimweg anzutreten. Doch Malcesine lag genau auf der anderen Seite des Wassers. Für Schwimmversuche jeglicher Art, war es etwas kalt und der Weg zu weit. *Wenn man ein Boot hätte,* dachte sie noch angesichts der vielen Segelboote und Kitesurfer, die vor ihr kreuzten, aber sie hatte ja keines.

Ihr Blick fiel auf ein größeres weißes Segelschiff, unmittelbar vor ihr. Es kam aus Richtung Riva in der Nähe des Ufers mit ziemlicher Geschwindigkeit herangerauscht und fiel unter den anderen Booten durch seine schiere Größe auf. Seine weißen Segel bäumten sich im Wind und die Gischt spritzte in Schaumkronen in die Luft. An Bord erkannte sie zwei Personen, die sich an den Segeln zu schaffen machten und zwei weitere, die auf einer Erhöhung des Decks lagen. Bewundernd musterte sie das schnelle Schiff. Es war größer als die meisten anderen, wirkte eher schon wie eine Yacht. Plötzlich erregte etwas ihre Aufmerksamkeit. Auf dem Bug direkt über dem Namen war ein rotes Symbol angebracht. Zuerst dachte sie, sie hätte sich getäuscht, doch dann erkannte sie es ganz deutlich. Das Symbol stellte eine Rose dar und zwar dieselbe Rose wie auf ihrem Schmuck. Es gab keinerlei Zweifel, ganz deutlich erkannte sie unterhalb der Blüte die drei kleinen Muscheln. Sie vermutete zunächst nun völlig hysterisch geworden zu sein und statt schwangeren Frauen nur noch Rosen an allen Orten zu sehen. Doch die Blume blieb wo sie war und löste sich nicht in Luft auf.

In diesem Moment drehte das Boot mit einer eleganten Wendung und strebte mit zunehmender Geschwindigkeit dem anderen Ufer zu. Aus dieser Perspektive war die Blume nicht mehr zu erkennen. Sie legte die Hand an die Stirn und kniff die Augen zusammen, doch das Boot wurde kleiner und kleiner, bis es fast vollkommen in der Masse der anderen Segler untertauchte.

Und ausgerechnet jetzt war Stefano nicht da, wenn man die Männer schon mal brauchte. Sie drehte sich schwungvoll um und prallte gegen eine männliche Brust. Der eben noch Gesuchte stand mit zerknirschter Miene unmittelbar hinter ihr. Sie hatte sein Kommen gar nicht bemerkt.

»Lene, es tut mir leid …«, begann er zu sprechen, doch sie unterbrach ihn hektisch.

»Das Boot, siehst du das Boot dort?« Aufgeregt wies sie auf den kleiner werdenden Segler und ging vor lauter Aufregung auf seine entschuldigenden Worte gar nicht ein. »Siehst du es? Darauf war die Rose von meiner Silberkette, direkt auf dem Bug, über dem Namen. Ich bin ganz sicher. Du hattest also Recht, als sie dir bekannt vorkam.«

Stefano sah mit gerunzelter Stirn aufs Wasser, irritiert schaute er von einem Boot zum anderen. »Hm, welches meinst du denn? Auf dem Wasser sind ziemlich viele Boote.«

»Das da, das ziemlich große.« Doch wenn sie ehrlich war, erkannte sie es selbst nicht mehr, der Segler war viel zu weit entfernt. »Mist, es ist schon zu weit weg. Aber ich hab die Rose ganz deutlich erkannt. Das kann doch alles kein Zufall sein.«

»Was meinst du denn mit *alles*? Lene, du hast einen Anhänger gekauft und durch irgendeinen blöden Zufall ist die Verkäuferin zu Tode gekommen. Niemand weiß, ob es ein Unfall war.« Beruhigend packte er sie an den Oberarmen und schaute ihr ins Gesicht. »Das sind einfach Zufälle. Du machst dir Gedanken um Dinge, wo man sich keine Gedanken machen muss. Selbst wenn das Symbol auf dem Boot war, was hat das denn mit dir zu tun?«

Lene schaute immer noch dem Boot hinterher. »Ich weiß es nicht, aber seit du sagtest, dass du den Anhänger von irgendwoher kennst, lässt mir das einfach keine Ruhe. Manchmal habe ich das Gefühl, dieser Einbruch bei Signora Prande hatte vielleicht doch mit meinem Schmuck zu tun. Das ist sicher Unsinn. Aber dass genau dieses Symbol auf einem Boot ist, kann kein Zufall sein. Okay, dass es gerade hier entlangkam wahrscheinlich schon«, schränkte sie im gleichen Atemzug ein.

»Aber dieser Motorradfahrer. Weißt du noch, vorhin im Tunnel? Der kam mir so bekannt vor. Ich weiß, was du sagen willst«, kam sie ihm zuvor. »Er hatte einen Helm auf und sein Gesicht war nicht zu erkennen, aber ich bin sicher, ich kenne ihn.« Von dem Bücherstapel in ihrem Zimmer getraute sie sich lieber nichts zu sagen, aus Angst er hielte sie dann für völlig übergeschnappt.

Stefano sah auf den See. Der Segler blieb, wo er war und kam nicht zurück. »Hm, na ja, wenn du das Symbol an dem Boot gesehen hast, gibt es eigentlich nur eine Möglichkeit. Es könnte ein Wappen sein. Auf den anderen Schiffen steht der Name und das war`s. Viele der angesehenen Familien haben aber seit vielen Jahrhunderten Wappen. Die machen sie auf alles Mögliche: auf Briefpapier, Autos, Schmuck und sicher auch an ein Schiff. Trotzdem verstehe ich nicht, wieso mit dem Schmuck etwas nicht in Ordnung sein soll? Du hast ihn regulär erworben. Und so furchtbar wertvoll erschien er mir nun wirklich nicht. Bei uns ist es an der Tagesordnung, dass Leute umgebracht und ausgeraubt werden. Das ist vielleicht bisschen übertrieben, passiert aber immer wieder. Ich glaube, du bildest dir da was ein Lene. Auch was den Motorradfahrer betrifft. Hunderte fahren so durch die Gegend. Er trug eine schwarze Montur und einen schwarzen Helm, sonst war nichts zu sehen. Mach dir nicht so viele Gedanken. Vielleicht war doch alles ein bisschen zu viel für dich.« Nun sprach er zu ihr irgendwie wie Doktor Sack und er sah sie auch genauso an, beruhigend mit einem hypnotischen Blick.

Stefano nahm ihre Hand und zog sie zu sich heran. »Noch einmal wegen vorhin«, wechselte er mit raunender Stimme das Thema. »Es tut mir leid. Ja, Carmen hat recht, ich habe ihnen von dir vorgeschwärmt. Schon lange warte ich auf eine Frau, die genauso ist wie du. Und als du dann so vor mir standest und mein Auto gerammt hast, da dachte ich, der Himmel hat mich erhört und dich endlich zu mir geschickt. Als wir uns das erste Mal geküsst haben, das war einfach ein Traum. Gestern auf meiner Terrasse, wenn du nicht die Notbremse gezogen hättest, hätte ich für nichts garantieren können. Ich wollte dich so sehr. Also, verzeih bitte Carmen, sie hat es nicht böse gemeint. Ich weiß, wir kennen uns noch nicht lange, aber ich bin sicher, es würde funktionieren. Und es bleibt dabei – nur noch in deinem Tempo. Ich schwöre, ich werde niemandem mehr etwas sagen, keine falschen Erwartungen wecken und auch sonst ganz brav sein.«

Als Lene ihren Kopf suchend noch einmal Richtung Wasser drehte, nahm er sanft ihr Kinn in seine Hand und zwang sie, ihn direkt anzusehen. »Nun lass endlich das blöde Segelschiff, was sagst du dazu?«

Lene musste angesichts seiner flehenden Miene schmunzeln.»Okay, einverstanden. Ach die arme Carmen, ich habe ein richtig schlechtes Gewissen. Sie hat ja eigentlich gar nichts weiter gesagt. Es tut mir leid, ich habe wohl wirklich etwas überreagiert. Aber mein ganzes Leben ist über mich bestimmt worden und als ich ihre Worte hörte, da schrillten meine Alarmglocken.«

»Also, verzeihst du mir und der lieben Carmen?« Bittend schaute er sie an.

Lene schwieg, machte ein nachdenkliches Gesicht, ließ ihn eine Weile zappeln, bis sie angesichts seiner bekümmerten Miene vor Lachen kaum noch konnte. Also nickte sie gnädig. »Ja, ich glaube, ich verzeihe euch beiden.«

»Wirklich? Das freut mich, na ja eigentlich hatte ich mit gar nichts Anderem gerechnet.« Geschickt wich er einem angedeuteten Racheschlag von Lene aus. »Ach und übrigens«, fuhr er grinsend fort. »Um noch einmal auf die Sekretärin von

Roberto zurückzukommen: Ich stehe auf richtige Frauen. Sie ist ja mindestens 20 Jahre jünger als ich und könnte meine Tochter sein. Wie du darauf kommst, dass ich von der was will, ist mir ein Rätsel. Aber eins steht fest – wenn du wütend bist, siehst du so richtig sexy aus, vielleicht bringe ich dich öfter mal in Rage.« Gespielt beleidigt drehte sie ihm den Rücken zu und schaute mit verschränkten Armen auf die Wasserfläche. Das Zucken ihrer Schultern verriet allerdings, dass sie sich ihr Lachen kaum nur schlecht verkneifen konnte. »Nun komm, lass uns noch ein paar Schritte durch Limone laufen, bis Roberto dein Auto fertig hat.«

Sie liefen ein kleines Stück direkt am Wasser entlang und Lene ertappte sich immer wieder dabei, wie sie den See nach dem markanten Boot absuchte. Doch so sehr sie auch schaute, es tauchte nicht mehr auf.

Stefano ging mit ihr zunächst über die Uferpromenade am Hafen vorbei, der voller Boote lag. Dann bogen sie ab in die malerische Altstadt und erkundeten die einzelnen Gassen, liefen bergauf und bergab über das holprige Pflaster, an unzähligen Cafés, Restaurants und Geschäften vorbei. Stefano hielt die ganze Zeit ihre Hand. Es kam ihr vertraut vor, so als würden sie hier nicht zum ersten Mal gemeinsam bummeln, sondern sich schon viele Jahre kennen. Er bog links ab und zog sie zu ein paar ausgetretenen steilen Stufen. Diese führten zu einer kleinen Kapelle empor, die fast etwas versteckt mitten in der Altstadt lag. Sie wirkte sehr alt, klein und nur wenige Bänke standen in ihrem Inneren. Links und rechts des Altars standen Leuchter mit vielen brennenden Kerzen.

»Das ist die Kapelle von San Rocco. Man hat sie als Dankeschön errichtet, weil Limone in alten Zeiten von der Pest verschont wurde. Ich bin gern hier oben. Die meisten Touristen laufen achtlos an diesem Kirchlein vorbei. Noch heute kommen die Leute hierher um danke zu sagen oder um etwas zu bitten.« Beide setzten sich in eine der knarrenden, unbequemen Bänke. Lene konnte den Blick nicht von dem farbenfrohen Altarbild wenden. Sie ging gern in Kirchen, obwohl sie kein direkt gläubiger Mensch war. Es schien ihr, als ob sie hier zur Ruhe kam. Und irgendwie bat sie jedes Mal um etwas, früher war es Glück gewesen. Ja, sie hatte einfach um noch ein wenig Glück in ihrem Leben gebeten. Diesmal war es eher Klarheit, eine Intention, die ihr sagte, was sie tun sollte. Zwei ältere Frauen kamen herein, zündeten Kerzen an und begannen zu beten.

Beim Herabsteigen auf den schmalen Stufen hinunter zur Gasse fiel ihr Blick auf zwei Männer, die auf der anderen Seite in Schatten eines Hauses standen. Einer der beiden war ihr bekannt. Er war in Garda vor dem Laden herumgeschlichen und hatte in der Nähe des Polizeiautos gewartet. Gerade als Lene Stefano darauf aufmerksam machen wollte, waren sie in den Menschenmassen verschwunden. Konnte das wirklich nur ein Zufall sein? Mittlerweile kam sie sich überspannt vor, an jeder Ecke witterte sie Verbrechen. Ihre Mutter hätte ihre helle Freude an ihr gehabt. Also schwieg Lene lieber und behielt ihre Beobachtungen für sich. Dennoch musterte sie die Passanten um sich herum, die beiden Typen aber tauchten nicht mehr auf.

Dann stiegen sie über eine steile Treppe, zu einem der alten maroden Gewächshäuser empor. Auch hier schoben sich anfangs unzählige Touristen durch die Gassen, doch je höher sie stiegen, umso leerer wurde es. Es war unmittelbar unterhalb der heutigen Gardesana an einem steil aufragenden Felsen errichtet. Von dem einst stattlichen Gewächshaus standen nur noch die Außenmauern, die meisten der Aufbauten, die vermutlich früher in der kalten Jahreszeit die Scheiben getragen hatten, waren zusammengestürzt. Da, wo einst kleine Bäumchen fruchtige Köstlichkeiten getragen hatten, wuchs nun das Unkraut bis in den Himmel. Doch der Blick von hier oben war einmalig. Vor ihnen lag die Altstadt deren unzählige Ziegeldächer in den verschiedensten Rottönen in der Sonne leuchteten, dahinter das tiefe Blau des Sees und am anderen Ufer der Gipfel des Monte Baldo, der sich über Malcesine in den Himmel reckte. Lene meinte in diesem Moment, es könnte nichts Schöneres auf der Welt geben. Die Stille war unglaublich, obwohl die Altstadt auf der einen und die Gardesana auf der anderen Seite nur wenige Meter entfernt waren.

»Früher wurden hier Zitronen und Orangen gezüchtet, daher der Ortsname Limone. Die meisten Gärtnereien haben geschlossen, doch einige wenige kann man noch besichtigen. Es wird halt mehr als Hobby betrieben, für die Touristen sozusagen«, erklärte Stefano.

Lene nickte. »Carmen hat mir schon erzählt, dass die Familie auch ein Gewächshaus hat, was wieder hergerichtet worden ist.«

»Ja stimmt, es ist dort drüben. Der Aufstieg ist ziemlich beschwerlich und momentan gibt es auch noch nicht so viel zu sehen. Eigentlich ist es mehr Carmens Hobby. Sie backt gerne Kuchen, macht Marmelade und Likör – verwöhnt also meinen Bruder von hinten bis vorn. Dafür will sie die Früchte wohl verwenden. Aber es gibt auch noch andere intakte Häuser, die man besichtigen kann.«

»Ich hatte auch einen Garten, nichts Großes, nur rund um das Haus. Mein ganzer Stolz waren meine Rosen.« In diesem Moment hätte sie sich am liebsten auf die Zunge gebissen. Was sagte sie denn? Herr Gott, so lange hatte sie nicht mehr daran zurück gedacht, es verdrängt, mit aller Kraft. Kanita würde sich nicht darum gekümmert haben. Vielleicht war alles schon eingegangen, denn wie eine Gärtnerin hatte die Asiatin nun wirklich nicht gewirkt, eher wie jemand, der den halben Tag in der Sonne liegt, also ideal für ihren Exmann. Und dieser hatte schon gar keinen Sinn für Garten und hielt alles was dort wuchs für Unkraut.

»Vermisst du es? Ich meine deinen Garten und dein Zuhause?«

»Eigentlich nicht, nein. Es geht mir gut, ich bin drüber weg – ach das ist nicht wahr. Doch manchmal vermisse ich es. Aber es ist vorbei, müßig noch daran zu denken.« Lene seufzte schulterzuckend.

In diesem Augenblick klingelte Stefanos Handy, er sprach kurz mit jemandem. »Das war Roberto, dein Auto ist fertig.« Beide machten sich an den Abstieg. Stefano wählte diesmal einen anderen Weg. Sie ließen den Trubel der Altstadt links liegen und stiegen einen schmalen Weg zwischen den Häusern nach unten. Hier sah es wieder so aus, wie man sich Italien schlechthin vorstellte und einen Moment wurde Lene an die schmale Gasse in Garda erinnert. Schon nach wenigen Minuten waren sie wieder an der Werkstatt angelangt. Ihr Auto stand bereits mitten auf dem Hof und war fertig repariert. Roberto hatte die Lampe ersetzt und die Beule etwas nach außen gedrückt. Nun sah es eher wie eine leichte Delle aus, die man erst auf den zweiten Blick sah. So sehr sie Roberto dann auch um eine Rechnung bat, so vehement sträubte der sich dagegen. Ihr blieb nichts weiter übrig, als ihn dankbar zu umarmen. Auch von Carmen verabschiedete sie sich herzlich. Sie war mit Maria auf dem Arm nach draußen gekommen und sichtlich erleichtert, dass Lene ihr nicht mehr böse war. Die Kleine krähte herzzerreißend. »Die Zähne«, sagte Carmen entschuldigend. »Entweder schläft sie oder heult sie, vor allem gegen Abend und in der Nacht.«

Resigniert sah Roberto seinen Bruder an, dieser haute ihm freundschaftlich auf die Schultern. »Tja mein Lieber, das sind Vaterpflichten. Aber denk dran, irgendwann sind sie mal groß.«

Beide luden sie für irgendwann in Lenes restlichem Urlaub zu einem Abendessen ein, mit Freunden und Familie und sie sagte gerne zu.

Stefano lieferte sie wohlbehalten oben an der Pension ab, parkte das Auto auf einem freien Platz unter den Olivenbäumen und verabschiedete sich brav und sichtlich zurückhaltend von ihr. Anscheinend hatte er immer noch ein klein wenig ein schlechtes Gewissen.

»Denkst du denn, wir könnten die nächsten Tage noch mal was zusammen unternehmen? Was essen gehen oder ein bisschen umherfahren? Und da ist ja auch noch die Einladung von Roberto.« Hoffnungsvoll sah er sie an.

»Ich denke schon. Sag einfach Bescheid, wenn du Zeit hast. Und liebe Grüße noch einmal an deinen Bruder und Carmen.« Sie umarmte ihn kurz und hauchte einen zarten Kuss auf seine Wange. Kurz vor dem Tor schaute er sich noch einmal um und winkte ihr kurz zu.

Oben in ihrem Zimmer ließ Lene ihre Gedanken schweifen und dachte an den heutigen Tag. Es war schön gewesen, mit Stefano durch Limone zu laufen und die alten Gassen zu erkunden. Doch schon nach kurzer Zeit kehrten sie gedanklich zu dem Segelboot zurück, welches sie vorhin in Limone gesehen hatte.

Unten auf den Hof ertönten knirschende Schritte. Sie warf einen Blick durch das schmiedeeiserne Gitter ihres Balkons und sah Ines Richtung Anbau laufen. Sie trug einen großen

Pappkarton und kämpfte sich mühevoll durch den Garten. Neben einem kleinen weißen Lieferwagen standen noch mehrere solcher Ungetüme. Lene hüpfte spontan in eine bequeme Jeans und ein altes T-Shirt, lief nach unten und schnappte sich einen der Kartons. Er war ziemlich sperrig, nicht allzu schwer, aber trotzdem schwierig zu tragen. Dann lief sie quer durch den Garten zur Baustelle. Schon aus einiger Entfernung hörte sie ziemlich laute Musik, genauer genommen einen alten Titel von Bruce Springsteen und einen Mann, der lauthals mitsang.

Ines stand vor dem Haus, sah sie kommen und machte »Pscht«. Mit ihrer Hand zeigte sie zu dem unbekannten Sänger und hielt sich den Bauch vor Lachen. Lautlos formte sie mit ihrem Mund den Namen »Bastian«. Lene stellte den Karton ab und gesellte sich zu Ines. Anscheinend hatte ihn bei seiner Arbeit die Sangeslust übermannt und er trällerte mit einigen schiefen Zwischentönen äußerst textsicher das Lied im Radio mit. Beide Frauen wippten im Takt mit und amüsierten sich köstlich. Der am Ende folgende Applaus lockte den Künstler ans Fenster. Bastians Kopf erschien, sah als Erstes verdutzt seine Schwester und dann sichtlich peinlich berührt auf Lene. Irgendwie musste er dann aber doch selber lachen und deutete eine tiefe Verbeugung an.

»Jaja, mein Bruderherz, an ihm ist ein Sänger verlorengegangen. Besonders unter der Dusche müsstest du ihn mal erleben. Da bleibt kein Auge trocken.« Sie grinste nach oben. »Bastian, schau doch mal, endlich ist Hilfe gekommen.«

Lene stemmte arbeitswillig die Hände in die Hüften und sah Ines fragend an. »Alles klar, sollen die anderen Kartons auch noch hierher?«

»He, das war ein Scherz. Du hast wohlverdienten Urlaub und musst nicht arbeiten.«

»Na sollen sie nun oder sollen sie nicht?«, hakte sie noch einmal nach und die Bauherrin gab sich geschlagen.

Eine halbe Stunde später waren alle Kartons ins Innere der Baustelle gebracht worden. Ines lud sie zu einer kleinen Führung ein. Sie spazierten durch das alte Haus und sie versuchte ihr im Untergeschoß möglichst plastisch zu erklären, wo genau welche Räume entstehen sollten. Dann kletterten sie die wacklige Leiter ins Obergeschoß und dort ging die Führung weiter. Die Pläne waren gut durchdacht. Auf diese Art würden drei Ferienwohnungen entstehen – zwei etwas kleinere für jeweils zwei Personen und eine etwas größere, in der auch mal eine Familie Urlaub machen konnte. Im Obergeschoß sollte noch ein Balkon angebaut werden, ähnlich dem an ihrem Zimmer. Bei den unteren Wohnungen wollte sie zwei Terrassen anlegen. Aber die Arbeit, die noch vor ihnen lag, war enorm. Lene zückte innerlich vor so viel Mut und Visionen ihren Hut. Es standen zwar schon einige der neuen Zwischenwände, doch wenn man alles allein machte, dauerte es natürlich länger.

»Wenn ich dann irgendwann die Wohnungen fertig und mal wieder Geld habe, will ich dort auf dem freien Platz vor den Bäumen einen Pool errichten lassen. Leider geht ohne den gar nichts mehr. Selbst Wanderer oder Radtouristen fragen bei mir als Erstes an, ob es einen Swimmingpool oder zumindest so ein Sprudelbecken gibt.« Ines seufzte. »Früher kamen alle wegen des Sees und der Landschaft, heute geht es um Luxus und Komfort.«

Bastian hatte mittlerweile Baustrahler angeschaltet. Die Sonne war fast untergegangen und Dämmerung senkte sich über das Haus. Mit einer Flasche Wasser in der Hand setzte er sich auf einen Stapel Zementsäcke und schien den Ausführungen seiner Schwester zu lauschen. Aus den Augenwinkeln spürte

Lene aber immer wieder, wie er verstohlen zu ihr schaute. Einmal trafen sich ihre Blicke, doch er sah fast verlegen wieder weg. Irgendwie wurde sie aus ihm immer noch nicht schlau. Okay, ihre Kenntnisse über die männliche Psyche waren sichtlich eingerostet. Trotzdem, er war für sie ein Buch mit sieben Siegeln.

»Na ja, ich sag mir immer«, holte Ines sie aus ihren Gedanken, »eins nach dem anderen. Die Konkurrenz vor Ort ist ziemlich groß. Egal ob Ferienwohnungen oder Hotels, von allem gibt es eigentlich zu viel. Auf mich hat ja niemand gewartet, im Gegenteil. Und ich bin ja noch nicht so lange hier vor Ort. Andere Familien, wie die von Stefano, haben es da leichter. Sie haben viele Stammgäste, die seit vielen Jahren immer wieder kommen und eine Vielzahl an Wohnungen. Wahrscheinlich müsste ich auch mehr Geld in Werbung investieren, hach ja, wenn das liebe Geld nicht wäre ...« Etwas resigniert sah die sonst immer so taffe Ines schon aus. »Nun aber genug gejammert! Erzähl du mal, ist denn nun dein Auto wieder repariert, hat Roberto es hinbekommen?«

»Ja, alles klar«, sagte Lene strahlend. »Ich kann irgendwann wieder beruhigt damit Richtung Deutschland aufbrechen oder ab jetzt mit meinem eigenen Wagen die Umgebung unsicher machen. Nur noch eine kleine Delle, die man wirklich kaum sieht. Bis zu meiner Heimreise ist ja zum Glück noch bisschen Zeit«, meinte sie leichthin.

»Na, ein Glück. Wann hab ich schon mal so nette Gäste. Und sonst?«, forschte Ines nach. »Du siehst irgendwie ein bisschen nachdenklich aus.«

Lene überlegte, ob sie den Geschwistern von ihren heutigen Erlebnissen erzählen sollte und entschied sich dafür. Sie musste einfach noch einmal mit jemandem reden und sei es auch nur, damit derjenige ihr sagte, dass sie sich bestimmte Sachen einfach einbildete und etwas überspannt war. Bastian und Ines vertraute sie und wusste, sie würden mit ihrer Meinung nicht hinterm Berg halten. Also berichtete sie von dem Boot, was sie in Limone gesehen hatte, aber auch von dem Typen, von dem sie annahm, dass er sie anscheinend verfolgte.

»Ich konnte den Namen des Bootes nicht erkennen, aber bei dem Zeichen auf dem Bug bin ich mir Hundertprozent sicher. Keines der anderen Boote fuhr mit einem Symbol herum, die anderen hatten alle nur einen Namen und eine Nummer. Es klingt doch irgendwie logisch, wenn Stefano sagt, dass es ein Wappen ist, oder? Das mit dem Boot war sicher ein Zufall, aber diesen Motorradfahrer im Tunnel und den Mann in der Altstadt, habe ich schon mal gesehen oder ich schnappe wirklich vollkommen über«, beendete sie ihren Bericht.

»Na ja, ich frage mich aber auch, was das alles mit dir und vor allem dem Schmuck zu tun haben soll, es können wirklich nur Zufälle sein«, gab Bastian zu bedenken. »Du sagtest selbst, dass dir der Fahrer nur vage bekannt vorkam. Vielleicht hängt er sogar in der Geschichte mit drin, hat den Laden ausgeraubt und nun Angst, dass du Näheres im Umfeld des Geschäftes beobachtet oder ihn sogar gesehen hast? Dann hätte es mit dem Schmuck gar nichts zu tun. Mir kam er schon wertvoll vor, aber nicht so, dass man deswegen jemanden umbringt. Trotzdem bin ich kein Experte.«

»Der Laden ist ja nicht mal ausgeraubt worden«, sagte Lene eindringlich. »Wie Trafetti erwähnte, war sogar die Kasse unberührt. Der Täter hat sich nicht mal die Mühe gemacht hineinzuschauen. Das Ganze dort sah einfach nur inszeniert aus, wenn ihr mich fragt. Und ich glaube, die Polizei denkt das Gleiche.«

»Oder die Prande hat andere krumme Geschäfte gemacht«, warf Ines ein. »Was weiß ich, mit Drogen gehandelt oder so.

Vielleicht hatte sie auch Verbindungen zur Mafia. Da gibt es gerade hier in Italien unendlich viele Möglichkeiten, obwohl es hier oben bei uns im Norden immer noch etwas ruhiger zugeht. Hat der Commissario sich eigentlich den Schmuck schon mal angeschaut? Er müsste doch am ehesten etwas dazu sagen können.«

Lene zuckte mit ihren Schultern. »Der Commissario hat sich nicht weiter dafür interessiert. Vielleicht sollte ich ihm meine Beobachtungen doch mal schildern. Aber wahrscheinlich bilde ich mir wirklich alles nur ein.«

»Wenn es wirklich ein Wappen sein sollte, müsste man die Familie, zu der es gehört, eigentlich herausbekommen können«, dachte Bastian laut. Auf seiner Stirn war eine tiefe Falte erschienen. »Wir könnten ja mal im Internet suchen, wenn du magst. Vielleicht finden wir was. Und was das Boot angeht: Auch das müsste man eigentlich finden können. Es gibt zwar mehrere Häfen am See, doch wenn du sagst, dass es ein ziemlich großes Boot war, die meisten haben ja eher kleine Jollen.« Mittlerweile schien auch bei ihm die Neugierde erwacht zu sein.

Alle drei verabredeten sich in einer Stunde auf Ines' Terrasse zu einer Recherche im Internet. Lene nutzte die Zwischenzeit und stellte sich unter die kalte Dusche, um wieder einen klaren Kopf zu bekommen. Die Wasserstrahlen trafen ihren Körper und prickelten wohltuend auf ihrer Haut. Nach der Dusche fühlte sie sich wesentlich erfrischter, munterer und war für weitere Überlegungen bereit. Aus ihrem Schrank nahm sie gegen die abendliche Kühle noch einen dickeren Pullover und wollte die Tür gerade schließen, als sie stutzte.

Es war eine Marotte von ihr, doch auch in diesen Urlaub hatte sie den Inhalt ihres Sparschweins mitgenommen und zwar in einem zweiten Portemonnaie. Immer, wenn sie von

Kunden Trinkgeld bekam, legte sie dieses eisern zur Seite. Das hatte sie früher schon immer gemacht – nicht mal Thomas hatte es gewusst. Es war Geld, für das sie ihm keine Rechenschaft ablegen musste. Diese zweite Geldbörse hatte sie zwischen den dickeren Pullovern ganz hinten versteckt und war sich ganz sicher, dass sie die Geldbörse mit dem Verschluss nach oben in den Schrank gelegt hatte. Die Geldbörse war noch da und, wie sie feststellte, auch noch mit ihrem gesamten Ersparten, aber sie lag eindeutig mit dem Verschluss nach unten im Fach und vor allem nicht zwischen, sondern unter den Pullovern.

Sie drehte sich um und ihr Blick fiel auf den Bücherstapel auf dem Tisch. Auch da, war sie absolut sicher, dass die Bücher in einer anderen Reihenfolge dagelegen hatten. Und wenn sie nun eins und eins zusammenzählte, bedeutete es, dass irgendjemand in ihrem Zimmer gewesen war und herumgestöbert hatte. Ihr erster Gedanke fiel auf Ines, diesen verwarf sie aber sofort wieder. Sie war ganz sicher, dass die junge Frau keinen Grund hatte, bei ihr herumzusuchen. Aber wer war es dann gewesen? Bastian sicher auch nicht. Und vor allem wann? Okay, sie war viel unterwegs gewesen und auch Ines war nicht immer da. Die Haustür stand meist offen, weil man das hier so machte. Oberflächlich schaute sie sich in ihrem Zimmer um, konnte aber ansonsten keine Veränderungen mehr feststellen. Alles schien wie immer zu sein und definitiv war nichts verschwunden. Was denn auch? Sie hatte ja keine Reichtümer. Außer … außer dem Schmuck, aber der lag ja unten bei Ines sicher im Tresor.

Sie setzte sich kurz auf ihr Bett. Bei dem Gedanken, dass jemand Fremdes in ihren Sachen gestöbert hatte, bekam sie ein mulmiges Gefühl. Bevor sie nach unten ging, wollte sie schon beinahe ihre Balkontür schließen, kam sich aber dann doch etwas albern vor, da ihr Zimmer ja im zweiten Stockwerk lag. Da müsste ja schon jemand mit Bergsteigerausrüstung kommen, um nach oben zu gelangen.

Unten auf der Terrasse warteten Bastian und Ines schon auf sie. Die beiden Kästchen mit den Schmuckstücken lagen auf dem Tisch und Bastian hatte bereits seinen Laptop angeworfen. Eine Flasche Wein mit drei Gläsern stand ebenfalls bereit. Bei ihrem Näherkommen merkte Lene wie Bastian sie intensiv musterte. Seine Haare waren wie vor einigen Tagen leicht feucht und der Duft seines herben Duschbades strömte bis zu ihr. *Oh Gott Lene*, sagte sie sich innerlich, *reiß dich zusammen, jetzt ist wirklich nicht der Zeitpunkt für irgendwelche romantischen Schwärmereien.* Konnte sie denn nur noch an Männer und ihre Körper denken?

Sie holte tief Luft. »Jemand ist in meinem Zimmer gewesen. Ich hab erst gedacht, ich bilde mir etwas ein, aber mittlerweile bin ich sicher, dass jemand alles durchsucht hat.«

Bastian und Ines schauten verblüfft zu ihr hinauf. »Wie meinst du das – durchwühlt? Fehlt etwas, bist du bestohlen worden?«, hakte Ines sichtlich entsetzt nach.

»Nein«, beruhigte sie sie. »Alles ist da, aber ich bin trotzdem sicher, dass sich jemand bei mir umgeschaut hat. Bücher lagen in einer anderen Reihenfolge auf dem Tisch und meine Geldbörse anders im Schrank. Das sind zumindest die Dinge, die mir schon mal aufgefallen sind. Ich bin mir wirklich absolut sicher und bilde mir auch nichts ein.« Erschöpft ließ Lene sich auf einen Stuhl fallen. »Ich verstehe das alles nicht. Kapiert ihr das?«

Die Pensionswirtin sah aus, als hätte sie der Schlag getroffen. Sie schnappte sich die Flasche Wein, goss sich ihr Glas voll und kippte es mit einem Ruck hinter. »Es ist nicht zu glauben. Sind wir denn hier in Neapel oder was?«

»Na ja«, meinte Bastian schließlich nach einer Weile. »Das Haus steht meist offen, also außer, wenn wir überhaupt nicht da sind, dann ist die Vordertür abgeschlossen. Und wenn du mal hinten im Garten bist, schließt du auch nicht jedes Mal alle Türen ab. Nur deine Zimmertür Lene, ich denke, die wirst du doch zugemacht haben oder nicht?«

Wenn Lene ganz ehrlich war, hätte sie das nicht mit absoluter Bestimmtheit sagen können. Es wäre schon möglich, dass sie sie einfach nur zugeklinkt hatte und daher zuckte sie nur vorsichtig mit den Schultern.

»Ach herrje«, meinte Bastian und schaute grübelnd in sein Glas Wein.

Ines fasste sich als Erste. »Also, ganz egal, was wir heute hier vielleicht noch herausfinden, ich denke, du solltest morgen auf jeden Fall noch einmal mit der Polizei sprechen. Die können das vielleicht ganz anders einordnen als wir und der Commissario meinte ja auch, du sollst dich an ihn wenden, wenn irgendwas ist. Du musst ihm auf jeden Fall erzählen, was in den letzten Tagen alles passiert ist. Mit dem Typen, das mit deinem Zimmer und der Verdacht mit dem Schmuck.«

Das war auf jeden Fall ein vernünftiger Vorschlag und Bastian bot ihr an, gleich am Vormittag noch einmal gemeinsam auf das Revier zu fahren.

Dann widmeten sie sich der Suche im Internet. Bastian gab die Stichworte Rose und Wappen in eine Suchmaschine ein und drei Köpfe beugten sich gespannt über den Bildschirm. Sie kämpften sich durch unzählige Seiten, die meisten verständlicherweise auf Italienisch. Immer wieder fielen ihre Blicke auf den Schmuck und verglichen mit den abgebildeten Wappen – manche ähnelten ihm, waren aber bei genauerem Hinsehen doch verschieden. Mehrfach änderte Bastian die Suchbegriffe, stets ohne Erfolg. Nach über einer Stunde intensiver Suche gaben sie frustriert auf. Besonders Lene war sichtlich enttäuscht, hatte sie doch die Idee absolut super gefunden und sich eine Lösung für die Begebenheiten der letzten Tage erhofft.

»Das wird nichts mehr. Wir wissen ja auch gar nicht genau, wonach wir suchen müssen. Oder das Wappen ist im Internet nicht verzeichnet, was weiß ich. Vielleicht ist es zu alt oder wir suchen in einer falschen Richtung«, meinte Lene schließlich frustriert.

»Was hat die Prande dir noch mal genau erzählt, wo der Schmuck herstammen sollte?« Grübelnd sah Ines sie an.

»Angeblich von einer alten Frau, die ihn von ihrem Mann zur Verlobung oder so bekommen haben soll. Und die Enkelin will ihn nicht, deswegen hat sie ihn schweren Herzens verkauft. Er solle den Hals einer hübschen Signora schmücken, das war wohl ihr letzter Wunsch. Eine durchaus rührende Geschichte.«

Ines winkte ab. »Hach, damit kann man auch nichts anfangen, das bringt alles nichts.«

»Und könnte auch gelogen sein«, machte Bastian einen durchaus berechtigten Einwurf. »Eine wirklich rührende Geschichte, die wohl fast jede Frau zu einem Kauf bewegt hätte, wenn ihr mich fragt. Schade, dass das Medaillon leer war. Es wäre einfach zu schön gewesen.«

Stille senkte sich über die lauschige Terrasse und jeder der drei hing seinen eigenen Gedanken nach. Bastian klimperte noch immer halbherzig im Internet herum, Ines nagte an ihrer Unterlippe und Lene nippte gedankenverloren an ihrem Weinglas. Über ihnen warf der Mond sein kühles Licht auf den Garten, die allabendlichen Grillen zirpten und gaben alles. Von Ferne hörte man unten auf der Gardesana das Geräusch eines aufheulenden Motorrades. Gerade in den Abendstunden gaben die meisten Fahrer ein wenig mehr Gas.

»Ich hab`s!« Mit diesen kurzen Worten holte Bastian sie aus ihrer Erstarrung. Beide Frauen starrten auf den Bildschirm.

»Nein, nicht da drin. Aber mir ist eine andere Idee gekommen. Mir ist jemand eingefallen, der uns vielleicht helfen kann. Jemand, der sich mit solchen Dinge auskennt oder zumindest jemanden weiß, der Ahnung davon hat.«

»Ach, und wer soll das sein?«, fragte Ines nach.

»Giovanni«, meinte Bastian sichtlich triumphierend. »Wir fahren morgen zu Giovanni.«

Lene schaute ratlos von einem zum anderen. Gerne hätte sie Bastians Begeisterung geteilt, doch der Gesichtsausdruck von Ines ließ sie stutzen. Diese schaute, als hätte sie eben gerade einen sauren Bonbon gelutscht.

»Giovanni? Und du willst mit Lene dorthin? Na dann viel Spaß«, meinte sie sarkastisch.

»Ich weiß, was du meinst. Doch für dieses Problem wird mir auf jeden Fall noch eine Lösung einfallen. Lasst mich mal machen.«

Lene blieb nichts anderes übrig, als sich bis zum nächsten Tag zu gedulden und sich überraschen zu lassen. Denn keiner von beiden ließ sich auch nur die geringste Info zu diesem geheimnisvollen Alleskönner entlocken.

9. Kapitel

Sie stellte sich ihren Wecker, um nicht wieder bis sonst wann zu schlafen. Dann öffnete sie weit beide Fenster, atmete tief die kühle Luft ein und warf von oben noch einmal einen Blick auf den nächtlichen Garten. Niemand war zu sehen, alles lag still da. Nur im Zimmer von Bastian brannte noch Licht.

Ines hatte sich todmüde zurückgezogen und Lene mit Bastian noch ein wenig aufgeräumt. Zum Schluss standen beide in der Küche. Lene stellte die schmutzigen Gläser in die Spüle. Sie drehte sich um und stieß gegen ihn, der mit dem Wischtuch in der Hand direkt hinter ihr stand. Einen Moment waren sie sich ganz nahe, ihre Körper berührten sich und Bastian umfasste leicht ihre Arme. Sie spürte seinen Atem auf ihrem Gesicht und hatte das Gefühl, sein Mund würde sich dem ihren nähern. Wie wild begann ihr Herz zu klopfen, doch da war der kurze Moment auch schon wieder vorbei. Er ließ seine Hände sinken und trat hastig einen Schritt zurück.

Lene wandte sich ab, ließ Wasser und Spülmittel in die Spüle und tauchte die Gläser in den Schaum. Sie versuchte ihren schneller gewordenen Atem unter Kontrolle zu bekommen. Mit einigem Abstand zu ihr hantierte Bastian mit seinem Wischtuch herum. Niemand von ihnen sagte ein Wort.

»Ich geh dann jetzt mal ins Bett«, murmelte er nach Erledigung der Arbeit mit heiserer Stimme. »Schlaf gut, Lene.«

»Ja, du auch und bis morgen.« Sie nickte ihm zu und schaute ganz kurz in sein Gesicht. Seine Augen waren wie mit einem Schleier aus Verlangen überzogen. Er drehte sich um und verließ fast schon fluchtartig den Raum.

Lene sah ihm hinterher. Manchmal spürte sie, dass Bastian sie mochte. Dann empfand sie sich wieder nur als einen ganz normalen Gast seiner Schwester. Aber auch in ihrem Inneren fuhren die Gefühle Achterbahn. Sie genoss die Zeit, wenn sie mit Stefano zusammen war, doch auch bei Bastian fühlte sie sich geborgen und ihr Herz schlug schneller. Beide Männer waren einfach so unterschiedlich und nicht zu vergleichen. Was hatte Signora Prande ihr gesagt? Sie sollte einfach nur auf ihr Herz oder ihren Bauch hören und dort würde die Lösung für ihr Problem liegen. Momentan war die Sprache ihres Bauches aber noch ziemlich unklar und in keiner Weise zu deuten. Oben in ihrem Zimmer angekommen, trat sie noch einmal auf den Balkon und sog die frische Luft in ihre Lungen. In Bastians Zimmer herrschte bereits Dunkelheit. Er legte sich vermutlich ins Bett und zerbrach sich nicht den Kopf mit irgendwelchen Grübeleien, die einen sowieso nie weiter brachten. Mit diesen Gedanken schlief sie schließlich doch ein.

Wieder träumte sie von dem kleinen Laden in Garda. Es war dunkel und die Ladentür war weit geöffnet. Zögernd trat Lene ein und sah keinen Menschen. Sie tastete sich in der Finsternis bis zum Ladentisch vor und stieß auf dem Weg dorthin auf einen Widerstand. Ihr Blick ging nach unten, sie sah Signora Prande tot auf dem Boden liegen. Um ihren Kopf hatte sich eine riesige Blutlache gebildet. Sie trug genau wie beim letzten Mal ihr rotes Kleid – die prächtigen Haare lagen wie ein Fächer um sie herum. Lene beugte sich zu der Toten hinab und sah ihr prüfend ins Gesicht. Diese schlug plötzlich die Augen auf und ergriff fest Lenes Arm. Der Griff fühlte sich an, als würde sie ein Schraubstock umschließen. Unablässig zog die Frau sie zu sich hinunter und begann zu flüstern, unverständliche Worte auf Italienisch, flehend, bittend … Angsterfüllt erwachte Lene in ihrem Bett. Sie schaltete ihre Nachttischlampe an und holte sich ein Glas Wasser. Es war erst zwei Uhr und ihr Körper war schweißgebadet. Wenn es so weiterging, würde sie wieder ihre Schlafpillen einnehmen, um diesen Träumen zu entgehen.

Der Alarm ihres Handys weckte sie einige Stunden später. Draußen schien mittlerweile die Sonne und der Traum von letzter Nacht war verblasst. Sie duschte sich, wusch ihre Haare und entschied sich für eines ihrer mitgenommenen Sommerkleider. Der heutige Tag schien wieder ein herrlich warmer mit viel Sonnenschein zu werden. Dann legte sie ein klein wenig Wimperntusche auf, betonte ihren Mund mit Lipgloss und sprühte einen Hauch aus ihrem Parfümflakon über sich. Anschließend betrachtete sie sich im Spiegel und war mit ihrem Anblick durchaus zufrieden.

Unten in der Küche saßen schon die beiden Geschwister beim Frühstück und warteten auf Lene. Jetzt, da sie nur noch der einzige Gast war, hatte Ines sie gefragt, ob sie in der Küche mitessen würde. Ihr war das viel lieber, so hatte sie Unterhaltung und saß nicht mutterseelenallein im Esszimmer.

Lene frühstückte ausgiebig. Nur wenn sie morgens ordentlich was im Magen hatte, konnte der Tag gut beginnen. Nie hatte sie ihren Exmann verstanden, der nur einen Kaffee hinter stürzte und dann ohne einen Bissen im Bauch das Haus verließ. Wenn sie morgens nüchtern zum Arzt musste, war der Tag für sie eigentlich schon gelaufen. »Mit einem guten Frühstück legt man die Basis für den ganzen Tag«, pflegte ihr Vater immer zu sagen.

Noch am Frühstückstisch wählte sie die Nummer von Commissario Trafetti, der gleich nach dem ersten Klingeln den Hörer abnahm.

»Trafetti.«

»Buon giorno, Commissario, hier ist Helene Stoll. Ich rufe noch einmal wegen des Überfalls auf den Laden in Garda an.«

Sie war sich nicht sicher, inwieweit sich Trafetti noch an ihre Person erinnerte.

»Ah, Signora Stoll, ja bitte. Ist Ihnen noch etwas eingefallen?« Er klang sichtlich überrascht durch den Hörer.

»Na, sagen wir mal so, es haben sich ein paar neue Entwicklungen ergeben und ich würde eigentlich ganz gerne mit meinem Bekannten noch einmal bei Ihnen vorbeikommen.«

Sie hörte den Commissario am anderen Ende mit verschiedenen Papieren rascheln. »Einen Moment, ich muss in meinen Kalender schauen. Wenn Sie dann gleich kommen, wäre es kein Problem. Nur kurz vor dem Mittag hätte ich schon einen Termin.«

»Wir würden uns jetzt sofort auf den Weg machen.«

»Sehr gut, bis gleich. Sie brauchen sich am Empfang nicht extra anzumelden, kommen Sie bitte gleich hoch in mein Büro. Ach und Signora Stoll, bringen Sie bitte den Schmuck mit, ich würde ihn mir nun doch gern mal anschauen, falls Sie das sowieso nicht schon vorhatten.«

Ines sprang auf und holte die zwei Schmuckschachteln, die sie während der Nacht lieber wieder sicher in ihrem Safe verwahrt hatte. »Ich drück euch die Daumen, dass ihr etwas herausbekommt. Und Bastian, grüß Giovanni von mir und klär Lene bitte rechtzeitig auf. Und meldet euch vor allem mal zwischendurch. Ich sitze immer hier und warte.«

Ihr Bruder zwinkerte ihr zu. »Ja, Mama«, witzelte er und rauschte mit Lene vom Hof. Vor dem Haus von Stefano schaute sie lieber zur anderen Seite, damit sie gar nicht in die Verlegenheit kam, ihn vielleicht irgendwo in seinem Garten zu entdecken. Da würde sich nur wieder ihr schlechtes Gewissen melden und das brauchte sie heute nun wirklich nicht.

Unten auf der Gardesana stöhnte Bastian. »Puh, was heute wohl wieder los ist?« Kaum dass sie die Hauptstraße erreicht hatten, ging es nur noch im Schneckentempo voran. Des Rätsels Lösung kam bald. In einem kleineren Ort, ein ganzes Stück unterhalb von Malcesine, war Markttag und von überallher strömten Touristen und Einheimische. Das Parkchaos war perfekt und die Carabinieri gaben ihr Bestes, um zumindest für etwas Ordnung zu sorgen. Dennoch stellten die Besucher alle Aus- und Einfahrten zu, in der Hoffnung, endlich ein Plätzchen für ihre Blechkarosse gefunden zu haben. Lene war immer wieder erstaunt, dass noch Vorsaison war. Wie die ganze Sache im Sommer ablaufen würde, wollte sie sich lieber nicht vorstellen.

Danach rollte der Verkehr endlich flüssiger und kurze Zeit später parkten sie auf dem bereits bekannten Platz vor der alten Villa. Während der Fahrt hatte sie mehrfach versucht, Bastian etwas über diesen geheimnisvollen Giovanni zu entlocken. Doch dieser hüllte sich in Schweigen und vertröstete sie auf später. Ihre Neugierde wuchs immer mehr, zu undurchsichtig waren Ines' Andeutungen gewesen. Der Sergente am Eingang ließ sie ohne einen Kommentar passieren und wenig später klopften sie an Trafettis große Tür im ersten Stock.

Der Commissario erwartete sie bereits und beide nahmen vor seinem Schreibtisch Platz. »Möchten Sie etwas trinken, nein? Gut Signora Stoll, was für neue Erkenntnisse, wie Sie sagten, haben sich in den letzten Tagen für Sie ergeben?« Erwartungsvoll schaute er sie an, schlug die Beine übereinander und trommelte mit seinen Fingern auf den Armlehnen seines Schreibtischstuhls. Seine Hände vollführten ein förmliches Stakkato und der Fuß wippte in einem unhörbaren Takt mit.

Lene holte die beiden Schmuckdosen aus ihrer Tasche, legte sie vor sich hin und begann die vergangenen Ereignisse zu schildern.

Sie ließ nichts aus, weder den Mann, von dem sie das Gefühl hatte, er verfolgte sie, noch ihr durchsuchtes Zimmer und die Rosensymbole an dem großen Segelschiff. Zum Schluss erwähnte sie noch die Geschichte, wie Signora Prande angeblich zu dem Schmuck gekommen war. Aus irgendeinem Grund hatte sie dies Trafetti bisher nicht erzählt.

Trafetti schwieg und hörte ihr zu. Von Zeit zu Zeit nickte er verstehend oder machte sich eine kurze Notiz. Lene kam sich plötzlich wie bei ihrem Neurologen oder dem Psychologen vor. Auch die nickten nur, ohne groß etwas zu sagen. Es fehlte nur noch, dass der Mann plötzlich einen Rezeptblock zückte und ihr ein buntes Potpourri diverser Pillen verordnete, damit die Rosen aus ihrem Leben endlich verschwanden.

Am Schluss zog er die beiden Schachteln zu sich heran, öffnete sie behutsam und betrachtete schweigend die Schmuckstücke. Er nahm das Medaillon vorsichtig aus der Verpackung, ließ seine Finger über die zarten Prägearbeiten gleiten und öffnete es mit einer kleinen Handbewegung.

Lene sah verblüfft zu Bastian. War es Zufall, dass der Commissario das Schmuckstück gleich beim ersten Versuch öffnen konnte? Bastian zeigte keinerlei Reaktion, beobachtete Trafetti jedoch genau bei allem, was er tat. Dieser registrierte den leeren Innenraum und legte das Schmuckstück anschließend zurück in die samtausgeschlagene Schachtel. »Schade, dass es leer ist. Vielleicht hätte uns der Inhalt eine Spur zu seinem vorherigen Besitzer gegeben.« Prüfend sah er sie an.

Dann zückte er sein Handy und fotografierte Kette und Ohrringe. Irgendetwas an seinem Verhalten kam ihr komisch vor. Lene hätte schwören können, dass er den Schmuck kannte und ihn nicht zum ersten Mal gesehen hatte. Da war dieser erste Blick, den er darauf geworfen hatte. Doch aus seinem Verhalten ließ nichts darauf schließen, im Gegenteil.

»Gut, Signora Stoll, ich danke Ihnen, dass sie nochmals gekommen sind. Wir werden uns wegen des Schmucks umhören, aber ich kann mir beim besten Willen nicht vorstellen, dass er mit dem Tod von Signora Prande etwas zu tun haben sollte. Aus meiner Sicht handelt es sich lediglich um eine Verkettung seltsamer Umstände, wenn Sie mich fragen. Was nun Ihr Zimmer betrifft, hm nun ja, vielleicht haben Sie doch ausversehen, die Bücher anders hingelegt. Ich kenne das von mir selbst, ach Gott, was ist man manchmal schusselig. Man sucht seine Brille und wo hat man sie, genau auf der eigenen Nase.« Lächelnd veränderte er seine Sitzposition. »Da nichts verschwunden ist, würde ich mir keine allzu großen Gedanken machen und in Zukunft die Tür gut verschließen. Und wegen der Männer in Garda – nun ja, sicher haben sie sich getäuscht. Sie sagten selbst, dass die Stadt voller Menschen war. Nochmals vielen Dank für Ihre Mühe und Ihr heutiges Kommen. Wir werden uns bei Ihnen melden, sollten sich neue Erkenntnisse unsererseits ergeben. Natürlich nur, wenn diese auch Ihre Person betreffen.«

Er erhob sich ruckartig von seinem Platz. Bastian und Lene waren sozusagen entlassen. Eigentlich wirkte es weniger wie eine Verabschiedung, sondern wie ein Rauswurf. Sie steckte noch geistesgegenwärtig die beiden Schachteln in ihre Tasche, ergriff die Hand des Commissario zur Verabschiedung und, schwupps, standen sie draußen auf dem Gang.

Bastian, dem ihr konsternierter Gesichtsausdruck und ihr tiefes Luftholen nicht entgangen waren, ergriff ihren Arm und zog sie, noch bevor sie etwas sagen konnte, die Treppe hinunter. Leise raunte er ihr zu: »Komm einfach mit, sag jetzt nichts und tu so, als wäre alles in Ordnung. Man schaut hinter uns her. Benimm dich ganz normal.«

Lene stolperte neben ihm die Treppe hinab und war bemüht, sich so normal wie möglich zu verhalten. In ihrem Kopf befanden sich mehr Fragezeichen als alles andere. Eigentlich verstand sie überhaupt nicht, was los war.

Plötzlich fiel Bastians Autoschlüssel nach unten, direkt auf die schwarzweißen Bodenfliesen, er bückte sich und murmelte ihr zu: »Schau vorn neben der Eingangstür den Typen an, der neben der Palme steht, aber unauffällig.«

Beide gingen weiter zum Ausgang. Neben einer riesigen Grünpflanze stand ein Mann, der sein Handy zu checken schien. Er drehte ihnen halb den Rücken zu und war schwer beschäftigt. Lene warf einen unauffälligen Blick in seine Richtung und sah gleich wieder woanders hin. Der Mann schien sich nicht im Geringsten für sie zu interessieren und hob nicht einmal den Blick. Sie hatte ihn dennoch erkannt. Es war derjenige, den sie vor Signora Prandes Laden gesehen hatte. Und sie würde schwören, dass er auch das Motorrad gefahren hatte. Sie nickten dem diensthabenden Sergente kurz zu und verließen die alte Villa.

Draußen war alles ruhig und betont langsam gingen sie zu Bastians Wagen. Gerade als sie die Einfahrt verließen, setzte sich ein anderes Auto, das seitlich neben dem Gebäude gewartet hatte, in Bewegung. Lene konnte nichts Näheres erkennen. Sie sah nur einen dunklen Schatten aus dem Augenwinkel. Bastian bog relativ zügig nach links auf die Gardesana ab, wütendes Hupen der Autofahrer, denen er die Vorfahrt genommen hatte, schallte hinter ihnen her. Immer wieder blickte er in den Rückspiegel. Lene getraute sich gar nicht etwas zu fragen, so ernst und konzentriert sah er aus.

»Okay, jemand folgt uns. Na gut, wollen wir doch mal sehen was ihr so drauf habt.«, murmelte er und bog nach kurzer Zeit in eine ziemlich schmale Straße, die nach oben in die Berge führte, ab. Lene drehte sich nach hinten um und sah deutlich eine schwarze Limousine, welche in einigem Abstand hinter ihnen herfuhr.

»Jemand verfolgt uns, aber wer? Dieser Typ oder die Polizei?« Fragend sah sie ihn an.

»Wie auch immer.« Bastian zuckte die Schultern. »Trafetti war heute vollkommen verändert. Er hat den Schmuck schon einmal gesehen und bestimmt irgendwelche Instruktionen erhalten oder ich fresse einen Besen. Hast du seinen Gesichtsausdruck gesehen? So langsam glaube ich auch dran, dass hier irgendetwas nicht stimmt.«

Anfänglich standen noch vereinzelte Häuser am Straßenrand, doch nach kurzer Zeit fuhren sie nur noch durch Wildnis. Alte verlassene Olivenhaine wechselten sich mit ebenso verlassenen Obstplantagen ab. Die Straße wurde von Meter zu Meter schmaler, schlechter und sie wurden kräftig durchgeschüttelt. Lene warf immer wieder einen Blick nach hinten, konnte aber durch die Kurven nicht erkennen, ob sie immer noch verfolgt wurden.

Bastian schaute sie an und sagte: »Pass auf, halt dich jetzt gut fest.« Sie konnte gerade noch den Griff über der Tür festhalten. Da beschleunigte er noch einmal, riss mit einem Ruck das Lenkrad aus voller Fahrt nach rechts und bog in einen schmalen Weg ein, der zwischen verwilderten Obstbäumen nach unten führte. Der Weg machte eine scharfe Kurve und die Straße hinter ihnen verschwand hinter Büschen. Bastian hielt sofort, als sie außer Sichtweise waren, an und schaltete den Motor ab. Er ließ sein Fenster herunter und lauschte. Lene hielt den Atem an. Sie war unsicher, ob sie wirklich schnell genug gewesen waren und die Typen ihr Abbiegen nicht bemerkt hatten. Nach kurzer Zeit fuhr oben auf dem Hauptweg ein Wagen vorbei. Langsam erstarben seine Motorengeräusche in der Ferne.

»Geht's dir gut?« Prüfend sah Bastian sie an. »Entschuldige meinen etwas rasanten Fahrstil, aber hier war die einzige Gelegenheit, die beiden hinter uns elegant abzuhängen. Theoretisch müssten wir unsere Aufpasser jetzt erst mal los sein.«

Lene sah nach vorn und nickte. Wenn sie ehrlich war, saß ihr der Schreck in den Gliedern und ihre Beine zitterten ein wenig. Bastian legte seine Hand auf ihre. »Wirklich alles in Ordnung?«

»Ja, es geht schon. Ich verstehe das bloß nicht. Was war denn das? Was ist hier eigentlich los?« Unsicher blickte sie in sein Gesicht.

»Ganz ehrlich? Ich weiß es nicht. Aber ich weiß eins, nämlich das Trafetti unglaublich nervös war, vielleicht ist es dir auch aufgefallen. Auf seiner Stirn stand Schweiß – ganz anders als sonst. Irgendjemand war im Nachbarzimmer und hat gelauscht. Hast du die offenstehende Tür hinter uns gesehen? Das letzte Mal war sie verschlossen. Ich glaube nicht, dass das ein Zufall war. Der Mann wird überwacht.«

Darauf hatte sie nicht geachtet. »Ich hatte das nur Gefühl, er sieht den Schmuck nicht zum ersten Mal. Auch weil er das Medaillon gleich beim ersten Versuch aufbekommen hat.«

Bastian grinste. »Genau, das ist mir auch aufgefallen. Es könnte natürlich auch ein Zufall sein, aber ich glaube so langsam nicht mehr an Zufälle. Und der Typ neben der Tür, hast du ihn erkannt?«

»Und wieso genau ist er dir aufgefallen?«

Bastian grinste, »Typische Verbrechervisage, wenn du mich fragst. Der wirkte irgendwie verdächtig und in einem Polizeirevier vollkommen deplaziert. Langsam habe ich einen gewissen Blick dafür.«

Lene nickte. »Ja, eindeutig der Mann, der vor dem Laden rumgeschlichen war und ich glaube auch der Motorradfahrer. Denkst du, es ist ein Polizist?«

»Keine Ahnung.« Er zuckte mit den Schultern. »Aber ich glaube mit diesem Aussehen eher nicht. Irgendjemand hat Trafetti unter Druck gesetzt, sonst hätte er nicht so reagiert.« Plötzlich hob Bastian die Finger zum Mund und bedeutete ihr, leise zu sein. Anscheinend kam der Wagen zurück und fuhr langsam wieder Richtung Gardesana.

»Tja, dort oben kommt nicht mehr viel. Ist eine Sackgasse, zumindest wenn man das falsche Auto hat und sich hier nicht auskennt. Ich geh mal gucken.« Leise öffnete er seine Tür und schlich durch die Büsche nach vorn. Sekunden später war er wieder da. »Die Luft ist rein, die Typen sind erst mal weg.«

Er wartete noch einen Moment, wendete dann vorsichtig und fuhr wieder hinauf zum Hauptweg. Hier bog er aber nicht Richtung Gardesana ab, sondern folgte dem schmalen Weg weiter nach oben. Mittlerweile war es nur noch ein Feldweg, der für normale Fahrzeuge nicht gemacht war, zum Glück waren sie in einem Jeep unterwegs. Zu ihrer Rechten tauchte ein verfallenes Haus auf. Reifenspuren führten bis vor den Eingang und wieder zurück. Hier schien der Wagen gewendet zu haben. Bastian fuhr weiter, umrundete eine zusammenge-stürzte Scheune und folgte einem kaum sichtbaren Weg, der zur Linken von schroffen Felsen begrenzt wurde. Ein Schlag-loch folgte auf das nächste und obwohl er langsam fuhr, wur-de Lene von links nach rechts geschleudert. Nach circa einem Kilometer ging der Weg in eine schmale gepflasterte Straße über und langsam tauchten wieder vereinzelte Häuser am Straßenrand auf. Es waren Bauernhöfe – einige wirkten ver-lassen, andere waren noch bewirtschaftet. Die ganze Gegend hier erinnerte Lene an das Hochland von Tremosine, wo sie mit Stefano zu Abend gegessen hatte. Alles wirkte alpin und nicht so mediterran wie unten am See.

Hinter einer Biegung lag zu ihrer Rechten ein größeres älteres Gebäude. Bastian fuhr auf die leicht nach unten abfallende Wiese, hielt an und ließ Lene aussteigen. Langsam schlenderte er mit ihr nach vorn zu einem morschen Geländer. Zunächst sah sie nur wild wachsende Büsche, die den Blick einschränkten. Doch dann wich sie überrascht ein Stück zurück. Durch eine Lücke sah sie, dass sie am Rand eines hohen Felsens standen. Tief unten schimmerte der blaue See. Gegenüber lagen die schroffen Felsen des anderen Ufers in eine Dunstwolke gehüllt. Die Stille um sie herum war geradezu mit den Händen zu greifen, nichts war zu hören, kein Motorengeräusch – einfach gar nichts. Nur hoch über ihnen segelte ein großer Greifvogel und stieß von Zeit zu Zeit schrille Schreie aus. Der ganze Ort hatte etwas Magisches.

»Ich denke, hier ist ein guter Platz, um einmal kurz durchzuschnaufen.« Er setzte sich auf eine flache Bruchsteinmauer und klopfte auffordernd neben sich. Die Wärme des Tages hatte die rauen Steine aufgeladen.

Lene setzte sich und schüttelte den Kopf. »Wenn ich ehrlich bin, verstehe ich trotzdem nichts. Denkst du diese Typen wollen uns umbringen?«

Bastian zuckte mit den Schultern. »Genau weiß ich es natürlich nicht, aber ich glaube eher die wollten wissen, wo wir als Nächstes hinfahren, uns sozusagen im Auge behalten. Was oder wer auch immer dahintersteckt, scheint einigen Einfluss zu haben. Natürlich ist es so, dass hier bis in höchste Kreise geschmiert wird, aber Trafetti machte bisher auf mich einen relativ loyalen Eindruck.«

»Und nun?« Leicht resigniert schaute sie ihn an. »Was machen wir denn nun? Vor allem tut es mir leid, dass ich dich, na

ja eigentlich euch in diese komische Geschichte mit hineingezogen habe. Du hast damit ja eigentlich gar nichts zu tun gehabt.«

Er erhob sich und verschränkte die Arme. »Ach lass mal. So
ein wenig Aufregung kann nie schaden.« Grinsend sah er sie
an. »Was wir jetzt auf jeden Fall machen, ist das, was ich von
Anfang an geplant hatte, wir fahren zu meinem alten Kumpel
Giovanni. Wenn uns jemand helfen oder einen Tipp geben
kann, dann er. Und mach dir nicht immer so viele Gedanken,
immerhin bist du ein Gast meiner Schwester und gehörst
sozusagen fast zur Familie.«

Lene atmete erleichtert auf und ließ zum ersten Mal, ihre
Blicke genauer schweifen. Es war ein seltsamer Ort, an dem
sie sich befanden. Bis jetzt war kein Auto die Straße heraufge-
kommen, fast als wären sie von der Außenwelt abgeschnitten.
Die Idylle war nahezu perfekt. Genau vor ihnen lag das alte
Gemäuer, es schien früher eine Gaststätte oder ein Hotel
gewesen zu sein. »Sag mal, wo sind wir hier eigentlich? Und
was ist das für ein Haus?«, fragte Lene schließlich.

Bastian drehte sich um. Schweigend schaute er auf die alten
Mauern. Täuschte Lene sich oder begannen seine Augen
feucht zu schimmern? »Das wäre mein Neuanfang – mein
ganz persönlicher Traum von Italien. Ich war noch mit niemandem hier, aber dir wollte ich es zeigen. Also eigentlich
eher bei einem Ausflug, aber da wir heute hier nun mal lang
gekommen sind, dachte ich, es wäre eine gute Gelegenheit.
Ich habe es vor langer Zeit durch Zufall entdeckt. Es war
früher ein kleines Hotel mit Gastwirtschaft. Siehst du, dort
oben waren die Zimmer und da hinten der Gastraum mit
einem traumhaften Blick ins Tal. Ich habe mit Anwohnern
gesprochen – ältere Leute, die gleich hier wohnen – früher
war es unglaublich beliebt. Von unten sind die Leute bis hier

nach oben gewandert, nur um die gute Küche zu genießen und natürlich den Ausblick. Es ist eine halbe Ruine, ich weiß – doch was wäre das Leben ohne Träume? Kannst du es dir vorstellen? Dort würde man eine Terrasse im Freien machen, mit einem Dach aus Weinreben. Und dort …«

Lene schwieg und ließ ihre Blicke über das Haus wandern, während Bastian ihr seine Vorstellungen nahebrachte. Das Gebäude war in einem absolut desaströsen Zustand, genauer gesagt, es war eine vollkommene Bruchbude. Am schlimmsten sah der einstöckige Anbau aus, in dem früher die Gastwirtschaft untergebracht war. Hier war teilweise das Dach eingestürzt, ganze Wände eingefallen und in den Trümmern wuchsen bereits undefinierbare Pflanzen. Das Haus stand also vermutlich schon ziemlich lange leer. Das Hauptgebäude war etwas besser erhalten. Trotzdem waren die meisten Fensterscheiben zerschlagen, einige hatte man notdürftig mit Brettern vernagelt. An der Fassade konnte man noch Fragmente des einstigen Namens erkennen. Die Dachrinne war gänzlich verschwunden und so war das Regenwasser in die alten Mauern eingedrungen. Grüne Flechten überzogen die Ecken und wucherten bereits bis in die erste Etage. Sicher trug das Wetter, welches hier oben mit Sicherheit etwas rauer als unten im Tal war, zu dem Verfall bei. Und doch – Lene konnte sich dem Charme dieses kleinen Hotels nicht entziehen. Sie verstand, dass Bastian von der Idee begeistert war, das Haus noch einmal zum Leben zu erwecken.

»Sorry, tut mir leid«, holte er sie aus ihren Gedanken. »Eigentlich wollte ich wie gesagt, ganz entspannt mal vorbeifahren. Aber nun haben wir den kleinen Umweg wohl oder übel schon vorher gemacht.«

»Es …ist toll hier oben, so friedlich. Ich kann es mir schon vorstellen, aber … nein, eigentlich fällt es mir ziemlich schwer, wenn ich ganz ehrlich sein soll. Das ist eine Menge Arbeit, oder? Ich meine hier muss man, glaube ich, alles neu machen.«

»Ja, das meiste. Komm mal mit, ich zeige dir was.« Wie zufällig nahm er ihre Hand und zog sie zu einer leeren Fensteröffnung. Vorsichtig kletterte er hinein und sah sie auffordernd an. Lene betrachtete kritisch die ziemlich hohe Brüstung. »Komm schon, ich helfe dir.«

Überrascht schaute Lene sich im Inneren um. Sie befanden sich anscheinend im Empfangsraum des ehemaligen Hotels. Auf der einen Seite erkannte man einen Tresen und den Durchgang zu einem größeren Saal. Dahinten schien die Küche zu sein oder weitere Wirtschaftsräume. Einige Fragmente alter, morscher Möbel standen noch in der Ecke. Ein paar Türen weiter fiel der Blick in den Anbau, der anscheinend später dem Gebäude hinzugefügt worden war und den Gastraum enthielt. Die meisten der Dielen waren morsch und daher tastete sich Bastian mit ihr langsam vorwärts. Plötzlich fielen bunte Farben von oben auf die alten Bretter zu ihren Füßen. Verblüfft schaute Lene hinauf zur Decke des Zimmers. Eine Kuppel, die aus buntem Glas geformt war, ließ die Sonnenstrahlen herein und zauberte Lichterspiele auf den alten Boden. Man erkannte deutlich Blumen, Schmetterlinge und eine Sonne, die ihm Tiffany-Stil gearbeitet waren. Die Farben waren immer noch kräftig, fast so, als wäre das Haus erst gestern verlassen worden.

Überrascht sah sie ihn an, sie hatte nicht damit gerechnet, hier so etwas vorzufinden. »Jugendstil, sehr selten!«, erklärte Bastian. »Es gab noch mehr, aber die anderen Fenster sind alle kaputt, bis auf eines im Treppenhaus. Vieles ist sicher auch geklaut worden, alles was nicht niet- und nagelfest war und aus dem man noch ein wenig Geld rausholen konnte, haben die Leute ausgebaut.«

Lene konnte ihre Blicke gar nicht von dem bunten Mosaik nehmen. Diese bunte Kuppel gab ihr die Chance sich vorzustellen, wie alles einmal gewesen war.

Langsam stöberten sie weiter. »Da hinten ist der große Saal«, kommentierte Bastian. »Die Dielen sind hier zu morsch, deswegen können wir nicht weiter ran. Jedes Wochenende haben dort Tanzveranstaltungen stattgefunden. Dort ging es nach oben. Leider ist von der Treppe nicht mehr viel übrig. Und da an der Seite ist das andere Fenster.« Über ihnen strahlte der blaue Himmel durch eine Lücke im Dach herein. Wenn man ein wenig um die Ecke schaute, sah man das andere Fenster. Es stellte anscheinend den See dar, zumindest erklärte sie sich so die abgebildete Szenerie.

»Traumhaft nicht wahr? Besonders, wenn das Licht hereinfällt. Ist von einem Künstler, der Jugendstilarbeiten gemacht hat, unten aus dem Süden. Der Mann lebt schon lange nicht mehr, aber die Farben sehen aus, als ob es gerade gemacht worden wäre.«

Lene ließ ihre Blicke schweifen. *Dort drüben, an der Wand, könnte man gleich gegenüber der Eingangstür den Empfangstresen aufstellen,* dachte sie. *Da würde er besser zur Geltung kommen als an seinem jetzigen Platz. Und dort ... Moment Lene,* unterbrach sie sich selbst. Wieso schmiedete sie Pläne? Es war schließlich Bastians Traumhaus.

»Sehr schön, aber der Rest ist furchtbar baufällig. Vor allem die Dielen und das Dach. Sah es bei Ines auch so aus?«

Er seufzte. »Nein, nicht so schlimm. Das hier ist wirklich eine Ruine, ich weiß.«

»Wem gehört es, weißt du das?«

»Ja, ich habe mich erkundigt. Es gehört einer Erbengemeinschaft, die über fast ganz Italien verstreut ist, also die Katastrophe schlecht hin. Ein Anwalt hatte sich mit mir in Verbindung gesetzt. Der Preis ist vollkommen überzogen und leider wollen die meisten von ihren Vorstellungen nicht abrücken. Vermutlich haben sie die Bude hier noch nie gesehen. Na ja, was wäre das Leben ohne Träume, ohne Träume wäre alles sinnlos. Manchmal fahre ich hier nach oben, laufe durch die Trümmer und stelle mir vor, wie ich alles wieder zum Leben erwecke. Ich sehe es so real, dass ich es mit den Händen greifen könnte. Vielleicht ist das ein Zeichen … Vielleicht rede ich es mir aber einfach nur ein, weil ich es mir so sehr wünsche.«

Auf einmal war er ihr ganz nahe, sie spürte seine Blicke auf sich ruhen. Sanft ergriff er ihre Hand und zog sie zu sich heran, bis beide Körper sich endlich berührten. Beide sahen sich in die Augen und ihre Lippen fanden sich von ganz allein. Er schmeckte unglaublich vertraut – so, als hätte Lene ihn schon unzählige Mal geküsst. Es war ein zärtlicher Kuss, nicht so voller Leidenschaft wie der von Stefano. Ihr Herz schlug schneller – nur ein wenig, doch in ihrem Bauch, breitete sich eine wohlige Wärme aus – ein Gefühl, das sie noch nie in ihrem Leben so gespürt hatte. Da war Geborgenheit und Vertrauen, auch Leidenschaft, aber vor allem Wärme und Zuneigung. War das Liebe? Sie konnte es nicht sagen. Früher hatte sie immer geglaubt, dass sie Thomas geliebt hatte. Doch es war nichts, im Vergleich zu dem, was eben durch sie strömte. Es war so, als könnte sie mit ihm alles erreichen. Hätte er zu ihr gesagt, wir reißen die Trümmer jetzt nieder und bauen das Haus wieder auf, sie hätte ja gesagt, ohne nur einen Moment nachzudenken.

Immer noch küssten sie sich, bis sich Bastian nach einer kleinen Ewigkeit sanft von ihr löste. Er lächelte sie unsicher an. »Ich fürchte, nun müssen wir aber wirklich los, sonst schaffen wir es nicht mehr, heute noch mit Giovanni zu reden. Wir haben noch einiges zu tun und müssen bis weit in den Süden.«

Vorsichtig kletterten sie nach draußen und gingen Hand in Hand zum Auto. Das wohlige Gefühl war immer noch in Lenes Bauch und breitete sich immer weiter über ihren ganzen Körper aus. Während der Fahrt sah Lene von Zeit zu Zeit Bastian an. Dieser schaute konzentriert nach vorn. Und das war auch angebracht, denn die Straße führte in geradezu atemberaubenden Kehren nach unten ins Tal. An manchen Stellen war sie so schmal, dass Lene innerlich betete, ihnen möge keiner entgegenkommen. Doch Bastian war ein äußerst sicherer Fahrer. Man spürte, dass er diese Strecke nicht zum ersten Mal in seinem Leben fuhr.

Langsam sah sie den See näher kommen, der immer mal wieder durch die Zweige schimmerte. Die Häuser wurden langsam größer, villenähnlich und erste Hotels tauchten am Straßenrand auf. Nicht mal zehn Minuten später bog er mit seinem Jeep nahe einer kleineren Ortschaft auf die Gardesana. Zur Sicherheit schauten beide immer wieder nach hinten durch die Heckscheibe oder zu Parkbuchten am Straßenrand, doch anscheinend hatten ihre vorherigen Verfolger tatsächlich aufgegeben. Der See war groß und kaum jemand schien den eben gefahrenen Schleichweg zu kennen.

Die Landschaft veränderte sich hier unten gravierend, Berge waren gar nicht mehr zu sehen. Auch der See zeigte sich nur noch zuweilen und versteckte sich ansonsten hinter Häusern oder Feldern. Mehrere Industriegebiete, größere Einkaufszentren, sogar ein Vergnügungspark tauchten am Straßenrand auf und die Sonne knallte unablässig auf den Asphalt vor ihnen. Lene hatte das Gefühl, dass es hier unten im Süden wesentlich wärmer war als oben im Norden, wo immer ein kühlender Wind wehte. Sie spürte, wie sie zu schwitzen begann, vielleicht lag dies aber auch an dem Kuss von gerade eben. Es war fast so, als ob hinter der nächsten Biegung gleich das Meer oder Ortseingangsschild von Rom auftauchen würde. Zumindest stellte sie es sich so vor. Sie öffnete das Fenster ein Stück weiter, hielt ihren Arm in den Fahrtwind und ließ ihn an ihrem Körper entlangstreichen. Nur aus dem Augenwinkel spürte sie, dass Bastian immer wieder verstohlen zu ihr hinüberschaute. Lene schloss die Augen und versuchte sich noch einmal an seine Lippen zu erinnern. Seltsam – in den letzten Minuten hatte sie nicht einmal daran gedacht, warum sie eigentlich heute unterwegs waren. Auch Ines' seltsame Andeutungen über Giovanni waren in Vergessenheit geraten.

»So«, unterbrach Bastian leise das Schweigen, nachdem sie etwa eine halbe Stunde gefahren waren. »Ich glaube, ich sollte dir so langsam mal etwas über den Mann berichten, zu dem wir jetzt fahren. Giovanni ist einer meiner ältesten Freunde hier in Italien. Er besitzt ein ziemlich nobles Restaurant im Süden in Sirmione. Aber ich muss zugeben, er ist leider nicht ganz einfach.«

Fragend schaute Lene ihn an. »Hm, nicht ganz einfach? Wie meinst du das denn?«

Bastian schien seine nächsten Worte genau abzuwägen. »Also, Giovanni ist Mitte vierzig, also so alt wie ich oder wie wir, wie auch immer.« Schmunzelnd schaute er zu ihr. »Aber in seiner Einbildung fühlt er sich immer noch wie Anfang zwanzig und vor allem ist er der festen Überzeugung, dass jede Frau nur einen will und zwar ihn allein. Deswegen flirtet er auf Teufel komm raus und baggert jede an, die nicht bei drei auf den Bäumen ist, wenn du verstehst, was ich meine.« Vor Lenes innerem Auge begann sich ein gewisses Bild zu formen, zum Glück warnte Bastian sie vor.

Er fuhr fort: »Das war schon immer so und wird sich vermutlich auch nie ändern. Trotzdem ist er ein echt guter Kumpel, einer auf den man sich absolut verlassen kann. Er hat mir damals nach dem Tod von Rosa beigestanden und mir beim Verkauf des Restaurants geholfen. Wenn einer uns weiterbringt, dann er. Denn niemand kennt so viele Leute rund um den See wie Giovanni. Viele schulden ihm noch einen Gefallen. Seine Geschäfte sind zuweilen etwas – na ich würde sagen, nicht unbedingt mit dem Gesetz so hundertprozentig konform, aber das kann uns egal sein.«

»Aha.« Mehr konnte sie nicht sagen. Wenn sie ehrlich war, wusste sie überhaupt nicht, worauf Bastian eigentlich hinauswollte.

»Lange Rede, kurzer Sinn: Ich habe mit Ines geredet und sie hatte eine tolle Idee. Also eine Idee, wie wir beiden am besten Giovanni gegenüber auftreten könnten.« Bildete sie es sich ein oder stammelte er wirklich vor sich hin, etwas was sie bei ihm noch nie erlebt hatte. Normalerweise war er zwar still und zurückhaltend, aber trotzdem immer sehr souverän.

Sie drehte sich auf ihrem Sitz ein Stück in seine Richtung und beugte sich vor, damit sie ihm ins Gesicht schauen konnte. »Bastian, was immer du mir sagen willst, sag es endlich. Ich hab das Gefühl, du tust dich etwas schwer. So schlimm wird's ja wohl nicht sein.«

»Schlimm, nein gar nicht schlimm, also ich denke es zumindest …« Er nickte. »Gut, also Ines hatte die Idee, aber …nun, ich finde sie ebenfalls ganz gut. Damit Giovanni dich nicht angräbt ohne Ende – denn da werden wir nix von ihm erfahren, weil er nur die ganze Zeit mit Komplimenten beschäftigt ist – wäre es das Beste, wenn wir beide uns als Paar ausgeben. Also, dass wir sozusagen zusammen sind. Damit nehmen wir ihm den Wind aus den Segeln und können flott zu unserem eigentlichen Anliegen kommen. Weißt du, er flirtet mit jeder Frau ausgiebig, es ist schon manchmal fast peinlich, na ja, eigentlich ist es immer peinlich, …. Aber die Frauen seiner Freunde sind tabu.«

Lene grinste und legte ihre Hand auf seinen Arm. »Bastian, es ist okay. Also, er soll uns helfen und wir beiden spielen ein Paar. Ja, warum denn nicht? Das werden wir doch wohl hinbekommen.«

Sichtlich erleichtert schaute er sie an. »Du hast kein Problem damit? Da bin ich froh. Immerhin ist die Situation ja ein wenig, wie soll ich sagen – ungewohnt, wobei nach vorhin vielleicht nicht mehr so ganz.« Konnte es sein, dass er gerade ein wenig rot wurde? Normalerweise war Lene doch dafür zuständig, die Farbe zu wechseln. »Aber ich denke, wir beiden bekommen das hin«, versicherte Bastian.

Wenn sie ehrlich war, hatte der Gedanke etwas Reizvolles und es gab bestimmt wesentlich unangenehmere Dinge auf dieser Welt, als mit Bastian ein Paar zu mimen.

»Und wenn er uns was fragt? Zum Beispiel, wie wir uns kennengelernt haben, was sagen wir da? Ich glaube es wäre besser, wenn wir uns da was überlegen.« Lene fand immer mehr Freude an der kleinen Scharade.

»Am besten wir bleiben möglichst nah an der Wahrheit. Also sagen wir, dass wir uns bei meiner Schwester in der Pension kennengelernt haben, vor na ja – sagen wir vor drei Monaten. Du warst als normaler Gast dort und ich auch und da ist es passiert. Klingt doch logisch.«

»Drei Monate.« Amüsiert sah sie ihn an. »Da sind wir ja noch so richtig frisch verliebt.« So langsam begann das ganze Spiel ihr Spaß zu machen.

Bastian grinste zurück. »Ja, auf jeden Fall sind wir das, richtig unzertrennlich. Und wir sind zusammen hergefahren, um mal ein bisschen Urlaub zu machen und natürlich um Ines zu helfen. Ja und der Rest ergibt sich dann schon. Wir haben eh keine Zeit mehr zu planen, wir sind nämlich fast da. Wir improvisieren einfach ganz locker.«

Er bog zwischen zwei grimmigen steinernen Löwen auf eine lange kiesbestreute Auffahrt ein, die zu einem Restaurant am Seeufer führte. Zumindest verhieß das ein alles andere als dezentes Schild am Straßenrand. Knirschend rollten sie auf das helle Haus zu, welches versteckt hinter hohen Hecken lag. Unter uralten Bäumen parkten links und rechts der Einfahrt mehrere Autos, die allesamt der Oberklasse angehörten. Lene kannte sich mit ihren Werten nicht so gut aus, aber sie vermutete, dass hier einige Millionen parkten. Bastian stellte seinen verstaubten Jeep selbstbewusst zwischen einem knallroten Ferrari und einem Modell ab, dessen Marke sie gar nicht kannte. Beide schlenderten über den vornehm knirschenden Kies zu dem großen Haus – eher schon einer Villa. Üppig blühende Blumenbeete waren geradezu verschwenderisch angelegt. Zu ihrer rechten erkannte sie einen großen Rosengarten, in dem weiße Bänke geschickt drapiert waren. Kleine und große Statuen schmückten in allen Größen die Anlage.

»Die Villa hat Giovanni von seiner Großmutter geerbt und nach ihrem Tod eines der allerbesten Restaurants am ganzen See daraus gemacht. Er ist ein ziemliches Schlitzohr, aber trotzdem arbeiten bei ihm die besten Köche Italiens. Jeder reißt sich darum, zu seinen Stammgästen zu gehören. Das

Restaurant in Venedig hat er mir damals abgekauft, dafür bin ich ihm bis heute dankbar.«

Der Weg führte im Halbkreis um das Haus herum nach hinten in den Garten. Überall wuchsen Oleanderbüsche oder kleinere Zypressen, die man mit raffinierten Schnittformen gestutzt hatte.

Auf einer riesigen Wiese unter schattenspendenden Bäumen, die leise im Wind rauschten, standen locker verteilt kleinere und größere Tische. Teilweise wurden sie von bunten Sonnenschirmen eskortiert. Weiter hinten sah man einen Bootsanleger. Danach plätscherte der See sanft ans Ufer. Eine hölzerne Terrasse war mit einem weißen Sonnensegel überspannt. Lene erkannte mehrere Lounge Möbel und eine kleine Bar – dort ließ es sich in den heißen Sommernächten sicher ausgesprochen gut aushalten. Nach ein paar Schritten nahm Bastian ihre Hand und hielt sie liebevoll fest. Lene zwinkerte ihn von der Seite an. Dieses Gefühl war ihr mittlerweile schon vertraut.

Über die gesamte Breite der Rückfront hatte man eine verglaste Veranda angebaut, zu der zwei breite, geschwungene Treppen hinaufführten. Dort schien der Innenbereich des Restaurants zu sein. Doch bei dem fantastischen Wetter waren die meisten der Tische im Freien besetzt und sanftes Murmeln drang bis zu ihnen. Anscheinend verbrachten viele Geschäftsleute hier ihre Mittagspause, denn sie sah diverse Laptops auf den Tischen liegen, andere Männer in Unterlagen blättern oder mit riesigen Zeitungen rascheln, während sie wie abwesend ihr Essen in sich hineinschaufelten.

»Vieles hier ist schwarz gebaut. Giovanni hatte genau zur richtigen Zeit eine Affäre mit der Tochter des hiesigen Bauamt-Chefs. Zum Beispiel die Glasveranda – normalerweise undenkbar bei einem so alten Haus«, sagte er mit einem bedeutungsvollen Blick.

Da öffnete sich eine der breiten Flügeltüren und ein Mann kam auf sie zugeschritten. Auch ohne dass sie ihn kannte, wusste Lene, dies konnte nur Giovanni sein. Er schritt wie auf einer Showtreppe auf sie zu und genoss seinen Auftritt sichtlich. Es wirkte, als würde er jeden Moment stehenbleiben und eine italienische Arie in den Garten schmettern. Zum Glück lief er aber weiter und kam schnurstracks auf sie zu.

Wie sollte man ihn beschreiben? Er war nicht viel größer als sie. Unheimlich braungebrannt, vermutlich hatte er im Keller sein eigenes Solarium. Seine rabenschwarzen Haare trug er nach hinten gegelt, eine Frisur die zu ihm passte. Genauso wie sein maßgeschneiderter Anzug. Er hatte ein kleines Bäuchlein, dass die raffinierte Schnittform seiner Jacke aber perfekt kaschierte.

Weit breitete er seine Arme aus und strahlte über das ganze Gesicht. »Wenn das mal nicht mein alter Freund Bastian ist.« Dröhnend hallte seine Stimme durch den Garten und mehrere der Gäste drehten sich interessiert zu ihnen um. Dann schien er zu stutzen und sein Blick wanderte zu Lene. Fragend sah er Bastian an. »Sag bloß, das ist sie. Du Glückspilz, wo hast du denn so eine schöne Frau gefunden? Bellisima, ich glaube es nicht.«

Sie fühlte, wie Bastian seinen Arm um sie legte und sie an sich zog. »Genau, das ist Helene, also eigentlich nur Lene und das ist Giovanni, einer meiner ältesten Freunde.« Lene spielte mit und himmelte Bastian glücklich von der Seite an.

Charmant verbeugte sich Giovanni vor ihr und begrüßte sie mit einem kleinen Wangenkuss. »Ich bin von Neid erfüllt, aber wenn es einen Menschen gibt, dem ich eine neue Liebe gönne, dann natürlich dir.« Bastian klopfte er auf die Schulter und boxte ihn kräftig in die Seite. »Ach man, was freue ich mich, euch beide zu sehen. Wie lange ist es her, Bastian, bestimmt ein Jahr. Er lässt sich so selten hier sehen, Lene, das muss sich ändern. Dafür musst du in Zukunft sorgen. Freunde – was gibt es Schöneres auf der Welt?« Spielerisch hob er seinen Finger und drohte ihnen. »Aber nun kommt, ihr seid natürlich meine Gäste. Wollen wir vielleicht dort? Eigentlich ist alles reserviert, gerade eben musste ich einem Geschäftsmann aus Mailand absagen.« Er zeigte auf einen Tisch, der etwas abseits unter einem riesigen alten Baum stand. »Für meinen besten Freund ist immer ein Tisch bei mir frei.«

Bastian warf ihr einen kleinen Seitenblick zu und beugte sich dann näher zu Giovanni. »Es wäre uns eigentlich lieber, wenn wir irgendwo ungestört mit dir sprechen könnten. Am besten im Inneren des Hauses, es sollte uns nicht jeder sehen. Wir bräuchten ehrlich gesagt ein paar Auskünfte von dir.«

Giovanni nickte verstehend, drehte sich auf dem Absatz um und bedeutete ihnen mitzukommen. Kurz bevor sie die Stufen zur Veranda erreicht hatten, kam eine Frau in Begleitung eines jungen Mannes um die Hausecke.

Als sie Bastian erkannte, huschte ein winziges Lächeln über ihr Gesicht. Lene zuckte innerlich zusammen. Noch nie hatte sie eine Frau gesehen, die so bar jeglichen Liebreizes war wie diese. Ihr Alter war undefinierbar, sie konnte zehn Jahre jünger, aber genauso gut auch fünfzehn Jahre älter sein als sie selbst. Sie war groß und ausgesprochen dürr. Ihre Hüftknochen zeichneten sich deutlich unter dem sicher sehr teuren Designerkleid ab. Der Modeschöpfer hatte versucht, mit einem weich fallenden, edlen Stoff etwas mehr Weiblichkeit herbeizuzaubern, doch es war ihm nicht gelungen. An der Stelle, wo normalerweise die Brust gesessen hätte, war nicht die geringste Erhebung zu erkennen. Die Haare waren sicherlich von einem Meister geschnitten und trotzdem konnte auch er keine Fülle schaffen, wo schlicht und einfach keine vorhanden war . Ihre Gesichtszüge waren ausgesprochen herb, harte Linien führten von ihren Mundwinkeln hinab zum Kinn. Dennoch hatte sie eine Art sich zu bewegen, die darauf schließen ließ, dass es ihr an Selbstbewusstsein nicht mangelte – im Gegenteil. Fast schon aristokratisch reckte sie ihr Kinn in die Höhe. Ihre Augen waren auf eine unangenehme Art und Weise fesselnd. Sie standen wie bei einem Karpfen etwas hervor und etwas Unergründliches lag in ihnen.

Sie ging direkt auf Bastian zu, auch er lächelte, aber nur vorsichtig. »Graziella, wie schön, dass wir uns hier über den Weg laufen.« Seine ganze Haltung und sein versteinerter Gesichtsausdruck straften seine Worte Lügen. Man sah sofort, dass er sich keineswegs zu freuen schien.

Ganz anders die Frau. Sie nahm seine leichten Wangenküsse freudig entgegen. »Ich musste erst zweimal schauen, aber du bist es wirklich. Mein Gott was machst du hier? Es ist ja Ewigkeiten her, dass wir uns das letzte Mal gesehen haben.«

Er ging auf ihre Worte nicht ein und sagte stattdessen. »Darf ich dir meine Freundin Helene Stoll vorstellen? Lene, das ist Graziella Montaldo, eine Bekannte, die öfter in meinem venezianischen Restaurant zu Gast war.«

Graziella gab ihr die Hand, sie war eiskalt und knochig. Irgendwie erinnerte sie diese Frau mehr an eine Tote als eine Lebende. Ihre wässrigen Augen schauten sie ohne jegliche Regung an. Beide Frauen nickten einander kurz zu, dann widmete die herbe Italienerin ihre ganze Aufmerksamkeit wieder Bastian und ignorierte Lene vollkommen.

Der junge Mann, der sie begleitete, stand die ganze Zeit gelangweilt hinter ihr und spielte mit seinem Handy herum. Er war ein Stück kleiner, trug einen teuren Anzug und sicherlich maßangefertigte Schuhe. Irgendwann schien sie sich zu erinnern, dass sie nicht allein war. »Bastian, das ist mein jüngerer Bruder Flavio, vielleicht erinnerst du dich noch.«

Bastian nickte Flavio nur kurz zu und sparte sich jeglichen Kommentar. Dieser löste seine Augen nur einen Moment vom Display seines Telefons und Lene sah, dass er dieselben Augen wie seine Schwester hatte. Ansonsten wirkte er zutiefst uninteressiert an allem um ihn herum.

Die Rettung kam schließlich durch Giovanni, er warf theatralisch seine Arme nach oben und machte ein Gesicht, als ob jemand gestorben wäre. »Graziella, meine Liebe, leider drückt unsere Zeit ein wenig. Du weißt doch Geschäfte, Geschäfte. Zu gerne hätte Bastian sicher noch mit dir geschwatzt, doch wir haben noch eine kleine Besprechung vor uns. Mein Kellner zeigt euch den reservierten Tisch. Ach übrigens, deine Gäste sind noch nicht da. Ich habe natürlich alles möglich gemacht, um noch einen guten Tisch für euch zu finden, auch wenn dein Anruf etwas kurzfristig kam. Aber nun, entschuldigst du uns bitte. Lene darf ich deinen Arm nehmen?« Galant ging er mit ihr voraus. Lene wurde von Graziella sowieso ignoriert und war nicht einmal böse deswegen.

»Ciao, Bastian, es wäre schön, wenn wir beiden uns mal wieder über den Weg laufen. Ich denke, du hast noch meine Nummer.« Bastian verabschiedete sich murmelnd mit dem obligatorischen Wangenkuss und stürzte schnellstmöglich hinter Lene und Giovanni her.

Kaum dass sie das Haus betreten hatten, wandte Giovanni sich zu einer Treppe im hinteren Bereich des Restaurants. Ein dezent angebrachtes Schild versperrte den anderen Gästen den Zutritt. Auch hier drinnen war alles schick und sehr geschmackvoll eingerichtet, mit schwarz-weiß gesprenkeltem Marmor auf dem Boden und edlen weißen Möbeln. Die Tische waren so angeordnet, dass ein Gefühl der Intimität entstand. Vasen, Kerzenleuchter und Blumen – alles war perfekt auf einander abgestimmt. Lene spürte beim Durchqueren des Raumes neugierige Blicke in ihrem Rücken und konnte der Versuchung nicht widerstehen, sich einmal kurz umzudrehen. Graziella Montaldo stand unverändert an ihrem Platz und schaute ihnen mit einem unergründlichen Blick so lange hinterher, bis sie ihr Gesichtsfeld verließen. Giovanni umrundete oben angekommen mit ihnen eine Galerie und öffnete schließlich die Tür zu einem kleinen Büro, dessen Fenster nach hinten auf Garten und See hinausgingen.

Der Raum war klein und im Vergleich zum Rest des Gebäudes fast spartanisch ausgestattet. Es gab einen großen Schreibtisch, mehrere dunkle Bücherregale und eine kleine Sitzgruppe. Der Blick ging über den gesamten Garten bis zum See und um ihn genießen zu können, hatte man den Schreibtisch genau an die richtige Position gerückt. Wie sie erkannte, hatte Graziella mittlerweile mit ihrem Bruder an einem der Tische Platz genommen und sprach heftig gestikulierend auf ihn ein. Wenn Lene ehrlich war, hatte sie ihr so viel Temperament gar nicht zugetraut.

Seufzend winkte Giovanni sie zu sich heran. »Ich hätte es dir gerne erspart, glaub mir. Und mir würde ich sie auch am liebsten ersparen, aber du weißt ja, an den Montaldos kommt keiner vorbei. Sie rufen an und – Hoppla! – alle müssen springen, so war es immer und so wird es immer sein.« Giovanni wies auf die Sitzgruppe und alle nahmen Platz. Vorher drückte er noch eine Taste an seinem Telefon und sagte ein paar Worte, anscheinend über eine Sprechanlage.

Bastian nickte verstehend. »Das ich ausgerechnet sie hier treffe … Andererseits – wo ist man vor dieser Familie schon sicher?«

Giovanni wandte sich an Lene: »Familie Montaldo, eine der ältesten italienischen Adelsfamilien, steinreich, wodurch?« Er zuckte die Schultern. »Das weiß niemand so genau. Sie haben am See eine riesige Villa, mehrere Immobilien im Hinterland und in Rom, ein Palazzo in Venedig am Canale Grande in bester Lage und was weiß ich noch wo. Graziella ist die älteste Tochter, na ja, du hast sie gesehen. Sie ist eine schwierige Person, nicht unbedingt eine klassische Schönheit und eine Frau, mit der man sich nicht anlegen sollte. Viele unterschätzen sie wegen ihres Aussehens. Das sollte man auf keinen Fall tun. Überall hat sie ihre Finger mit drin, sie ist ein kluger Kopf, raffiniert, verschlagen – manche sagen, sie geht über Leichen. Ihr Vater suchte verzweifelt viele Jahre einen Mann für sie. Inzwischen ist er gestorben und sie war immer noch nicht vor dem Traualtar. Nicht einmal die vielen Millionen haben einen der zahlreichen Kandidaten halten können. Alle haben die Flucht ergriffen.«

Bastian seufzte. »Sie hat sich nach Rosas Tod sehr für mich interessiert, hatte sich da in irgendetwas reingesteigert. Ich konnte mich leider so gar nicht für sie begeistern. Mein Weggang nach Deutschland war auch ein wenig Flucht vor ihr. Ich war nur erstaunt, ihren Bruder heute hier zu sehen, er soll angeblich mehr in Entziehungskliniken als in Freiheit sein.« Nun verstand Lene natürlich seine unterkühlte Reaktion bei der Begrüßung.

»Flavio, dieser Nichtstuer, ein richtiger Bastard ist er. Sie versucht ihn in die Familiengeschäfte einzubinden, aber er ist einfach nur unfähig, dumm und faul. Vor kurzem hat er einen schweren Verkehrsunfall gebaut, heißt es. Ein Mann ist dabei gestorben. Ich weiß nicht, wieviel Geld geflossen ist, jedenfalls hat man von dem Vorfall nie mehr das Geringste gehört. Die Witwe des Toten bewohnt jetzt ein schickes Häuschen drüben in Salo und der Grabstein auf dem Friedhof ist aus bestem Marmor. Ach Bastian, die ganze Welt ist schlecht.«

Giovanni erhob sich noch einmal und ging zu einem Sideboard, welches mit kristallenen Getränkeflaschen vollgestellt war. »Möchtet ihr etwas trinken, einen Kaffee, Wasser oder etwas Härteres?« Fragend schaute er sie an.

Bastian bestellte für sie beide einen Kaffee und ihr Gastgeber orderte bei der unbekannten Person am anderen Ende des Telefons drei Tassen. Es dauerte nicht lange, da klopfte es und eine junge Frau betrat mit einem großen Tablett den Raum. Auf den ersten Blick erinnerte sie Lene an Kanita. Vielleicht lag es an den mandelförmigen Augen, denn ansonsten hatte sie mit der Asiatin keinerlei Ähnlichkeit. Sie stellte alles auf dem kleinen Tischchen ab, goss ihnen ein und verschwand ohne ein Wort gesagt zu haben. Anscheinend hatte Giovanni sein Personal bestens im Griff.

Nun lehnte Giovanni sich entspannt zurück, schlug die Beine übereinander und sah sie neugierig an. »So, ihr beiden, nun bin ich aber ehrlich neugierig. Wie habt ihr euch denn eigentlich kennengelernt? So ein Schmuckstück muss man bestimmt eine ganze Weile suchen.«

Lene lächelte Bastian verliebt von der Seite an und der legte auch sofort seine Hand auf ihren Schenkel. »Wir haben uns bei Ines kennengelernt, in der Pension. Ich habe dort Urlaub gemacht und da hat es sozusagen gefunkt.«

»Ah, die gute Ines, wie läuft es denn bei ihr? Sie hat es bestimmt nicht leicht bei den alten Sturköpfen da oben im Norden. Wenn sie Hilfe braucht, sie soll sich an mich wenden, ich greife ihr immer gern unter die Arme. Schon alleine deswegen, weil ich dir zu so viel Dank verpflichtet bin.« Ernst schaute er Bastian an.

Dieser nickte. »Danke Giovanni, ich richte es ihr aus, aber du kennst sie ja. Sie ist selber ein Sturkopf und selbst meine Hilfe, muss ich ihr immer wieder aufdrängen.«

»So, aber nun genug erzählt. Warum seid ihr beiden Hübschen denn nun hier? Wobei soll ich euch helfen?« Neugierig sah er sie an.

Bastian nickte Lene zu, diese holte die zwei hölzernen Schachteln aus ihrer Tasche und legte sie mitten zwischen die Kaffeetassen.

Giovanni warf von der Ferne einen prüfenden Blick darauf, beugte sich schließlich vor und legte die Behältnisse auf seinen Schoß. Er schwieg und sah sie nur an. Lene schielte unsicher zu Bastian hinüber und dieser bedeutete ihr mit seinen Händen abzuwarten. Nach einer Weile öffnete Giovanni erst die eine und dann die andere Schachtel und schien zu erstarren. Seine Blicke schweiften abwechselnd zwischen den Schmuckstücken hin und her, doch noch immer schwieg er.

Er erhob sich, ging zu seinem Schreibtisch und holte einen Schlüssel unter seinem Hemd hervor. Mit ihm schloss er ein Fach auf und nahm eine schmale Mappe hervor. Diese warf er geöffnet auf den Tisch. Ein einzelnes Blatt Papier lag darin. Als Erstes fiel Lene das Symbol oben in der Mitte auf. Es zeigte ohne Zweifel die Rose mit den drei kleinen Muscheln darunter. Überrascht blickte sie zu Bastian. Dieser nagte an seiner Unterlippe und schwieg.

»Wo um alles in der Welt habt ihr das her?«, fragte Giovanni sie mit heiserer Stimme.

Lene antwortete fast kleinlaut: »Aus einem kleinen Laden in Garda, einem Antiquitätengeschäft. Ich sah den Schmuck im Schaufenster, er gefiel mir und ich habe ihn gekauft. Das Nächste, was geschah, war, dass ein Bild der Verkäuferin auf allen Zeitungen prangte. Man hatte ihren Laden ausgeraubt und sie dabei aus Versehen oder absichtlich getötet. Seitdem bilde ich mir ein, dass um mich herum komische Dinge passieren. Manchmal habe ich das Gefühl, dass ich verfolgt werde. Ich weiß es nicht. Wir waren vorhin noch einmal bei der Polizei, aber die wird uns wohl auch nicht helfen, im Gegenteil. Ein Bekannter von mir …«, hier kam Lene etwas ins Stottern, »meinte, es könnte wohl eine Art Wappen sein. Wir haben schon im Internet recherchiert, aber nichts gefunden. Was, …, was steht denn da auf dem Zettel?«

Bastian hatte ihn kurz überflogen und dann wieder auf den Tisch gepackt.

Giovanni beugte sich vor und trank einen Schluck aus seiner Kaffeetasse. Dann schien er nachzudenken, wie er die nächsten Worte am besten formulierte. »Sagen wir mal so: Vor einigen Jahren haben einige Restaurantbesitzer in der Gegend dieses oder ähnliche Schriftstücke erhalten. Es ging kurz gesagt darum, gewisse monatliche Zahlungen zu leisten, damit das eigene Geschäft nicht aus Versehen in Flammen aufging. Ein, nun ja, hier bei uns nicht ganz so ungewöhnlicher Vorgang, wenn ich das mal so sagen darf. Das Ungewöhnliche war nur, das die alteingesessenen Unternehmen, die uns bis dahin beschützt hatten, von dieser neuen Firma nichts wussten. Oder anders gesagt, bis damals hatte diese Firma angeblich südlicher von uns agiert, hatte ihre Fühler noch nie so weit in den Norden ausgestreckt. Die Territorien sind seit vielen Jahren abgesteckt und keiner kommt dem anderen in die Quere. Das würde ihm auch schlecht bekommen. Ich habe nur einen dieser Briefe erhalten und ging davon aus, dass die Konkurrenzsituation untereinander hinter den Kulissen geklärt wurde. Seitdem habe ich dieses Symbol nur noch am Rande und auch nicht mehr in einem negativen Zusammenhang wahrgenommen. Es gibt zum Beispiel ein Segelboot, wo das Wappen darauf prangt. Es hat sogar mehrfach bei mir am Anleger festgemacht, immer mit Touristen an Bord, die sich für einen Tag ein Boot gechartert haben. Alles ganz legal.«

Also habe ich es mir doch nicht eingebildet, dachte Lene. Bedeutungsvoll sah sie Bastian an. Ansonsten verstand sie nicht viel. Was sollte diese Geschichte mit ihrem Schmuck zu tun haben?

»Weißt du, wer dahintersteckt?«, hakte Bastian nach.

Ihr Gastgeber schüttelte heftig den Kopf. »Nein und darüber bin ich zutiefst froh. Ich will es gar nicht wissen. Du liest ja, was in dem Schreiben steht. Mein Bedarf an solchen Sachen ist gedeckt. Es steht nur eins fest, es muss ein alter Clan sein, ein mächtiger, vielleicht steht eine Firma oder eine Familie dahinter. Keiner weiß es. Irgendwann muss eine Veränderung stattgefunden haben, sonst wäre der Aktionskreis nicht plötzlich nach Norden ausgedehnt worden. Und dann ist man von jemandem zurückgepfiffen worden, von jemand sehr Mächtigem, sonst wäre noch einmal ein Schreiben gekommen oder auch ein persönlicher Besuch erfolgt.« Giovanni machte eine kurze Pause. »Aber eines weiß ich genau, dieser Schmuck ist heiß und sein Besitz nicht ungefährlich. Am besten wäre es, ihn wieder loszuwerden. Nur wohin und wie? Vielleicht will sein eigentlicher Besitzer ihn zurück und er wurde unrechtmäßig verkauft.« Giovanni hob die Hände. »Ich könnte mich mal für euch umhören, aber das ist ein verdammt heißes Eisen, wie man bei euch in Deutschland sagt.«

Bastian pustete die Luft aus. »Puh, also jetzt könnte ich wirklich irgendwas Härteres vertragen.«

Giovanni erhob sich und goss eine klare Flüssigkeit in drei Schnapsgläschen. »Du wirst ihn bestimmt wiedererkennen. Das ist der gute Grappa aus dieser Klitsche in der Nähe von Bozen. Drei Misthaufen, vier Spitzbuben, mehr ist dort nicht, aber der Grappa, eine Wonne. Ich ordere mir jedes Jahr mehrere Kisten dieser ganz speziellen Sorte bei dieser reizenden Bergbäuerin …« Ein schwärmerischer Ausdruck huschte über sein Gesicht.

Als Lene einen Schluck trank, fühlte es sich an, als würde irgendetwas Brennendes ihre Kehle nach unten rinnen und sie hätte sich beinahe verschluckt. Den Weg, den der Grappa in ihrem Inneren nahm, konnte sie jederzeit ganz genau nachvollziehen. Als der Schnaps schließlich unten angelangt war, spürte sie das ganz genau. Augenblicklich breitete sich Wärme in ihrem Inneren aus und an diesem Punkt bekam sie auch wieder Luft.

»Also, ich habe nicht alles genau verstanden, aber was bedeutet das denn jetzt für mich, ähm, also für uns?«, fragte Lene schließlich. »Was sollen wir mit dem Schmuck machen? Die Prande ist ja tot, also die Dame, bei der ich den Schmuck gekauft habe. Ich verstehe das alles nicht. Er kann doch nicht so wertvoll sein, dass deswegen so ein Aufriss veranstaltet wird. Da hätte ihn die Händlerin mir doch wesentlich teurer verkauft, oder?« Immer noch verständnislos blickte sie die beiden Männer an.

Bastian zuckte mit den Schultern. »Wenn ich Giovanni richtig verstanden habe, ist der Wert der Schmuckstücke nicht das Entscheidende, da steckt mehr dahinter. Vielleicht hat er eine bestimmte Symbolkraft, von der die Antiquitätenhändlerin nichts wusste. Sie hat der jungen Dame nichtsahnend den Schmuck abgekauft und ihn an dich weiterverkauft.«

»Wenn ihr mich fragt, hilft es alles nichts. Ich werde ganz vorsichtig meine Fühler ausstrecken und schauen, was ich für euch in Erfahrung bringen kann. Und in der Zwischenzeit haltet ihr euch bedeckt, seid vorsichtig und genießt euer junges Glück.«

Das war natürlich ein vernünftiger Vorschlag und sicher das einzig Richtige, was man tun konnte, doch irgendwie hatte Lene Angst, was wohl als Nächstes passieren würde. Nach der Aktion heute bei der Polizei, konnte sie sich beim besten Willen nicht vorstellen, dass die Gegenseite sich nun ruhig verhalten würde.

»Und nun habe ich Hunger.« Mit diesem Einwurf beendete Bastian ihre Grübeleien. »Wenn wir schon mal in einem so hervorragenden Restaurant zu Besuch sind, sollten wir uns die vorzügliche Küche nicht entgehen lassen.« Er war aufgestanden und warf einen kurzen Blick aus dem Fenster. »Allerdings müssen wir wahrscheinlich im Hinterzimmer essen, denn unten hält die schwarze Mamba immer noch Hof.«

Lene folgte seinem Blick und sah Graziella mit ihrem Bruder und zwei weiteren Männern an ihrem Tisch sitzen. Anscheinend ging es um geschäftliche Dinge, denn der Tisch wurde von einem Laptop und mehreren Aktenordnern bedeckt. Ihr Bruder schien, wie vorhin schon, nicht recht bei der Sache zu sein, denn unter dem Tisch hantierte er immer noch mit seinem Handy herum. Graziella dagegen war umso konzentrierter. Sie verwies auf irgendwelche Unterlagen und wischte die stark gestikulierend vorgebrachten Einwände ihrer Geschäftspartner mit kleinsten Handbewegungen beiseite. Sie war definitiv eine Frau, die mit beiden Beinen fest im Leben stand und genau wusste, was sie wollte.

Und als würde sie spüren, dass sie beobachtet wurde, drehte sie sich mit einem Ruck um und schaute nach oben zu dem Fenster, hinter dem sie standen. Lene wich nach hinten aus und Bastian hielt sie mit beiden Armen fest, sonst wäre sie umgefallen. »Sorry! Meinst du, sie hat uns gesehen?«

Er schüttelte den Kopf, sah sie an und strich mit einer Hand sanft über ihre Wange. Dann beugte er sich zu ihr nach unten und gab ihr einen leichten Kuss auf den Mund. Er war so hauchzart, dass sie schon fast unsicher war, ob er ihre Lippen überhaupt berührt hatte. Es war eine ganz normale Geste, wie sie ein verliebtes Paar sicherlich mehrfach am Tag miteinander austauschte. Lene aber wurden fast augenblicklich die Knie weich. Doch sie durfte sich nichts anmerken lassen, da Giovanni an seinem Schreibtisch stand und sie schmunzelnd beobachtete.

»Hach, Amore, sei froh Bastian, dass du einer meiner besten Freunde bist, sonst würde ich sie dir ausspannen und du könntest sehen, wo du bleibst. Ihr habt euch eben gesucht und gefunden und seid ein tolles Paar. So, nun aber genug geschmust. Ihr speist heute einfach in meinem VIP-Raum, dort seit ihr vollkommen ungestört und habt Ruhe vor Graziella.«

Lene bat, bevor man sich dem Essen zuwenden würde, um eine Beschreibung für den Weg zur Toilette. Als sie von dort wiederkam, hörte sie aus Giovannis Büro erregte Worte. Leise schlich sie näher, die beiden Männer sprachen Italienisch, somit verstand sie nicht sehr viel. Ein paar Mal fiel ihr Name, auch den Begriff Policia hörte sie deutlich und dann noch einen weiteren Namen – Stefano. Kein Zweifel, überdeutlich hatte sie ihn vernommen. Ein leises Räuspern hinter ihr ließ sie zusammenzucken.

»Kann ich ihnen helfen?« Die zarte Angestellte, die eben den Kaffee serviert hatte, stand direkt hinter ihr und beobachtete ihr Lauschen vermutlich schon eine ganze Weile.

»Danke nein, es ist schon in Ordnung.« Lene spürte, dass ihr die Röte ins Gesicht gestiegen war und fühlte sich ertappt. Die andere Frau lächelte leicht und glitt lautlos die Treppe hinunter.

Der sogenannte VIP-Raum entpuppte sich als ein kleineres Zimmer im Untergeschoß. Von hier aus blickte man seitlich auf See und Garten. Draußen vor dem Fenster standen flache Büsche und Sträucher, die keinen Blick nach innen erlaubten. Dafür hätte man sich vermutlich auf eine Leiter stellen müssen. Es gab einen großen und einen etwas kleineren Tisch, je nach Anzahl der Gäste. Bastian und Lene nahmen an dem kleinen Tisch direkt vor dem Fenster Platz.

Prüfend sah sie ihn an, doch Bastian gab sich so wie immer. Sofort nach dem kurzen Gespräch war die Unterhaltung im Büro verstummt, geradezu ruckartig abgebrochen. Beide Männer waren nach draußen gekommen und sprachen in ganz normalen Tonfall mit ihr.

Giovanni verabschiedete sich kurz, denn er wollte, während sie aßen, schon ein paar Telefonate führen. Ein überaus zuvorkommender Kellner bediente sie, brachte eine kristallene Karaffe mit Wein, zwei Gläser und die Speisekarten. Er empfahl ihnen eine Fischplatte mit verschiedenen Sorten und unterschiedlichen Zubereitungsarten.

Bastian schaute sie fragend an und Lene nickte zustimmend. Als der Kellner gegangen war, senkte sich Stille über den Raum. Schließlich lächelte Bastian und meinte: »Ich glaube wir haben unsere Rolle ganz gut gespielt, was meinst du?«

Bei diesen Worten musste sie gleich wieder an den hauchzarten Kuss denken und merkte wie ihr die Röte in die Wangen stieg. *Mein Gott Lene, du bist doch nicht mehr achtzehn*, schalt sie sich in Gedanken. Aber sie fühlte sich genauso. »Ach, ich denke auch. Giovanni war ja richtig begeistert von uns. Man merkt, dass er dich sehr mag und viel von dir hält«, versuchte sie das Thema in eine unverfänglichere Richtung zu lenken.

»Ja, wie gesagt, wir kennen uns schon lange. Viele halten ihn für dumm und eitel, doch das ist falsch. Er ist ein echter Freund und nur ein kleines bisschen eitel.«

»Und was ist das hier für ein Raum?«

»Ja, wie der Name VIP-Raum schon sagt, ist er nur gewissen Leuten vorbehalten. Man ist hier komplett unter sich, egal ob als Promi oder wenn man etwas ohne irgendwelche Zuhörer besprechen will.«

Eine Stunde später hatten sie gegessen. Die Fischplatte war einfach grandios gewesen. Der Fisch zerging geradezu auf der Zunge und schmeckte so, als hätte man ihn gerade eben aus dem See gezogen. Die Jakobsmuscheln, die als Krönung in der Mitte der Platte lagen, waren auf die Sekunde genau zubereitet und vom Geschmack her einfach unvergleichlich.

Bastian, der ja selbst Koch war, schnalzte mit der Zunge. »Da könnte man schon neidisch werden. Giovanni hatte schon immer die besten Köche und ...« Das Vibrieren seines Telefons unterbrach ihn.

Er ging ran und lächelte, am anderen Ende war Ines, die wissen wollte, wie es bis jetzt gelaufen war. Bastian gab mit wenigen Worten einen kleinen Abriss des heutigen Tages. Dann schwieg er und lauschte seiner Schwester, die ihm etwas Längeres erzählte. Lene verstand nichts, doch anscheinend schien es auch um sie zu gehen, denn Bastians Blick wanderte zu ihr herüber. Ab und zu sagte er »Ja« oder »Hm«, ansonsten schwieg er.

Mit dem gegenseitigen Austauschen von Grüßen beendeten beide das Telefonat.

»Zwei Typen sind dagewesen und haben bei Ines versucht, etwas über dich herauszufinden. Natürlich nicht so direkt, anscheinend mehr hinten rum. Erst mal haben sie sich nach einem Zimmer erkundigt. Ines hat ihr Bestes gegeben und geschwindelt, was das Zeug hielt. Dass du auf einem Ausflug bist und so.« Er schwieg kurz. »Ach, und dann war Stefano noch da und hat sich auch nach dir erkundigt. Er war wohl etwas ungehalten und Ines musste ihn beruhigen.«

Seltsamerweise, bewegte sie diese zweite Mitteilung gar nicht, die Erste dafür umso mehr. »Und was machen wir jetzt, wenn sie einfach schon so bei uns auftauchen? Hoffentlich findet Giovanni etwas heraus, was uns weiterhilft und sie tun ihr nichts. Es tut mir so leid, dass ich euch durch meine Dummheit in so eine Geschichte hineingezogen habe. Wenn ich das gewusst hätte, vielleicht hätte ich lieber gleich in Deutschland in meinem langweiligen geordneten Leben bleiben sollen.«

Sichtlich betroffen sah er sie an und ergriff über den Tisch ihre Hand. »So etwas möchte ich nie wieder von dir hören. Du hast dir einfach nur ein Schmuckstück gekauft und konntest nicht ahnen, was das bedeutet. Und außerdem hätte ich dich in Deutschland nie kennengelernt und das wäre doch nun wirklich schade gewesen. Ines weiß sich weiß Gott selbst zu wehren, sie hat es schon mit ganz anderen Kalibern aufgenommen.«

Doch auch seine lieb gemeinten Worte konnten Lene momentan nicht beruhigen. Am liebsten hätte sie den Schmuck genommen und ihn in den See geworfen. Dann wäre alles vorbei und es würde wieder Ruhe herrschen.

Die Tür öffnete sich und Giovanni kam herein. Er setzte sich zu ihnen an den Tisch. Seine Miene war undurchsichtig, so könnte es man es wohl am ehesten beschreiben. Anscheinend fiel ihm sofort die Spannung auf, die am Tisch herrschte. »Ist was passiert?« Fragend sah er die beiden an.

Bastian schilderte kurz das Telefonat mit seiner Schwester. Giovanni hörte zu und schaute fast abwesend aus dem Fenster. Er schien zu überlegen.

»Auf jeden Fall solltet ihr vorsichtig sein mit Dingen, die ihr am Telefon sagt. So ein Handy ist das unsicherste, was es überhaupt gibt, zumindest hier in Italien. Da kann man bei manchen Sachen lieber gleich eine Anzeige in die Zeitung setzen. Ich will euch keine Angst machen …« Anscheinend war ihm Bastians Blick nicht entgangen. »Aber so ist es nun einmal.«

»Und, hast du etwas herausgefunden?«, fragte Lene, denn sie hielt es einfach nicht mehr aus.

»Na ja, noch nicht so richtig, aber ich bleibe dran. Ich habe mit einigen anderen Restaurantbesitzern gesprochen, die damals auch erpresst wurden. Wer genau dahinter gesteckt hat, wussten sie nicht, nur dass es eine äußerst einflussreiche Familie gewesen sein musste mit einer entsprechenden Organisation im Hintergrund. Meine Theorie hat sich also bestätigt. Die ganze Sache liegt jetzt vier Jahre zurück, seitdem hat niemand von uns über die Sache das Geringste gehört. Eines steht aber fest: Ihr solltet das alles nicht auf die leichte Schulter nehmen. Gerade die Sache mit Ines bestätigt mir das.«

Im Endeffekt hatten sie gar nichts herausgefunden. Lene war enttäuscht.

»He«, Giovanni legte seine Hand auf ihren Arm. »Noch ist nichts verloren, ich treffe mich morgen mit einem guten Bekannten, den werde ich zur Sache noch mal befragen, unter vier Augen und mich dann bei euch melden. Er wollte mit mir auf keinen Fall am Telefon sprechen, ist auch nicht weiter verwunderlich. Anscheinend weiß er etwas, aber ich will euch keine falschen Hoffnungen machen.«

Für heute konnten sie jedenfalls nichts mehr tun. Alle tranken zum Schluss noch einen Kaffee und dann verabschiedeten sie sich von Giovanni. Vorsichtig spähten sie nach draußen, doch die Luft schien rein zu sein, Graziella war gegangen. Für alle Fälle empfahl Giovanni ihnen aber einen der Seitenausgänge. Man wusste ja schließlich nie, ob nicht irgendwo noch jemand lauerte.

10. Kapitel

Draußen schien mittlerweile die Nachmittagssonne, ihre warmen Strahlen tauchten die Landschaft in einen goldenen Farbton. Auch hier vor dem Gebäude war niemand zu sehen. Die geparkten Autos waren fast alle verschwunden, erst gegen Abend würde sich der Parkplatz wieder mit den Karossen der hungrigen Gäste füllen. Einsam und verlassen stand nur noch der Jeep unter einem der großen Bäume.

Bastian spürte Lenes Enttäuschung. »He, nun komm mal her.« Er zog sie in seine Arme und wiegte sie ganz leicht hin und her. Es war ein rührendes Gefühl und wieder fühlte sie sich bei ihm so unglaublich geborgen, als ob wirklich alles gut werden würde und ihr niemand etwas tun könne. »Das war ein erster Versuch und glaub mir, wenn Giovanni uns nicht helfen kann, dann wirklich keiner. Vielleicht hat er zumindest einen Tipp für uns, was wir mit diesem Schmuck machen sollen. Irgendwie muss man ihn doch losbekommen, damit endlich wieder Ruhe herrscht.«

Was hatte sie auch erwartet – dass ihnen Giovanni eine Lösung für all ihre Probleme auf dem Silbertablett servieren würde? Das wäre zu schön gewesen, aber leider auch unrealistisch. Seit sie in Italien war, jagte eine Katastrophe die nächste. War sie nicht hierhergekommen, um abzuschalten und ihr altes Leben hinter sich zu lassen? Zumindest das war ihr hervorragend gelungen. Soviel hatte sie seit Jahren schon nicht mehr erlebt. Und immerhin stand sie hier mit einem ausgesprochen aufregenden Mann, der sich wirklich für sie zu interessieren schien und Gefühle aus ihr herauskitzelte, die sie bisher für undenkbar gehalten hatte.

»Weißt du was?« Bastian hob ihr Kinn mit seiner Hand an. »Wenn wir schon einmal hier sind, schauen wir uns Sirmione an. Eine wirklich sehr schöne Stadt, sie wird dir bestimmt gefallen. Wir gehen einfach ein bisschen bummeln, so wie richtige Touristen und lassen es uns gutgehen. Und wir versuchen, die nächste Zeit an diesen ganzen Schlamassel nicht mehr zu denken.«

Sie fuhren mit dem Auto noch ein kleines Stück Richtung Innenstadt, entschieden sich dann aber dafür, baldmöglichst einen Parkplatz zu suchen, da die Straßen immer voller wurden. Bastian quetschte seinen Jeep in eine der letzten freien Parklücken und entrichtete am Automaten die Parkgebühr. Diese wenigen Augenblicke nutzte Lene, um mit sich selber ins Gericht zu gehen. Sie würde sich jetzt zusammenreißen, diesen schönen Tag genießen und diese verdammten Grübeleien endlich abstellen. Sie würde flirten und nicht an Morgen denken. Dr. Sack wäre wahrhaft stolz auf sie gewesen.

Zusammen mit unzähligen anderen schlenderten sie langsam und gemütlich Richtung Innenstadt. Der See lag zu ihrer Rechten und der Weg schlängelte sich immer an seinem Ufer entlang. Üppige Grünanlagen wechselten sich mit Rasenflächen und Kinderspielplätzen ab. Überall waren die reichlich vorhandenen Bänke belegt und erste machten es sich sogar schon auf den Wiesen gemütlich. Gefühlt alle paar Schritte waren Eisbuden oder andere Snackbars aufgestellt. Wie zuvor schon hatte Bastian ganz selbstverständlich ihre Hand ergriffen und hielt sie fest in seiner. Unzählige Pärchen kamen ihnen entgegen und sie wirkten genau wie eines von ihnen.

Langsam kam die Silhouette des eigentlichen Zentrums in Sicht mit der markanten Skaligerburg. Zu ihrer Linken befand sich ein riesiger Parkplatz, der mit Autos und Bussen komplett überfüllt war. Menschenmassen schoben sich durch die Straßen. Mit bunten Schirmen bewaffnete Reiseführer lotsten Menschen zu den geplanten Sehenswürdigkeiten und versuchten, die Konkurrenz durch noch lauteres Rufen zu übertönen. Der Trubel war einfach unglaublich und verstärkte sich noch, da der Zugang zur Stadt nur durch ein wahrhaftes Nadelöhr möglich war. Es ging über eine Zugbrücke, die sicher in alten Zeiten so manche Feinde von einem Überfall abgehalten hatte. Nun war sie seit vielen Jahren heruntergelassen und die touristischen Massen wälzten sich ungehindert nach drüben in die alten Mauern. Eine Ampel regelte den Verkehr und sorgte dafür, dass sich nur die Autos durch die engen Gassen quälen durften, die auch eine Erlaubnis dafür hatten, denn ohne Zufahrtsberechtigung kam man hier nicht mehr weiter.

Lene war wirklich sprachlos. »Du meine Güte, so viele Leute.« Sie wurden geschoben und geschubst und spätestens jetzt hätten sie sich auf jeden Fall an die Hand genommen, um im Gedränge nicht auseinandergerissen zu werden.

Auch Bastian sah nicht gerade glücklich aus und versuchte, sie ein wenig mehr zur Seite zu ziehen. Ratlos schaute er sie an. »Oje, hätte ich das gewusst. Wollen wir lieber zurückgehen? Wird es dir zu viel?«

»Nun sind wir schon mal hier und machen das Beste daraus. Vielleicht wird es weiter hinten etwas ruhiger. Die meisten wollen bestimmt nur in die Burg. Wir bummeln wie normale Touristen hast du gesagt, da gehört ein gewisses Geschiebe mit dazu.« Lachend sah sie ihn an und Bastian gab ihr einen winzigen hauchzarten Kuss auf ihre Nase.

Also wanderten sie durch die schmalen Straßen, die von Geschäften jeglicher Art flankiert wurden. Alte urige Häuser standen nahe beieinander und alles wirkte wie die Kulisse in einem italienischen Film. Kreischende Urlauber kauften völlig überteuerten Nippes, den zu Hause niemand mehr ansah. Englisches, deutsches, sogar japanisches Sprachgewirr ertönte um sie herum. Die obligatorischen italienischen Kellner versuchten Gäste in ihre Etablissements zu lotsen. Lene und Bastian trugen es mit Fassung und konnten mittlerweile über den ganzen Zirkus sogar lachen. Und wirklich, je länger sie liefen, umso ruhiger wurde es. Es gab nur noch vereinzelte Läden, bis die Einkaufsmeile schließlich endete und mondäne Villen den Straßenrand säumten. Hohe schmiedeeiserne Zäune und fest verschlossene Tore sorgten dafür, dass man unter sich blieb. Wer hier residierte oder Urlaub machte, hatte mit dem normalen Volk sicherlich nichts am Hut. Dahinter sah man parkähnliche Grünanlagen, die eigentlichen Häuser blieben unsichtbar. Gärtner gaben ihr Bestes, um die Perfektion der riesigen Gärten zu erhalten. Bis auf eine Villa, die man zum Hotel umgebaut hatte, wirkte der Rest fast unbewohnt und verlassen.

Immer weiter marschierten sie nach vorn. Mittlerweile verschmälerte sich die Halbinsel, auf der Sirmione in den See hineinragte, und wurde zur Landzunge. Weit schob sie sich in den Gardasee und immer wieder gab es schöne Ausblicke aufs Wasser. Spontan zog Bastian sie zu einem schmalen Weg, der eher schon ein Trampelpfad war und abwärts führte. Vorbei an mehreren Büschen ging es steil nach unten zu einem mit großen Kieselsteinen übersäten Strand. Sanft plätscherten die Wellen ans Ufer, von dem eben noch erlebten Trubel war nichts mehr zu spüren. Hier unten waren sie die einzigen Menschen. Ein flacher großer Stein lag ein wenig geschützt im Schatten und genau dort nahmen sie Platz. In der Luft hing ein modriger Geruch nach Algen und etwas anderem, der Lene kurz an die Ostsee erinnerte.

Schweigend saßen sie da und schauten aufs Wasser. Bastian nahm ein paar kleine Steine in die Hand, ließ sie kreisen und warf sie schließlich soweit er konnte. Mit einem dumpfen Geräusch versanken sie in der Tiefe des Sees und ihre Kreise breiteten sich bis zum Ufer aus und verebbten dann. Die Stille um sie herum dehnte sich immer weiter aus. Mittlerweile klopfte ihr Herz genau wie bei Stefano und trotzdem war da noch dieses andere, kaum beschreibbare Gefühl. Ganz nah beieinander waren sie – so nah, dass ihre Oberschenkel sich berührten.

»Ich konnte vorhin nicht anders, ich musste dich einfach küssen.« Seine Stimme war rau, er blickte sie nicht an, sondern beobachtete weiterhin die Wellen. »Seit dem Tod von Rosa habe ich mich zu keiner Frau so hingezogen gefühlt wie zu dir. Eigentlich dachte ich, ich werde mich nie mehr verlieben. Und dann kamst du, ich hab dich bei Ines in der Küche gesehen und in meinem Inneren löste sich etwas – wie eine Verspannung. Ich weiß nicht, ob du das verstehst. Ich hab mir in den letzten Tagen Sorgen gemacht, dir könnte etwas zustoßen, ständig wirst du von irgendwelchen undurchsichtigen Typen verfolgt und in Mordfälle verwickelt. Ständig muss ich an dich denken. Du bist so zart und zerbrechlich.«

Lene musste schmunzeln. »Na ja, zart und zerbrechlich bin ich ja nun eher nicht.«

»Doch, für mich bist du das. Dich muss man beschützen, du hast so viele schlimme Dinge erlebt und solltest glücklich werden.«

Endlich sah er sie an. »Und nun frage ich mich, ob es richtig war. Weil …na ja …« Er schluckte heftig.

»Du meinst wegen Stefano?«

Bastian nickte nur ganz leicht.

Da war sie wieder, die Misere, in der Lene steckte. Bis vor kurzem keinen Mann und nun gleich zwei.

Sie zuckte unsicher mit den Schultern. »Ganz ehrlich, ich weiß es nicht. Bei Stefano ist es aufregend, bei dir ist es anders. Ich fühle mich so wohl, als würde ich dich schon lange kennen. Du bist so vertraut und … ich mag dich sehr. Ich bin so durcheinander und …« Oh Gott, was sagte sie denn jetzt schon wieder, das war ja furchtbar. Ihr fiel gar kein klarer Gedanke ein. Irgendwie hatte sie langsam das Gefühl, dass alles, was sie von sich gab, mehr kaputtmachen würde, also schwieg sie. Und sie hatte das ganze Gegenteil von dem gesagt, was sie in ihrem Inneren fühlte und eigentlich sagen wollte.

Er sah wieder auf den See, in seinem Gesicht arbeitete es. Hart traten die Adern an seinem Hals hervor. »Lass uns besser zurückgehen, der Tag war lang und wir brauchen ja eine Weile bis nach Malcesine.« Er war enttäuscht, logisch. Ohne dass er dies sagte, fühlte sie es. Sie spürte es an seiner Haltung, an der ganzen Art ihr Gegenüber. Irgendwie kam es ihr vor, als hätte sie gerade alles zerstört – die Annäherung von vorhin, diesen wundervollen Tag.

Er half ihr höflich den Hang hinauf und ließ, sobald sie oben auf dem Weg angekommen waren, ihre Hand los. Sie verstand sich selbst nicht mehr. Moni hätte ihr einen Vogel gezeigt. Zum Glück war die Stadt bald erreicht und das zwischen ihnen liegende Schweigen nicht mehr ganz so präsent. Die Straßen hatten sich mittlerweile sichtlich geleert, die meisten der Tagestouristen hatten den Heimweg angetreten.

Nur noch in den kleinen Tavernen herrschte Betrieb. »Wollen wir noch etwas essen?«

Sicher fragte er mehr aus Höflichkeit und Lene schüttelte den Kopf. Wenn sie ehrlich war, hatte sie einen dicken Kloß in ihrem Magen. Das sollte schon etwas heißen, denn normalerweise bekämpfte sie ihre Sorgen mit Essen oder speziell Schokolade.

Sie näherten sich der trutzigen Skaligerburg. Auf dem Hinweg hatte er noch ihre Hand gehalten und nun war alles kaputt. Die Leichtigkeit, die zwischen ihnen gewesen war, hatte sich verflüchtigt. Noch einmal füllten sich die Straßen mit Menschen, eine letzte Reisegruppe verließ den Burghof und reihte sich vor ihnen ein, um die Halbinsel wieder zu verlassen.

Wie es geschah, konnte Lene später nicht mehr sagen. Sie war zu unkonzentriert, so viele andere Dinge gingen durch ihren Kopf. Auf einmal bekam sie von hinten einen kräftigen Stoß in den Rücken. Das unebene Pflaster ließ sie stolpern und kam auf sie zu. Alles ging so furchtbar schnell, sie versuchte krampfhaft noch irgendwo einen Halt zu finden, aber Bastian war zu weit weg. In diesem Moment fiel sie und schlug hart auf die Steine vor der Skaligerburg auf. Ein stechender Schmerz durchzuckte ihr rechtes Knie und die beiden Handgelenke. Sofort war Bastian bei ihr. Wenn sie ehrlich war, kam sie sich in diesem Moment wie ein gestrandetes Walross vor. Sie lag hier, wie eine platte Flunder und kam allein kaum auf die Beine.

»Lene, um Gottes Willen, ist dir was passiert? Warte ich helfe dir?« Mühsam zog er sie hoch. Vor ihren Augen schwankte alles und der Schmerz in ihrem Knie wollte einfach nicht vergehen. Er war so stark, dass ihr fast die Luft wegblieb.

»Warte, komm langsam hier herüber, setz dich auf die Stufen.« Er nahm sie vorsichtig am Arme und verfrachtete sie einfach auf die Eingangstreppe irgendeines Gebäudes. Besorgt beugte er sich über sie. »Tut dir etwas weh? Geht's dir schlecht? Du siehst ein wenig käsig aus.«

»Die Handgelenke, aber am schlimmsten ist das Knie.« An ihrem rechten Bein lief das Blut Richtung Fußgelenk. Vorsichtig schob er das Kleid nach oben. Sie hatte eine ziemliche Schürfwunde. Bastian nahm sein Taschentuch, tupfte das Blut behutsam ab und deckte anschließend die Wunde ab.

»Ich konnte dich nicht halten, ich sah dich fallen – es ging einfach alles so furchtbar schnell. Wie ist das denn passiert.«

Lene zuckte die Schultern. Wie war es passiert? Das fiel es ihr plötzlich wieder ein. »Ich bekam einen Stoß in den Rücken ...Moment mal, meine Tasche.« Hastig sah sie sich um, doch das Pflaster vor ihr war leer. Die Menschen, die anfangs neugierig stehengeblieben waren, liefen weiter. »Bastian, meine Tasche ist weg.«

»Der Schmuck«, riefen beide zeitgleich.

»Du bleibst hier sitzen, ich schaue mich ein kleines Stück um, vielleicht hat jemand die Tasche gefunden und an die Seite gestellt.« Dies war eher unwahrscheinlich, doch er wollte es versuchen.

Nach wenigen Minuten war er wieder da – mit zwei identisch aussehenden Carabinieri im Schlepptau. Sie waren ziemlich jung, hatten schwarze gelockte Haare und trugen auch hier im Schatten dunkle Pilotensonnenbrillen. Nicht nur ihre Uniformen waren identisch, ihre ganze Art, sich zu bewegen. wirkte, als ob sie eineiige Zwillinge wären. Eines der Sprechfunkgeräte knisterte und einer der beiden sagte ein paar knappe Worte zu der Stimme am anderen Ende.

»Schildern Sie uns, was geschehen ist, bitte von Anfang an oder brauchen Sie erst mal einen Arzt?« Sie schüttelte abwehrend den Kopf. Nur keinen Arzt, das hätte ihr noch gefehlt. Fast war Lene versucht zu lachen, denn würde sie wirklich von Anfang an erzählen, wäre es ein längeres Gespräch geworden. Also schilderte sie einfach den Stoß in den Rücken und ließ den Rest weg.

»War etwas Besonderes in der Tasche? Geld, Dokumente, Sonstiges?« Routinemäßig schnarrte einer seine Fragen herunter, während der andere sich Notizen machte.

»Ein wenig Geld, nicht viel, vielleicht fünfzig Euro maximal. Meine Dokumente sind in der Pension und dann …« Lene holte tief Luft. »Schmuck war in der Tasche, eine Kette und ein paar Ohrhänger, aus Silber.«

Beide nickten und blickten sich an. »Tja, leider haben wir hier verstärkt mit Diebstählen jeglicher Art zu kämpfen. Osteuropäische Banden, trotz Polizeipräsenz ist man weitestgehend machtlos. Wir würden ihnen empfehlen, eine Anzeige zu erstatten. Das Revier ist gleich dort hinten. Ansonsten können wir erst einmal nichts für sie tun.«

Und so folgten sie der vagen Handbewegung des Beamten und fanden sich schon nach kurzer Zeit auf der Polizeiwache Sirmiones wieder. Sie war in einer schmalen Seitengasse untergebracht im Erdgeschoß eines unscheinbaren Gebäudes. Dort herrschte ein ausgesprochen buntes Treiben und eine Luft wie im Raubtierkäfig. Diebstähle schienen wirklich ein großes Problem zu sein, denn unzählige Urlauber waren aus dem gleichen Grund wie sie hier. Zunächst galt es, wie auf dem Arbeitsamt, eine Nummer zu ziehen und dann auf den Aufruf der Ziffernfolge zu warten. Die gerade angezeigte Zahl verhieß eine relativ lange Wartezeit. Die Anzahl der Stühle war begrenzt und nur dank des blutverschmierten Knies und der wenig höflichen Ansage von Bastian erhob sich schließlich ein britischer Tourist und bot ihr seinen Sitzplatz an.

Die Wärme, die Schmerzen – was auch immer, Lene wurde langsam übel. Ihr Kopf dröhnte und sie bekam das Gefühl, sich jeden Moment übergeben zu müssen und zwar genau hier auf diesen kackbraunen Fußbodenbelag. »Bastian, mir ist schlecht und zwar furchtbar.« Wenige Augenblicke später hatte er ihr ein Glas Wasser besorgt, was bei den anderen Wartenden anerkennende Worte hervorrief.

Gegend Abend begann sich das Revier zu leeren, obwohl immer wieder andere Leute zu ihnen stießen und schließlich zeigte die Anzeige ihre Nummer. Fast zwei Stunden hatten sie gewartet. Der Beamte, welcher sich um die Diebstahlanzeige kümmern sollte, war Mitte fünfzig und gramgebeugt. Kein Wunder, wenn man den ganzen Tag nur mit Diebstählen zu tun hatte, in einem winzigen Büro hockte und unter Magenbeschwerden litt. Anders konnte sie sich die große Kanne Kamillentee auf dem Schreibtisch nicht erklären.

Die Anzeige war schnell aufgenommen, routiniert hämmerte er ihre gesamten Angaben in seinen Rechner und ließ sie dann alles unterschreiben. Den Schmuck hatte sie so gut es ging beschrieben und ärgerte sich, immer noch kein Foto davon gemacht zu haben. Da fiel ihr Commissario Traffetti ein, doch anscheinend dachte Bastian das gleiche wie sie, denn er schüttelte unmerklich den Kopf und bedeutete ihr zu schweigen, um das Chaos nicht noch größer zu machen.

Sie waren beide froh, das Revier endlich verlassen zu können und steuerten ohne Absprache das nächste Ristorante an.

In einem kleinen Innenhof setzten sie sich an den letzten freien Tisch. Er stand in der Ecke, genau am Gang der zu den Toiletten führte und genauso roch es auch. Lene war mittlerweile alles egal, Hauptsache sie bekam etwas zu essen. Sofort sprintete eine Kellnerin mit einer riesigen Speisekarte auf sie zu. Ohne groß zu überlegen, orderten sie jeweils eine Pizza. Ihr Bein schmerzte. Durch das kurze Laufen hatte die Wunde wieder zu bluten angefangen.

»Leg dein Bein auf den Stuhl, ich frage mal ob ich etwas zum Verbinden bekommen kann.« Energisch drückte er sie in eine bequemere Stellung und duldete keine Widerrede. Noch ehe das Essen serviert wurde, war ihr Bein fachmännisch versorgt und vom neuen Blut gesäubert. Geschickt hatte er mit den Kompressen hantiert und den Verband mit ganz viel Gefühl angelegt. Seine Berührungen taten so gut und wieder ärgerte sie sich über ihre Reaktion von vorhin.

Die Pizza war eher durchschnittlich, nur der Hunger trieb sie rein. Auch der Wein war nicht wesentlich besser und Bastian seufzte. »Ein Hoch auf die italienische Küche! Tut mir leid, schmeckt wie im Supermarkt gekauft und aufgetaut.«

»Ach, ist doch nicht schlimm, Hauptsache wir haben was im Magen.«

»Soll ich dann das Auto holen? Du müsstest vorn am Parkplatz warten und ich laufe allein die Strecke.«

Lene protestierte. »Kommt nicht in Frage. Ich laufe. Wir gehen ein bisschen langsamer, das schaffe ich schon.« Besorgt sah er sie an, widersprach ihr aber nicht.

Als sie an der Stelle des Überfalls vorbeikamen, war es dunkel geworden. Schnell sank die Finsternis herab und die Straßenlaternen verbreiteten ihr funzliges Licht. Langsam gingen sie den Weg von heute Nachmittag zurück. Bastian stützte sie, doch Lene war sicher, er tat es nur aus Höflichkeit. Kein Wunder, nach der Abfuhr von vorhin, hätte jeder Mensch die Flinte ins Korn geworfen. Ihr Knie schmerzte wieder höllisch, aber sie versuchte, sich nichts anmerken zu lassen. Die ganze Situation war so schon blöde genug.

Irgendwann hielt Lene es nicht mehr aus. Sie musste mit ihm sprechen, sonst würde sie es sich nie verzeihen. Und hinsetzen musste sie sich auch, sonst würde sie nicht mehr bis zum Auto kommen.

»Können wir uns … können wir uns da drüben mal auf die Bank setzen, bitte?«

Besorgt sah er sie an. »Hast du Schmerzen? Soll ich das Auto holen?«

»Nein, bitte Bastian, lass uns einfach nur hinsetzen«, sagte sie heftiger als sie es eigentlich gewollt hatte.

Er zog seine Jacke aus und legte sie um ihre Schultern, natürlich war ihm ihr frösteln nicht entgangen.

»Danke«, murmelte sie.

Los komm, meldete sich ihre innere Stimme. *Nun sag endlich was zu ihm, sei nicht doof. Ergreif dein Glück. Lass es dir nicht durch die Lappen gehen.* Nur was sollte sie sagen und wie? Doch in der Dunkelheit um sie herum, ging es plötzlich ganz leicht. Vielleicht lag es daran, dass sie sein Gesicht kaum erkennen konnte.

»Ich muss mit dir reden, wegen vorhin. Es tut mir leid, was ich gesagt habe. Ich will nicht dass du denkst, ich weiß nicht, was ich will. Na ja, eigentlich wusste ich das auch gar nicht. Weißt du, ich bin nach Italien gekommen und wollte Abstand und mein ganzes altes Leben hinter mir zurücklassen. Nicht mal einen Mann habe ich hier gesucht, eigentlich hatte ich von Männern die Nase voll. Dann kam Stefano, er … er hat mit mir geflirtet, mich als Frau gesehen. Zum ersten Mal nach so vielen Jahren hat das jemand getan. Ich war geschmeichelt, es tat mir gut. Und dann kamst du, von Anfang an gingst du mir nicht mehr aus dem Kopf. Aber ich hatte das Gefühl, dass du für eine neue Beziehung noch nicht bereit bist. Da war so viel Schmerz in deinen Augen. Und dann haben wir uns heute geküsst, seitdem bin ich durcheinander und zwar vollkommen. In meinem Kopf dreht sich alles und in meinem Inneren sind eine Wärme und ein Vertrauen, wie ich es noch nie gespürt habe. Das wollte ich dir eigentlich nur sagen …«

Zunächst schwieg Bastian. *Verdammt, warum sagt er nichts*, dachte Lene. Hatte sie wieder alles falsch gemacht?

Nach einer gefühlten Ewigkeit, legte er seinen Arm um ihre Schulter und zog sie zu sich heran. »Zitterst du immer noch vor Kälte?«

»Nein, ich bin so furchtbar aufgeregt.« Sie musste lachen. »Da hab ich immer schon gebibbert, schon früher vor der Klasse, da klapperten dann sogar noch meine Zähne.«

»Und wenn ich dich jetzt nochmal küsse, könnte das hilfreich sein oder zitterst du dann noch mehr?«

»Es wäre durchaus hilfreich und vor allem sehr schön.«

Sie spürte seinen Atem, der sich ihr näherte. Er roch so unendlich gut, dass sie es kaum beschreiben konnte. Und diesmal klopfte ihr Herz so heftig – es schlug bis in die letzte Zelle ihres Körpers und ließ ihre Lippen beben. Ungeduldig kam sie ihm entgegen. Trotz der Dunkelheit fanden sie wie von allein zueinander. Sanft berührte er ihren Mund, seine Lippen lagen anfangs nur hauchzart auf ihren. Er zeichnete ihre Oberlippe nach und knabberte sanft an ihr. Dann fanden sich ihre Zungen, sie umspielten einander, zogen sich zurück, nur um sich gleich darauf wieder zu finden. Seine Hände berührten ihre Arme, strichen sanft auf und ab und spielten mit ihrem Haar. Wie schon heute Vormittag erstaunte es sie, wie ein Mann, der so schwer arbeitete, so zart sein konnte. Bastian stöhnte vor Verlangen und sie spürte seine zunehmende Erregung. Lene beugte sich weiter in seine Richtung, einfach um ihm noch ein Stück näher zu sein. Am liebsten hätte sie sich gegen ihn gepresst, ihre Brust noch fester an seine gedrückt. Doch ein plötzlicher Schmerz in ihrer Hand ließ sie zurückzucken.

»Oh Gott, hab ich dir wehgetan?« Sofort zog er sich zurück.

»Alles gut, ich bin momentan eben ein bisschen angeschlagen.« Stöhnend rieb Lene ihr Handgelenk.

»Ich hab es ja gesagt, du bist eine ganz Zarte, auf die man aufpassen muss. Tut man das nicht, siehst du sofort, was dabei herauskommt.«

»Wahrscheinlich hast du recht. Ich bin es nur nicht mehr gewöhnt, dass sich jemand um mich sorgt.« Ächzend kämpfte Lene sich hoch, durch das Sitzen war ihr Bein eingeschlafen. Mühevoll quälte sie sich mit Bastians Hilfe die restliche Strecke bis zum Auto. Der Parkplatz war fast leer, nur noch wenige Fahrzeuge waren zu dieser späten Stunde abgestellt.

Sie nahm nur noch verschwommen das Ortsausgangsschild von Sirmione war. Kurze Zeit später war sie bereits tief und fest eingeschlafen.

11. Kapitel

Ein sanftes Ruckeln an ihrer Schulter weckte sie. Irritiert sah Lene sich um. Sie saß zusammengesunken neben Bastian im Auto. Vor ihr war Dunkelheit. Doch langsam konnte sie schemenhaft etwas erkennen. Sie sah Olivenbäume und genau neben ihrer Tür stand ihr kleines rotes Auto.

»He«, sanft strich er über ihre Wange. »Aufwachen! Wir sind zu Hause.«

Mit einem Ruck richtete Lene sich auf. »Gott, sag bloß, ich habe die ganze Rückfahrt gepennt. Irgendwie habe ich gar nichts mehr mitbekommen. Ich war so schrecklich müde mit einem Schlag.«

Von hinten näherte sich eine weiße Gestalt. Für einen Moment wirkte es, als käme ein Geist über den Hof geschwebt. Beim Näherkommen entpuppte der Geist sich als Ines. Völlig aufgelöst stürzte sie zur Beifahrertür. »Mensch, ich hab mir furchtbare Sorgen gemacht, wo wart ihr denn bloß? Es ist mitten in der Nacht.« Im Schein der Autobeleuchtung schaute sie auf Lenes Knie. »Großer Gott, was ist denn mit dir passiert?«

Bastian beruhigte sie, »Schwesterchen, alles ist in Ordnung, es sieht schlimmer aus, als es ist. Aber Lene gehört jetzt erst mal ins Bett und ich ehrlich gesagt auch. Der Tag war furchtbar lang und ziemlich aufregend. Wir versprechen dir, morgen beim Frühstück genauestens zu berichten.«

Minuten später lag Lene auf ihrem Bett. Ines deckte sie behutsam zu, doch das spürte sie bereits nicht mehr. Und so merkte sie auch nicht, dass kurze Zeit später noch einmal jemand in ihr Zimmer schlich. Die Gestalt setzte sich vorsichtig auf ihre Bettkante, strich über ihre Wange und drückte einen hauchzarten Kuss auf ihre Stirn. Und so leise wie Bastian gekommen war, schlich er auch wieder nach draußen.

Lene träumte von ihm, sie küssten sich. Um sie herum drehte sich alles. Mühevoll hielt sie sich an ihm fest. Immer schneller und schneller wie auf einem Karussell huschte die Umgebung an ihnen vorbei. Da war das Haus, in dem sie heute gewesen waren. Grell bunt leuchteten die Buntglasfenster. Plötzlich tauchte Commissario Trafetti auf. Er hielt eine Frau in seinem Arm. Sie schienen sich zu küssen. Doch auf einmal sank sie zu Boden. Signora Prande lag zu seinen Füßen, ihre Stirn glänzte voller Blut … In diesem Moment erwachte Lene. Wieder einmal war sie schweißgebadet. Früher hatte sie schlecht geschlafen, aber an Alpträume konnte sie sich nicht erinnern. Nun schlief sie besser, träumte aber nur noch komische Dinge.

Ihr Hals war trocken und sie tastete nach der Flasche Wasser, die normalerweise immer auf ihrem Nachttisch stand. Da war nichts, auch die angeschaltete Nachttischlampe zeigte nichts zu trinken in ihrer Nähe, bis sie die Flasche auf dem Tisch entdeckte. Stöhnend quälte sie sich aus dem Bett und nahm mehrere Züge. Der Tag war wirklich lang gewesen, hinter ihrer Schläfe begann es zu pochen. *Bitte keine Migräne*, dachte sie. Die würde jetzt wirklich noch fehlen. Sie öffnete weit ihre Balkontür und trat mit der Flasche nach draußen. Frische Luft half meistens, tief durchatmen und entspannen. Um sie herum herrschte Totenstille. Der See schimmerte in einem undefinierbaren Ton. Am gegenüberliegenden Ufer spiegelte sich die Beleuchtung der Tunnel auf seiner Oberfläche. Unten auf der Gardesana kam ein einsames Auto herangerauscht. Schon am Motorengeräusch erkannte man, dass der Fahrer die Geschwindigkeitsbegrenzung nicht unbedingt einhielt.

Noch einmal ließ sie ihre Blicke über den Garten schweifen und wollte gerade wieder nach drinnen gehen, als sie stutzte. Einen Moment war es ihr vorgekommen, als würde eine helle Gestalt durch den Garten schleichen. Fast dachte sie schon, die Übermüdung hätte ihr einen Streich gespielt, als sie wieder schemenhaft unter einem der alten Bäume etwas erkannte. Und wie zur Bestätigung glomm eine Zigarette auf. Kein Zweifel! Unten im Garten schlich jemand umher. Mit angehaltenem Atem spähte sie nach unten und versuchte die Dunkelheit mit ihren Augen zu durchdringen. Doch anders als bei ihr zu Hause war es hier wirklich richtig dunkel. In der Nähe gab es keine Großstadt, welche mit ihrer Nachtbeleuchtung den Himmel in einem gewissen Umkreis erhellt hätte.

Sie glaubte, ein leises Murmeln zu hören, anscheinend waren zwei Personen im Garten. War da nicht gerade ein leises Stöhnen gewesen? Es klang wie von einer Frau, ganz unterdrückt. Und noch ein anderes Geräusch nahm Lene wahr, welches sie nicht einordnen konnte. Oder wurde sie jetzt wirklich langsam von irgendeiner Paranoia heimgesucht?

Ines, die komischen Typen, die heute dagewesen waren – all das schoss ihr durch den Kopf. Lene schlüpfte spontan in die Jeans, warf einen Pullover über und schlich leise die Treppe nach unten. Ihr Knie begann wieder zu schmerzen und so humpelte sie vorsichtig weiter. Vor dem Zimmer von Bastian zögerte sie kurz. War es besser, ihn zu wecken? Andererseits würde sie sich vielleicht vollkommen lächerlich machen. Was sollte sie auch sagen? *Ich habe im Garten ein Stöhnen gehört.* Sie wollte einfach kurz nachschauen gehen und wenn wirklich jemand im Garten war, würde sie zurückkommen und Hilfe holen.

Die Haustür war verschlossen, aber der Schlüssel steckte auf der Innenseite. Vorsichtig drehte sie ihn, bis sie das Zurückschnappen des Schlosses hörte. Dann öffnete sie ganz langsam die Tür, Zentimeter um Zentimeter, bis die Lücke groß genug war, um nach draußen zu schlüpfen. Einen kurzen Moment orientierte sie sich, bis ihre Augen sich an die Finsternis gewöhnt hatten. Alles war ruhig, nichts zu sehen und nichts zu hören.

Sie versuchte flach zu atmen, doch ihr eigener Herzschlag wummerte in den Ohren. Vorsichtig schob sie sich nach draußen auf den verlassenen Hof. Nun kam die schwierigste Stelle: Der gesamte Innenhof war dick mit Kies bestreut. Um lautlos hinüber zu gelangen, hätte man einen Hexenbesen gebraucht. Da Lene einen solchen nicht besaß, tastete sie sich Schritt um Schritt voran, bis sie schließlich neben ihrem Auto angekommen war. Mittlerweile hatten ihre Augen sich etwas besser an die Finsternis gewöhnt. Sie versuchte zwischen den uralten knorrigen Olivenbäumen irgendetwas zu erkennen, doch so sehr sie auch spähte, da war nichts. Ein Blick zurück zeigte nur den schemenhaften Umriss des Hauses, kein Licht brannte, alle Bewohner schliefen. Also war sie vollkommen umsonst mitten in der Nacht hier draußen herumgeirrt. Es war Zeit, wieder ins Bett zu gehen. Zum Glück hatte sie die Anderen schlafen lassen.

Plötzlich knirschte Kies unter Füßen, ein Stück entfernt, sie vernahm es deutlich. Und dann hörte es sich an, als würde ein Ast knacken. Wieder war dieses seltsame Geräusch zu hören, ein schweres Atmen oder Stöhnen und all dies kam aus Richtung des Tores. Lene huschte möglichst lautlos unter den Bäumen entlang.

»Ah, verdammt«, sie biss sich heftig auf die Lippe und hüpfte auf einem Bein. Seitlich hatte Ines mehrere große Blumenkübel mit Oleanderpflanzen stehen und gegen einen dieser Töpfe war Lene gerade gestoßen. Natürlich mit ihrem bereits angeschlagenen Knie. Es gab ein schepperndes Geräusch – in ihren Ohren klang es so laut, dass eigentlich das gesamte Haus hätte wach werden müssen, doch alles blieb still.

Sie blieb unsicher am unteren Ende der Auffahrt stehen und schaute den Weg, der eine leichte Biegung machte, hinauf. Hier war es noch dunkler, da die gepflanzten Koniferen hohe Schatten warfen. *Warum gibt es hier eigentlich keine Straßenlampen?*, fragte sie sich. *In Deutschland wird doch jeder Feldweg beleuchtet, aber hier herrscht eine Arschfinsternis.*

Endlich gelangte sie zwischen den beiden steinernen Säulen an, die die Grundstückseinfahrt flankierten. Nun konnte sie auch um die Ecke auf den Weg schauen. Richtung See war alles leer, doch in der anderen Richtung bergauf, parkte wenige Meter weiter ein Auto. Es stand möglichst weit am Rand direkt an Ines Grundstücksmauer, blockierte aufgrund des schmalen Weges trotzdem alles. Im Fahrzeug war niemand zu sehen, doch ihre Perspektive war alles andere als günstig.

Da war es wieder, ihr inneres Dilemma. Sollte sie nicht doch lieber umkehren? Andererseits: Vielleicht gab es eine ganz logische Erklärung für das alles hier. Also, nur noch bis zu dem Fahrzeug, reinschauen und dann schnell zurück. Sie versuchte im Schatten der Mauer zu bleiben, bis sie direkt vor dem Wagen stand. Im Film hätte jetzt eine Zigarettenspitze aufgeleuchtet und den nächtlichen Besucher verraten. Doch leider war Lene in keinem Film, so spähte sie in den Wagen und sah – nichts.

Gerade als sie die Hand auf die Motorhaube legen wollte, um festzustellen, ob sie noch warm war, nahm sie eine winzige Bewegung hinter sich wahr. Lene drehte sich nach hinten, doch in diesem Augenblick legte jemand ein übelriechendes Tuch auf ihr Gesicht. Sie spürte nur noch, wie ihr die Sinne schwanden und es vor ihren Augen noch schwärzer wurde, als die Nacht ohnehin schon war. Ihr letzter Gedanke war, dass sie immer geglaubt hatte, niemand würde pummelige Menschen verschleppen, wegen des Gewichtes. Dann versank die gesamte Umgebung und sie sackte zu Boden.

12. Kapitel

Ines war fassungslos. Eben hatte ihr Bastian ausführlich den gestrigen Tag geschildert. Er ließ nichts aus – die Verfolgung nach dem Besuch auf dem Polizeirevier, die seltsame Begegnung mit Graziella Montaldo und die wenig positiven Andeutungen seines Freundes Giovanni. Der Höhepunkt war natürlich der Diebstahl von Lenes Tasche. Niemand von ihnen beiden glaubte an einen Zufall, so viele Zufälle konnte es gar nicht geben.

»Die haben euch beide garantiert die ganze Zeit beobachtet und nur auf eine günstige Gelegenheit gewartet. Und wo bietet es sich mehr an als im Gewühl von Sirmione. Dort werden jeden Tag vermutlich dutzende Taschen geklaut. Eh du die ganze Sache überhaupt registriert hast, sind die Diebe über alle Berge. Aber ein Zufall war das hundertprozentig nicht.«

Bastian war ganz ihrer Meinung. Trotz allem, was passiert war, fühlte er sich überglücklich Vielleicht hatte die Sache mit dem vermaledeiten Schmuck nun endlich ein Ende, die Gegenseite würde Ruhe geben und Lene könnte einen schönen Urlaub verbringen. Und wer weiß, was sich zwischen ihnen beiden noch alles ergeben würde. Automatisch wanderten seine Gedanken zum gestrigen Abend zurück. Natürlich war ihm ihre Zerrissenheit nicht entgangen, ihr Schwanken zwischen ihm und Stefano. Doch nun hatte er zum ersten Mal das Gefühl, seine Karten waren nicht die schlechtesten. Warum hätte sie sonst auch so leidenschaftlich mit ihm geknutscht. Lene – sie war die erste Frau, mit der er sich wieder eine Zukunft vorstellen konnte. Mit ihr war alles möglich. Sie würde Rosa niemals ersetzen, aber eine gleichwertige Stelle in seinem Herzen einnehmen.

»Bastian, sag mal hörst du mir überhaupt zu?« Ines schaute ihn eindringlich an. »Wo immer du gerade warst, es war ein schöner Ort, da bin ich sicher. Wer so verträumt grinst – da liegt eigentlich nur ein Schluss nahe, du bist verliebt. Und anscheinend nicht hoffnungslos, sondern mit einer gewissen Erwiderung.«

Seiner Schwester konnte er nichts vormachen, sie kannte ihn so gut. Ihre Bindung war über die vielen Jahre intensiv und voller Vertrauen geworden.

»Ja, ich geb's ja zu. Wir beide sind uns näher gekommen. Hach Ines, sie ist eine tolle Frau.«

»Apropos tolle Frau, mittlerweile ist es gleich halb elf.« Sie warf einen prüfenden Blick auf die laut tickende Wanduhr. »Lene ist ja heute wirklich mit einem äußerst erholsamen Schlaf gesegnet. Doch vielleicht wäre es an der Zeit, endlich mal Commissario Traffetti anzurufen und ihm von den neuesten Entwicklungen zu berichten. Weißt du was, ich geh sie wecken …oder willst du, ich meine nach dem gestrigen Abend?« Grinsend sah sie ihn an und wich im letzten Augenblick dem Geschirrtuch aus, welches er in ihre Richtung warf.

»Geh du ruhig, ich mach ihr schon mal einen Kaffee.«

Ines klopfte erst leise und behutsam an die Tür zu Lenes Zimmer, doch nichts tat sich. Also klopfte sie stärker, bis sie fast gegen die Tür wummerte und damit Bastian auf den Plan rief.

»Na sag mal, da kannst du ja gleich die Tür einschlagen. Kein Mensch hat so einen Schlaf.«

Also öffnete sie vorsichtig die Tür und schielte um die Ecke. Die Balkontür war weit geöffnet und die Vorhänge bauschten sich im gerade entstandenen Durchzug auf. Dann fiel ihr Blick auf das zerwühlte Bett – es war leer. Vielleicht war Lene gerade im Bad und hatte sie wegen der rauschenden Belüftungsanlage nicht gehört. Doch die Badtür stand offen, der Raum war dunkel und leer. Mittlerweile standen beide Geschwister mitten im Zimmer. Lene war eindeutig nicht da. Ihr am Saum beschmutztes Kleid lag über einem der Stühle. In der Reihe Schuhe, die sie ordentlich an einer Wand aufgebaut hatte, klaffte eine Lücke. Draußen auf dem Balkon stand eine halbleere Flasche Wasser, der Verschluss lag daneben. Alles sah aus, als ob Lene eben noch im Raum gewesen war und ihn nur kurz verlassen hatte. Doch als Bastian unter die Decke tastete, sagte er nur: »Kalt, sie ist schon länger aufgestanden.«

Plötzlich wurde auch ihm kalt. In seinem Inneren kroch ein seltsames Gefühl nach oben, eine Mischung aus Angst und einer schlimmen Gewissheit. Eine Stimme tönte in ihm: *Ihr ist etwas passiert, ihr ist etwas passiert.*

»Vielleicht ... vielleicht ist sie eine Morgenrunde spazierengegangen«, mutmaßte Ines. »Oder sie ist zu Stefano gegangen. Vielleicht ist sie im Garten.« Sie merkte, wie sie sich selber Mut zusprach, doch sie war sicher, sie würden Lene hier nicht finden.

Mit einem Ruck drehte Bastian sich um. »Meinst du wirklich bei Stefano?« Seine Züge verfinsterten sich, die Falte auf seiner Stirn wurde noch tiefer. *Das kann nicht sein,* dachte er. *Sie würde doch nach diesem Abend nicht sofort zu dem anderen laufen, ganz sicher nicht. Oder sollte ich mich wirklich so in ihr täuschen?*

»Es gibt nur eine Möglichkeit: Ich gehe zu ihm und frage nach, eher habe ich keine Ruhe.« Und schon befand er sich auf der Treppe nach unten.

Ines eilte hinterher. »Warte doch, ich komme mit.«

Bastian parkte seinen Wagen halb in der Rabatte vor Stefanos Haus, es fiel ihm gar nicht auf. Er läutete Sturm – so lange, dass seine Fingerknöchel weiß hervortraten.

»Hör auf, mein Gott, du schrottest ja noch die Klingelanlage. Er ist nicht da, bestimmt oben in den Oliven. Er wollte irgendwas verschneiden, hat er zumindest gestern gesagt.« Ines nahm Bastian am Arm. »Nun komm schon, wir schauen oben in der Plantage nach.«

Schon in der Ferne erkannten sie am Rande des Weges unter einem großen, uralten Baum den dreirädrigen Piacchio von Stefano. Von dem Mann selbst war allerdings zunächst nichts zu sehen.

Ines begann zu rufen, Bastian stimmte mit ein und wenig später tauchte der Gesuchte atemlos zwischen den knorrigen Bäumen auf.

Beim Anblick von Bastian verfinsterten sich seine Züge sichtlich. »Was ist denn? Was schreit ihr hier herum, man denkt ja, sonst was ist passiert ...«

»Stefano, wir haben nur eine Frage. Hast du Lene heute schon gesehen, war sie bei dir?«, unterbrach Ines den Mann.

Verwirrt schaute er von einem zum anderen. »Lene, nein wieso? Wie kommst du denn darauf, warum sollte sie? Ich habe sie schon ein paar Tage nicht gesehen. Weißt du nicht? Ich war doch bei dir, gestern in der Pension und hab nach ihr gefragt. Sie hängt in letzter Zeit ja anscheinend lieber mit anderen Leuten ab.« Er konnte sich eine bissige Bemerkung nicht verkneifen.

»Ja, das weiß ich, aber wir wollen wissen, ob du sie heute schon gesehen hast.«

»Ihr Bett ist verlassen, sie ist schon längere Zeit fort, hat aber nichts mitgenommen«, sagte Bastian schließlich schwer atmend.

Stefano sank auf einen Baumstumpf. »Ähm, keine Ahnung, was vermutet ihr denn? Vielleicht ist sie nach Malcesine gegangen, hat einen Morgenlauf gemacht. Vielleicht sitzt sie in diesem Moment bereits wieder in der Pension und wartet auf euch? Warum sollte sie das denn nicht tun? Sie ist schließlich im Urlaub und muss euch über ihren Tagesplan keine Rechenschaft ablegen, oder?« Man merkte, dass er immer noch irritiert war und ihre Besorgnis nicht nachvollziehen konnte.

»Soll ich ihn aufklären?« Ines sah ihren Bruder fragend an. Dieser nickte schweigend und so brachte sie den Italiener so kurz wie möglich auf den neuesten Stand. »Verstehst du jetzt, dass wir uns Sorgen machen?«, endete sie.

»Trotzdem ist es am besten, jetzt erst einmal in der Pension nachzusehen und dann überlegen wir uns etwas.«

Beim Betreten des Hauses keimte in Ines ein winziger Funken Hoffnung auf. Vielleicht würde Lene jetzt aus der Küche kommen und sie mit ihrer leicht schrägen Kopfhaltung erwartungsvoll anschauen. Aber das Haus war genauso leer, wie sie es vor einer halben Stunde verlassen hatten.

»Espresso?«, fragte sie allgemein in die Runde. Und beide Männer nickten. Stefano hatte sich ihnen wie selbstverständlich angeschlossen und nicht einmal Bastian schien etwas dagegen zu haben. Wenige Minuten später stand die dampfende starke Kaffeeköstlichkeit vor ihnen. »Also, was machen wir nun?« Bastian sah die anderen an.

»Warten oder gleich zur Polizei? Können wir Trafetti überhaupt noch trauen oder recherchieren wir auf eigene Faust?«

In diesem Moment klingelte Bastians Handy. Hektisch meldete er sich, doch schon an seinem Gesichtsausdruck sahen sie, dass es Lene schon einmal nicht war.

»Giovanni, ja, du hast etwas herausgefunden?« Einen Moment lauschte er der Stimme am anderen Ende. »Ich verstehe. Natürlich wollte ich mal wieder bei dir Essen kommen, aber ich …nun ich komme heute nicht mit meiner Begleiterin, sie fühlt sich nicht so recht wohl. Also komme ich wahrscheinlich alleine, wenn du verstehst.« Das italienische Grundmisstrauen gegenüber Mobiltelefonen steckte auch in ihm. Alle Welt vermutete ständig irgendwelche Abhörmaßnahmen und Giovanni hatte sich seinerseits vermutlich ebenso kryptisch ausgedrückt. Ines dachte sich immer, dass der italienische Staat vermutlich anderes zu tun hatte, als ständig alle Gespräche zu belauschen, aber vermutlich war in dieser Besorgnis ein winziger Teil Wahrheit enthalten.

»Ja, wenn du meinst, komme ich natürlich trotzdem … Muscheln, ganz frisch. Das klingt natürlich lecker. Bis später.«

Er steckte das Telefon in seine Tasche. »Ich muss zu Giovanni. Er hat irgendwelche Informationen für mich und klang ziemlich besorgt.«

Zwei Stimmen antworteten im Chor: »Ich komme mit.« Fast zeitgleich sprangen Stefano und Ines auf.

»Einer muss hierbleiben, falls Lene doch noch auftaucht. Wenn wir bloß einen lapidaren Zettel hinlegen, weiß sie gar nicht, was los ist«, versuchte Bastian die Ambitionen seines Rivalen abzuwehren.

»Okay, also bleibt Ines hier, hält die Stellung und ich komme mit. Ich kenne einen Haufen Leute, vor allem Leute, die uns eventuell weiterhelfen könnten. Vier Augen sehen mehr als zwei. Und wer weiß, was heute noch geschieht. Es könnte für eine Frau zu gefährlich sein.« Ines protestierte so gut sie konnte, beugte sich aber am Ende den Argumenten der beiden Männer. Und Bastian blieb gar nichts anderes übrig. Auch wenn er wenig begeistert aussah, ausgerechnet mit Stefano einen auf Teamarbeit machen zu müssen. Innerlich sah jedoch auch er ein, dass dies vermutlich für alle am Tisch die beste Lösung wäre. Ehe Ines überhaupt nur näher nachdenken konnte, waren die beiden zur Tür hinaus und jagten vom Hof, das der Kies nur so spritzte.

Eine knarrende Tür wurde geöffnet, gedämpfte Schritte kamen näher. Dann beugte sich ein Schatten über sie. Kurze Zeit später wurde es wieder heller, der Schatten verschwand und leise tuschelnde Stimmen waren zu hören. Die Tür wurde geschlossen und dann herrschte erneut Stille. Doch es herrschte gar keine absolute Stille. Draußen schien ein Vogel zu zwitschern, er schwieg und ließ dann wieder sein Tirili ertönen. Aber irgendwie war Lene unsicher, ob sie das Gezwitscher nur träumte oder nicht vielleicht schon im Himmel war.

Sie war unglaublich müde, ihre Augen wie mit Bleigewichten beschwert, sie ließen sich keinen Millimeter öffnen. Auch ihre Glieder gehorchten ihr nicht. Mühsam versuchte sie, sich anders hinzulegen. Vergeblich! Ihr Körper versagte den Dienst. Mit einer Handfläche tastete sie über die Unterlage. Es war eine dicke Decke und sie fühlte sich an wie die auf ihrem Bett zu Hause. Aber sie war ja gar nicht in ihrem Bett, sondern bei Ines im Urlaub am Gardasee.

Eine gefühlt unendliche Ewigkeit später strich sie erneut über den weichen Stoff und ganz langsam begann irgendwo ganz hinten in ihrem Kopf ein zartes Lämpchen anzugehen. Es glomm nur wenig, verlosch immer wieder, wurde aber nach und nach heller.

Das war eindeutig nicht ihre Decke, auch nicht die bei Ines. Dann fiel ihr der gestrige Abend ein, ihr Ausflug mit Bastian, das Knutschen auf der Bank in Sirmione und da war doch noch etwas gewesen – natürlich, man hatte ihr die Tasche gestohlen, sie musste Commissario Trafetti informieren. Warum war sie nur so müde?

Sie konzentrierte ihre gesamte Kraft auf die Augenlider. Wenn sie alle anderen Bemühungen einstellte, musste es ihr gelingen, sie zu öffnen. Langsam nahm sie ihre Umgebung besser wahr. Sie lag in einem großen Raum und schaute auf eine buntbemalte Decke. Konnte das der Himmel sein? Nein, dort sah es gewiss anders aus. Und sie war sicher, dass es im Himmel anders riechen würde. Ein geradezu muffiger Schwall stieg in ihre Nase, wie nach einem lange unbewohnten Raum, in dem eine ziemliche Feuchtigkeit herrschte.

Lene drehte vorsichtig ihren Kopf zur Seite. An der rechten Seite des Raumes befanden sich zwei riesengroße Fenster. Schwere dunkelrote Vorhänge flankierten sie auf beiden Seiten. Vor dem Fenster war ein Geflecht angebracht, bei näherer Betrachtung erkannte sie, dass es sich um kunstvoll verflochtene Gitterstäbe handelte.

Auf der linken Seite standen mehrere Kommoden und ein großer Schrank. Lene begann ihre Arme aufzustützen und stemmte sich mühevoll ein paar Zentimeter empor. Doch schon nach kurzer Zeit, versagten ihre Arme und sie fiel zurück auf die Decke. Aber nun war ihr Kampfgeist geweckt und zusammen mit ihm kehrte auch die Erinnerung mit einem Schlag zurück. Sie war die Zufahrt nach oben geschlichen, da war ein dunkles Auto gewesen und plötzlich hatte sie auf ihrem Gesicht etwas gespürt – ab da versank ihre Erinnerung im Nebel.

Endlich hing sie in einer schiefen Haltung und erkannte, dass sie auf einem Bett lag. Sie kam sich mittlerweile wie ein auf dem Rücken liegender Maikäfer vor, dem man irgendwas in seinen Tee geschüttet hatte.. Sie befand sich in einem sehr großen Raum. Die Wände waren vor langer Zeit mit dunklen Farben gestrichen worden. Alles machte einen ziemlich heruntergekommenen Eindruck, teilweise bröckelte die Bemalung ab und Ziegelsteine waren zu sehen. Außer dem bereits erwähnten, gab es nur noch eine Tür und das war alles. Die weiche Decke unter ihr, war anscheinend eine Tagesdecke, welche man locker auf das alte Bett mit den dunklen geschnitzten Bettpfosten geworfen hatte. Sie trug die Jeans und das T-Shirt und auch die Turnschuhe, in die sie geschlüpft war. Doch wie war sie hierhergekommen und was sollte sie an diesem Ort?

In diesem Moment ertönten vor der Tür erneut Schritte, ein Schlüssel wurde gedreht und eine schmale Gestalt lugte vorsichtig um die Ecke. Bei Lenes wachem Anblick zuckte die Person zurück, knallte heftig die Tür zu und entfernte sich wieder. Lene, deren Augen noch immer nicht vollkommen scharf sehen konnten, glaubte eine Frau in einem grauen Kleid erkannt zu haben. Und schon nach kurzer Zeit betrat diese erneut den Raum. Sie war um die fünfzig, trug tatsächlich ein Kleid und eine helle Schürze darüber. Ihre Haare waren streng nach hinten frisiert und sie hatte so etwas wie eine kleine weiße Haube auf. Irgendwie erinnerte sie die Frau an eine Krankenschwester zur Zeit des ersten Weltkriegs, eine von denen, die in Lazaretten an der Front Dienst geleistet hatten.

Sie trat vor das Bett, umfasste ihr Handgelenk und schien ganz in der Manier einer Krankenschwester den Puls zu messen. Lene wollte etwas sagen, bäumte sich auf, doch dafür reichte ihr Kraft noch nicht. Die Frau zwang sie mit ganz leichtem Druck, sich wieder auf das Bett zu legen. Dann schaute sie ihr tief in die Augen und nickte anschließend zufrieden. Von einem Tisch hinter sich nahm sie so etwas wie eine Schnabeltasse und hielt sie an ihren Mund. Erst jetzt spürte Lene, dass ihre Kehle wie ausgedörrt war. Hastig begann sie zu trinken, aber schon nach dem ersten Schluck packte ihre Kehle ein schrecklicher Würgereiz und sie erbrach sich auf ihr T-Shirt. Die Frau machte so etwas wie »Schhhh« und versuchte es erneut. Mit einer Hand hielt sie ihren Na-

cken, mit der anderen die Tasse. Wieder machte sie »Schhhh«
und Lene begriff, dass sie ruhiger trinken sollte, nicht zu viel
auf einmal.

Endlich erreichte die Flüssigkeit ihre schmerzende Kehle
und rann den Hals hinab. Es schmeckte angenehm, wie Kräu-
tertee, den Oma immer gekocht hatte, wenn sie Bauch-
schmerzen gehabt hatte. Danach bettete die Frau Lene wieder
auf die Kissen und deckte ihren Körper mit einer zweiten
Decke zu.

Sie hatte sich fest vorgenommen wach zu bleiben, spürte
aber wie die Müdigkeit schon wieder wie eine große Welle
herangerollt kam. So sehr sie sich auch bemühte, Lene konnte
die Augen nicht offenhalten.

Als sie das nächste Mal erwachte, war es dunkel im Zimmer.
Diesmal fühlte sie sich schon besser. Sie konnte ihre Augen
öffnen und sich nach kurzer Zeit bereits aufrichten. Die Bat-
terie in ihrem Inneren schien sich langsam aufzuladen. Mühevoll drehte Lene sich zur Seite, stellte die Beine auf den Boden
und begann sich hochzustemmen. Irgendwie fühlte sie sich
immer noch, als hätte sie die Tablettenration eines Monats auf
einmal eingeworfen und zwar Schlafmittel und Muntermacher
bunt durcheinander. Endlich stand sie vor dem Bett, hielt sich
an den großen Pfosten fest und tastete sich voran. Ihr Ziel
war die Tür, doch da gab es ein ziemliches Problem. Zwischen
Bett und Tür lagen mindestens drei Meter und ihre Beine
schlotterten, als wäre sie auf hoher See. Langsam ließ sie den
Pfosten los und schob sich Zentimeter um Zentimeter nach
vorn. Immer wenn sie ins Wanken geriet, machte sie eine
Pause, versuchte bloß nicht umzufallen, denn sonst hätte sie
ganz sicher nicht mehr aufstehen können. Endlich erreichte
sie mit den Fingern die Klinke, dies war ihr Ziel gewesen. Sie
drückte sie nach unten und es tat sich – nichts. Die Tür war

verschlossen. Noch einmal rüttelte sie heftig am kühlen Metall, doch vergeblich, sie blieb verschlossen. Was hatte sie auch angenommen? Dieses ganze Brimborium und dann könnte man einfach hinausspazieren, eher unwahrscheinlich.

Ihr nächster Versuch galt dem Fenster. Dieser Weg war noch weiter, doch sie fühlte sich mittlerweile stärker, die Beine gehorchten mehr und mehr. Trotzdem kam ihr der Weg unendlich vor. Die Fenster waren ebenfalls verschlossen, es gab nicht einmal einen Knauf mit dem man sie hätte öffnen können. Sie spähte hinaus und der Blick fiel auf einen vom Mondschein erhellten Garten. Eigentlich war es schon mehr ein Park, denn Lene erkannte eine riesige Rasenfläche, die durch kleine geschwungen angelegte Beete unterbrochen wurde. Wege querten das Areal und von Zeit zu Zeit säumte eine Bank das gesamte Ensemble. Weiter hinten schien ein dunkler Wald zu stehen oder zumindest eine größere Anzahl von hohen Bäumen.

Ein Geräusch an der Tür ließ sie herumzucken. Kurz darauf erhellte ein greller Lichtschein den Raum. Blendend stach ihr die plötzliche Helligkeit in den Augen und sie brauchte einen Moment, bis sie überhaupt etwas erkannte. Der riesenhafte Kronleuchter an der Decke erstrahlte mit hunderten von Lämpchen und sorgte für eine wahrhaft prächtige Ausleuchtung. Eine Frau stand in der Türöffnung und kam langsam auf sie zu geschlendert. Sie war nicht allein. In ihrer Begleitung befanden sich zwei Männer in dunklen Anzügen, die abwartend im Hintergrund stehenblieben. Die Frau kam Lene seltsam bekannt vor, doch erst auf den zweiten Blick erkannte sie Graziella Montaldo.

Sie sah anders aus als bei ihrer gestrigen Begegnung. Hatte die Italienerin da noch ein Kleid getragen, welches sie zumindest etwas weiblicher und weicher erscheinen ließ, so war sie heute mit einem streng geschnittenen Hosenanzug bekleidet. Er war ihr sozusagen auf den Leib geschneidert und betonte dadurch ihre hagere dürre Figur noch mehr. Auch der düstere Farbton des Stoffes unterstrich ihr totenähnliches Aussehen. Irgendwie sah sie aus wie eine Wächterin im Knast.

Etwa zwei Meter vor Lene blieb sie stehen. Diese stützte sich indes mit dem Hintern an der Fensterbank ab.

»Ah, Signora Stoll, wenn ich nicht irre, ich glaube so war Ihr Name. Wir haben uns ja nur einmal ganz kurz kennengelernt und ich bin nicht sicher, ob Sie sich überhaupt noch an mich erinnern. Ich hoffe, Sie haben gut geruht, aber wie Marcella mir berichtete, waren Sie schon einmal kurz wach.« Lauernd sah die Italienerin sie an, unter ihren Augen waren dunkle Augenringe.

Lene wägte ab. Sollte sie etwas sagen oder lieber schweigen? Noch immer schmerzte ihr Hals, also entschied sie sich für Letzteres. Sicher hatte Graziella erwartet, dass sie etwas erwiderte oder begann, hilflos in Tränen auszubrechen, denn sie sah ein unzufriedenes Aufflackern in ihren Augen.

»Gut, Sie wollen sich mit mir nicht unterhalten. Sie verstehen nichts von einfachsten höflichen Umgangsformen. Was soll's, dann rede ich und Sie hören mir einfach nur zu.« Mit ihrem Finger strich sie sanft über die Lehne eines Sessels, entfernte einen unsichtbaren Fussel und schaute dann wieder mit einem Ruck in ihr Gesicht. »Sicher fragen Sie sich, wo Sie sich hier befinden und warum. Nun, das ist schnell erklärt. Sie sind zu Gast auf einem der Landsitze der Familie Montaldo. Natürlich sieht es nicht überall so aus wie in diesem Raum. Wir haben für Sie extra ein etwas weniger komfortables Zimmer in einem ruhigen Nebentrakt ausgesucht, wo Sie ganz für sich sind und Sie niemand hört. Ich denke trotzdem, für Ihre relativ geringen Ansprüche dürfte dieser Raum durchaus ausreichend sein. Und nun kommen wir zum eigentlichen Grund Ihres Aufenthaltes bei uns.«

Sie winkte einem der Typen im Hintergrund zu und dieser näherte sich mit einem hölzernen Kästchen, welches Lene sofort erkannte. Mittlerweile bebten ihre Beine vor Schwäche, sie musste ihre gesamte Kraft zusammennehmen, um nicht vor dieser Frau umzukippen. *Reiß dich zusammen! Gib dir ja keine Blöße, nicht vor dieser Frau. Denk an die Geschichte mit Kanita, damals bist du auch stehengeblieben.*

»Ich bin mir sicher, dass Ihnen dieses Kästchen wohlbekannt ist, vor allem aber sein Inhalt?«, fragte die hagere Gestalt mittlerweile mit einer gewissen Ungeduld in ihrer Stimme.

Graziella trat ganz nah vor Lene. Fast hätten ihre Nasen sich berührt. Sie spürte den Atem der Anderen in ihrem Gesicht. »Also, wissen Sie was in dem Kästchen war?« Lene entschied sich für ein knappes Nicken.

Die andere entnahm das Medaillon, klappte es mit einer kleinen Handbewegung auf und hielt den leeren Innenraum vor ihr Gesicht. »Wo ist der Inhalt?«

Nun endlich kamen sie der Lösung des Rätsels näher. Plötzlich war Lene bewusst, was man die ganze Zeit von ihr gewollt hatte. Warum irgendwelche Typen ihr Zimmer durchsucht hatten, sie verfolgt wurde und warum Signora Prande vermutlich hatte sterben müssen. Ihr Bauchgefühl hatte sie wieder einmal nicht betrogen, es ging tatsächlich um den Schmuck. Es gab nur ein Problem: Das Medaillon war von Anfang an leer gewesen. Vielleicht hatte wirklich die Antiquitätenhändlerin den Inhalt an sich genommen. Nun wäre nur noch interessant gewesen zu erfahren, was eigentlich darin gewesen war.

Ein Schlag traf Lene hart und unerwartet. »Reden Sie schon! Wo ist der Inhalt?« Graziella hatte nicht allzu hart zugeschlagen, aber aufgrund ihrer knochigen Hand schmerzte es trotzdem. Sie schnappte einmal kurz nach Luft und blinzelte den Schmerz weg.

»Es war bereits leer«, Lene räusperte sich, ihre eigene Stimme klang fremd in ihren Ohren.

»Was hast du gesagt?« Fast erwartete sie einen zweiten Schlag, doch die Frau beugte sich nur näher zu ihrem Gesicht.

»Das Medaillon war bereits leer, als wir es das erste Mal geöffnet haben. Es war nichts drin.«

»Du lügst«, zischte Graziella. Ihr Gesicht war wutverzerrt, Speichel sprühte in Lenes Richtung. Heftig atmend stand sie vor ihr und schien fieberhaft den nächsten Schritt zu überlegen. Anscheinend fiel ihr momentan nichts ein, denn sie drehte sich auf dem Absatz um. »Kommt«, sagte sie zu ihren beiden stummen Begleitern und ohne ein weiteres Wort verließen alle das Zimmer.

13. Kapitel

Zwischen den beiden Männern im Auto herrschte Stille. Seit ihrer Abfahrt von der Pension hatte keiner ein Wort gesprochen. Bastian setzte sich auf den Fahrersitz seines Jeeps und Stefano hatte schweigend neben ihm Platz genommen. Im Radio kamen gerade die aktuellen Verkehrsdurchsagen.

»Mist!« Bastian schlug mit seinen Händen aufs Lenkrad. Eigentlich hatte er die parallel zur Gardesana verlaufende Schnellstraße nehmen wollen, doch wieder einmal hatte es einen Unfall gegeben und die Strecke war momentan voll gesperrt. So quälten sie sich zusammen mit unzähligen anderen Fahrzeugen durch die vielen kleinen Orte, standen an Fußgängerüberwegen, schlichen hinter ortsunkundigen Touristen her – kurz: Es schien, als würde die Strecke kein Ende nehmen. Hinter Garda lichteten sich dann endlich die Fahrzeuge und sie kamen etwas besser voran. Ein paar Mal überholte Bastian andere Fahrzeuge relativ verwegen, doch Stefano enthielt sich jeglichen Kommentars, vermutlich wäre er auch nicht anders gefahren. Beide hofften, dass keine Polizei am Straßenrand Geschwindigkeitskontrollen durchführte, denn von jeglichen Richtwerten waren sie meilenweit entfernt.

An einer Ampel in Peschiera del Garda brach der Italiener schließlich das Schweigen. »Was vermutest du eigentlich, was mit Lene geschehen ist? Ist überhaupt etwas geschehen?«

Bastian schaute konzentriert nach vorn, seine Stimme klang heiser. »Ganz ehrlich, ich weiß es nicht, ich habe nur so ein ganz komisches Gefühl. Irgendetwas stimmt hier nicht, ich kann mir beim besten Willen nicht vorstellen, dass sie einfach so zeitig loszieht , ohne eine Nachricht zu hinterlassen.« *Und nach dem gestrigen Tag erst recht nicht, fügte er in Gedanken dazu, obwohl er sich eingestehen musste, dass er sie natürlich noch nicht lange kannte und nicht wusste, wie sie wirklich tickte.* »Es ist etwas mit diesem Schmuck. Sie meinte, dass dir dieses Symbol auch irgendwie bekannt vorkam. Ist dir noch etwas dazu eingefallen?«

Stefano zuckte die Schultern. »Nein, ganz ehrlich nicht. Vielleicht hab ich es auch verwechselt, ist nur so ein Gefühl gewesen. Es schien mir eben, als hätte ich es schon einmal gesehen. Wo fahren wir denn jetzt eigentlich hin?«

»Zu einem guten Freund, Giovanni. Er besitzt ein Restaurant und kennt viele Leute. Wir haben ihm gestern den Schmuck gezeigt, bevor er uns abgenommen wurde. Er kannte das Symbol von Erpresserschreiben, die er vor einigen Jahren erhalten hat. Nun versucht er herauszufinden, wer tatsächlich dahintersteckt.« Stefano nahm diese Auskünfte schweigend zur Kenntnis, aber an den tiefen Falten auf seier Stirn, sah Bastian, dass er sich anscheinend auch ziemliche Gedanken machte.

Wenig später rollte der Wagen wie gestern über den kiesbestreuten Weg, sie waren ein wenig zeitiger und so standen erst zwei Fahrzeuge unter den hohen Bäumen. Sofort öffnete sich die Seitentür, durch die Lene und er gestern das Restaurant verlassen hatten und Giovanni kam ihnen ein paar Schritte entgegen. Seine Miene verhieß nichts Gutes, er umarmte Bastian innig und begrüßte Stefano mit einem knappen Kopfnicken.

»Kommt mit, wir gehen in mein Büro. Dort sind wir ungestört und niemand kann uns hören.«

Er informierte über die Sprechanlange seine unsichtbare Sekretärin, dass er absolut nicht gestört werden wollte, holte tief Luft und begann zu sprechen. »Was ist geschehen? Was ist mit Lene?« Sorgenvoll schaute er Bastian an.

»Keine Ahnung.« Dieser zuckte mit seinen Schultern. »Ihr Bett war verlassen, sie war nicht in ihrem Zimmer, hat nichts hinterlassen, sie ist einfach wie vom Erdboden verschwunden. Und der Schmuck ist auch noch weg, ich wollte dich gestern noch informieren, aber dann kam etwas dazwischen. Sie haben ihr in Sirmione die Tasche geklaut, samt der Schmuckkästchen. Vielleicht ein Zufall, ich glaube es aber eher nicht.«

Giovanni trat zu seiner Bar, füllte drei Gläser mit einer glasklaren Flüssigkeit und stellte sie mitten auf den Tisch. »Der Schmuck ist weg? Nicht gut, nicht gut ...Ich habe gestern mit meinem Bekannten gesprochen. Es ließ mir einfach keine Ruhe und so haben wir unser Treffen vorgezogen. Er war über die Organisation informiert, die vor längerer Zeit die Schreiben an uns Geschäftsleute verschickt hat. Es steht ein riesiges Konsortium dahinter, alles ist furchtbar verschachtelt, die wahren Strippenzieher nur schwer zu enttarnen.«

»Mit anderen Worten hast du gar nichts herausgefunden?« Bastian stützte seine Hände auf die Knien ab und beugte sich weit nach vorn.

Giovanni hob abwehrend die Hände. »Moment, natürlich haben wir etwas herausgefunden, sonst hätte ich dich nicht hergebeten. Zwar erwarte ich im Laufe des heutigen Tages noch weitere Informationen, aber etwas kann ich schon sagen. Dieser Mann hat vor einem Jahr wegen einer anderen Sache recherchiert und dabei ist ihm eine Verbindung aufgefallen. Es gab gewisse Parallelen zu einer anderen Geschichte in Venedig und dabei hat er einen Namen aufgeschnappt, nur ein einziges Mal. Der Verbindungsmann, der ihn damals genannt hatte, verschwand auf Nimmerwiedersehen, vermutlich in einem der zahlreichen Kanäle. Es ist ein sehr heißes Eisen und wir alle hier müssen unglaublich vorsichtig sein. Es scheint eine mächtige Familie dahinterzustecken, Näheres erfahre ich heute gegen Abend. Mein Informant kommt hier im Restaurant vorbei.« Der Restaurantbesitzer lehnte sich zurück und leerte sein Glas mit einem tiefen Zug. »Ich schlage euch vor hier zu warten, etwas anderes kann ich wirklich momentan nicht tun.«

Stefano schürzte die Lippen, »Na ja, warten, das hätten wir auch im Norden gekonnt. Wer sagt uns denn, dass dieser geheimnisvolle Mann uns wirklich weiterhelfen kann?«

»Dies kann uns keiner garantieren und du kannst mir glauben, dass mir diese ganze Geschichte alles andere als gefällt, aber dies ist momentan unsere einzige Chance, oder hast du eine andere Idee?« Bastian spürte, wie er wütend wurde. Dieser italienische Olivenbauer ging ihm gewaltig auf den Keks und mittlerweile bereute er es, ihn überhaupt mitgenommen zu haben.

Stefano überlegte, schien aber am Ende zu der Erkenntnis zu kommen, dass es wirklich im Moment keine andere Lösung gab. Giovanni bot ihnen an, den Tag hier in seinem Haus zu verbringen und sie sofort zu informieren, wenn er etwas Neues erfuhr.

»Können wir nicht selbst mit diesem Mann sprechen?«, unternahm Bastian einen letzten Versuch, doch dies lehnte der Restaurantbesitzer kategorisch ab.

»Keine Chance, er spricht nur mit mir oder keinem, versteht ihr? In dieser Geschichte kann man niemandem trauen.«

Die Stunden vergingen quälend langsam. Sie telefonierten ein paar Mal mit Ines, doch auch sie konnte nichts Neues berichten. Langsam brach die Dämmerung herein, Bastian und Stefano saßen gerade in einem der salonähnlichen Zimmer, als Giovannis Sekretärin sie informierte, er würde sie nun erwarten.

Wieder trafen sie sich in seinem Büro. Der See lag mittlerweile in vollkommener Dunkelheit, ab und zu blitze ein Licht auf, von einem Boot oder etwas Ähnlichem.

Giovanni sah noch besorgter aus als am Vormittag. »Nun setzt euch endlich verdammt, euer Herumgestehe macht mich ganz kirre im Kopf.«

»Und Giovanni, hast du einen Namen für uns?« Bastian schaute ihn fast flehend an.

Dieser schwieg kurz. »Ja, ich habe einen Namen, aber er wird euch nicht gefallen, ganz besonders dir nicht, denn er ist dir wohlbekannt, na ja eigentlich uns allen hier. Dieser Name ist wie Dynamit und wir müssen sehr vorsichtig sein: Er lautet Montaldo. Hinter diesem ganzen Firmenkonsortium steckt eindeutig die Familie Montaldo.«

Bastian sah Graziella vor seinem inneren Auge auftauchen. War es wirklich ein Zufall gewesen, dass sie sich ausgerechnet gestern hier über den Weg gelaufen waren? Hatte Giovanni nicht gesagt, dass der Tisch äußerst kurzfristig von ihr reserviert worden war?

»Es ist wohl so, dass der alte Montaldo, also der Vater von Graziella, vor etlichen Jahren in ziemlich heiße Geschäfte mit der Mafia verstrickt war. Ganze Landstriche wurden aufgeteilt, die übliche Vorgehensweise. Diese Strukturen haben über viele Jahre funktioniert. Doch dann ist jemand aus der Reihe geschert, Absprachen wurden gebrochen, anderen ins Handwerk gepfuscht, besser gesagt in ihr Revier, sozusagen der Lockruf des Geldes. Der Alte konnte es nicht mehr verhindern, war zu diesem Zeitpunkt schon schwer krank und kurz darauf tot. Nicht wenige sagen, diese Geschichte hätte ihn ins Grab gebracht. Also hat die Patriarchin der Familie sich der Sache angenommen. Überhaupt sprach man seiner Frau eine nicht unerhebliche Machtposition innerhalb der Firma zu. Es wurde anscheinend ein Machtwort gesprochen und die Familie bemühte sich, für ruhig Blut zu sorgen, die Wogen in Richtung der Anderen zu glätten, vermutlich mit Geld und schriftlichen Zusagen, die Füße stillzuhalten. Derjenige, der versucht hatte ein eigenes Geschäft zu machen, war anscheinend Flavio. Es kommt nur einer in Frage, da Graziella zwar machthungrig ist, aber die Strukturen sehr wohl verstanden hat. Flavio ist dumm, es geht ihm nur ums Geld.«

Stefano hatte der Rede gelauscht. Die Familie Montaldo war ihm sehr wohl bekannt. Es gab wohl keinen Italiener am See, der diesen Namen nicht schon einmal irgendwo gelesen hatte. Ihr soziales Engagement in der Region war legendär und gerade deswegen wurde vermutlich manchmal mehr als ein Auge zugedrückt. Sie kümmerten sich um Krankenhäuser und Schulen, ließen sich in Waisenhäusern mit kleinen Kindern ablichten und verteilten zur Weihnachtszeit großzügig Geschenke an die Ärmsten der Armen. Sie galten als unglaublich reich, waren an vielen Firmen beteiligt und hatten fast überall ihre Finger mit im Spiel. Natürlich fiel immer wieder der Begriff Mafia, doch wer in Italien erfolgreich war, kämpfte mit dem Fluch, dass die Mafia meist nicht allzu weit entfernt war.

»Aber was hat das jetzt alles mit Lene zu tun oder diesem Schmuck?« Bastian brachte das auf den Punkt, was auch Stefano beschäftigte.

Zu dieser Frage konnte Giovanni nur die Schultern zucken. »Ich kann es euch nicht sagen. Was immer es mit diesem Medaillon auf sich hat, es muss etwas sehr wichtiges sein. Und wenn es so ist und Lene nicht einfach nur mal eine kleine Runde durch Malcesine dreht, solltet ihr euch ernsthaft Sorgen machen.«

»Aber was ich nicht begreife, dieses Symbol auf dem Schreiben, die Rose … die Montaldos haben doch ein ganz anderes

Wappen, wenn ich mich nicht täusche. Irgendwas mit einem Adler oder so.«

»Stimmt.« Giovanni nickte. »Aber die Geschäfte liefen ja nicht offiziell über die Familie, sondern über eine Organisation im Hintergrund. Darüber wird so einiges abgewickelt, aber nicht alles.«

»Denkst du, sie ist bei ihnen?«, fragte Bastian und nagte an seiner Unterlippe.

»Wäre natürlich möglich, nur wo? Die Montaldos haben mehrere Häuser rund um den See und im Hinterland. Außerdem stehen viele Menschen in ihrer Schuld, andere versuchen sich bei ihnen beliebt zu machen. Sie könnte überall sein. Das herauszufinden dürfte schwierig werden. Es ist sicher nicht unmöglich, würde aber zu lange dauern. Dieser Clan schottet sich hermetisch ab. Hausangestellte sind absolut treu ergeben und sterben in deren Diensten irgendwann an Altersschwäche, da ist absolut kein Herankommen. Und wer die Regeln nicht einhält, verschwindet auf Nimmerwiedersehen.«

Giovannis Blicke ruhten indes nachdenklich auf Bastian. »Für mich gibt es nur eine Lösung. Ich frage mich …also es ist nur eine Idee, aber es wäre eine Möglichkeit.«

»Was, nun sag schon, ist dir etwas eingefallen?«, fragte Bastian ungeduldig.

»Nicht direkt, aber ich habe eigentlich nur einen Gedanken, wie wir eventuell an die Familie ein wenig näher herankommen. Genauer gesagt du und noch genauer an eine ganz spezielle Person.«

Stefano verstand nur Bahnhof und schaute abwechselnd zwischen den beiden Männern hin und her. »Könnt ihr mich mal aufklären? Ich kann euch gerade nicht folgen?«

Bastian seufzte tief. »Ich verstehe, worauf du hinauswillst. Na ja, es ist so, dass Graziella an mir einen ziemlichen Narren gefressen hat. Frag mich nicht wieso. Schon damals nach Rosas Tod wich sie mir nicht von der Seite. Sie tauchte ständig in meinem Restaurant auf und zuletzt dann auch bei Ines. Sie machte mir geradezu hartnäckig den Hof und gestern, als wir uns wiedergesehen haben, war dasselbe Leuchten in ihren Augen wie damals. Sie scheint immer noch auf mich zu stehen.«

»Also gibt es doch gar keine Frage. Du musst dich mit ihr verabreden und zwar so schnell wie möglich. Ruf sie an! Wenn sie wirklich so auf dich steht, wird sie nicht zögern.« Stefano schien von dieser Idee absolut begeistert zu sein.

»Und doch gibt es ein Problem«, warf Giovanni mit leiser Stimme ein. »Sie mag auf dich stehen, sie mag hässlich sein, aber eines ist sie ganz gewiss nicht und zwar dumm. Sich einfach so mit ihr zu verabreden, könnte ein Fehler sein, etwas was sie sofort durchschauen könnte. Wir sollten uns etwas anderes überlegen, einen richtigen Plan schmieden ...«

»Aber Lene«, warf Bastian dazwischen.

»Sie ist eine starke Frau, sie werden ihr nichts tun. Die anderen wollen etwas und wenn ich mich nicht täusche, kann sie ihnen das auf keinen Fall geben.«

Nach dem Schließen der Tür waren Lenes Beine weggeknickt, Wie ein dürrer Ast konnten sie sie keine Sekunde länger mehr tragen. Kraftlos ließ sie sich in einen der Sessel plumpsen und begann fieberhaft zu überlegen. Was sollte sie tun, was konnte sie überhaupt tun? Das Medaillon war leer gewesen. Es stand nicht in ihrer Macht, seinen Inhalt, was immer es auch gewesen war, wieder herbeizuschaffen.

Sie war in eine Geschichte hineingetragen, die ihr fast unwirklich vorkam. Vor vier Wochen noch hatte sie in ihrem Bekleidungshaus Damen in Kleidchen und Kostüme gesteckt und nun saß sie hier in einem zugigen Schloss fest, das einer halbwahnsinnigen, hässlichen Verrückten gehörte. Sie war hergekommen, um Abstand zu finden und ihr Leben neu auszurichten und nun das. Niemandem konnte man das erzählen. Sie war in eine italienische Tragödie hineingeraten. Komischerweise verspürte sie nur ein winziges bisschen Angst. Da war eine Gewissheit in ihr, dass egal, was auch geschah, Graziella Montaldo ihr nicht ernsthaft etwas tun würde. Sie hatte in ihren Augen nämlich auch Angst und Ratlosigkeit gesehen. Mochte sie noch so überheblich und selbstsicher auftreten, sie hatte die ganze Sache nicht im Griff. Und sie war sich sicher, dass Ines, aber besonders Bastian alles tun würden, um sie zu finden. Okay, momentan sprach sie sich selbst ziemlich viel Mut zu, aber das konnte auf keinen Fall verkehrt sein. Besser, als in tiefe Resignation zu verfallen.

Sie musste einfach versuchen, ihre Nerven zu schonen und ein wenig zu schlafen. In den nächsten Stunden würde sie garantiert niemand aufsuchen, da war sie absolut sicher. Sie musste wieder richtig zu Kräften kommen. Morgen war ein neuer Tag und dann, wenn die Sonne schien, fiel ihr garantiert etwas ein. Sie schleppte sich zum Bett, legte sich hin und zog die Decke über ihren Körper. Seltsamerweise schlief sie schon nach kurzer Zeit ein. Vielleicht lag dies auch an den letzten Auswirkungen der verabreichten Betäubungsmittel.

Lene erwachte tatsächlich bei hellem Sonnenschein, der durch die Fenster bis auf ihr Bett strahlte. Auf dem kleinen Tisch neben ihrem Bett stand eine Plastikflasche Wasser und ein Pappteller mit zwei geschmierten Broten. Doch sie hatte erst einmal ein ganz anderes Problem, nämlich ein menschliches. Gestern hatte sie diesen Drang nicht verspürt, heute war er umso stärker, so stark, dass sie an gar nichts anderes mehr denken konnte. Sie schlich durch den Raum und war schon kurz davor, in einen alten Blumenkübel zu pullern, als sie vor der Tür die nun schon vertrauten Schritte vernahm. Kurze Zeit später schob sich die Bedienstete von gestern Abend ins Zimmer und zeigte auffordernd auf den Tisch mit Essen. Sie war nicht allein. Hinter ihr schien einer der Bewacher zu stehen und genau aufzupassen, dass sie sich friedlich verhielt.

Lene versuchte mit Händen und Füßen begreiflich zu machen, nach welchem Ort sie suchte. Zunächst sah die Frau sie nur hilflos an, doch irgendwann flackerte ein erkennendes Lächeln über ihr Gesicht. Sie zeigte auf eine Stelle neben ihrem Bett und drückte leicht gegen die Wand. Diese verschwand mitsamt der Tapete und klappte nach innen. Dahinter erschien ein kleiner Raum, der ein Waschbecken und eine altmodische Toilette enthielt. Auffordernd schaute die Frau sie an und verließ ohne ein weiteres Wort den Raum, allerdings nicht ohne noch einmal auf die angerichteten Speisen zu zeigen. Lene war alles egal. Sie stürzte zu dem kleinen Kabuff, zerrte ihre Hosen nach unten und erleichterte sich mit einem Stöhnen. Gleich sah die Welt noch ein wenig heller aus. Der kleine Raum hatte nur eine einzige Öffnung, nämlich die zum Zimmer, also schied er als Fluchtweg aus. Lene setzte sich auf ihr Bett, nahm einen Schluck aus der Flasche und begann die beiden Brote zu verzehren. Die Bedienstete hatte sie mit herzhaftem Käse belegt und sie waren durchaus wohlschmeckend. Montaldos schienen anscheinend schon interessiert daran zu sein, , dass es ihr nicht gänzlich schlecht ging.

Graziella schien ihr nicht geglaubt zu haben, dass sie von dem verschwundenen Inhalt nichts wusste und ihr fiel keine Lösung ein, wie sie die Frau vom Gegenteil überzeugen sollte. Und noch eines gab ihr zu denken: Graziella Montaldo hatte sich ihr ganz offen gezeigt, ihre Familie erwähnt. Tat das jemand und ließ sie dann einfach irgendwann zur Tür hinausspazieren? Wohl eher nicht. Sie hatte schon so viele Krimis gelesen und da trugen die Verbrecher immer Masken oder so was. Bei diesem Gedanken wurde Lene ganz kalt. Er machte ihr Angst, brachte sie momentan aber nicht weiter, also schob sie ihn energisch beiseite. Wieder leierte sie ihr obligatorisches *Reiß dich zusammen* herunter. Dr. Sack wäre wahrhaft stolz auf sie gewesen.

Lene stellte sich ans Fenster und blickte hinaus. Dieses muffige Zimmer konnte einen wirklich schwermütig machen. Gerade hatte sie ihre Depressionen überwunden und nun das. Der Garten lag völlig menschenleer im Sonnenschein, niemand war zu sehen, kein Gärtner, keine Zufahrt, kein Mensch. Nicht mal eine Amsel suchte Würmer auf dem Rasen. Alles wirkte überaus gepflegt, also schien das Haus noch von der Familie bewohnt zu sein.

Ein schleifendes Geräusch direkt hinter ihr, ließ sie erschrocken herumfahren. Ohne dass sie es bemerkt hatte, war die Tür leise geöffnet worden. Die beiden dunklen Typen von gestern Abend kamen ins Zimmer und postierten sich links und rechts neben der Tür. Zumindest nahm sie an, dass es dieselben waren – irgendwie wirkten diese Anzugträger alle gleich auf sie. Dann wurde ein Rollstuhl mit einer älteren Frau ins Zimmer geschoben und zwar von Graziella.

Ohne dass Lene es wusste, sah sie, dass es sich bei der Frau nur um ihre Mutter handeln konnte Man sah in den Gesichtszügen deutlich die starke Ähnlichkeit, doch was Haltung und Auftreten betraf, konnte Graziella auf nur wenig Gemeinsamkeiten mit ihrer Mutter verweisen.

War Graziella ein absolutes Abbild an Hässlichkeit ohne jegliche Weiblichkeit und mit unendlicher Arroganz, wirkte ihre Mutter nicht unbedingt ansehnlicher, doch es war etwas in ihrer Art, was Lene automatisch innerlich strammstehen ließ.

Sie war von Natur aus aristokratisch, war es gewohnt über Menschen zu bestimmen, Befehle zu erteilen, die ganz sicher auch befolgt wurden. Aber all diese Macht war ihr nicht geschenkt worden, sie hatte sie sich erarbeiten müssen. Und genau dies sah man in ihrem Gesicht. Graziella war einfach alles in den Schoß gefallen.

Ihre Haare waren rabenschwarz, sicherlich gefärbt. Eisblaue Augen musterten sie unverhohlen und ihre Kopfhaltung war fast unnatürlich gerade. Sie wirkte, als hätte sie einen Stock verschluckt. Um ihren Hals waren unzählige Ketten geschlungen. Auch die gekrümmten Finger blitzten und gleisten unter dem Farbspiel diverser Ringe. Tiefe Falten durchzogen ihr blasses Gesicht und ihre Lippen waren dünn wie ein Bleistiftstrich.

Ungeduldig winkte sie ihrer Tochter zu und ließ sich zu einem Tisch in der Nähe des Fensters rollen. Dann zeigte sie auf einen Sessel und blickte Lene auffordernd an.

»Nehmen Sie Platz, Signora Stoll.« Knarzend war ihre Stimme, wie eine ungeölte, lange nicht mehr benutzte Tür. Ihr Deutsch war nahezu perfekt, nur bei einigen Worten hörte man einen leichten Akzent.

Ohne dass Lene wusste, wie ihr geschah, folgte sie der Aufforderung sofort und setzte sich der alten Frau gegenüber.

Graziella wollte sich gerade auf den verbliebenen freien Sessel setzen, als ihre Mutter nur ein einziges Wort in ihre Richtung zischte. Auch ohne dass Lene italienisch verstand, wusste sie, was die Alte wohl gesagt hatte: »Verschwinde.« Sie sah die Tochter zusammenzucken, einen wütenden Blick in ihre Richtung werfen. Doch am Ende drehte sie sich um und verließ hastig ohne ein weiteres Wort den Raum.

»Meine Tochter haben Sie ja schon gestern kennengelernt oder vor kurzem in diesem seltsamen Restaurant. Ich halte nichts von Restaurantbesuchen, wozu hat man schließlich Personal. Man sitzt mit wildfremden Menschen in einem Raum wird angestarrt und verdirbt sich am Ende noch den Magen. Dabei haben wir wirklich hervorragende Köche hier, aber Graziella meint immer, das wäre heute einfach so, es würde dazugehören. Pah, als ob die Zeiten so viel anders wären.« Darauf konnte man nun wirklich nicht viel erwidern.

»Ich bin Rosaria Montaldo. Mir gehört dieses Haus, eigentlich gehört mir alles, obwohl meine Kinder sich einbilden, sie wären bereits am Ruder – doch beide irren sich. Wissen Sie, wir werden sehr alt. Meine Mutter starb mit 99 Jahren und meine Großmutter feierte sogar noch ihren 102. Geburtstag. Aber das ist eine andere Geschichte.

Tja, Signora Stoll, ich denke, Sie wissen, warum Sie hier sind. In Ihrem Besitz war etwas, was lange Zeit mir gehört hat, viele, viele Jahre. Dann wurde es von einem dummen naiven Dienstmädchen gestohlen und an eine noch dümmere Antiquitätenhändlerin verkauft, wo Sie es im Endeffekt entdeckt und gekauft haben. Ich vermute, es hat Ihnen gefallen, ein Aspekt, den ich nur zu gut verstehe. Wissen Sie, mein Mann hat es vor vielen Jahren für mich anfertigen lassen. Damals waren wir noch einfache Leute ohne viel Geld. Wir waren jung, hatten Träume, Pläne. Er schenkte es mir zur Verlobung, es muss ihn eine unglaubliche Summe gekostet haben.« Sinnend blickte sie an Lene vorbei aus dem Fenster. Dieser wurde langsam unwohl. Rosaria hatte eine seltsame Art mit ihr zu reden. Es schien fast, als ob sie sie mit ihrem Tonfall einlullen würde.

»Das Symbol stand für unsere Liebe. Er wusste, wie sehr ich Rosen liebte. Und die Muscheln … nun das ist eine andere Geschichte. In seinem Inneren habe ich viele Jahre zwei Haarsträhnen aufbewahrt, eine von ihm und eine von mir – eine fast schwarz und die andere eher blond. Während der Zeit des Krieges war dieses Medaillon mein einziger Halt. Jeden Abend habe ich die Strähnen betrachtet. So war er mir nahe, egal an welchem Ort er sich gerade aufhielt. Können Sie das verstehen?«

Lene räusperte sich. »Ich denke schon, ja sicher kann ich das verstehen.«

Sie wartete ihre Antwort kaum ab und sprach sofort weiter. »Am Tag nach seinem Tod habe ich die Strähnen verbrannt. Er hat mich einfach verlassen, viel zu früh und ich konnte es nicht mehr ertragen, sie zu sehen. Bis mich ein geschäftstüchtiger Herr aus der Schweiz auf eine Idee brachte. Wissen Sie, es ist ein sicheres Versteck. Wo sollte man etwas Wichtiges aufbewahren, etwas ganz kleines, was man immer an seinem Herzen tragen will, wenn nicht dort. Und nun frage ich Sie, haben Sie den Inhalt entfernt? Haben Sie ihn an sich genommen? Ich rate Ihnen, wägen Sie Ihre Antwort klug ab. Ich sehe wenn Sie lügen. Also schauen Sie mich an, wenn Sie mir antworten.«

Lene fühlte wie sie rot wurde. Die Hitze überrollte sie, fast wie bei einem Schuldeingeständnis. Fest sah sie der alten Frau in ihre Augen, »Nein, ich habe nichts aus dem Medaillon genommen. Was immer darin war, ich habe es nicht. Wir haben es erst einige Tage nach einem Kauf überhaupt geöffnet. Der Hohlraum war mir gar nicht bewusst gewesen, auch die Verkäuferin hat ihn mir nicht gezeigt.« Lene kam sich vor wie früher vor ihrer Klasse. Eben hatte sie einen Kurzvortrag gehalten und nun konnten ihre Mitschüler Fragen stellen und zwar die der ganz unangenehmen Art.

Die Alte sah sie lange an, intensiv. Ihr wurde immer unangenehmer zumute. »Geben Sie mir Ihre Hand.« Vorsichtig legte Lene ihre kalten Finger in die der Alten. Es fühlte sich an, als würde sie Pergamentpapier berühren, brüchig, kurz vor einem Verfall stehend – unangenehm. Ihre Finger waren noch kälter. Es schien, als wäre kein Leben mehr in ihnen. Die Alte schloss die Augen, hielt Lenes Hand aber unvermittelt fest. Ein komisches Gefühl, als würde sie durchleuchtet werden, stieg in ihr auf.

»Also gut, Signora Stoll, anders als meine unfähige, engstirnige Tochter, die leider so gar keine Menschenkenntnis besitzt, glaube ich Ihnen. Ich bin sicher, Sie haben mir eben die reine Wahrheit gesagt. Nun frage ich mich natürlich, wo ist der Inhalt hin? Wer hat ihn genommen? Das Dienstmädchen sicher nicht, Personal – dumm, ohne jegliches Kaliber. Diese Prande – noch dümmer. Einen Spottpreis hat sie für den Schmuck gezahlt und seinen wahren Wert nicht erkannt. Also wer hat ihn? Was denken Sie? Überraschen, verblüffen Sie mich!«

Irgendwie wurde die Sache immer dümmer und einen Moment überkam Lene das Gefühl, als ob sie in eine versteckte Kamera geraten war und jeden Moment irgendein Moderator hinter dem Vorhang hervorgesprungen kommen müsste – doch leider kam keiner. »Tja, wie soll ich sagen? Ich weiß nicht, wer den Inhalt genommen hat. Und wie sollte ich das auch wissen? Ich kenne den Inhalt ja nicht einmal. Also wüsste ich nicht, wie ich Ihnen helfen könnte. Es tut mir leid.« Hatte sie gerade gesagt, dass es ihr leidtat? Sie saß hier in diesem komischen Haus umgeben von noch komischeren Gestalten und sagte, es täte ihr leid? Irgendwie bekam ihr die ganze Situation nicht.

Rosaria schlug mit ihren gichtigen Händen leicht auf die Lehne ihres Rollstuhles. »Ha, Sie gefallen mir! Sie nehmen kein Blatt vor den Mund, nicht einmal in dieser für Sie etwas ungünstigen Situation. Und wissen Sie was? Sie haben recht.

Woher sollen Sie auch wissen, was für ein Schatz darin verborgen war? Nun, ich werde es Ihnen verraten: Es war etwas winziges, etwas ganz kleines – etwas, das ich unter allen Umständen zurückhaben möchte, da es unwiederbringlich ist. Es war ein Stein darin, genauer gesagt ein Diamant von unermesslichem Wert, ein Stein, wie man ihn für kein Geld der Welt kaufen könnte. Dieser Diamant wurde aus der Asche meines verstorbenen Mannes hergestellt. Er wollte nach seinem Tod verbrannt werden, nur keine Erdbestattung und das hier in Italien, eigentlich unvorstellbar, ein Skandal. Die Asche wurde dort verstreut, wo wir am glücklichsten gewesen waren, am Ort wo unser erstes kleines Haus stand, am Ufer dieses Sees. Vorher ließ ich aus einem kleinen Teil der Asche einen Stein pressen, mit irgendeinem Verfahren – egal. Dieser sehr geschäftstüchtige Herr vom Bestattungsinstitut machte mir den Vorschlag und ich muss sagen, er gefiel mir. Ich trug ihn immer bei mir, bis ich eines Tages den Schmuck bei einer Massage ablegte und vergaß. Man lenkte mich ab, plump aber trotzdem wirkungsvoll. Irgendjemand machte dann den Fehler, ihn an sich zu nehmen. Dieser Jemand konnte uns nur noch sagen, an wen er den Schmuck verkauft hatte. Er war so dumm und wusste nichts über seinen Inhalt – genau wie Sie. Nun, den Rest der Geschichte kennen Sie bereits.«

Lene war im wahrsten Sinne des Wortes verblüfft. Mit allem hatte sie gerechnet, aber nicht damit. Fast konnte sie die alte Frau verstehen, es war tatsächlich etwas Unwiederbringliches und zeugte von einer tiefen Liebe, die weit über den Tod hinausging.

»Und wenn ich Ihnen nun noch sage, dass ich alles tun würde und werde, um diesen Stein wiederzubekommen, denke ich, Sie glauben es mir mittlerweile, nicht wahr? Also frage ich Sie noch einmal, wo könnte er sein? Was ist Ihre Meinung?«

Kam es ihr nur so vor oder klang der Tonfall plötzlich anders, war da plötzlich etwas Bedrohliches im Blick der Alten?

»Es tut mir leid, ich würde Ihnen wirklich gern etwas anderes sagen, aber ich kann Ihnen nicht helfen, so sehr ich das auch wollte.«

»Nun ich verstehe, Sie haben mir trotzdem mehr geholfen, als Sie vielleicht denken, Signora Stoll. Ich befürchte aber leider, Sie werden noch ein wenig unsere Gastfreundschaft genießen dürfen.« Lene holte tief Luft, doch die andere hob ihre Hand und brachte sie so zum Schweigen. »Haben Sie keine Angst, ich persönlich sorge dafür, dass Ihnen nichts geschieht, auch wenn meine Tochter etwas anderes mit Ihnen vorhatte. Sie möchte kleinliche Rache an Ihnen nehmen, ein Akt der Torheit. Doch mein Wort zählt immer noch mehr in diesem Hause und dies, solange ich lebe. Vielleicht lockt ihr Verschwinden die Ratten aus ihren dunklen Löchern …wer weiß? Hoffen Sie darauf Signora Stoll, umso eher können Sie ihr Leben wieder genießen und ihre neue Liebe. Das wäre doch schön, oder?«

Sie klatschte sanft in ihre Hände, sofort kam einer der beiden Anzugträger, ergriff ihren Rollstuhl und schob sie langsam zur Tür hinaus.

14. Kapitel

Sie hatten hin und her diskutiert, Möglichkeiten ins Auge gefasst und wieder verworfen. Es war eine lange Nacht geworden, unzählige starke Espressi hatten sie zu sich genommen. Doch egal, wie sie es drehten und wendeten, die Möglichkeiten waren nun einmal äußerst begrenzt. Schließlich setzte Giovanni sich mit der einfachsten Lösung von allen durch. Als Erstes bot er ihnen jedoch in einem der zahlreichen Räume ein Nachtlager an. Der gefasste Plan konnte erst im Laufe des nächsten Tages in die Tat umgesetzt werden. Es wurde eine kurze Nacht, Bastian schlief auf dem schmalen Gästebett gar nicht und Stefano an der anderen Wand nicht wesentlich mehr. Beide Männer hätten am liebsten sofort etwas unternommen, mussten sich aber am Ende den Argumenten des Restaurantbesitzers beugen. Sie wechselten nur die notwendigsten Worte miteinander und hingen den Rest der Zeit lieber ihren eigenen Gedanken nach. Am Morgen nahmen sie ein liebevoll zusammengestelltes Frühstück zu sich. »Mit leerem Magen könnt ihr gar nichts erreichen, am Ende klappt ihr noch zusammen.«, sagte Giovanni. Also wies er seine Köche an, leckere Dinge für sie zu zaubern.

Am Vormittag dann führte Giovanni endlich mit einigen befreundeten Gastronomen der Umgebung kurze Telefonate. Schon nach wenigen Minuten hatte er herausgefunden, wo Graziella heute zu Mittag essen würde. Was lag näher, als dort rein zufällig aufzukreuzen. Natürlich nicht Bastian allein, Stefano sollte mitgehen, dass würde am Ende auch unauffälliger wirken. Man arrangierte eine erneute Begegnung und musste darauf hoffen, dass die Frau keinen Verdacht schöpfte.

»Ihr müsst euch einfach möglichst natürlich geben, vor allem du Bastian. Denk immer dran, es ist alles für Lene. Also sei charmant, schau Graziella tief in die Augen, sag blumige Worte, mach das, was sie erwartet. Du kennst sie doch und weißt, wie sie tickt. Im Grunde genommen ist sie eine ganz normale Frau, gut ich meine es gibt Hübschere, aber trotzdem … Ihr müsst auf alles achten, was sie sagt, vielleicht verrät sie sich. Spiel dein Verhältnis zu Lene herunter, tu als wäre sie nur eine Episode für dich.« Stefano hörte zu, ohne eine Regung, nur die Sehne an seinem Hals zeichnete sich deutlich unter der Haut ab, so fest biss er anscheinend die Zähne zusammen.

Bastian war das alles wohl bewusst, trotzdem tat er sich mit dem Gedanken an das nun Kommende unendlich schwer. Vor allem da er wusste, dass Graziella in diese seltsame Geschichte um Lene involviert war.

Das ermittelte Restaurant lag am Westufer des Sees in Gardone Riviera, etwas außerhalb der Ortschaft. Sie nahmen die Gardesana in Richtung Limone und erreichten den Ort nach einer halbstündigen Fahrt. Auf dem Schild am Straßenrand war ein schlossähnliches Gebäude abgebildet. Das passte einfach zu Graziella. Er konnte sie sich beim besten Willen nicht in einer normalen Gaststätte zwischen einfachen Touristen vorstellen. Ein uniformierter Bediensteter bewachte den mit einer Schranke versehenen Eingang. Schon hier kam man sich vor, als wollte man in die italienische Zentralbank einsteigen. Zum Glück hatte Giovanni seine Beziehungen spielen lassen und über den Besitzer einen Tisch für sie reserviert, sonst wären sie vermutlich keinen Meter auf das Grundstück vorgedrungen. Der Wachhabende hakte auf einer langen Liste ihre Namen ab, schlug die Absätze zusammen und ließ die Schranke in den blauen Himmel entschwinden – sie durften passieren. Bastian kam sich vor wie zu seinen Zeiten bei der Bundeswehr, die Typen am Tor hatten ähnlich ausgesehen.

Riesige Bäume hatte man entlang der Zufahrt vor vielen Jahren in perfekter Harmonie gepflanzt, dazwischen wuchsen exotische Pflanzen, sogar Palmen waren in alten Terrakottakübeln geschmackvoll hindrapiert worden. Das parkähnliche Grundstück musste riesig sein. Auf geradezu verschlungenen Pfaden ging es einmal links und einmal rechts herum, bis die opulente Villa schließlich vor ihnen lag.

Bastian, der nun wirklich schon vieles in seinem Leben gesehen hatte, fehlten die Worte. Das Restaurant sagte ihm vom Namen her nichts. Der Besitzer war ein reicher Römer, der das Anwesen vor einigen Jahren erworben hatte und nun internationale Küche auf höchstem Niveau anbieten wollte. Das Haus war riesig und wirkte wie geradewegs aus einem Märchenfilm gefallen, mit unzähligen Türmchen, Zinnen, sowie kleinen und großen Fenstern. Der Park schien hinter dem Haus noch weiterzugehen und wurde sicher von unzähligen Gärtnern in diesem perfekten Zustand gehalten. Giovannis prachtvolles Restaurant wirkte gegen dieses hier wie eine bessere Imbissbude.

Versteckt hinter Hecken war ein Parkplatz angelegt, diskrete Schilder wiesen ihnen den Weg dorthin und so stellte Bastian seinen profanen Jeep zwischen die Crème de la Crème aus Sportwagen und Limousinen. Stefano sah sich staunend um. »Mein liebes bisschen, ich hab ja schon so manches gesehen, aber so viel teures Blech auf einem Haufen bis jetzt noch nicht.«

Bastian musterte die geparkten Fahrzeuge und meinte eine der schwarzen Limousinen zu erkennen. »Sie scheint schon hier zu sein. Ich bin sicher, dass das ihr Auto ist. Zumindest war sie mit so einem früher immer unterwegs.« Ein leises Summen ertönte und sie bemerkten an mehreren der Bäume

Überwachungskameras, welche überaus diskret angebracht waren.

Über einen kiesbedeckten Weg näherten sie sich dem großen, in der Mitte mit Rosen bepflanzten Rondell. Eine elegant geschwungene Steintreppe, links und rechts von protzigen Sandsteinfiguren flankiert, brachte sie zum Eingang, der von einem weiteren Uniformierten bewacht wurde. Selbst die Kiesel knirschten hier nicht so profan, wie in anderen Gärten. Abermals kontrollierte man ihre Namen auf einer Liste und brachte sie dann nach drinnen. Es ging zunächst in ein riesiges Foyer. Direkt gegenüber der Tür stand ein Tisch mit dem größten Blumenbouquet, das sie jemals gesehen hatten. Verschwenderische Farben und Blüten hatte eine Blumenbinderin äußerst geschmackvoll arrangiert, sie musste an diesem Auftrag unzählige Stunden gearbeitet haben. Im Hintergrund führte eine Treppe nach oben, an der ein diskretes Schild mit der Aufschrift »Privato« angebracht war. Man erkannte eine breite, mit einem verzierten Geländer versehene Galerie, die einmal um die Halle herum führte. Zu beiden Seiten gingen hier unten, als auch in der ersten Etage mindestens ein Dutzend Räume ab. Sie betraten einen davon und nahmen am zugewiesenen Tisch direkt am Fenster Platz. Etwa zwanzig Tische standen überaus locker verteilt im Raum. Somit war ein diskretes Plaudern jederzeit möglich. Schwere dunkle Möbel, gestärkte blütenweiße Tischdecken und ein umfangreiches Ensemble an blitzenden Gläsern machten das Ambiente perfekt. Dies hier war eindeutig nichts zum Wohlfühlen. Wer hier verkehrte wollte unter sich sein oder einfach nur dazugehören.

Sofort kam ein Kellner auf sie zugeeilt und brachte die Speisekarte. Es gab ein kleines feines Speisensortiment, nichts Außergewöhnliches, aber Bastian war sicher, dass es von hervorragender Qualität war. Während sie in der Karte blätterten, raunte Stefano ihm über den Tisch leise zu: »Und, hast du sie schon entdeckt? Ich finde es ziemlich düster hier. Man erkennt die Leute am Nachbartisch ja kaum.« Diskretes Gemurmel drang zu ihnen, die gesamten Gäste schienen sich nur im Flüsterton zu unterhalten und so machten sie es lieber ebenso.

»Ich denke, dass dies genauso gewollt ist. Wer hier speist möchte nicht erkannt werden und es gilt vermutlich als unschicklich, sich umzuschauen und jemanden zu suchen, aber ich tue es trotzdem.« Bastian musterte unauffällig den Raum. Er tat einfach so, als würde er die prächtige Ausstattung bewundern, die Tapeten, die blitzenden Kristallleuchter an der Decke, die zahlreichen Gemälde. Sicher alles Originale, hier hängte sich niemand eine Kopie an die Wand. Doch so sehr er den Raum absuchte, er konnte Graziella nirgends entdecken.

»Ich sehe sie nicht. Entweder sie kommt noch oder sie ist in einem separaten Raum zum Speisen, keine Ahnung. Aber ich bin sicher, dass es ihr Auto war, das draußen stand. Weißt du schon, was du isst?«, meinte er mit einem Seitenblick auf den Kellner, der diskret im Hintergrund wartete.

Stefano blickte die Karte rauf und runter. Ihn verwirrten die teilweise in Französisch gehaltenen Bezeichnungen. »Bestell du lieber für mich mit, hier sind ja nicht mal Preise angegeben.« Tatsächlich gähnte an der Stelle, an der man normalerweise die Kosten ablesen konnte, nur Leere. Mit so etwas Profanem schien sich hier niemand zu beschäftigen, entweder man konnte sich das Essen leisten oder man ließ es. Bastian war schon früher mit ähnlichen Restaurants in Kontakt gekommen und bis heute fehlte ihm für solchen Snobismus jegliches Verständnis.

Das dann servierte Essen war wirklich fantastisch. Wer immer in der Küche stand, beherrschte sein Handwerk in absoluter Perfektion. Nur mit großem Appetit sollte man hier nicht erscheinen. Die Teller waren riesig, die Portionen dafür mikroskopisch klein. Doch irgendwann waren sie dann beim Dessert angelangt und zumindest eine gewisse Sättigung stellte sich bei ihnen ein. Von Graziella allerdings war immer noch nichts zu sehen. Verschiedene Personen hatten den Raum betreten, doch sie war nicht darunter gewesen.

»Das war wohl ein Schuss in den Ofen, sie ist nicht hier. Was machen wir denn jetzt? Vielleicht stimmt die Auskunft nicht.«

Bastian war sicher, dass die Information richtig gewesen war. Mittlerweile war es kurz nach eins. Wenn sie jetzt nicht mehr kam, würde sie wahrscheinlich ihre Pläne geändert haben. »Okay, wir haben noch eine Chance und die werden wir jetzt auch nutzen, ganz einfach weil sie unsere einzige ist. Spiel einfach mit und verhalte dich unauffällig«, wies er Stefano an. Mit einer knappen Handbewegung winkte Bastian den für sie zuständigen Kellner heran.

»Haben Sie noch einen Wunsch? Darf ich Ihnen noch einen Espresso bringen?«

»Gerne, wir nehmen beide einen. Doch ich habe vorher noch eine Frage an sie. Mir schien es, als hätte ich bei unserer Ankunft den Wagen einer sehr guten Freundin auf ihrem Parkplatz entdeckt, leider habe ich mich umgeschaut und kann sie nicht finden.«

Der Kellner fiel förmlich in sich zusammen. »Ich bedauere, aber wir geben generell keine Auskünfte zu unseren Gästen. Diskretion wird bei uns absolut großgeschrieben. Es tut mir wirklich wahnsinnig leid, doch ich muss sie um ihr Verständnis bitten.«

»Selbstverständlich«, pflichtete Bastian ihm bei. »Das verstehe ich absolut, es ist nur so. Wir haben uns schon so lange

nicht mehr gesehen. Umso größer war meine Freude, dass sie
anscheinend heute hier ist. Wissen Sie, ich bin so selten in
Italien, meine Zeit ist knapp, Geschäfte, immer nur Geschäfte, meist bin ich in Deutschland. Was ich aber ganz sicher
weiß ist Folgendes: Signora Montaldo würde sich sehr ärgern,
mich ausgerechnet hier in diesem wirklich hervorragenden
Restaurant verpasst zu haben.«

Man sah dem Mann die Gedankengänge förmlich an, in seinem Kopf ratterte es. Da war zu einem die absolute Diskretion, die ihr Chef ihnen verordnet hatte. Aber da war zum anderen der Name Montaldo. Wann immer er fiel, nahm man
innerlich und äußerlich Haltung an. Den Unfrieden dieser
mächtigen Familie wollte sich nun wirklich niemand zuziehen.
Man versuchte stattdessen Wohlwollen auf die eigene Person
oder das Unternehmen zu lenken. Der Kellner entschied sich
daher auch für Entgegenkommen, denn er sagte,

»Signora Montaldo speist heute tatsächlich bei uns, Sie haben recht. Da Sie mehrere Geschäftspartner zu einem Meeting
eingeladen hat und dafür gewisse Ruhe brauchte, ist sie in
einem der Nebenräume untergebracht. Wenn es Ihnen recht
ist, überbringe ich ihr eine kurze Nachricht. Wäre das in Ihrem Sinne?«

Bastian nickte mit dem angebrachten Hochmut. Begeisterung zu zeigen war hier nicht angebracht. »Das wäre absolut
in meinem Sinne und ich bin sicher auch in dem von Signora
Montaldo. Sagen Sie ihr doch bitte, Sebastian Gerber würde
sich freuen, Sie zu sehen. Wir sind allerdings nur noch kurze
Zeit da, würden Sie also auch nicht lange von Ihren Ge-
sprächspartnern abhalten.«

Steif wie ein Stock entfernte sich der Kellner. Bastian sah
unglücklich aus. »Ich wäre ihr lieber zufällig über den Weg
gelaufen. Ich hoffe, sie schluckt unsere kleine Geschichte.

Falls sie uns empfängt, lass dir nichts anmerken, wir haben uns geschäftlich hier getroffen und irgendetwas besprochen. Starr sie auf keinen Fall an, na ja, du hast ja gehört, was Giovanni erzählt hat.«

Minuten später war der Kellner wieder da. »Signora Montaldo würde sich außerordentlich freuen, Sie zu sehen. Soeben sind ihre Geschäftspartner gegangen. Sie bittet Sie zu sich, selbstverständlich Sie beide. Ich würde Ihnen dann auch dort den Espresso servieren. Ich denke, das ist in Ihrem Sinne.«

Es ging einmal durch die Diele auf die andere Seite, der Kellner öffnete eine der Türen und schloss sie diskret hinter ihnen. Graziella war allein. Sie hatte ihnen den Rücken zugedreht, stand an einem Beistelltisch und sortierte irgendwelche Papiere. Bei ihrem Eintreten fuhr sie herum und Stefano musste wirklich die Luft anhalten, um nicht zu stieren. Er konnte sich nicht entsinnen, jemals eine so unansehnliche Frau gesehen zu haben. Sicher erinnerte er sich vage an Fotos von ihr, die er in gewissen Magazinen gesehen hatte, doch darauf war sie ihm wesentlich attraktiver erschienen. Vermutlich hatte man den zuständigen Fotografen angewiesen, die Aufnahmen zu retuschieren. Sie trug einen dunklen Hosenanzug. Die halblangen Haare fielen ohne jeglichen Pepp auf ihre Schultern. Irgendwie wirkte sie in dem düsteren Raum wie eine Untote, die sich soeben aus dem kühlen Grab erhoben hatte. Daran änderte auch das erkennende Lächeln nichts, welches auf ihrem blassen Gesicht mit den tiefen Falten zwischen Nase und Mund erschien. Er beneidete Bastian um die Rolle, die er gleich spielen musste in keinster Weise. Mit dieser Frau locker zu flirten war ganz sicher das Schwierigste, was er sich vorstellen konnte. Neugierig wanderten ihre Blicke zwischen den beiden Männern hin und her, dazu versuchte sie so etwas wie charmante Blicke aufzusetzen, was ihr aber nur mäßig gelang.

Bastian ging mit ausgebreiteten Armen auf sie zu und begrüßte sie so locker und natürlich wie nur irgend möglich.

Über dessen Schulter schielte sie während der Begrüßung neugierig in Stefanos Richtung. »Graziella, darf ich dir vorstellen? Das ist ein guter Freund und Geschäftspartner von mir, Stefano …« Den Nachnamen vernuschelte er, doch sie würde auch so herausfinden, wer er war.

»Buon giorno, ich freue mich, Stefano.« Lächelnd hielt sie ihm ihre Wange hin und es blieb ihm nichts anderes übrig, als einen zarten Kuss darauf zu drücken. Zu ihrem Aussehen gesellte sich auch noch eine geradezu unnatürliche Kälte, sie schien tatsächlich aus einem Grab gekrochen zu sein.

Der Kellner brachte in diesem Augenblick den Espresso und entfernte sich schnellstmöglich wieder aus dem Raum. Niemand konnte es ihm verübeln, die Atmosphäre war wirklich unangenehm.

»Setzt euch, bitte, nehmt Platz. Ein Glas Wein zu eurem Kaffee? Ich habe Paolo um ein ganz besonderes Tröpfchen gebeten und natürlich auch bekommen. Wie er sagte, ist sein Sommelier ganz tief in den Keller hinabgestiegen.« Prüfend sah sie Bastian an und ließ den Wein in ihrem Glas kreisen. »Schön, wer hätte gedacht, dass wir beiden uns so schnell wiedersehen. Erst jahrelang überhaupt nicht mehr und nun gleich zweimal. Ich wusste gar nicht, dass du auch bei Paolo Sortelli verkehrst? Aber du weißt natürlich am besten, was gutes Essen ist und wo man es bekommt. Wo ist denn deine neue Freundin? Wie hieß sie doch gleich, Helene oder? Ihr wirktet ja geradezu unzertrennlich auf mich, so wie Frischverliebte.«

Stefano zuckte bei diesen Worten heftig zusammen. Nur mit Mühe gelang es ihm, neutrale Gesichtszüge zu wahren, um sich seine Verärgerung nicht anmerken zu lassen.

Möglichst ahnungslos zuckte Bastian die Schultern. »Sortelli wurde mir empfohlen, von einem Freund, das Essen ist wirklich gut. Tja und Lene, keine Ahnung, ich habe die Nacht nicht zu Hause verbracht, sondern bei einem Freund hier unten geschlafen. Wir sind in keiner Beziehung, falls du das meinst, also in keiner sehr engen oder festen. Seit Rosas Tod möchte ich mich nicht so absolut binden. Wir verstehen uns einfach gut und Schluss.«

Stefano meinte, die Sorge über Lene in Bastians gespielt beiläufigen Äußerungen zu erkennen. Er hoffte, dass Graziella dies nicht auffallen und sie ihm seine Worte abnehmen würde, denn in ihrer Miene las er eine gewisse Vorsicht.

Anscheinend gefiel ihr trotzdem, was sie gehört hatte, denn sie lächelte wohlwollend. Sie schlug ihre knöchernen Knie übereinander und lehnte sich entspannt zurück. »Und du, Stefano, was machst du so den lieben langen Tag?«

»Ach, ich mache dies und das. Meine Familie hat einen Olivenhain und mehrere Ferienobjekte oben im Norden, also Wohnungen und Häuser und so.« Irgendwie war er bemüht, dieser Frau nicht allzu tief in die Augen zu schauen. Ihre Art ihn zu betrachten, verunsicherte ihn ziemlich.

»Interessant, tja der Tourismus, wir können nicht ohne ihn und mit ihm ist es auch nicht einfach. Ich hasse die verstopften Straßen im Sommer und bin froh, wenn ich auf einen unserer ruhigen Landsitze fliehen kann. Aber womit soll man sonst auch noch so richtig Geld verdienen.«

Unter dem Tisch trat Bastian an Stefanos Schienbein. Das eben war eine Steilvorlage gewesen, wie sie vermutlich nicht so schnell mehr wiederkommen würde.

Stefano brauchte ein paar Sekunden, um zu verstehen, worauf sein Begleiter hinaus wollte. Was sollte er um Himmels Willen jetzt sagen? Irgendeine passende Erwiderung musste her. Und so holte Stefano tief Luft und räusperte sich. Einfach aufs Geratewohl sagte er: »Sie haben einen Landsitz im Hinterland? Das klingt ja sehr interessant. Ich interessiere mich für diese alte Architektur, also ganz besonders die der alten Herrenhäuser. Leider kommt man ja nur in die wenigsten hinein, Privatbesitz. Na ja, wenn ich ehrlich bin, wäre es mir auch nicht recht, wenn Heerscharen von Neugierigen über meinen Rasen latschen würden, vor allem Touristen.« Er versuchte Graziella möglichst hinreißend anzulächeln und hatte permanent das Gefühl viel zu dick aufzutragen. Aber irgendwie schien er genau die richtigen Töne zu treffen, denn sie schaute ihn von Minute zu Minute interessierter an.

»Lieber Stefano, ich denke wir sollten du sagen, denn Bastians Freunde, sind auch meine Freunde. Und mit wem sollte man vertraulich verkehren, wenn nicht mit anderen italienischen Familien. Trotzdem muss ich sagen, ich bin ein wenig erstaunt, denn ehrlich gesagt, hätte ich dir ein Faible für alte Herrensitze gar nicht zugetraut, aber warum nicht. Vielleicht ergibt es sich irgendwann einmal, du bist in der Nähe und schaust auf einen kleinen Sprung bei mir vorbei. Ich würde mich sehr freuen und dir natürlich alles zeigen.« Ein strahlendes Lächeln huschte über ihre Züge, konnte aber weder fehlenden Charme noch die nicht vorhandene Schönheit ersetzen.

»Das wäre wirklich fantastisch, ich würde mich unglaublich …«

In diesem Moment fiel Bastian ihm ins Wort: »Na, wenn das nicht toll klingt, Stefano. Ich überlege gerade, ob Graziella nicht vielleicht jetzt gleich ein wenig Zeit für dich hätte. Ich muss nämlich in wenigen Minuten noch zu einem geschäftlichen Termin und könnte dich erst heute Abend wieder mit nach Malcesine nehmen. Aber natürlich kannst du dir auch hier die Zeit vertreiben, also wenn es nicht passt, Graziella, es war nur eine wirklich spontane Idee.«

Stefano war entsetzt über Bastians Vorschlag, ihn allein mit dieser Hexe losfahren zu lassen. Im nächsten Moment fasste er sich jedoch wieder und erkannte, dass nun eine echte Chance für ihren Plan gekommen war. Außerdem schien Graziella wider Erwarten auf ihn zu stehen, denn Stefano merkte, wie sie offensichtlich versuchte, auf ihre ganz eigene Art mit ihm zu flirten. Einen Moment fürchtete er, Bastian könnte zu weit gegangen sein, denn mittlerweile musste jedem Menschen mit einigermaßen klarem Verstand auffallen, dass hier etwas ganz und gar nicht stimmte.

Und tatsächlich sah Graziella prüfend zwischen ihnen beiden hin und her, legte ihren Kopf schief und schien zu überlegen. »Warum nicht«, sagte sie schließlich gedehnt. »Ich bin durch mit meinen Terminen und hätte den Nachmittag frei. Du müsstest deinen Freund nur heute Abend in der Villa abholen, Bastian. Wir bekommen am Abend Gäste. Mutter hat ein paar alte Freunde eingeladen. Doch den Rest des Tages könnten wir uns ein paar schöne Stunden machen.«

Bastian klatschte in die Hände, blickte auf seine Uhr und meinte: »Perfekt, genauso machen wir es. Ach, in welcher Villa soll ich ihn denn holen? Da brauche ich noch die Adresse. Ich weiß, ihr habt ja mehrere Häuser.«

Sekunden später hielt er eine schwere geprägte Karte in seinen Händen. »Wir sind in unserem Stammhaus.«

Stefano konnte nur noch hilflos mit ansehen wie Bastian sich erhob. »Dann bis heute Abend, sagen wir gegen sieben, da müsste ich mit allem durch sein.« Er nickte ihm zu, gab

Graziella einen hastigen Kuss auf die Wange und verschwand in die Diele.

Dann war nur noch die geschlossene Tür zu sehen, er war allein mit Graziella. Dieser Mistkerl hatte sich aus dem Staub gemacht und überließ ihm die Arbeit. Aber es half jetzt alles nichts, er musste diese Rolle unbedingt weiterspielen. Es ging um Lene, diesen Satz sagte er sich gebetmühlenartig immer wieder. »Vielleicht noch ein Glas Wein?« Fragend sah er Graziella an. »Oder musst du noch fahren?«

Ein schallendes Lachen erfüllte den Raum. »Stefano, also ich muss schon sagen, du bist ein Spaßvogel, das gefällt mir. Ich fahre doch nicht selbst, Gott bewahre, wozu hat man Personal.« Sie schob ihm ihr halbleeres Glas über den Tisch und er füllte es fast bis zum Rand mit der blutroten Flüssigkeit. Anschließend genehmigte er sich selbst einen kräftigen Schluck. Vielleicht ließ sich damit das nun Kommende leichter ertragen.

Bastian blickte sich in der Diele suchend nach einem Kellner um, bei dem er seine Rechnung bezahlen konnte. Das wollte er dem armen Stefano nicht auch noch aufbürden. Die Summe war geradezu astronomisch hoch, aber irgendwie musste ja schließlich das riesige Anwesen unterhalten werden, sagte er sich. Er nickte dem vor der Tür wartenden Portier zu, ging zu seinem Wagen und verließ den riesigen Park. Draußen versuchte er einen Platz zu finden, an dem er sich positionieren konnte, um einen optimalen Blick auf die Fahrzeuge zu haben, die das Grundstück verließen. Auf der anderen Straßenseite wurde er hinter einer niedrigen Hecke fündig.

Alles war ganz anders gekommen, als sie es eigentlich geplant hatten. Wer konnte auch damit rechnen, dass Graziella mehr auf Stefano als ihn stand. Die gebotene Chance hatte man einfach nutzen müssen. Und nun hoffte er, dem Auto unauffällig folgen zu können. Er musste nicht lange warten, eine halbe Stunde später ging die Schranke nach oben und die schwarze Limousine verließ das Anwesen. Am Steuer saß der obligatorische Chauffeur. Der arme Stefano hatte vermutlich zu Graziella auf die Rückbank gemusst. Die rasante Fahrt ging in den Süden. Sirmione ließen sie links liegen, verließen die Gardesana und bogen ins ruhige Hinterland ab. Die meisten der Ortsnamen sagten ihm gar nichts. Hier erinnerte kaum noch etwas an den See mit seinem ganzjährigen Trubel. Verschlafene Nester lagen im Sonnenschein und wie vor hundert Jahren saßen schwarzgekleidete Frauen auf den Bänken vor ihren Häusern, während die Männer sich in kleinen Bars über den Tag austauschten. Auf einem der Wegweiser las er Valeggio sul Mincio. Wehmut stieg in ihm auf. Früher war er mit seiner Frau Rosa da manchmal zum Essen gewesen. Es war ein malerisches Städtchen mit unzähligen kleinen Restaurants, die traumhafte Küche boten. Viele schöne Stunden hatten sie dort verbracht und Pläne für ihr eigenes Restaurant geschmiedet, während sie dem rauschenden Flüsschen lauschten. Doch momentan war wichtiger, das vor ihm fahrende Auto nicht aus den Augen zu verlieren, aber auch nicht zu nahe aufzufahren. Er war nun mal kein in Verfolgungen geschulter Mafiosi und stellte sich vermutlich alles andere als geschickt an.

Irgendwann bog der schwarze Wagen von der Straße ab und fuhr einen staubigen Weg hinauf, der zwischen Feldern zu einem Grundstück führte, welches ein Stück oberhalb auf einem sanften baumbewachsenen Hügel lag. Der Blick von da oben musste fantastisch sein und sicher weit ins Land reichen. Vorsichtshalber blieb er zwischen zwei ziemlich schiefen Zypressen im unteren Teil der Zufahrt stehen und schaute zu, wie das Auto nach einer Linkskurve in der Ferne verschwand. Nun war guter Rat teuer, wenn er dieselbe Zufahrt nahm, würde man ihn an der Staubwolke sofort erkennen. Also entschied er sich, den Wagen hier zu lassen und zu Fuß weiterzugehen. Auch dies barg gewisse Risiken, denn sollte man den Weg überwachen, würde er geradewegs in die Kameras marschieren. Aber dieses Risiko musste er auf sich nehmen.

Bastian lief etwa eine halbe Stunde, immer möglichst im Schatten der hohen Zypressen und erreichte schließlich eine ziemlich hohe Mauer. Er war fast zwei Meter groß und dieses Bollwerk reckte sich noch ein Stück höher in den Himmel. Keinerlei Vorsprünge, nichts an dem man sich nach oben ziehen konnte, waren zu sehen. In Filmen würde der sportliche Held mit Anlauf die Mauer erklimmen und die Verschleppte mit blütenweißem Hemd und ohne den geringsten Schweißfleck erretten. Leider war er in keinem Film, sondern in der Realität. Also machte er sich seufzend auf den Weg. Irgendwo musste es doch eine Möglichkeit geben, die Mauer zu überklettern.

Das Grundstück war ohne Zweifel riesig, nach der ersten entlanggewanderten Seite begann er ratlos zu werden, denn noch immer sah er außer einer aalglatten Mauer rein gar nichts. Doch an der weit abgelegenen Rückseite wurde er schließlich fündig. Ein dicker Baum stand nahe am Grundstück und ließ seine Zweige über die Mauerkrone nach drinnen hängen. Prüfend betrachtete der den knorrigen Stamm. *Komm schon, in deiner Kindheit wärst du bereits drüben gewesen*, sagte er zu sich. Doch leider war Bastian kein Kind mehr. Trotzdem gab er sein Bestes. Er zog sich an einem der unteren Äste hinauf, stand kurze Zeit später tatsächlich auf der Mauer und blickte sich suchend um. Vom Haus war nichts zu sehen, er war im hintersten Teil des Geländes und hoffentlich weit weg von jeglicher Überwachung. Mit einem geschmeidigen Abfedern landete er auf der anderen Seite der Mauer hinter einem struppigen Gebüsch und wartete zunächst kurz ab, ob irgendeine Reaktion auf sein Eindringen kam.

Immer noch war alles still und so pirschte er sich im Unterholz langsam in die Richtung voran, wo er das Haus vermutete. Allmählich veränderte sich der Garten, die Büsche waren nun exakter verschnitten, gepflegte Rasenflächen und erste mit Blumen bepflanzte Beete tauchten auf. Hatte es hinten wie in einem Urwald gewirkt, ging es nun in die Richtung eines perfekt durchgeplanten Parks. Dann erreichte er diverse Nebengebäude. Man hatte sie direkt neben einem Pool errichtet, der in seinen Ausmaßen jede Olympianorm erfüllt hätte. Er sah eine Sommerküche, eine riesige Sitzecke und ein kleines Häuschen, in dem anscheinend die Pooltechnik untergebracht war, zumindest summte eine Pumpe leise vor sich hin. Unzählige Palmen und andere Pflanzen waren in riesigen Terrakottakübeln locker um das Schwimmbecken drapiert worden. Und dann lag das Haus vor ihm. Es war wirklich riesig, der Begriff Villa war eindeutig untertrieben. Er quetschte sich nah an die Mauer und umrandete in ihrem Schatten die kleine Poolhütte.

Man hatte das große Herrenhaus in einer U-Form errichtet. Alles war relativ gut in Schuss, nur der rechte Flügel wirkte leicht heruntergekommen. Aus seiner Erfahrung wusste er, dass dieser erste Eindruck oft täuschte. Die verfallensten Gebäude Italiens waren in ihrem Inneren oft auf dem allerneuesten Stand und mit allen erdenklichen Schikanen ausgestattet. Er wartete eine ganze Weile und betrachtete das Haus, doch immer noch blieb alles ruhig. Weder von Stefano, noch Graziella oder den Angestellten war das Geringste zu sehen.

Er musste näher ran, von hier konnte er nichts unternehmen. Direkt vor ihm lag die riesige Rasenfläche, sonst nichts, da wirkte er wie auf einem Präsentierteller, also musste er wohl oder übel einen kleinen Umweg machen und sich seitlich erst mal an den verfallenen Trakt anschleichen. Dieser wurde vielleicht am wenigsten überwacht, war seine Hoffnung.

Bastian war noch etwa hundert Meter von seinem Ziel entfernt und duckte sich gerade hinter einem Busch, als plötzlich eine Gestalt rückwärts aus einem der Fenster geradewegs in eine mit Sträuchern bepflanzte Rabatte plumpste. Hastig zuckte er zurück, schaute dann aber genauer hin und erkannte – Lene. Es gab keinen Zweifel, sie war es wirklich, rappelte sich gerade auf und wollte mitten über den Rasen davon laufen. Anscheinend hatte sie sich in einem der Sträucher verfangen, das gab ihm die Zeit die er brauchte. Bastian ließ alle Deckung außer Acht und raste los. In letzter Sekunde erreichte er die Frau und warf sie mit seiner gesamten Schwungkraft mitten in die Büsche zurück, aus denen sie sich gerade eben herausgekämpft hatte. Lene drehte sich um und schlug ihm mit voller Wucht gegen sein Kinn. Verblüfft sah sie ihn an, zuckte zurück und hielt sich ihre schmerzende Faust. »Bastian, oh mein Gott, bist du es wirklich?« Grenzenlos erleichtert fiel sie ihm um den Hals.

15. Kapitel

Lene konnte es kaum glauben, doch die Erscheinung vor ihr war und blieb Bastian, es machte nicht einfach Plopp und er löste sich wie eine Fata Morgana auf. Am liebsten hätte sie ihn gar nicht mehr losgelassen und klammerte sich grenzenlos erleichtert an seinen Hals. Der Tränenstrom, den sie bis jetzt tapfer zurückgehalten hatte, bahnte sich seinen Weg nach draussen und binnen kurzer Zeit wiess Bastians T-Shirt dunkle Flecken im Schulterbereich auf.

Nach einer Weile löste er dennoch sanft ihre Hände von seinem Hals. Denn hier wo sie sich gerade aufhielten, waren sie alles andere als sicher. So schwer es ihm auch fiel, sie mussten unbedingt weiter.

Lene schaute ihn noch immer fassungslos an. »Wo kommst du denn auf einmal her? Und wie hast du mich gefunden?«

Beruhigend legte er ihr seinen Finger an die Lippen. »Pscht, nicht so laut. Ich erzähle dir alles, wirklich ganz ausführlich, aber wir müssen hier erst mal unbedingt weg. Sicher werden sie dich suchen. Irgendjemandem wird schon auffallen, dass du weg bist. Ich weiß auch nicht, inwieweit sie das Grundstück überwachen, also komm einfach mit, immer genau hinter mir her.«

Auf demselben Weg, den er vorhin gekommen war, schlichen sie sich zur hinteren Mauer zurück. Immer noch lag das Grundstück in vollkommener Stille und Verlassenheit. Bastian dachte einen Augenblick an Stefano. Hoffentlich würde er, wenn Lenes Verschwinden entdeckt wurde, irgendwie selbst aus der Schusslinie entkommen. Momentan hätte er keine Idee gehabt, wie er ihm auch noch helfen sollte. Er baute einfach auf die Cleverness des Italieners, er würde das schon machen. Der vorher gefasste Plan war wieder einmal vollkommen auf den Kopf gestellt worden. Aber Lene war bei ihm und nur das allein zählte.

Skeptisch betrachtete diese die hohe Mauer. »Ähm und was ist jetzt dein Plan? Wie sollen wir hier rüberkommen?«

»Na auf dem gleichen Weg, wie ich rein gekommen bin. Dort ist ein Baum. Wir klettern hoch und schwupp sind wir drüben.« Lene schaute an sich herunter und dann ihn an, als hätte er vollkommen den Verstand verloren.

»Das ist dein Plan? Du kennst anscheinend den Zustand meiner Fitness nicht.«

Irgendwann folgte sie dann doch seinen Vorschlägen. Teilweise schob Bastian sie am Po nach oben. Eine durchaus angenehme Aufgabe, wie er dachte und dann war es geschafft, beide standen auf der Mauerkrone.

Er sprang wie ein Fallschirmspringer hinab und wartete unten auf sie. »Nun mach schon Lene, ich fang dich auf.«

»Mich auffangen, du wirst zusammenbrechen, glaub mir, kann ich nicht irgendwie anders …?«

»Und wie? Ich habe keine Leiter. Klettere zu dem dicken Ast und lass dich dann fallen. Komm schon, vertrau mir.« Thomas hatte das nie gesagt. Er hätte sich vermutlich rumgedreht und sie auf der Mauerkrone zurückgelassen, bis man eines Tages ihre verdorrten Knochen dort gefunden hätte.

Also sprang Lene und geradewegs in die Arme von Bastian. Er ließ sie nicht los, sah sie einfach nur an und vergrub sein Gesicht an ihrem Körper. »Du glaubst gar nicht, was für unendliche Ängste ich ausgestanden habe. Seit wir entdeckt haben, dass du nicht mehr in deinem Bett lagst. Ich hab dich so vermisst und hätte alles getan, dich wiederzubekommen. Lene, ich liebe dich, ich liebe dich über alles, das ist mir klar geworden.«

Gerührt betrachtete sie ihn. Seine Worte berührten sie tief in ihrem Innersten. Sie wusste, dass was er sagte, einfach nur ehrlich war. »Wenn du mich jetzt runter lassen könntest, würde ich dich sogar küssen«, sagte sie leise und Sekunden später berührten ihre Lippen sich, innig und voller Dankbarkeit. Da war es wieder, dieses warme Gefühl im Bauch, die Gewissheit, dass ihr nichts geschehen würde, solange Bastian da war und auf sie aufpasste – so wie eben.

Er schob sie ein Stück von sich weg und betrachtete sie prüfend von oben bis unten. »Geht es dir ansonsten gut? Haben sie dich da drinnen ordentlich behandelt? Bei Graziella muss man mit allem rechnen. Wie ist es dir überhaupt gelungen zu entkommen?«

»Pscht«, legte sie ihm den Finger auf den Mund. »Mir geht es gut, sie haben mir nichts getan. Anscheinend hat Rosaria schützend ihre Hände über mich gehalten, warum auch immer.« Dann wanderten ihre Gedanken zurück und sie begann Bastian von den letzten Stunden zu berichten.

Lene war ratlos. Was wollte man noch von ihr? Die Alte hatte gesagt, sie würde das Erzählte glauben und nun – sie konnte nicht hexen und diesen blöden Stein wieder herbeischaffen. Das Graziella etwas anderes mit ihr vorhatte, war ihr durchaus bewusst und bei dem Gedanken daran, wurde ihr ganz anders.

Verdammt, sie musste etwas unternehmen und konnte hier nicht einfach so abwarten und der Dinge harren, die da kommen sollten. Ein Spruch ihres Opas fiel ihr wieder ein. Er sagte immer: »Mädchen, die Situation ist nie so hoffnungslos wie sie einem im ersten Moment erscheint. Manchmal muss man nur Nachdenken und plötzlich liegt die Lösung auf dem Tisch.«

Nun ja, momentan fiel ihr keine Lösung ein, also galt es abzuwarten. Gegen Mittag erschien wieder die streng gekleidete
Dame und brachte einen Teller mit Suppe. Ohne ein Wort zu
sagen, stellte sie alles auf dem kleinen Tischchen am Fenster
ab und verließ anschließend den Raum. Lene schaute zum
Eingang und überlegte. Hatten diese dunklen Typen wieder in
der Tür gestanden oder war die Frau allein gekommen? Aus
der Perspektive hier am Fenster, konnte sie das nicht erkennen. Also schlang sie hastig die Suppe hinunter und legte sich
auf das breite Bett.

Sie wusste, irgendwann würde die Frau wieder auftauchen,
um etwas zu trinken zu bringen oder das Geschirr abzuräu-
men und da musste sie bereit sein. Nach ihrer inneren Uhr
war etwa eine halbe Stunde vergangen, als der Schlüssel sich
erneut im Schloss drehte. Die Frau mit der Schürze schob sich
langsam ins Zimmer. Lene kniff ihre Augen zusammen und
versuchte durch winzige Schlitze die Tür, aber vor allem die
Alte im Auge zu behalten. Diese warf der Frau auf dem Bett
einen prüfenden Blick zu, nahm vermutlich an, dass sie schlief
und brachte die Wasserflasche zur kleinen Sitzgruppe. Eben
erreichte sie den Tisch und drehte Lene den Rücken zu. Die
Tür war halb angelehnt, niemand sonst zu sehen – das war
ihre Chance, jetzt oder nie. Flink und möglichst lautlos, wie
sie es sich selbst nicht zugetraut hätte, erhob sie sich und
rannte so schnell sie konnte zum Eingang. Die Alte war so
überrascht, dass ihr der Teller herunterfiel und statt hinter ihr
herzulaufen, sie sich nach ihm bückte. All das sah Lene nur
noch aus dem Augenwinkel, dann war sie schon draußen und
zog mit einem lauten Knall die Tür hinter sich zu. Der Schlüssel steckte im Schloss. Sie schickte ein innerliches Dankesge-
bet nach oben. Glück musste der Mensch haben. Hastig
schloss sie die Tür ab und nahm den Schlüssel an sich. Sie war

in einem düsteren Gang, kein Mensch war zu sehen, Totenstille herrschte. Knarzende Dielen waren zu ihren Füßen und so bewegte sie sich nur in Zeitlupe voran, aus Angst, man könnte sie hören. Zu ihrer Rechten am Ende des Ganges sah sie eine große Tür, die so aussah, als würde sie nach draußen ins Freie führen. An dieser Stelle verließ sie dann das Glück, erwartungsgemäß war die Tür verschlossen. Dahinter hörte sie die Vögel zwitschern, also war dort tatsächlich der Garten und die Freiheit. Sie klinkte vorsichtig an jeder anderen Tür und rechnete ständig damit, dass plötzlich die beiden Anzugträger in einem der Räume vor ihr sitzen würden. Doch keine der Klinken gab nach. Nur noch eine einzige Tür blieb ihr. Sie lag genau gegenüber vom Ausgang in den Garten, sie war angelehnt und ein schwacher Lichtschein drang in den dunklen Gang. Dies musste die Tür sein, durch die ihre Betreuerin vorhin zu ihr gekommen war und sie konnte aus reiner Logik nur ins Haupthaus führen. Fieberhaft sah sie sich um. Dort wollte sie eigentlich am wenigsten hin, doch momentan hatte sie gar keine andere Wahl. Also drückte sie vorsichtig dagegen und vollkommen lautlos glitt die Tür auf. Vor ihr lag ein weiterer Gang, prächtiger ausgestattet, mit Stofftapeten an den Wänden und kristallenen Kerzenleuchtern, die blank poliert schimmerten. Sie schien sich tatsächlich im Haupthaus zu befinden, dort wo die Familie wohnte. Der Boden war mit dicken Teppichen belegt, die jegliches Geräusch zu schlucken schienen. Auch hier gingen von beiden Seiten Zimmer ab. Nach ein paar Metern machte der Gang einen scharfen Knick und verlor sich hinter einer Kurve. Schwere alte Möbel waren aufgestellt und mit Blumensträußen geschmückt.

Aus einem der Räume ertönten Stimmen, erst sprachen eine Frau und dann ein Mann. Seltsamerweise kam ihr die männliche Stimme irgendwie bekannt vor. Doch ehe sie mehr darüber nachdenken konnte, näherten sich plötzlich Schritte. Hektisch sah Lene sich um und öffnete einfach wahllos die erstbeste Tür. Vorsichtig zog sie sie hinter sich ins Schloss und schaute sich dann erst um. Zum Glück war das Zimmer leer. Es sah aus wie eine Bibliothek, zumindest zierten riesige über und über mit Büchern vollgestellte Regale die Wände. Und genau gegenüber von ihr war ein Fenster – *hoffentlich der Weg ins Freie*, dachte sie. Gitter waren schon einmal nicht an der Außenseite angebracht und zu ihrer grenzenlosen Erleichterung erkannte sie einen Fensterknauf, der sich dann auch ohne Probleme öffnen ließ. Lene kletterte nach draußen auf den Sims und schaute nach unten. *Verdammt*, dacht sie. Der Boden war doch ein ganzes Stück weiter entfernt, als sie gedacht hatte. Vielleicht würde ihr die Flucht gelingen und dann brach sie sich ausgerechnet auf dem Weg in die Freiheit alle Knochen, das würde zu ihrem Glück absolut passen. Abgehauen, aber mit gebrochenem Bein wieder eingesammelt und das auch noch unmittelbar vorm Haus. Sollte sie nun vorwärts springen oder eher rückwärts? Sie probierte hin und her und ließ sich am Ende mit dem Hintern zuerst aus dem Fenster fallen. Unten angekommen landete sie ziemlich unsanft in einem dornigen Gestrüpp. Was immer man hier auch angepflanzt hatte, eine Klette war gar nichts dagegen. Dicke Ranken hatten sich um ihre Beine gewickelt und ließen sie nicht los. Gerade als sie sich mühevoll befreit hatte, traf sie ein kräftiger Stoß in den Rücken. Zusammen mit einer zweiten Person fiel sie in den gerade entflohenen Strauch zurück. Verdammt, also war sie doch irgendwie beobachtet worden. Sie ballte ihre Faust und haute diese mit voller Kraft ins Gesicht des Angreifers, alle Wut der letzten Tage legte sie in diesen Schlag. Lene war so sehr im Schwung und konnte den Treffer nicht mehr abmildern, den sie Bastian geradewegs ans Kinn donnerte. Genau in diesem Augenblick erkannte sie seine vertrauten Augen, die blonden verwuschelten Haare.

.

»Tja und dann warst du da, hast mich halb aus diesem Gebüsch gerettet und dafür auch noch einen Kinnschlag bekommen. Aber nun bist du dran, wie hast du mich hier gefunden? Woher wusstest du überhaupt wo ich bin?«

Bastian seufzte. »Glaub mir, das ist eine ebenso lange Geschichte und wir müssen hier wirklich erst einmal weg, eh doch noch jemand beginnt zu suchen. Zu Hause haben wir dann alle Zeit der Welt.«

Also stolperte Lene an seiner Hand weiter durch das Dickicht, welches das riesige Grundstück umgab. Gerade als sie um die vorderste Mauerecke biegen wollten, sahen sie mehrere Fahrzeuge die staubige Zufahrt hinaufdonnern. Sie zogen eine Staubfahne hinter sich her und stießen komische Geräusche aus. Es dauerte einen Moment, bis sie erkannten, dass es Polizeiautos waren. Hastig wichen sie in das schützende Unterholz zurück.

Ein Surren und Brummen riss sie aus ihren Beobachtungen. »Was ist das, was brummt hier so?«, fragte Lene irritiert.

»Mein Handy, ich hatte es auf lautlos gestellt.« Bastian warf einen kurzen Blick auf das Display. »Es ist Ines. Ja, hier bin ich«, meldete er sich. Dann folgte ein unglaublicher Wortschwall von der anderen Seite. Bastian nahm einige Male Anlauf, auch etwas zu sagen, doch Ines überschwemmte ihn mit Worten. Die Neuigkeiten, die sie hatte, zauberten ein unglaubliches Mienenspiel auf seine Züge. Zum Schluss begann er sogar zu grinsen, also mussten die Nachrichten positiv sein, eine andere Möglichkeit gab es gar nicht.

Bastian steckte das Telefon in seine Tasche. »Es ist tatsächlich die Polizei, sie sind hier um eine Razzia zu machen und Flavio zu verhaften. Sie haben ihn in Mailand bei irgendeinem krummen Geschäft erwischt und nun wird er anscheinend von der eigenen Familie geopfert.«

16. Kapitel

Später konnte niemand von ihnen so genau sagen, was sich in den nächsten Minuten alles abspielte. Es ging unglaublich schnell und die Ereignisse überschlugen sich. Lene und Bastian liefen nach vorn zum Weg und somit fast vor eines der heranbrausenden Polizeifahrzeuge. Ein junger Mann in Uniform sprang aus einem der Wagen und erst im zweiten Moment erkannten sie den jungen Beamten, der damals in Garda ihre Aussage aufgenommen hatte. Er schlug zackig seine Haken zusammen und grüßte militärisch korrekt mit der Hand an seiner Mütze. »Sergente Baldoro«, stellte er sich noch einmal vor, dann fiel sein Blick auf Lene, augenblicklich begann er breit zu strahlen. »Signora Stoll, wie ich sehe, sind Sie zum Glück wohlauf und bei bester Gesundheit, wenn ich das mal so sagen darf.« Mittlerweile waren sie alle in eine dichte Staubwolke gehüllt, denn die anderen Wagen fuhren unverdrossen mit hoher Geschwindigkeit zum weiter hinter gelegenen offiziellen Eingang an ihnen vorbei.

»Entschuldigen Sie bitte, wir sind in einem großen Einsatz, Kollegen von überall her, sogar eine Abordnung von ganz oben in Rom«, fügte er mit verschwörerischer Stimme hinzu. »Ähm, was mache ich denn nun mit Ihnen? Das Beste wäre, Sie setzen sich zu mir hinten ins Auto und kommen einfach mit.«

Dann brausten sie zwischen zwei riesigen steinernen Löwen auf das große Grundstück, das sie gerade eben so mühevoll verlassen hatten. Auf dem Platz vor dem Herrenhaus wimmelte es von Menschen in Uniform und Zivil sowie unzähligen Polizeiautos. Mehrere Mannschaftswagen parkten an der Seite, es sah aus wie ein Großangriff im Krieg. Polizisten mit schussbereiten Waffen in den Händen begannen, das Gebäude zu umkreisen und schwärmten Richtung Garten aus.

Verblüfft schauten Lene und Bastian sich an. »Mein Gott, was ist denn hier los?«

»Wir führen eine großangelegte Polizeiaktion durch und ich vertrete die örtliche Station in Garda, also zumindest vorrübergehend. Einfach, weil ich in die meisten Dinge involviert bin und über alles Bescheid weiß.« Baldoros Brust platzte fast vor Stolz.

»Und Commissario Traffetti, war er nicht eigentlich ihr Vorgesetzter?«

»Verhaftet, alle verhaftet, sie haben gemeinsame Sache mit diversen Familien und sonst welchen Verbrechern gemacht. Heute Morgen ist alles aufgeflogen und nun entschuldigen Sie mich bitte erst mal. Bitte bleiben Sie unbedingt hier, an dieser Stelle sind Sie in Sicherheit.« Aufgeregt lief er zu einem älteren Mann, der eine Uniform wie ein General trug und mit wedelnden Handbewegungen irgendwelche Befehle erteilte.

»Was hat Ines dir eigentlich gesagt?«, wandte Lene sich an Bastian.

»Na ja, das Meiste hat der Sergente ja schon erzählt. Ines bekam heute am Vormittag Besuch von zwei Herren von irgendeiner Spezialeinheit aus Rom. Man hat sie befragt, unter anderem auch zu dir und deinem Verschwinden. Letzten Endes wusste sie nicht, was sie tun sollte und hat einfach die Wahrheit gesagt. Das hat anscheinend den Stein ins Rollen gebracht.«

In diesem Moment öffnete sich eine schmale Nebentür und Rosaria Montaldo wurde in ihrem Rollstuhl nach draußen gebracht. Stolz und herablassend schaute sie auf das Gewimmel um sich herum. Dann fiel ihr Blick auf Lene, die ein sicheres Stück entfernt an einem der Autos stand. In ihrem

Gesicht war keine Regung erkennbar, eine Beamtin kümmerte sich um sie und brachte sie zu einem Kleinbus.

Langsam machte Bastian sich doch ein paar Sorgen um Stefano. Hoffentlich war ihm bei dieser ganzen Aktion nichts geschehen. Denn so sehr er auch schaute, er hatte den Italiener bis jetzt nicht gesehen, allerdings auch niemand anderen der Familie Montaldo, außer der Patriarchin. Doch Sergente Baldoro wusste auch da Rat und zu Lenes grenzenlosem Erstaunen brachte man sie in eines der Zimmer im Erdgeschoß um eine erste kurze Aussage zu machen und in diesem Raum befand sich – Stefano. Obwohl sie nicht wusste, was er hier wollte und wie er überhaupt hierhergekommen war, fiel sie ihm erleichtert um den Hals.

Eine sehr sympathische Beamtin stellte ihnen nur wenige Fragen, danach waren sie entlassen, sollten sich aber weiterhin zur Verfügung der Polizei halten.

Und so marschierten die drei in der Dunkelheit den einsamen Feldweg nach unten, wo Bastians Auto immer noch verlassen, mittlerweile aber vollkommen eingestaubt am Straßenrand stand. Lene war inzwischen völlig erledigt. Die letzten Minuten hatte sie sich nur noch mühevoll vorwärts geschleppt und so sank sie auch sofort auf die Rückbank des Wagens und war, noch bevor Bastian den Motor angelassen hatte, bereits eingeschlafen. Ihr letzter Gedanke war, dass sie nun hoffentlich endlich einen ruhigen friedlichen Urlaub verleben würde, den Urlaub, wegen dem sie eigentlich ursprünglich hierhergekommen war.

17. Kapitel

Die Sonne schien warm ins Zimmer und streifte das Fußende ihres Bettes. Einen kurzen Moment war Lene verwirrt und fragte sich, wo sie sich denn jetzt schon wieder befand. Dann erkannte sie die vertraute Einrichtung, den Bücherstapel auf dem Tisch – sogar das Kleid, welches sie bei ihrem Ausflug nach Sirmione getragen hatte, hing unverändert schmutzig über der Lehne des Stuhls. Ihr Kopf schmerzte und sie fühlte sich wie gerädert. Die Ereignisse der letzten Stunden hatten ihr mehr zugesetzt als sie zunächst angenommen hatte.

Noch einmal drehte sie sich auf die andere Seite und versuchte, ein wenig zu schlafen, doch die Gedanken in ihrem Kopf fuhren Karussell. An Schlaf war nicht mehr zu denken.

Unten in der Küche erwarteten sie ein reichlich gedeckter Tisch und die sichtlich neugierige Ines. Diese war gestern Nacht äußerst unzufrieden zurückgeblieben, denn Lene hatte man halbtot ins Bett verfrachtet und sowohl Bastian als auch Stefano hatten sich geradezu standhaft geweigert, ihr auch nur eine klitzekleine Frage zu beantworten. Beide hatten sich nicht minder geschafft und erledigt einfach davongemacht. Seitdem schlich sie durchs Haus, lauschte an den Türen und hatte sich schon einige Male vergewissert, dass Lene immer noch in ihrem Bett lag und nicht schon wieder verschwunden war.

Nach einem stärkenden Brötchen und einem noch stärkenderem Kaffee war Lene endlich bereit zu berichten. Zwar fehlten bei ihr einige Stellen des Films, doch sah Ines nach ihrem Bericht wesentlich klarer.

»Den Rest muss Bastian oder Stefano erzählen. Ich bin jedenfalls heilfroh, dass die beiden mich bei dieser vollkommen übergeschnappten Familie gefunden haben. Rosaria ist schon schlimm, aber ihre Tochter Graziella ist total wahnsinnig, wenn du mich fragst. Die hat echt nicht mehr alle Tassen im Schrank.«

Da ertönten Tritte auf der Treppe und wenig später betrat der vollkommen verschlafene Bastian den Raum. Bei seinem Anblick strömte durch Lenes Inneres ein Gefühl, welches sie nicht hätte in Worte fassen können. Er hatte gestern gesagt, dass er sie liebte und genau das war es, dieses besondere Gefühl im Bauch, was man nicht beschreiben kann. Das musste einfach Liebe sein. Hatte sie früher immer geglaubt, Thomas zu lieben, so merkte sie jetzt, was dieses Gefühl wirklich bedeutete, wie stark und mächtig es war. Er beugte sich zu ihr herab und drückte, sehr zum Entzücken von Ines, einen überaus zarten Kuss auf ihre Lippen.

»Na endlich, ihr beiden, das wurde ja nun wirklich Zeit.« Glücklich saßen sie auf der Fensterbank nebeneinander und konnten die Finger kaum voneinander lassen.

Trotzdem war nun auch Bastian an der Reihe und musste Lenes Bericht ergänzen. Besonders an dem Punkt, wo er sich mit Stefano zusammengetan hatte, musterte Lene ihn verwundert. Das hatte sie beiden Männern nicht zugetraut. Eigentlich traute sie niemanden zu, dass jemand sich für sie – Lene – so ins Zeug legte. Keiner hatte das bisher getan, im Gegenteil, sie war sich immer unwichtig vorgekommen.

»Tja und dann fiel Lene aus dem Fenster und fast geradewegs in meine Arme«, beendete Bastian seinen Bericht.

Ines schaute die ganze Zeit ungläubig von ihrem Bruder zu Lene und wieder zurück. »Mein Gott, wenn ich nicht selbst die ganze Vorgeschichte miterlebt hätte, ich würde es nicht glauben.«, bemerkte Ines. »Und wo ist wohl nun der Inhalt des Medaillons? Was denkt ihr?«

Lene zuckte die Schultern. »Keine Ahnung. Ich weiß nur, dass es schon leer war, als wir es hier geöffnet haben. Also vermute ich mal, es war Signora Prande. Oder jemand ganz anderes – wer, das werden wir vermutlich nie erfahren.«

»Ist aber schon ein bisschen makaber, einen Diamanten aus seinem verstorbenen Mann machen zu lassen und dann immer mit sich herumzuschleppen«, merkte Ines an.

»Hm, ich weiß nicht, Rosaria tat mir fast leid. Und zeugt es nicht von einer übergroßen Liebe, wenn man den Anderen selbst nach dem Tod nicht loslassen kann?«

Das Telefon klingelte und riss sie aus ihren Grübeleien. »Für dich«, meinte Ines und reichte Lene den Hörer quer über den Tisch.

»Signora Stoll, entschuldigen Sie bitte, mein Name ist Questore Flarini «, meldete sich eine männliche Stimme in sehr gebrochenem Deutsch. »Ich hoffe Sie verstehen, was ich sage, meine deutsche Sprache ist …nun, sie ist etwas eingerostet. Ich würde Ihnen und Herrn Gerber gerne einen Wagen schicken und Sie noch einmal zu mir nach Garda bitten. Wir haben nur noch ein paar kurze abschließende Fragen an Sie beide, die den Ablauf der letzten Tage betreffen. Sie würden uns damit wirklich sehr helfen.«

Letzten Endes blieb Lene gar nichts anderes übrig, als der offiziellen Einladung zuzustimmen. Eine Stunde später rollte eine dunkelgraue Limousine auf den Hof. Auf dem Beifahrersitz saß zu ihrer beider Erstaunen bereits Stefano. »Ja, ich auch, sie wollen mit mir ebenfalls nochmal reden.«

Die Stimmung im Fahrzeug war eisig, Lene fühlte eine starke Spannung zwischen den beiden Männern. Niemand sprach ein Wort, selbst Bastian rückte auf die andere Seite, ganz nach außen und vermied es, sie zu berühren.

Kurz vor Garda fuhren sie in den gewohnten Stau, der Beamte griff unter seinen Sitz und pappte bei voller Fahrt eine Rundumleuchte aufs Dach. Ein grelles Geräusch ertönte, doch sofort hatten sie freie Bahn. Die anderen Verkehrsteilnehmer bildeten eine Gasse und sie rauschten an ihnen vorbei. Also eines stand fest: Was Lene in diesem Urlaub alles erlebt hatte, war nicht in Worte zu fassen.

Im Revier erwartete sie im Zimmer von Commissario Trafetti, der Polizeibeamte, der gestern mit seiner Uniform die Massen an Beamten mit geradezu leichter Hand dirigiert hatte. Er stellte sich als Questore Flarini aus Verona vor, ein großer stämmiger Mann, den sie glaubte bei dem gestrigen Einsatz in der Villa auch gesehen zu haben.

Mit knappen Worten formulierte er seine Fragen und nickte schweigend einer ziemlich blonden Sekretärin zu, die in der Ecke saß und die entsprechenden Antworten notierte. Wenn er nicht mehr weiter wusste, half sie ihm mit einem italienischen Redeschwall weiter, sehr zur Belustigung von Bastian und Stefano, die dies ja genau verstanden.

Es waren Kleinigkeiten, Ergänzungen, die sich besonders um die Vorfälle im Hause Montaldo drehten. Dazu konnte Bastian nun nicht viel beitragen und auch Stefano hielt sich eher bedeckt. Graziella schien ihm die untere Etage ihres Hauses gezeigt zu haben, sie waren durch endlose Flure gelaufen und ganz langsam hatte sie wohl versucht, ihm näherzukommen. Stefano berichtete, dass er sich geradezu standhaft habe wehren müssen. Dann plötzlich habe Graziella einen Anruf bekommen und sei noch blasser geworden, was eigentlich kaum möglich war und war ans nach vorn herausgehende Fenster gestürzt. Dann waren auch schon unzählige Autos auf den Hof gedonnert und noch ehe Stefano eigentlich kapiert hatte, was los war, hatte sich die italienische Adlige aus dem Staub gemacht. Er konnte dann das polizeiliche Spektakel aus nächster Nähe genau verfolgen.

Graziella hatte versucht zu entkommen. Zu Lenes grenzenloser Erleichterung hatte man die Frau aber ergriffen, gerade als sie versuchte, einen Safe leer zu räumen und irgendwelche Beweise zu vernichten.

Auch Bastian schien sichtlich erleichtert und ergriff Lenes Hand, um sie fest zu drücken. Stefano, der auf der anderen Seite saß, registrierte dies mit versteinerter Miene. In diesem Moment schwor sich Lene, dass sie unbedingt mit ihm sprechen musste. Er hatte viel für sie riskiert, sie hatten schöne Momente erlebt, auch er war ihr nicht gleichgültig – ein letztes erklärendes Gespräch musste sein und zwar ohne Bastian, nur sie beide, unter vier Augen.

Es war eine halbe Stunde vergangen und langsam schien Questore Flarini zum Ende zu kommen. »Es ist mir wirklich peinlich, so viele Umstände haben wir Ihnen gemacht. Und dann noch diese unsägliche Geschichte mit Traffetti. Was werden Sie nur für einen Eindruck vom italienischen Volk mit nach Hause nehmen.« Seine Miene sah aus, als hätte er gerade in eine äußerst saure Zitrone gebissen.

Lene winkte ab, besann sich dann aber. »Eine Frage hätte ich noch an Sie. Oder eigentlich mehrere. Was geschieht denn nun mit Graziella, aber auch mit ihrer Mutter? Wissen Sie von dem Stein, der im Medaillon gewesen sein sollte? Und wer hat nun eigentlich Signora Prande umgebracht, die Besitzerin des kleinen Antiquitätenladens?«

Questore Flarini rang mit sich, nicht nur im Inneren, er rang auch seine Hände. Es wirkte, als würde er jeden Moment aufstehen und eine italienische Arie schmettern, eine sehr traurige Arie. »Also gut, Sie haben uns sehr geholfen, deshalb will ich Sie nicht im Unklaren lassen. Die Mörder von Signora Prande sind ganz sicher im Umfeld der Familie Montaldo zu suchen. Es ist eine alte, mächtige Familie mit einem Spinnennetz, das sich in weite Teile unseres Staates erstreckt. Es ist ein Leichtes für sie, irgendwelche Leute für schmutzige Aufgaben zu engagieren. Ob der genaue Täter ermittelt werden kann …« Er zuckte mit den Schultern. »Ich bezweifle es. Graziella Montaldo wird sich wegen verschiedener Vergehen vor Gericht verantworten müssen, genau wie ihr Bruder Flavio, der letzten Endes eher ungewollt den Stein in dieser Geschichte ins Rollen gebracht hat. Allerdings muss man wissen, dass die Familie die besten Anwälte des Landes engagieren wird. Graziella sollte wohl bald wieder ihre Freiheit genießen können. Bei Flavio ist es ein wenig anders, er hat sich mit den falschen Leuten angelegt, dürfte verurteilt werden und trotzdem frei kommen. Ihn kann allerdings nicht einmal die Polizei retten. Vielleicht gibt es bald einen Unfall, wer weiß? Ein schneller Sportwagen, ein Baum, irgendwo im Nirgendwo, wer kann das sagen.« Lene fielen die Worte von Rosaria ein – sie schien von ihren Kindern nichts zu halten und hatte den Schutz der Familie von ihnen gezogen.

Flarini beugte sich weit über den Tisch in ihre Richtung und senkte seine Stimme zu einem Flüstern herab. »Und nun das Medaillon oder sagen wir eher, sein Inhalt, der ja schon in gewisser Weise brisant und …nun, sagen wir, sehr speziell ist. Sein Verschwinden wird wohl ebenfalls nie geklärt werden, doch ich bin sicher, wer immer ihn genommen hat, wird es bitter bereuen – früher oder später. Denn Rosaria Montaldo vergisst nie, nicht umsonst nennt man sie die Patriarchin. Trotz ihrer hohen Jahre und Gebrechlichkeit hält sie den Laden zusammen. Sie geht über Leichen, wird auch ihren Sohn Flavio nicht retten. Doch sie wird nie aufgeben, ihren Schatz wiederzubekommen. Vermutlich wird sie nicht verurteilt werden, wozu auch – sie wird ein Krankenhaus einweihen für schwerkranke Kinder und das war`s.« Mittlerweile sah der

Questore aus, als würde er unter unsäglichen Magenschmerzen leiden. Die Unabänderlichkeit bestimmter Dinge machte ihm sichtlich zu schaffen.

»Wir bringen Sie nun alle wieder nach Hause und bedanken uns nochmals bei Ihnen. Der Fall ist für Sie abgeschlossen, Sie werden von uns nichts mehr hören.« Damit waren sie entlassen und der schweigsame Fahrer von eben brachte sie zurück nach Malcesine. Noch ehe Lene etwas zu ihm sagen konnte, war Stefano an seinem Haus aus dem Auto gesprungen. Es sah fast aus, als würde er flüchten und zwar in höchster Not. In Sekunden durchquerte er den Vorgarten und war im Haus verschwunden. Nicht mal einen Gruß hatte er ihnen gesagt.

Ines erwartete sie bereits und hatte einen gigantischen Topf Pasta gekocht. Das warme Essen in ihrem Bauch vertrieb ein wenig die trüben Gedanken, die Lene beschäftigten, doch so ganz wollten sie nicht vergehen.

Auch Bastian war ihr Schweigen nicht entgangen, »Was ist denn? Du wirkst so still, so anders?«

»Ob Graziella uns in Ruhe lässt? Immerhin habt ihr ein böses Spiel mit ihr gespielt und ihre Wut auf mich war wohl unübersehbar.«

Die Geschwister zuckten beide mit den Schultern. »Vermutlich hat sie jetzt erst mal andere Sorgen. Und was ist am Ende denn schon geschehen?« Ines wollte ihr Mut machen, doch sie merkte wohl selbst, wie lahm ihre Worte klangen.

»Ich glaub, ich lege mich ein wenig hin. Irgendwie bin ich immer noch furchtbar müde.« Lene schlich nach oben in ihr Zimmer und setzte sich auf den kleinen Balkon. Unverändert lag der See unter ihr, seine Oberfläche schimmerte in den verschiedensten Tönen. So viel war geschehen und doch war alles gleich geblieben. Er war immer noch da, wie er in vielen Jahren auch noch da sein und friedlich in der Sonne schimmern würde. Graziella konnte sich an ihr rächen, vielleicht würde sie es aber auch nicht tun. Es war die Zeit gekommen, endgültig positiv nach vorn zu schauen. Jetzt war der Moment, einen Schlussstrich zu ziehen. Thomas war Vergangenheit, ihr altes Leben war Geschichte. Sie hatte eine neue Liebe gefunden, vielleicht sogar eine völlig neue Perspektive. Ihr Blick wanderte zu den bunten Tablettenschachteln. Vor so langer Zeit hatte sie die letzte von ihnen genommen. Sie hatte sich daran festgehalten wie an einer Krücke, die sie eigentlich gar nicht brauchte. Sie kam auch so zurecht und sogar sehr gut. Und sie war immer noch die alte Lene, obwohl sie sich so verändert hatte. Nun gab es nur noch eines zu tun: Sie musste mit Stefano sprechen. Das war ihr unglaublich wichtig. Sie hatte den Schmerz in seinen Augen gesehen. Ihm wehzutun hatte sie nie gewollt. Und doch gab es nur einen Weg. Eigentlich zwei, doch egal welchen sie nahm, sie würde immer jemanden verletzen. Moni würde den Kopf schütteln und ihr versichern: »Lene, mach dir nicht solche Gedanken, nun bist du mal dran. Denk einfach mal an dich. Du hast dich doch schon entschieden. «

Sie erhob sich und schlich die Treppe leise nach unten. Aus der Küche ertönte noch immer leises Gemurmel. Komischerweise wollte sie nicht, dass die anderen wussten, zu wem sie jetzt ging. Es war eine Sache, die sie ganz allein mit sich und ihm klären musste. Wenn sie die Vordertür nahm, hätten die Geschwister sie gesehen. Also nahm Lene die kleine Hintertür, die auf die Terrasse führte. Einmal ums Haus herum und schon war sie auf der Zufahrt.

Stefanos Haus lag in den letzten Strahlen der Abendsonne. Sie tauchte sein Dach in ein rötliches Licht. Fast wirkte es, als würde es brennen. Die meisten der Rollläden waren wie gewohnt unten. Lene stieg die Eingangstreppe empor und drückte auf die Klingel. Einen Moment war sie versucht, in den Garten zu gehen, ließ es dann aber bleiben. Zunächst blieb alles still und fast dachte sie schon, er wäre gar nicht zu Hause. Doch da öffnete er die Tür, seine Augen brannten und sahen sie schweigend an. Wenn er doch nur geschrien oder die Tür gleich wieder zugeschlagen hätte, aber dieses abwartende Schweigen, machte sie fertig. Nach einer gefühlten Ewigkeit trat er zur Seite und bat sie mit dieser Geste herein.

Wie beim ersten Mal gingen sie in die Küche, sie setzten sich sogar auf genau dieselben Plätze. Komisch – es kam Lene vor, als wäre es erst gestern gewesen und doch war so vieles seitdem geschehen.

Er tat ihr nicht den Gefallen, das Schweigen zu brechen, sondern schaute nur stumm auf die Wand hinter ihr.

Schließlich räusperte Lene sich. »Stefano, bitte …nun mach es mir doch nicht so schwer. Ich weiß, ich hab viel falsch gemacht, doch es wäre schön, wenn du mich verstehen würdest, zumindest ein kleines bisschen.« Immer noch sagte er nichts, schaute sie aber mittlerweile an, mit einem traurigen Blick. Anders hätte sie es nicht beschreiben können.

»Weißt du, ich bin hierhergekommen, weil ich mein Glück finden wollte. Einmal in meinem Leben wollte ich dieses Gefühl spüren nach dem ganzen Mist, den ich durchgemacht habe. Es war so schön mit dir, das musst du mir glauben. Ich habe jede Sekunde aus tiefstem Herzen genossen, aber mit Bastian ist es etwas ganz anderes. Ich weiß nicht, ob du verstehst, was ich meine, aber da ist etwas in mir, was ich noch nie zuvor gespürt habe. Ich wünschte nur, ich hätte dir all dies eher sagen können. Dass du es so erfährst, tut mir weh, das wollte ich einfach nicht. Aber nun ist es passiert und nicht mehr zu ändern, ich kann die Zeit nicht zurückdrehen, aber ich hab mich entschieden – für Bastian.«

Immer noch sagte er nichts, Lene wartete noch einen Moment ab. Sie würde sich nicht vor ihm in den Staub schmeißen. Jahrelang hatte sie das getan. Jetzt würde sie sich nie mehr für etwas entschuldigen, schon gar nicht für ihre eigenen Gefühle. Wenn er das mit seinem verdammten italienischen Stolz nicht verstand, tat es ihr leid.

Mit einem Ruck schob sie ihren Stuhl nach hinten und stand auf. »Gut, ich gehe dann. Ich kann es nicht ändern und will es auch nicht, wenn du mit mir nicht reden willst. Bitte, dann lass es.«

Gerade als sie an ihm vorbeilief, stand er auf und nahm ihre Hand. »Warte, ich … Herrgott, ich will ja auch nicht, dass wir so auseinanderrennen. Es ist nur …ich dachte du liebst mich. Als ich mitbekommen habe, dass du und Bastian …aber ich werde es akzeptieren. Es wäre schön gewesen, sollte aber eben nicht sein. Nun muss ich alleine zu meiner Familie nach Sirmione zum Abendessen, oder?« Bei dieser Frage schimmerte schon wieder ein kleines Lächeln auf seinen Zügen.

Lene musste lachen. »Oder ihr ladet uns alle ein, als Freunde sozusagen. Irgendwann mal, nicht jetzt. Nun muss ich ja auch bald nach Hause, die Zeit ist bald vorbei. Und wer weiß? Wenn ich wiederkomme, ist vielleicht alles anders.«

Stefano brachte sie noch zur Tür. Und dann schaute er zufällig nach oben, zu Ines' Grundstück. Hinter einem Baum erkannte er Bastian. Er trug irgendetwas in der Hand, blieb bei ihrem Anblick stehen und zog sich in den Schatten zurück. Doch sein blonder Schopf leuchtete deutlich aus dem Schatten.

Was dann mit ihm geschah, konnte Stefano nicht mehr sagen. Urplötzlich übermannten ihn seine Gefühle für diese Frau, die für ihn endgültig verloren schien. »Ich wünsch dir alles Gute Lene! Mögest du das Glück finden, nach dem du gesucht hast.« Er zog sie in seine Arme, eine freundschaftliche Geste, doch plötzlich drehte er seinen Kopf und küsste sie heftig und voller Leidenschaft auf den Mund. Sie war zu überrascht, zögerte vielleicht eine Sekunde zu lange, bevor sie begann sich zu wehren. Dann löste Lene sich energisch und ohrfeigte Stefano so fest sie konnte. Über ihre Schulter schaute er nach drüben, der blonde Schopf war verschwunden.

»Was immer das jetzt bedeuten sollte, es macht alles kaputt, was du mir gerade gesagt hast, du …du Blödmann.« Auf dem Absatz drehte Lene sich um und stürmte Richtung Pension. Auf halbem Weg blieb sie stehen und lehnte sich schwer atmend an die Grundstücksmauer. Sie keuchte – ob von der Steigung oder ihrem Gefühlsaufruhr, konnte sie nicht sagen. Es war ihr ein Rätsel. Warum hatte er das getan? So eine kindische Geste, etwas, das mit Freundschaft nichts zu tun hatte.

Langsam beruhigte sich ihr Herzschlag, das Gefühl, sich richtig entschieden zu haben und zwar zum ersten Mal in ihrem Leben, war noch stärker geworden. Oh, diese italienischen Typen – das nächste Mal würde sie Moni mitnehmen, das schwor sie sich. Mit diesem Temperament konnte ihre Freundin auf jeden Fall besser umgehen.

Anscheinend waren die Geschwister hinten auf der Baustelle, denn das Haus lag leer und verlassen. Lene ging nach oben, setzte sich auf ihren Balkon und genoss wieder einmal den tollen Ausblick von hier oben. Langsam spürte sie, wie ihr Blutdruck sank. Bastians Gesicht tauchte vor ihr auf. Bei dem Gedanken an ihn, wurde ihr ganz heiß. Er tat ihr nicht nur gut, sondern zog sie auch körperlich total an. Sie dachte an seinen Körper, seine Hände. Die Erinnerung daran, wie er sie berührt hatte, rief einen Schauer auf ihrer Haut hervor. Er war sicher ein toller Liebhaber und sie stellte sich vor, wie es wohl wäre, wenn sie sich zum ersten Mal liebten. *Großer Gott Lene, du hast es wirklich nötig, nimm eine kalte Dusche, wenn es gar nicht mehr geht.* Wobei – sagte man das nicht immer zu Männern? Egal, ihr war ganz anders zu Mute, am liebsten wäre sie jetzt zu ihm gelaufen und hätte ihn auf ihr Zimmer eingeladen. So heiße Gedanken hatte sie noch nie zuvor in ihrem Leben gehabt. Wann auch? Der Akt mit ihrem Exmann war eher bescheiden abgelaufen. Thomas hatte nie an sie gedacht, Hauptsache er hatte seinen Spaß. Bastian war da vermutlich anders …

Irgendwann musste sie über diesen anregenden Gedanken eingeschlafen sein. Sie wurde von ihrem schmerzenden Genick geweckt, ihr Kopf war zur Seite gesunken und hing in einer sehr unnatürlichen Stellung nach unten. Lene kämpfte sich hoch. Es war schon dunkel, also schien sie wirklich eine ganze Weile tief geschlafen zu haben. Aus dem Küchenfenster fiel ein schwacher Lichtschein auf den Hof, also waren die Geschwister mit ihrer Arbeit fertig.

Doch unten traf sie nur auf Ines. Diese rührte wieder einmal in einem riesenhaften Topf und verbreitete köstlichste Gerüche durch das gesamte Haus. Sie drehte sich um und schaute Lene grinsend an. »Na, hast du gut geschlafen? Oder sollte ich eher fragen, habt ihr beiden gut geschlafen? Ich muss mich erst mal dran gewöhnen, geht aber bestimmt ganz schnell, für mich gehörst du schon zur Familie.«

»Gut geschlafen hab ich, aber wirklich allein, ich dachte ihr habt zusammen hinten auf der Baustelle gearbeitet. Ich hab Bastian seit heute Vormittag nicht mehr gesehen.«

Ines schüttelte den Kopf. »Ich war bei einer Freundin unten in Malcesine. Wir haben einen Kaffee getrunken und Eis gegessen und Frauenkram besprochen. Du kennst das ja.« Sie zuckte die Schultern und schaute aus dem Fenster. »Der Jeep ist auch weg. Vielleicht ist er noch zu einem Bekannten. Morgen soll der Elektriker kommen, endlich. Magst du einen Teller Suppe? Aber ich muss dich warnen, es ist kein italienisches Rezept, sondern ein typisch deutsches, Käse-Porree-Suppe.«

Das musste man ihr nicht zweimal sagen, denn mittlerweile knurrte ihr der Magen laut vernehmlich. In den letzten Tagen hatte Lene sehr unregelmäßig gegessen, dafür war der Hunger nun umso größer. Sie liebte es einfach zu essen.

Die Suppe schmeckte wirklich köstlich, aber nach dem zweiten Teller war endgültig Schluss. Lene hob kapitulierend die Hände. »Ich kann nicht mehr. Lass für Bastian noch etwas übrig, der müsste doch auch bald kommen.«

Wieder spähte Ines nach draußen. »Eigentlich schon, so lange kann man nicht mal mit einem italienischen Handwerker reden. Warte, ich ruf ihn mal an.« Sie wartete eine Weile mit dem Handy am Ohr und legte schließlich auf. »Nur die Mailbox, vielleicht hat er jemanden getroffen und muss von seinem Glück berichten.«

Lene hatte plötzlich ein komisches Gefühl im Bauch. »Nicht dass ihm was passiert ist, ich weiß nicht.«

»Du meinst …du meinst einen Unfall? Mensch hör auf, mein Vorrat an Aufregung ist für die nächsten Monate restlos bedient. Er wird schon bald kommen, mach dir keine Gedanken. Und was hast du so gemacht, außer auf dem Balkon zu schlafen?«

Sie versuchte sich nichts anmerken zu lassen, doch das seltsame Gefühl wurde von Minute zu Minute stärker. Plötzlich fiel ihr Stefano ein, dieser blöde Kuss. Konnte es sein, dass Bastian diesen gesehen hatte? Nein, unmöglich. Wie denn? Und sie hatte dem anderen ja sofort eine gescherbelt.

Ihre Pensionswirtin schaute sie mit gerunzelter Stirn an, »Was ist denn? Du siehst total käsig aus? Bestimmt ist Bastian …«

»Ich war bei Stefano«, fiel Lene ihr ins Wort. »Ein letztes Mal wollte ich mit ihm reden, ihm alles erklären.« Dann erzählte sie die Geschichte von dem vermaledeiten Kuss.

Ines sah mittlerweile genauso sorgenvoll aus und schaute dann gedankenverloren auf den Platz, an dem normalerweise Bastians Wagen stand. »Komm mit.« Hastig eilte sie nach oben ins Zimmer ihres Bruders. Lene war zum ersten Mal in diesem Raum und zog seinen Duft tief in ihre Nase. Ohne dass seine Schwester etwas sagte, wusste sie, dass er fort war. Da hatte sie den Zettel auf seinem Bett noch gar nicht gesehen. Ines überflog ihn hastig und reichte ihr das Stück Papier.

Ich bin wieder in Deutschland. Es ist Zeit, dass ich mich um mein Restaurant kümmere. Italien hat mir noch nie Glück gebracht und wird es auch nie tun. Bastian

Sonst nichts, kein Wort von ihr, kein Gruß an Lene, nichts. Sie sank auf das Bett und las die wenigen Zeilen immer und immer wieder. Aber an der Tatsache, dass Bastian gefahren war, änderte sich nichts. Sie hatte es versaut, Stefano hatte es versaut. Hätte Bastian doch nur eine Sekunde länger zugesehen. Doch wenn sie ehrlich war, hätte sie selbst auch die Flucht ergriffen. Warum auch zuschauen, wenn die Frau, die man liebt, von einem anderen geküsst wird.

Klasse Lene, gut gemacht. Da hast du endlich einen Mann gefunden, der dich liebt, aus vollstem Herzen und du …

Was sollte sie jetzt tun? Die Treppe nach oben gehen, ein paar bunte Pillchen einwerfen, sich in ihrem Leid suhlen? War Glück für sie wirklich nicht vorgesehen? Würde in letzter Minute immer etwas schiefgehen?

Ines schwieg noch immer, schaute sie traurig an. Da war kein Vorwurf, nur Traurigkeit.

»Was willst du jetzt machen?«, stellte sie ihr die gleiche Frage.

Und da wusste Lene es plötzlich. Sie würde keine Tablette nehmen, nein, sie würde ihr Glück in die Hand nehmen. Genauso wie sie es getan hatte, als sie einfach hierhergefahren war, ganz allein würde sie jetzt hinter ihm herreisen, hinter ihrem Glück. Nur vorher musste sie noch etwas erledigen und dafür brauchte sie Ines' Hilfe, vor allem aber ihre Italienisch-Kenntnisse.

In aller Kürze klärte sie die Frau über den eben gefassten Plan auf. Deren Augen wurden immer größer. Zum Schluss strahlte sie über das ganze Gesicht. »Schlag ein, genauso machen wir es«, sagte Ines feierlich und ihre Hände klatschten zur Bestätigung des Beschlossenen zusammen.

Kalt wehte der Wind über die zugige Raststätte. Lene hielt sich tapfer an ihrem Coffee-to-Go-Becher fest. Obwohl der Inhalt wieder brühend heiß war, strahlte nichts von seiner Wärme auf ihre Hände ab.

Heute am zeitigen Morgen hatte sie sich von Ines verabschiedet. Es war noch dunkel gewesen, der See lag dunkel und schweigsam, fast abweisend, als würde er ihr einen leisen Vorwurf machen, weil sie wieder Mist gebaut hatte. Die beiden Frauen hielten sich lange im Arm. »Ich wünsch dir ganz viel Glück, Lene, so viel Glück hab ich noch niemandem gewünscht. Ich hoffe der Plan geht auf. Ich drück dir jedenfalls alle Daumen, die ich habe. Und melde dich, sobald du mir etwas berichten kannst.«

Zwei Tage war es nun her, dass Bastian Italien überstürzt verlassen hatte. Er ging an kein Telefon, rief auch nicht zurück. Ines hatte nur eine knappe SMS von ihm bekommen, er wäre wieder gut gelandet – das war's. Lene konnte es ihm nicht verdenken, sie hätte es vermutlich genauso gemacht.

Aber diese zwei Tage waren voller Arbeit für sie gewesen, viel Ablenkung, die ihr einfach gut getan hatte. Lenes Plan war nicht einfach umzusetzen, doch am Ende war es ihr mit Giovannis Hilfe doch gelungen.

Noch einmal war sie in der Dunkelheit die vertrauten Straßen entlanggefahren, hatte sich auf ihre ganz eigene Art von dem Ort verabschiedet, der zu ihrer Rettung geworden war. Der See lag dunkel zu ihrer Linken, nur ab und zu blitzte ein Licht von der anderen Seite herüber. Sie nahm in Torbole die Straße nach oben Richtung Autobahn und zwang sich, nicht in den Rückspiegel zu schauen, denn langsam zog die Dämmerung herauf.

Und nun war sie wieder auf deutschem Boden, fror sich beinahe ihren Hintern ab und sehnte sich nach der italienischen Wärme, dem See, aber vor allem nach Bastian. Laut ihrem Navi lag noch etwa eine Stunde Fahrtzeit bis zu seinem Hotel vor ihr. Und hier, an dieser Stelle begann sie der Mut zu verlassen, deshalb war sie zu der Raststätte gefahren und hatte sich aus lauter Verzweiflung einen Kaffee geholt. Doch wenn sie ehrlich war, hätte sie am liebsten einen Schnaps getrunken. Also aß sie eine riesige Tafel Schokolade, sozusagen als kleinen Mutmacher. Nach der Hälfte wurde ihr schlecht. Das war natürlich noch besser, dass sie blass und mit schmerzendem Magen vor ihm stand.

Seufzend warf sie die Packung weg, setzte sich wieder ins Auto und fuhr weiter. Nebel lag über der Landschaft, kroch aus den Niederungen empor und ließ die Wiesen und Felder unter sich verschwinden. Nach wenigen Minuten fuhr sie von der Autobahn ab und durchquerte viele kleine Dörfer. Eigentlich wurde es immer einsamer um sie herum, und sie fragte sich, ob ihr das Navi tatsächlich den richtigen Weg wies. Doch dann tauchte ein Hinweisschild auf, noch zwei Kilometer und sie wäre da. Hinter einer leichten Kurve lag es, das Landhotel. Auf dem Parkplatz standen nur noch zwei einsame Autos, eines davon ein ihr wohlbekannter Jeep. Sofort machte ihr Herz einen Galopp, es schlug bis in ihren Hals und sie merkte, wie ihre Hände feucht wurden.

Mit zittrigen Beinen lief sie zur Eingangstür, ein großes Schild mit der Aufschrift »Geschlossen« ließ ihren Plan erst einmal wieder mächtig ins Wanken geraten. Also hinten rum, an einem schmalen Seiteneingang hatte sie endlich Glück. Die Tür ging auf und sie stand in einem schmalen Gang voller Leergutkästen. Dämmerlicht herrschte, nichts war zu sehen und zu hören. Vielleicht hatte Bastian das Auto hier einfach nur so stehen lassen und war gar nicht da?

Lene schlich nach vorn, zu ihrer Linken lag der Gastraum, rechts führte eine Treppe ins Obergeschoß zu den Pensionszimmern, aber die nächste Tür führte, wie die Aufschrift eindeutig verriet, in die Küche. In Kopfhöhe war ein rundes Bullauge eingelassen, welches den Blick ins Innere freigab. Zunächst sah sie ihn nicht, doch dann – da am Fenster stand er, mit dem Rücken zur Tür und klapperte mit irgendwelchen Gegenständen herum. Sein Kopf war gebeugt und er sah so verletzlich aus, dass sie ihn am liebsten sofort in ihre Arme genommen hätte.

Das Schwingen der Tür ließ ihn aufhorchen. Er drehte sich herum und sah Lene überrascht an. Zögernd blieb sie stehen. Was sollte man sagen? Bastian kam näher, als müsste er sie aus der Nähe betrachten, um sich zu vergewissern, dass sie es wirklich war.

Einige Minuten standen sie schweigend voreinander, sahen sich einfach nur an, dann hob Bastian seine Hand und legte sie an ihre Wange.

2 Jahre später

»Bist du sicher, dass die Getränke reichen? Ich finde den Vorrat schon ein wenig mickrig wenn du mich fragst?« Mit hochrotem Kopf und in die Hüften gestemmten Händen stand Lene vor dem wahrhaft gigantischen Vorrat an Flaschen und Fläschchen.

»Und wenn schon! Die Leute kommen nicht zu uns, um sich zu betrinken. Sie wollen die schöne Aussicht genießen, ein leckeres Essen zu sich nehmen und sich verliebt in die Augen schauen – natürlich vorausgesetzt sie haben den richtigen Partner dafür«, grinste Bastian zurück, fasste sie an der Hüfte und drehte sich mit ihr im Kreis.

»Du bist verrückt«, erwiderte sie lachend und gab ihm einen dicken Schmatz auf seine Wange.

Heute, nach anderthalb Jahren Bauzeit war es endlich soweit, Bastian und Lene eröffneten ihr kleines Hotel, hoch oben über dem See.

Damals nach seiner Flucht hatten Ines und sie sich an Giovanni gewandt und dieser hatte bei den italienischen Behörden und Familien seine Beziehung spielen lassen. Binnen kurzer Zeit hatte er ein fantastisches Angebot für Ruine und Grundstück herausgehandelt, welches man einfach nicht ablehnen konnte. Die Mitglieder der Erbengemeinschaft bissen in den sauren Apfel, um keine Strafe von seitens der Baubehörde zu bekommen wegen ungesicherter Baustellen. Damit war Lene zu Bastian gereist. Nie würde sie sein ungläubiges Gesicht vergessen, als sie in der Küche vor ihm stand. Verblüfft hatte er das Angebot betrachtet und beide hockten bis zum nächsten Morgen in der Küche, tranken mindestens drei Flaschen Rotwein und schmiedeten dabei Pläne. Vorher hatte sie ihm noch die Geschichte mit Stefano erklärt. Schon während der Fahrt nach Deutschland waren ihm Zweifel gekommen, doch er konnte sich nicht überwinden, sie anzurufen. Zu tief saßen Zweifel und Unsicherheit.

»Huhu, ihr zwei Turteltauben, wo seid ihr denn?« Ines platzte zu ihnen in den Keller. »Jesses Maria, na wenn das nicht reicht, weiß ich auch nicht. Wen wollt ihr denn alles abfüllen?« Sie war ihnen in den letzten Monaten eine große Hilfe gewesen.

Überhaupt war alles ganz einfach gewesen und lief fast wie von allein. Lene kündigte Wohnung und Arbeitsstelle und zog nach Italien, Bastian verkaufte das Landhotel zu einem guten Preis an seinen Kompagnon und fürs Erste kamen sie bei Ines unter. Wo sie zunächst Probleme vermuteten, öffneten sich Türen wie von allein. Selbst ihre oberkritischen Eltern hatten sich nach Italien getraut und waren von Bastian total begeistert. Vielleicht war es genau so: Wenn das Schicksal oder was auch immer meinte, dass man nun seinen richtigen Platz auf diesem Planeten gefunden hatte, wichen alle Probleme zurück, wurden immer kleiner, bis sie nicht mehr da waren.

Und Thomas – sie hörte, er hätte das Haus verkauft und wohnte mittlerweile in einer kleinen Wohnung.

Und Kanita – bekam gerade ihr zweites Kind und war stolze Hausbesitzerin.

Von den Montaldos hörten sie nie wieder etwas. Flavio war zu einer hohen Haftstrafe verurteilt worden. Graziella war auf Bewährung freigelassen worden. Die Familie weihte immer noch Krankenhäuser und Schulen ein, doch ihr Image hatte einen ziemlichen Kratzer davongetragen.

Alle drei gingen nach oben und spähten vorsichtig durch eine der Scheiben. Der Vorplatz war voller Menschen. Niemand wollte sich die Neueröffnung entgehen lassen. Da fiel Lenes Blick auf einen kleinen flachen Karton, der mitten auf dem Tresen lag.

»Wo kommt das denn her?«

Ines zuckte die Schultern. »Keine Ahnung, hat mir draußen ein Typ in Uniform in die Hand gedrückt. Sicher irgendein Eröffnungspräsent.«

Doch ihr Blick fiel schon auf das zart eingeprägte Wappen in der Mitte der Verpackung. Nie würde sie dieses Symbol vergessen. Lene löste die seidene Schleife, die passend zum Karton ausgesucht worden war. Langsam schlug sie das Seidenpapier zurück. Ein ihr wohlvertrautes Kästchen kam zum Vorschein. Als sie es öffnete, fiel eine Karte zu Boden.

Bastian reichte sie ihr.

Liebe Signora Stoll,

ich hoffe Sie heißen noch so, aber ich habe nichts von einer Heirat gehört. Ich möchte Ihnen diesen Schmuck schenken, einfach weil ich weiß, dass nur Sie ihn wirklich zu würdigen wissen. Ich wünsche Ihnen beiden ein langes Leben und eine lange Liebe, wie ich sie einst erfahren durfte und viel Erfolg mit der Erfüllung ihres Traumes.

Rosaria Montaldo